MARGÔ ESTÁ EM APUROS

RUFI THORPE

MARGÔ ESTÁ EM APUROS

Tradução de Marcela Isensee

Rocco

Título original
MARGO'S GOT MONEY TROUBLES
A Novel

Copyright © 2024 by Rufi Thorpe

Todos os direitos reservados.

Nenhuma parte desta obra pode ser reproduzida ou transmitida por meio eletrônico, mecânico, fotocópia ou sob qualquer outra forma sem a prévia autorização do editor.

Edição brasileira publicada mediante acordo com a autora.

PROIBIDA A VENDA EM PORTUGAL.

Direitos para a língua portuguesa reservados com exclusividade para o Brasil à
EDITORA ROCCO LTDA.
Rua Evaristo da Veiga, 65 – 11º andar
Passeio Corporate – Torre 1
20031-040 – Rio de Janeiro – RJ
Tel.: (21) 3525-2000 – Fax: (21) 3525-2001
rocco@rocco.com.br
www.rocco.com.br

Printed in Brazil/Impresso no Brasil

Preparação de originais
DANIEL MOREIRA SAFADI

CIP-BRASIL. CATALOGAÇÃO NA PUBLICAÇÃO
SINDICATO NACIONAL DOS EDITORES DE LIVROS, RJ

T415m

Thorpe, Rufi
    Margô está em apuros / Rufi Thorpe ; tradução Marcela Isensee. - 1. ed. - Rio de Janeiro : Rocco, 2025.

   Tradução de: Margo's got money troubles : a novel
   ISBN 978-65-5532-550-8
   ISBN 978-65-5595-355-8 (recurso eletrônico)

   1. Ficção americana. I. Isensee, Marcela. II. Título.

25-97249.1
CDD: 813
CDU: 82-3(73)

Meri Gleice Rodrigues de Souza - Bibliotecária - CRB-7/6439

Este livro é uma obra de ficção. As referências a pessoas reais, acontecimentos, estabelecimentos, organizações ou locais são destinadas apenas a proporcionar uma sensação de autenticidade e foram usadas para desenvolver a narrativa ficcional. Todos os personagens, incidentes e diálogos foram criados pela imaginação da autora e não devem ser interpretados como reais.

Pra você

CAPÍTULO UM

Você está começando a ler um livro novo e, para ser sincera, sinto um pouco de tensão por aí. O começo de um livro é tipo um primeiro encontro. Você espera uma magia irresistível desde as primeiras frases, uma que vai fazer você mergulhar na história como se estivesse entrando numa banheira de água quente, se entregando de corpo e alma. Mas essa esperança diminui com a perspectiva de que, na realidade, você logo vai ter que aprender o nome de um bando de pessoas e acompanhá-las educadamente como se estivesse no chá de bebê de uma mulher que mal conhece. E está tudo bem, Deus sabe que você já se apaixonou por livros que não te prenderam no primeiro parágrafo. Mas isso não te impede de manter a esperança de que eles venham até você, no escurinho da sua mente, e deem um beijo no seu cangote.

O chá de bebê de Margô foi organizado por Tessa, a dona do restaurante onde Margô trabalhava. Tessa achou divertido o bolo ter o formato de um enorme pênis, talvez por Margô não ser casada, ter dezenove anos e nem mesmo poder beber, ou porque tinha engravidado de um professor. Tessa era uma confeiteira talentosa. Ela mesma fazia todas as sobremesas do restaurante e se empenhou no bolo de pênis: um falo 3D esculpido à mão, doze camadas de pão de ló com cobertura rosa fosco em redemoinhos. Tessa até colocou uma bomba manual no bolo, e depois que todos cantaram *Lá vem um bebê enorme* no ritmo de *Ele é um bom companheiro*, depois que Margô apagou as velas — por quê? Não era aniversário dela —, Tessa apertou a bomba com força, e o recheio branco jorrou do topo e escorreu pelas laterais. Tessa gritou de alegria. Margô fingiu rir e depois chorou no banheiro.

Margô sabia que Tessa tinha feito o bolo porque a amava. Ela era, ao mesmo tempo, uma pessoa cruel e amorosa. Uma vez, quando descobriu que o menino que fazia as saladas não sentia gosto nem cheiro porque tinha sido espancado quase até a morte quando era adolescente, Tessa serviu a ele um prato de creme de barbear e terra adubada, dizendo que era uma nova sobremesa. Ele comeu duas grandes colheradas antes de ela dizer a ele que parasse.

Margô sabia que Tessa estava tentando suavizar uma situação infeliz. Transformar tragédia em piada era meio que a praia dela. Mas parecia injusto que o único amor disponível para Margô fosse tão inadequado e doloroso.

A mãe de Margô, Shyanne, tinha dito à filha que ela deveria fazer um aborto. Seu professor ficou desesperado pedindo para ela fazer um aborto. Na verdade, ela não tinha certeza se queria o bebê tanto quanto queria provar aos dois que não iam conseguir forçá-la a fazer o que era mais conveniente para eles. Nunca lhe ocorreu que, mantendo a gravidez, os dois poderiam simplesmente interagir menos com ela. Ou, no caso do professor, parar de interagir com ela por completo.

Apesar de Shyanne eventualmente ter aceitado a decisão de Margô e até tentado apoiá-la, o apoio em si nem sempre ajudou. Quando Margô entrou em trabalho de parto, sua mãe apareceu no hospital com quatro horas de atraso porque ficou dirigindo pela cidade inteira procurando o ursinho de pelúcia ideal. "Você não vai acreditar, Margô, mas acabei voltando na Bloomingdale's porque lá tinha o melhor!"

Shyanne trabalhava na Bloomingdale's havia quase quinze anos. As pernas da mãe usando meia-calça preta fio 15 era uma das primeiras lembranças de Margô. Shyanne estendeu o urso, que era branco e parecia estar com prisão de ventre. Em uma voz alta e estridente, ela disse:

— Empurra esse bebezinho para fora, eu quero conhecer meu amigo!

Shyanne estava usando tanto perfume que Margô quase ficou feliz quando a mãe foi sentar num canto e começou a jogar pôquer no celular. PokerStars. Ela amava. Mascou chiclete e jogou pôquer a noite inteira, acabando com aqueles palhaços. Era assim que Shyanne sempre os chamava, os outros jogadores: "palhaços".

Uma enfermeira foi grosseira e debochou do nome que Margô escolheu para o bebê: Bodhi, de *bodhisattva*, que até sua mãe achou idiota, mas Shyanne deu um tapa na cara da enfermeira, e isso causou um enorme bafafá. Foi também a vez em que Margô se sentiu mais amada pela mãe, e por muitos anos ela repetiria mentalmente a memória daquele tapa e a cara de choque da enfermeira.

Mas isso foi depois da epidural e de uma noite inteira com a sede de um camelo no deserto, implorando por pedras de gelo e recebendo uma esponja amarela para chupar, já que as esponjas são conhecidas por sua capacidade de saciar a sede.

— Que merda é essa? — perguntou Margô com a esponja na boca, que tinha sabor de limão.

Isso aconteceu depois de tanto fazer força e fazer cocô na maca, e de o obstetra parecer muito enojado enquanto limpava, e de Margô gritar:

— Fala sério, você já viu tudo isso!

E de ele dizer, rindo:

— Tem razão, tem razão, eu vi, mamãe. Agora faça bastante força.

E então veio a magia do corpo roxo escorregadio de Bodhi quando o colocaram em seu peito, pressionando as toalhas ao redor dele, os olhinhos fechados. Logo que o viu, Margô se preocupou com a magreza dele. Suas pernas, em particular, pareciam subdesenvolvidas como as de girinos. Ele pesava apenas dois quilos e setecentos gramas, apesar da música que cantaram para ela no trabalho. E ela o amava. Ela o amava tanto que seus ouvidos zumbiam.

Foi só quando deram alta para ela que Margô começou a entrar em pânico. Shyanne já tinha perdido um turno de trabalho para acompanhar o parto e não tinha mais como tirar mais um dia para ajudá-la a sair do hospital e ir para casa. Além disso, Shyanne estava tecnicamente proibida de entrar no hospital depois de estapear a enfermeira. Margô disse à mãe que ficaria bem, é claro. Mas, ao sair daquele estacionamento, com o bebê chorando na estrutura de plástico duro da cadeirinha do carro, Margô sentiu como se estivesse roubando um banco. O choro dele era tão ranhoso e frágil que fazia seu coração disparar, e ela tremeu durante todo o trajeto de quarenta e cinco minutos até sua casa.

Margô estacionou na rua porque o apartamento só dava direito a uma vaga no prédio, mas, quando foi tirar Bodhi do banco de trás, descobriu que não conseguia entender como funcionava a alavanca que liberava a cadeirinha da base. Ela estava apertando o botão; será que tinha um segundo botão que precisava apertar ao mesmo tempo? Começou a sacudir a cadeirinha, tomando cuidado para não balançar com muita força. Se tinha uma coisa que todos deixaram claro era que nunca se deve sacudir o bebê. Bodhi estava se esgoelando agora, e ela continuava pensando: "Você não tem calorias suficientes para gastar essa energia toda. Você vai morrer antes mesmo que eu te leve pra casa!"

Após cinco minutos de puro pânico, ela finalmente lembrou que poderia apenas soltá-lo. Depois de se atrapalhar com aquela aberração gigantesca que era o fecho de plástico, que passava por cima do peito dele, e apertar a merda do botão vermelho da fivela que ficava na virilha com uma força sobre-humana necessária (sério, ela imaginou que uma família de alpinistas, acostumados a se pendurar pelas pontas dos dedos nas encostas de penhascos, que então decidiram criar coisas para bebês), ela o libertou, mas aí não tinha ideia de como carregar essa coisa minúscula e frágil além de todas as bolsas. Os pontos na parte inferior do corpo já doíam muito, e ela se arrependeu profundamente da vaidade que a fez levar calça jeans para usar na volta do hospital — mas que fique registrado que ela coube, sim.

— Tudo bem — disse ela com seriedade para o corpo minúsculo de Bodhi, o rosto vermelho-púrpura, os olhos bem fechados —, agora não se mexa.

Ela o colocou no banco do passageiro para que pudesse passar as alças da bolsa de fraldas e da bolsa de viagem sobre os ombros, cruzadas nos peitos como bandoleiras. Então, Margô pegou o bebê minúsculo e cambaleou pela rua até os prédios marrons e decadentes de Park Place. Eles não eram exatamente apartamentos ruins, escondidos atrás daquele posto de gasolina com um nome empolgante — ABASTEÇA! —, mas, se comparados às casas alegres, brilhantes e extravagantes dos anos 1940 no restante da rua, Park Place parecia um penetra.

Enquanto subia a escada externa para o segundo andar, ela estava aterrorizada com a possibilidade de deixar o bebê cair, sua pequena forma descendo em espiral em direção à piscina comunitária entupida de folhas. Margô entrou, disse oi para sua colega de apartamento, que estava no sofá — a mais legal, Suzie, que amava jogar *live action role-playing* (LARP) e às vezes se vestia de elfo mesmo em um dia de semana aleatório. Quando chegou no quarto, fechou a porta, tirou as bolsas dos ombros e sentou na cama para amamentar Bodhi, Margô sentiu como se tivesse ido à guerra.

Não quero insultar as pessoas que realmente foram à guerra; só quero dizer que Margô nunca tinha passado por esse nível de estresse e desgaste físico. Enquanto amamentava, ela não parava de pensar: "Estou tão fodida, estou tão fodida, estou tão fodida." Porque tudo que via ao redor era o grande vazio que representava o quanto ninguém se importava, se preocupava ou a ajudava. Ela poderia muito bem estar amamentando esse bebê em uma estação espacial abandonada.

Margô segurou o pacotinho perfeito que era o corpo quente de Bodhi e olhou para o rostinho franzido, as pequenas cavidades das narinas misteriosamente belas e arredondadas. Ela tinha lido que os olhos dos bebês só enxergavam até apenas quarenta e cinco centímetros de distância, exatamente a distância que os rostos das mães ficavam quando amamentavam, e Bodhi estava olhando para ela agora. O que ele via? Ela se sentiu mal se ele a estivesse vendo chorar. Quando ele adormeceu, Margô não o colocou no berço como deveria, apenas se deitou ao lado dele na cama, ciente de que a bateria de sua consciência estava acabando. Estava com medo de dormir quando era a única guardiã desse pequeno ser, mas seu corpo não lhe dava escolha.

Eu tinha aprendido os termos *primeira pessoa, terceira pessoa* e *segunda pessoa* no ensino médio, e achava que não existiam outros pontos de vista até conhecer o pai de Bodhi, poucos meses antes do fim de 2017. O curso que Mark dava era sobre pontos de vista impossíveis ou improváveis. Eu lembro que um dia um garoto da turma chamado Derek ficou tentando usar psicologia básica para diagnosticar o protagonista de um romance, e Mark ficava dizendo:

— O personagem principal não é uma pessoa real.

— Mas, no livro, ele é uma pessoa real — falou Derek.

— Sim, na medida em que ele não é apresentado como um gato ou um robô — respondeu Mark.

— Então, estou só dizendo que, no livro, acho que ele tem transtorno de personalidade borderline.

— Essa não é uma maneira interessante de ler o livro.

— Talvez para você, mas eu acho interessante — afirmou Derek.

Ele estava usando um gorro preto, e dava para ver que o cabelo estava sujo por baixo, escorrido e macio, como o pelo de um gato doente. Era o tipo de garoto que nunca teve um interesse romântico por mim e, por isso, eu quase não pensava nele. Derek provavelmente assistia a muitos filmes estrangeiros.

— Mas o personagem não seria interessante se fosse uma pessoa real — disse Mark. — Você nunca iria querer conhecer alguém assim, nunca se tornaria amigo dele. Os personagens são interessantes porque não são reais. O interesse reside na falta de autenticidade. Na verdade, eu chegaria a ponto de dizer que todas as coisas genuinamente interessantes não são tão reais.

— Coisas reais são chatas e coisas irreais são interessantes, entendi — falou Derek.

Eu só conseguia ver a parte de trás da cabeça dele, mas parecia estar revirando os olhos, o que era descarado até para ele.

— A questão é — rebateu Mark — que o narrador não faz x ou y porque tem transtorno de personalidade borderline. Ele faz x ou y porque o autor o está *obrigando*. Você não está tentando ter um relacionamento com o personagem. Você está tentando ter um relacionamento com o autor *por meio* do personagem.

— Beleza, isso parece menos burro.

— Tudo bem, eu vou me contentar com menos burro.

Aí todo mundo riu como se fôssemos todos bons amigos. Eu não disse nem uma palavra sequer naquela aula. Não falei em nenhuma das aulas. Para dizer a verdade, nunca me ocorreu que eu deveria. Os professores sempre alegavam que parte da nota vinha da participação em sala. Eu tinha aprendido há muito tempo que isso era um blefe. Eu não fazia ideia por que alguém decidia falar na aula, mas sempre havia um ou dois que tagarelavam o tempo todo como se o professor fosse o apresentador de um programa de entrevistas e eles fossem uma celebridade amada que tinha vindo promover o filme sobre a própria inteligência.

Mas, no dia em que devolveu nossos primeiros trabalhos, Mark me pediu para ficar depois da aula.

— O que você está fazendo aqui? — perguntou.

— Ah, eu estou matriculada — respondi.

— Não, neste artigo — esclareceu ele.

Agora eu tinha percebido que ele estava segurando meu artigo. Vi que tinha um "10" escrito em caneta vermelha, mas fingi estar preocupada. Não sei por quê.

— O artigo não está bom?

— Não, o artigo ficou excelente. Estou perguntando por que você está aqui, na Fullerton, uma faculdade comunitária. Você poderia ir para qualquer lugar.

— Onde? — perguntei, rindo. — Tipo Harvard?

— Sim, tipo Harvard.

— Não acho que deixam você entrar em Harvard por escrever um bom artigo sobre literatura.

— É exatamente por isso que deixam você entrar em Harvard.

— Ah — murmurei.

— Você gostaria de tomar um café algum dia desses? — perguntou Mark. — Podemos conversar mais sobre o assunto.

— Sim — respondi.

Eu ainda não tinha ideia de que ele estava interessado em mim. Realmente não pensei nisso. Ele era casado, usava aliança, estava na casa dos trinta e tantos anos, velho o suficiente para que eu não pensasse nele dessa forma. Mas, mesmo se eu soubesse das intenções dele, eu ainda teria aceitado tomar aquele café.

Mark era meu professor e, por algum motivo, esse título misterioso o tornava um pouco não humano. No começo, era difícil imaginar que eu poderia ferir seus sentimentos ou ter algum tipo de efeito nele. Eu também não fazia julgamentos morais sobre ele. Eu o aceitava como ele era, como se tivesse conquistado o direito de ser desajeitado, estranho e adúltero por ser melhor e mais inteligente do que outras pessoas, melhor e mais inteligente do que eu. Mark parecia tão excêntrico e misteriosamente inútil quanto a própria cidade de Fullerton.

Fullerton não era mais divertida do que Downey, onde eu cresci, embora tivesse uma energia completamente diferente por causa das faculdades: Cal State Fullerton e sua irmã mais nova, Fullerton College. Em Downey, a gente come frutos do mar caríssimos em um restaurante escuro com música tecno nas alturas ou espera na fila por uma hora para comer os pães doces instagramáveis da Porto's. Fullerton, por outro lado, era tipo uma cidade inteira administrada por tias solteironas. Tinha tantos dentistas e consultores fiscais que daria para pensar que as pessoas só faziam isso ali. Até as casas de fraternidade pareciam esquisitas e inofensivas, sombreadas por olmos maduros. O dinheiro de Fullerton não vinha da indústria. Vinha de sua conexão com o aprendizado — as faculdades eram razão suficiente para manter os aluguéis altos e o capital fluindo. Mark fazia parte de tudo isso. Ele era um sino de vento em forma humana, balançando desajeitadamente na árvore gloriosa do ensino superior.

No começo, isso me fez sentir que a dinâmica de poder estava a meu favor. Sua condição de professor não me deixou alheia às suas fraquezas: registrei com detalhes o ridículo de suas calças (verde! veludo cotelê!), seus sapatos (Birkens!), o exemplar gasto de *Beowulf* saindo da bolsa carteiro (bolsa carteiro!).

Mas, para Mark, era quase como se eu fosse um personagem de um livro. Ele não conseguia superar isso: o "Caco, o Sapo" tatuado no meu quadril.

— Por que o Caco? — perguntou, na primeira vez que dormimos juntos, esfregando o pequeno corpo verde do sapo com a ponta do dedo.

Dei de ombros.

— Eu queria fazer uma tatuagem. As outras opções eram, tipo, facas ou cobras ou coisas sérias, e eu só não sou uma pessoa séria.

— Que tipo de pessoa você é?

Pensei sobre a pergunta.

— Uma pessoa brega.

— Brega! — soltou ele.

— Sim, brega — respondi. — Tipo, eu acreditei em Papai Noel até os doze anos. Sei lá, sou brega!

— Você é a pessoa mais peculiar que já conheci — disse Mark, maravilhado.

Em parte, foi por isso que evitei contar a ele sobre meu pai. Há pessoas que veneram a luta livre profissional e pessoas que a desprezam, e eu temia que Mark fosse do tipo que venerava aquilo que desprezava. Eu sabia que minha linhagem de circo seria um fetiche instantâneo para ele.

Quanto menos autênticas as coisas parecem, mais elas nos intrigam — isso era o que Mark amava sobre pontos de vista: as maneiras como eram obviamente inautênticos ou tentavam tanto ser reais, o que era, estranhamente, outra maneira de mostrar como eram inautênticos.

— A maneira como você olha para algo muda o que você vê — dizia ele.

É verdade que escrever em terceira pessoa me ajuda. É muito mais fácil ter empatia pela Margô que existia naquela época do que tentar explicar como e por que fiz todas as coisas que fiz.

O mais confuso sobre o pai de Bodhi era que, obviamente, eu só dormi com ele porque ele tinha o poder e, obviamente, pelo fato de ele ser meu professor de literatura, minha matéria favorita. Ainda assim, muito do que me impulsionava era a maneira como ele insistia que o poder estava comigo. Mas qual de nós realmente o tinha? Eu costumava passar muito tempo pensando sobre isso.

Além de me engravidar e meio que arruinar minha vida, Mark me ajudou muito com minha escrita. Ele revisou cada frase dos meus artigos comigo, abordando cada uma delas e mostrando como poderiam ser melhoradas. Ele me dava "10" e exigia que eu reescrevesse os artigos mesmo assim.

— O que você é — dizia ele — é importante demais para não ser polido. — Ele apontava uma frase que eu tinha escrito, questionando: — O que você estava tentando dizer aqui? — E eu falava, gaguejando, o que eu tinha pretendido, e ele respondia: — É só falar. Não fique enrolando.

Foi só depois de me ajudar dessa maneira por várias semanas que o caso começou. Um dia, eu tinha que ir na sala dele. Quando cheguei lá, ele disse que não estava conseguindo se concentrar e perguntou se poderíamos nos encontrar outro dia, e eu concordei. Mas acabamos saindo do prédio ao mesmo tempo e caminhamos juntos, e ele desabafou sobre tudo, todas as suas frustrações em relação ao departamento, à esposa, aos filhos e a como ele se sentia preso pela própria vida.

— E eu nem mereço minha vida de merda — falou. — Eu sou uma pessoa horrível.

— Não é, não — afirmei. — Você é um professor incrível! Passou todo esse tempo comigo, me ajudando.

— Eu queria desesperadamente te beijar a cada segundo.

Eu não sabia o que responder. Quer dizer, de certa forma eu tinha um crush meio adolescente por ele, mas nunca tinha pensado em beijá-lo. Eu só me sentia brilhante e bem sempre que ele me elogiava.

Estava chovendo, e a gente estava andando em círculos pelo campus. Não tínhamos guarda-chuva, mas nós dois estávamos usando jaquetas com capuzes. Paramos debaixo de um enorme eucalipto.

— Posso te beijar? — perguntou.

Assenti. Quer dizer, eu literalmente não me imaginava dizendo não. Eu teria feito qualquer coisa que ele pedisse. Ele era baixo, talvez um metro e sessenta e cinco, minha altura, e eu nunca tinha beijado um cara tão baixo antes, e foi meio legal, com os dois capuzes protegendo a gente da chuva. Mas até eu fiquei, tipo, *A gente vai se beijar em público no campus? Isso parece uma péssima ideia.*

A questão foi que, quando tudo acabou entre nós, ele tinha se comportado de forma tão infantil, e eu tive que assumir tanta responsabilidade pelo que tínhamos feito que não me senti usada. Eu me senti... puta da vida. Se ele fosse um adulto de verdade, a coisa toda nunca teria acontecido, em primeiro lugar.

* * *

Na primeira vez em que Mark foi ao apartamento de Margô, ele estava usando um boné e óculos escuros, como se estivesse tentando se esquivar dos paparazzi. Margô não tentou limpar ou arrumar a casa para essa visita, não se sentiu envergonhada por Mark ver o sofá de veludo rosa manchado, a bagunça de fios pendurados na TV. Sua cama sem cabeceira, um colchão e um box no chão. Nada disso a incomodava. Ele estava ali para foder uma garota de dezenove anos. O que mais ele poderia esperar?

— Você divide apartamento. — Foi o que ele disse.

— Eu falei que dividia apartamento — respondeu ela.

— Eu não achei que haveria mais alguém em casa.

— Isso é cerveja? — perguntou Suzie.

Mark estava de fato segurando um engradado de long necks estranhas que pareciam de xarope. Red Stripe. Era um tipo de cerveja que Margô nunca tinha visto na vida. Com certeza não tinha dessas no trabalho dela. Ele ainda estava usando óculos escuros dentro de casa.

— Tira isso — disse ela, tentando arrancá-los do rosto de Mark.

Ele a afastou com um tapa.

— São de grau.

— Pague o pedágio — falou Suzie, e levantou a mão para receber uma cerveja.

— O quê?

— Dá uma cerveja a ela — ordenou Margô, rindo dele.

Ele estava segurando as garrafas no peito como uma criança que não quer dividir.

— Quantos anos você tem? — perguntou ele à Suzie. — Meu deus, Margô, eu não queria...

— Sou velha o suficiente para contar ao reitor. *Agora pague o pedágio* — rosnou Suzie.

— Isso foi um erro e tanto — disse Mark.

— Aqui — falou Margô, tirando uma cerveja do engradado e colocando na mão estendida de Suzie.

— A cobradora está muito satisfeita — disse Suzie.

— Vamos pro meu quarto — chamou Margô.

Mark a seguiu pelo corredor, passando pelos quartos de Kat, a Maior, e Kat, a Menor, até a porta de Margô.

— Bem-vindo — disse ela, segurando a porta aberta para ele — ao lugar onde a mágica acontece.

* * *

Embora ela não se sentisse atraída de verdade por Mark, o sexo foi surpreendentemente prazeroso. Ela já tinha feito sexo com dois caras: um era seu namorado do ensino médio, Sebastian, que tinha o melhor cachorro do mundo, o Remmy, que era uma mistura de pastor com outra raça e cuja cabeça tinha um leve cheiro de amendoim e a quem ela com certeza amava mais do que a Sebastian. E o outro era um rapaz que ela tinha conhecido na primeira semana de faculdade, durante a recepção dos calouros, e que nunca mais falou com ela. Mark era diferente dos dois na cama. Ele não era circuncidado, uma situação que a deixava curiosa, e ela nunca conseguiu explorar a elasticidade da pele do pênis dele de maneira satisfatória. Mas ele era também intenso com I maiúsculo. A primeira vez que fizeram sexo foi em pé, ela sendo pressionada contra uma parede. Parecia desconfortável e nada prático, mas Margô presumiu que era parte de alguma fantasia dele. Para ela, transar contra a parede só podia ser mesmo uma fantasia, na verdade.

Quando acabaram, ele sentou na cadeira da escrivaninha e girou. Ela foi ao banheiro para fazer xixi e assim garantir que não teria cistite; quando voltou, ele estava vasculhando as gavetas da escrivaninha.

— O que está fazendo? — perguntou Margô.

— Você anda por aí assim, de calcinha? — indagou Mark, levantando a cabeça.

— Elas são meninas — respondeu ela. — Por que você está vasculhando minha escrivaninha?

— Só curiosidade.

Ela ficaria chateada se tivesse algo de interessante nas gavetas. Se ele quisesse examinar sua calculadora gráfica com a tela rachada, podia continuar. Ele nunca descobriria os segredos dela. Ela não tinha nenhum, na verdade. Ou tinha, mas eles eram internos de alguma forma, secretos até para ela mesma. Por exemplo, ela não gostava dele, não de verdade, e o segredo de seu desdém era como uma promessa oculta, esperando em uma gaveta dentro dela.

— Sua esposa sabe que você faz isso? — perguntou Margô.

— Hum, não — respondeu ele, girando um pouco na cadeira.

— Mas você já fez isso antes?

— Com uma aluna? Não.

— Com outras mulheres?

Ele parou de girar e pareceu estar pensando na resposta. Abriu uma das cervejas estranhas que havia trazido. Usou a borda da escrivaninha para tirar a tampa da garrafa, e ela ficou chocada com essa grosseria.

— Eu nunca contei a ninguém — falou.

— O quê? — perguntou ela, deitando-se na cama, ciente de que mesmo agora estava tentando ficar bonita de calcinha, seu quadril um pouco inclinado enquanto deitava nos travesseiros.

Do corredor, Margô ouviu uma das colegas de quarto vomitando. Provavelmente Kat, a Menor, que sempre vomitava. As coisas entravam e saíam dela com uma ânsia que Margô não conseguia entender.

— Eu transei com a irmã da minha esposa na nossa noite de núpcias.

Margô se engasgou.

— Meu deus, você é uma pessoa má!

Ele assentiu, a testa franzida.

— Sou mesmo.

— Mas então você parou de transar com a irmã dela.

— Sim. Quer dizer, aconteceu mais algumas vezes depois que voltamos da lua de mel, mas depois disso paramos, sim.

— Você se sentiu culpado? — perguntou.

Era difícil saber o que os homens sentiam, Margô percebeu. Ela sempre se perguntou como o próprio pai podia ser tão completamente imune à necessidade que ela tinha de sua presença, como ele conseguiu fazer uma mala e ir embora sem se despedir antes de ela acordar de manhã. Quando criança, ela imaginava que ele era diferente com os filhos de verdade, mas à medida que foi crescendo e passou a conhecê-lo melhor, entendeu que ele era assim com a esposa e os outros filhos também. Era a vida de luta livre. Sempre entrando num avião. Era onde ele queria estar: espremido em um carro alugado com dois homens que pesavam uns cento e trinta quilos, violentos de um jeito psicótico e viciados em analgésicos. O mundo normal talvez nunca tenha sido totalmente real para ele.

— Isso vai parecer bem zoado, mas não — respondeu. — Eu só fingi que nunca aconteceu. E, como ela não sabia que eu tinha feito, era como se eu não tivesse feito.

* * *

Mark escrevia poesia para ela. Acabou sendo quase uma dúzia de poemas, mas ela gostou mais deste:

O FANTASMA FAMINTO

No escuro, nos voltamos um para o outro
Como pombas deformadas,
Confusos por termos corpos.

Não sinto nada,
Continue me tocando,
Não sinto nada.
Sou um fantasma faminto.

Tentamos comer um ao outro,
Mas é como tentar correr em um sonho.
O gelo escuro e congelado da realidade se estilhaçando ao nosso redor.

CAPÍTULO DOIS

Mark tinha dois filhos, uma menina de quatro anos chamada Hailey e um menino de sete chamado Max, mas quase nunca falava deles. É claro que não falava da esposa. Ele só queria falar sobre poesia, escrita e livros. Ele me levava para a livraria Barnes & Noble. "Já leu Jack Gilbert? Não? Tudo bem, você precisa ler, é obrigatório", adicionando mais e mais livros à pilha. Depois, me levava para jantar. Na época, não me passou pela cabeça como ele bancava tudo isso com o salário de um professor de uma universidade como aquela.

Ele amava frutos do mar. Sempre pedia coisas que me enchiam de um leve pavor: polvo chamuscado ou mexilhões que pareciam, por tudo que é mais sagrado, o clitóris de um cadáver enfiado numa concha, e eu engolia tudo isso com a mesma expressão apreensiva de um cachorro que ganhou uma cenoura. Depois, ele me contava sobre um sonho estranho que teve em que era uma moça no Japão da Era Meiji.

Margô e Mark dormiram juntos apenas cinco vezes. Então, depois da quinta, ele explicou que o caso o fazia se sentir extremamente culpado em relação à esposa e que deveriam parar. Estavam no apartamento de Margô, ainda nus na cama *queen size*, quando ele disse isso.

— Mas eu quero continuar te vendo.
— Por quê? — questionou Margô.

Na verdade, ela ainda estava se perguntando como ele achou que se sentiria em relação à esposa ao dormir com Margô, senão culpado.

— Bem, porque eu me importo com você. Por favor, não corta o contato quando não estivermos transando.

Margô inclinou a cabeça. Não tinha pensado que poderia cortar o contato; todo esse caso parecia ser meio que coisa de Mark. Ela o estava deixando conduzir. Mas a ideia de sair com esse homem de meia-idade sem sexo — tipo, só ter um *amigo* mais velho e esquisito?

— Certo — falou —, deixa eu ver se entendi. Então você ainda quer sair para jantar?

— Sim — confirmou ele.

— E os e-mails?

— Claro que podemos trocar e-mails. Os e-mails são a parte mais importante. Podemos trocar e-mails pelo resto de nossas vidas.

Parecia óbvio para Margô que eles não iam fazer isso.

— Mas sua esposa não se importaria mais com poesia romântica do que com sexo? Tipo, se eu fosse a esposa de alguém, e essa pessoa transasse com outra, eu conseguiria superar. São essas coisas de amor que pegariam pra mim. Tipo, você não deveria dizer que me ama.

— Mas eu te amo.

Margô não sabia o que dizer. Ela estava com uma bolha no polegar, de quando pegou um prato quente no trabalho. Culpa dela por deixá-lo lá tempo demais, mas a nova garçonete a tinha deixado atendendo três mesas ao mesmo tempo. Ela continuou apertando a bolha e sentindo a rigidez da água sob a pele. Estava quase reprovando em francês também. Devia estar estudando.

— Não estou disposto a mentir sobre o fato de que te amo. Se eu não puder ser tão honesto comigo mesmo, então estou acabado.

— Vou fazer xixi. Quer um copo de água? — perguntou Margô.

— Sim, por favor — respondeu ele, as cobertas até o queixo. Então falou com uma vozinha de velha: — Estou com muita sede, Margô. — Ele fazia muito isso, fingia ser uma velha.

— Tudo bem, vovó — disse ela, vestindo uma calcinha limpa e andando sem equilíbrio pelo corredor.

Ela imaginou que provavelmente ele não estava falando sério sobre pararem de transar. Que ele, na verdade, faria um joguinho dizendo que não iria dormir com ela, então cederia e dormiria com ela, e confessaria sua culpa e juraria não fazer mais aquilo, e assim por diante. Acabou não sendo o caso. Mark nunca mais dormiu com ela. E continuou a levá-la para jantares chiques, a escrever poesias românticas e a não se sentir incomodado de forma alguma. Era incrivelmente irritante. Mas ela tinha certeza de que o venceria pelo cansaço um dia.

Foi durante essa situação relativamente estável que Margô descobriu que estava grávida. Ela nem tinha percebido que sua menstruação estava atrasada.

Uma noite, no trabalho, ela ficou vomitando um pequeno Taco Bell que tinha comido, e Tracy, sua colega de trabalho favorita, ficou tipo "Talvez você esteja grávida!", mas parecia muito mais provável que seu corpo estivesse se rebelando contra o lanche.

No entanto, seu corpo continuou se rebelando, contra a cheesecake após o expediente, depois contra o iogurte na manhã seguinte. Ela bebeu um Gatorade azul, o sangue gelado e escuro dos deuses, e vomitou tudo. Isso continuou por quarenta e oito horas até ela ceder e comprar um teste de gravidez. Eles não usavam camisinha. Ele sempre tirava. Ele era casado e disse que era assim que fazia com a esposa, e nunca tinha dado errado! Ela se sentiu incrivelmente burra. Por acreditar nele, por ter um caso com ele, por ter um útero.

A primeira coisa que fez foi ligar para a mãe, e nem conseguiu falar, só chorar.

— Você está grávida? — perguntou a mãe.
— Sim — respondeu ela, chorando.
— Droga!
— Desculpa — falou. — Desculpa mesmo.

E então a mãe a levou para comer donuts.

Margô comeu, e dessa vez eles ficaram em seu estômago.

Quando contei ao Mark, estávamos em um restaurante, e eu tinha pedido uma salada com figos frescos, o que me fez pensar por que todo mundo estava fingindo gostar de figos frescos, essa grande conspiração para fingir que aquilo era gostoso.

De qualquer forma, contei ao Mark que estava grávida, e Mark disse:
— Puta merda.

E eu disse:
— Eu sei.
— Tem certeza?
— Hum, sim — respondi.
— Você foi ao médico?
— Ainda não.
— Então sua menstruação pode estar só atrasada.
— Bem, eu fiz, tipo, quatro testes de gravidez, então acho que não, mas pode ser, eu acho.

Ele tomou um gole de cerveja.

— Estou involuntariamente meio emocionado. Minha semente é forte! — disse ele com algum tipo de sotaque alemão ou viking.

Eu ri. Minhas mãos estavam suando sem parar. Parecia que o restaurante inteiro estava se movendo, como se estivéssemos num barco, a pesada prataria se mexendo de leve nas toalhas de mesa brancas.

— Desculpa — falou. — Eu sei que é sério. Eu quero estar ao seu lado para te apoiar de todas as maneiras possíveis. Financeiramente, é claro, mas se você quiser que eu te leve à consulta ou qualquer coisa assim... Esse erro é meu também, e eu sou totalmente responsável.

— Então como eu marco uma consulta? — perguntei.

— Eu começaria ligando para o centro de saúde sexual e reprodutiva — respondeu. — Mas, tipo, eu não sei se médicos particulares fazem isso ou se é melhor... Tipo, não quero que você faça um aborto barato.

Eu não percebi que ele já tinha decidido sobre o aborto. Mas é claro que tinha. Ele decidiria da mesma forma que decidiu que a gente ia parar de transar (embora, como era de imaginar, não via problema em a gente se pegar no carro dele), da mesma forma que decidiu que a gente ia ter um caso, para começo de conversa. Eu nunca disse não a ele, nem uma vez sequer. A gente ia aonde ele queria quando ele queria, comia o que ele queria, se tocava ou não se tocava tanto quanto ele queria. E, para ser sincera, acho que eu disse isso só para sacanear ele:

— Ah, eu não vou fazer um aborto.

Ele ficou verde quase na mesma hora. Foi extremamente gratificante.

— Você é o quê, católica? — perguntou em uma voz muito mais desagradável do que costumava usar comigo.

— Não, mas é uma escolha minha — falei.

— Não acha que eu deveria ter uma opinião? — questionou.

— Não — respondi.

Levantei, cobri a salada nojenta de figo com o guardanapo e fui embora. Quando saí do restaurante, senti a maresia e houve um momento estranho em que me senti como minha mãe, andando com orgulho na calçada, como se minhas pernas estivessem numa daquelas meias-calças pretas fio 15, como se eu pudesse ser uma pessoa completamente diferente. Aí eu tropecei no meio-fio e a sensação se foi, e eu era apenas a idiota que tinha estacionado longe demais.

E eu queria tanto, mas tanto que a próxima parte não tivesse acontecido, mas é verdade que ele correu atrás de mim e a gente acabou se pegando no carro dele, e eu admiti que talvez fizesse um aborto, só não queria ser forçada a isso, e ele disse:

— Eu não conseguiria te forçar a nada, Margô. Você é mais rebelde do que qualquer pessoa que já conheci.

E eu gostei de ser chamada assim, apesar de ele sempre dizer coisas que não pareciam ter a ver comigo de verdade. Era mais a fantasia que ele tinha de mim. Mas gostei de ficar com ele no carro, e fomos embora em clima de paz. Então Mark não falou nada por três dias, um silêncio inédito. Continuei olhando o telefone, checando o e-mail. Mandei mensagem, Ei, você está bem?. (Eu sempre digitava *você está* com ele, em respeito às suas questões de Geração X e também porque ele era meu professor de literatura, pelo amor de Deus.) Ele não respondeu.

E eu sabia que algo de ruim havia acontecido, que os sentimentos dele tinham mudado. Normalmente, havia um cordão de apego entre nós, que era só eu puxar e podia senti-lo ali do outro lado. De repente, tive a horrível sensação de que isso havia sido cortado, e agora eu tinha um cordão que não levava a lugar nenhum, que estava apenas balançando no espaço.

Então o e-mail chegou, longo e complicado, explicando como ele achava que era melhor não termos mais contato, o que era fácil, já que o semestre tinha acabado e eu não estava mais na turma dele. Mark se desculpava por tudo que me fez passar, mas sentia que eu estava jogando minha vida fora e ele não conseguia suportar isso. Você pode chegar aonde quiser, pode fazer qualquer coisa, ele escreveu. Não jogue tudo fora para ter um bebê. Só desta vez, Margô, acredite em mim. Eu sou mais velho que você. Eu tive filhos. Eles são difíceis. Você não quer filhos.

Era perturbador que ele continuasse tentando definir a decisão em termos do que eu queria. Para mim, *querer* e *dever* eram duas coisas muito distintas. Na verdade, querer algo geralmente era um sinal de que você não merecia e não conseguiria uma coisa, por exemplo: mudar para Nova York e ir para uma faculdade chique como a NYU. Por outro lado, quanto menos você quisesse fazer algo, mais provável era que devesse fazer, como ir ao dentista ou declarar impostos. Mais do que tudo, o que eu queria era tomar a decisão certa, e ainda assim ninguém estava disposto a se envolver comigo nesses termos.

A melhor amiga de Margô do ensino médio tinha entrado na NYU e se mudado para Nova York, e a dor que isso causava, a dor de que Becca estava vivendo a vida que as duas queriam enquanto Margô era uma garçonete que cursava a faculdade comunitária — o entendimento tácito era de que as coisas eram assim porque os pais de Becca tinham dinheiro e a mãe de Margô, não —, era muito intensa, e as duas tinham parado de se falar. Só que agora Margô ligou para ela, e Becca atendeu no primeiro toque.

Margô fez um resumo rápido do que tinha acontecido.

— Então, o que você acha?

— Faz um aborto, porra! — respondeu Becca.

— Mas, tipo... — Margô ouvia as sirenes e o barulho da cidade ao fundo.

— Não existe "mas, tipo" aqui. Não é uma situação de "mas, tipo"! Isso é uma emergência!

Não parecia uma emergência.

— Você acredita que tudo acontece por um motivo? — perguntou Margô. — Tipo, você acredita que tudo é predestinado ou acredita em livre-arbítrio?

— Margô, isso não é uma questão filosófica. É uma decisão financeira.

— Parece uma merda tomar uma decisão importante com base em algo tão idiota e artificial como dinheiro.

— Eu posso te garantir que dinheiro é muito real — afirmou Becca.

Margô estava sentada em seu quarto, olhando para a pilha de roupas saindo de seu armário como se as peças estivessem tentando escapar rastejando.

— Eu só acho — começou Becca — que talvez ser mãe solo não seja tão glamoroso quanto você pensa.

Agora Margô tinha ficado puta.

— Becca, sou eu que fui criada por mãe solo, e não é nada glamoroso. Não estou dizendo que eu ficaria com o bebê porque seria divertido ou fácil. Estou dizendo que acho que ficar com o bebê pode ser o que uma pessoa boa faria.

— Então um aborto faz de você uma pessoa má?

— Bem, não — respondeu Margô.

Mas, em algum nível, não era isso o que todos meio que insinuavam? Não se deveria fazer um aborto só porque era mais conveniente. O certo era ficar completamente arrasada com isso.

— Então, me diz mais uma vez, como ter o bebê faria de você uma pessoa boa?

— Eu não sei! Não estou dizendo que faria! — Margô levou as mãos aos cabelos como se fosse arrancá-los.

— Você literalmente disse que estava pensando em ter o bebê porque achou que era o que uma pessoa boa faria.

— Então talvez eu não quisesse dizer isso.

— E desde quando você se importa em ser uma boa pessoa? Quero dizer, você estava transando com o marido de alguém.

— Eu sei — disse Margô. Mas ela não sabia. Ela sempre soube que Mark era uma pessoa terrível, mas até este exato momento não tinha registrado muito bem que ela também era. — É só que... o que eu estou fazendo da minha vida? Estudando naquela faculdade? Fingindo que vou pedir transferência? Você consegue pelo menos entender como é impossível entrar numa universidade na Califórnia? E, mesmo se eu entrasse, eu me formaria em quê? Literatura? Não dá para arrumar emprego com diploma em literatura, e eu não consigo nem pensar em mais nada que eu poderia estudar! Então, o que eu faço, tipo, continuo como garçonete? Arranjo um emprego na Bloomingdale's como a minha mãe? Nada disso faz sentido. Pelo menos isso seria alguma coisa.

— Tem muita coisa legal que você pode fazer, Margô. Você pode estudar viticultura e entrar no ramo de vinhos ou algo assim.

Margô logo pensou na representante de vinhos que era fornecedora do restaurante onde ela trabalha, que era tão cafona e pretensiosa, e tinha uma enorme tatuagem de uvas no peito, tipo, bem no colo, umas uvas roxas de desenho animado, enormes e feias. E Margô sabia que, se elas estivessem falando sobre o que Becca deveria fazer da vida, viticultura estaria fora de cogitação.

— Estou dizendo que é uma coisa importante! — falou. — Tipo, você não acha que eu deveria pelo menos pensar? Por que você está tentando fingir que não é uma coisa importante?

— Desculpa — disse Becca —, não sei por que estou sendo tão babaca. É uma coisa importante, é uma coisa superimportante.

Isso não era suficiente, e Margô não sabia muito bem por quê.

— Como vai a faculdade? — perguntou.

E elas conversaram sobre isso por um tempinho. Quando desligaram, Margô chorou por vinte minutos e depois foi trabalhar.

Enquanto isso, o tempo ainda estava passando e, de alguma forma, era terça-feira, e ela estava indo para a primeira consulta médica. Primeiro, ela tinha ligado para a clínica de saúde sexual e reprodutiva, mas eles não faziam ultrassom para confirmar a gravidez até que a pessoa estivesse com oito semanas. A matemática da gravidez era cruel. No momento em que você descobria a gestação, já estava com quatro semanas. Esperar mais quatro semanas para ver se estava grávida ou não parecia absurdo, então ela ficou ligando para ginecologistas e obstetras até encontrar um que estivesse disposto a agendar uma consulta com seis semanas.

Foi exatamente como todas as outras vezes em que foi ao médico. Ela não sabia bem por que estava surpresa. Talvez pensasse que eles seriam mais legais com ela. O médico era um cara branco, gordinho, de meia-idade e com a cabeça raspada.

— Então, você não sabe a data da sua última menstruação?

— Não, eu não... anotei?

— Beleza, não se preocupe, vamos deixar tudo redondinho. — Ele parecia o tipo de homem que era um ótimo marido, mas que ainda assim era traído pela esposa. — Vou sair do consultório. A enfermeira vai trazer um avental. Vista e tire a calcinha.

Margô assentiu.

— Isso aqui é um doppler transvaginal — informou ele. — Já fez esse exame alguma vez?

— Não.

— Bem, quando o feto está desse tamanho, não dá para ver bem o suficiente através da barriga, então temos que dar uma olhadinha por dentro.

Margô olhou para o vibrador futurista preso à máquina de ultrassonografia. Ela entendeu a ideia. Não tinha imaginado nada nem perto disso.

Depois que o médico saiu do cômodo enquanto ela estava se trocando e colocando o avental trazido pela enfermeira, Margô agradeceu em silêncio a Deus que Mark não tivesse vindo para assistir a uma coisa dessas. Já seria estranho o suficiente se sua mãe viesse, mas Shyanne estava trabalhando.

E então chegou a hora de ela ser fodida por um robô e conhecer o filho que ainda estava para nascer.

— Certo — disse o médico —, o gel já está aquecido, então acho que não vai ser tão ruim assim.

Ele começou a inserir o vibrador gigante. Não doeu. Só foi estranho à beça.

O médico estava cutucando tudo que era canto ali dentro, talvez tentando ver a sua coluna vertebral.

— Beleza — falou, girando um botão na máquina. De repente, surgiu um som baixo e rápido, *tum-tum, tum-tum, tum-tum*. — É o batimento cardíaco.

— É? — Parecia um brinquedo mecânico. Ela não sabia por que estava chorando; em termos de som, esse era completamente decepcionante.

Ele continuou cutucando com o doppler, tirando fotos, clicando no mouse do computador com a outra mão. Sua ambidestria era realmente impressionante.

— Estou tirando as medidas para termos alguma ideia da idade do... hum... feto.

Ela percebeu que ele tinha evitado usar a palavra *bebê*. Achou gentil da parte dele, o que a fez começar a chorar de novo.

— Então, com base nas medidas, e elas são bem precisas, ainda mais tão cedo, eu diria que você está com cerca de oito semanas.

Não que isso não fosse possível, só que Margô não estava preparada. Oito semanas de gravidez parecia grávida demais.

Ele removeu o doppler, tirou a camisinha, depois apertou um botão na máquina e uma impressora começou a funcionar.

— Ah, eu devia ter perguntado: você quer cópias das imagens?

— Quero — respondeu Margô, embora dizer isso a tenha feito tossir, pois estava chorando muito e tentando ficar relativamente quieta ao mesmo tempo.

— Você... sabe o que quer fazer em relação à gravidez?

— Não — respondeu ela, e fechou os olhos.

— Vou deixar você se limpar, e então podemos conversar melhor sobre suas opções — disse ele.

Quando o médico saiu da sala, Margô olhou para as imagens, que ainda estavam penduradas para fora da máquina, uma tira fina e brilhante de papel. E lá estava ele. Seu bebê, parecendo, sem tirar nem pôr, uma pomba minúscula e deformada.

CAPÍTULO TRÊS

Depois da consulta, dirigi até o apartamento da minha mãe.
— Oi, pãozinho — disse ela.
— Estou grávida de oito semanas — falei, me jogando no sofá.
Minha mãe ficou me olhando por um tempo.
— Você quer ter esse bebê, não quer?
— Não sei.
Minha mãe foi até a cozinha. Ouvi o estalo e o chiado quando abriu uma cerveja. Ela voltou para o quarto.
— Gostei das unhas — falei.
Eram novas. Um tom de amarelo radioativo.
— Se você decidir ter esse bebê — começou —, eu não vou cuidar dele. Vai ser o seu filho.
— Eu sei — respondi, genuinamente perplexa. Eu nunca daria um bebê para minha mãe cuidar.
— Mas que merda — soltou ela, andando de um lado para o outro na frente da TV, com a cerveja na mão.
— Mãe, está tudo bem — falei. — Eu vou dar um jeito.
— Eu só... eu achava que tinha me saído tão bem! Você estava na faculdade! Ia ser alguém!
— Quem eu ia ser? — perguntei.
De repente, vi a imagem da minha mãe tentando encaixar a ideia que ela tinha de mim com o que eu realmente era, tipo uma unha postiça, essa grande máscara com um rosto sendo colocada sobre o meu rosto de verdade.
— Você sabe o que quero dizer. Você ia ter uma carreira e, tipo, fazer coisas!
— Que coisas?
— Não sei — disse Shyanne. — O que você quisesse!
Fiquei em silêncio. Mark, Becca, minha mãe — eles ficavam batendo nessa tecla de que eu tinha todas essas opções, e eu nunca conseguia descobrir que supostas opções seriam essas. No ensino médio, tive exatamente duas sessões

com o orientador educacional, o sr. Ricci. Na primeira vez, ele me disse que eu poderia me candidatar para bolsas de estudo e ajuda financeira, e me deu vários formulários para preencher. Na segunda, ele parecia não se lembrar de mim e disse que minha única esperança seria pedir transferência para uma faculdade comunitária. Eu me matriculei na Fullerton College, só que, no primeiro ano, não consegui pegar nenhuma das matérias que eles exigiam para fazer a transferência de crédito; todas as turmas lotavam em um segundo praticamente. Então, acabei fazendo um ano inteiro de créditos de ciências humanas basicamente inúteis e que nunca seriam transferidos para nenhum outro lugar. Todo mundo ficava me dizendo que eu perderia tanto com esse bebê, mas não parecia que eu estava perdendo nada.

— Estou morrendo de medo de contar para o Kenny — disse Shyanne, voltando a andar de um lado para o outro.

— Por que você teria medo de contar para o Kenny?

— Ele é religioso! — sussurrou.

Ela estava parecendo muito um velociraptor andando de um lado para o outro daquele jeito.

— Então... ele não ficaria feliz por eu não ter feito um aborto?

— Não, antes de mais nada, ele ficaria chocado por você ter se corrompido! Ser mãe adolescente? Quer dizer, Margô, nós nunca contaríamos pra ele se você fizesse um aborto!

— Sendo bem sincera, mãe, não me importo com o que Kenny pensa de mim. Além disso, eu teria vinte anos quando o bebê nascesse.

— Vai que ele vira seu padrasto!

Achei isso improvável, mas parecia maldoso dizer isso.

— O Kenny é ótimo. Ele é incrível — disse ela.

— É, sim — respondi.

— Vai ficar tudo bem — continuou. — Vou meio que insinuar que Mark se aproveitou de você. Não foi sua culpa, na verdade.

Não tive a intenção de me levantar num pulo, mas foi isso que eu fiz, e depois não soube o que fazer quando estava de pé.

— O Mark não se aproveitou de mim — falei. — Não foi assim.

— Claro que você acha isso. Não teria ficado com ele se sentisse que ele estava se aproveitando de você. Mas ele é um homem adulto, meu amor. Há coisas que você só vai entender quando for mais velha.

Eu estava tão brava que as solas dos meus pés doíam, e eu também precisava muito fazer xixi, então fui no banheiro. Minha mãe tinha um grande pôster da Torre Eiffel no banheiro dela, e pequenos sabonetes franceses; o cômodo era todo temático de Paris. Enquanto lavava as mãos com o sabonetinho, de forma bruta e desajeitada, como se estivesse descascando batatas, fiquei pensando em como isso era ridículo e em como ela era irritante, e foi aí que percebi que ela devia querer muito ir a Paris e provavelmente nunca iria. Eu me olhei no espelho e, de repente, vi como eu parecia com ela, uma imitação de Shyanne, os olhos um pouco arregalados demais. Nós duas tínhamos rostos idiotas, bonitos e fofos; rostos que pareciam sugerir que não havia nada por dentro.

Quando voltei para a sala de estar, ela estava sentada de qualquer jeito no sofá, como se alguém tivesse sugado o ar dela. Deitei com a cabeça em seu colo.

— Quando engravidei de você — falou, acariciando meu cabelo distraidamente —, eu fiquei com tanto medo.

— Por que você me teve? — perguntei.

Nunca tinha feito muito sentido. Foi só uma transa; ela mal conhecia meu pai. Eles se conheceram quando ela estava trabalhando no Hooters, um restaurante onde as garçonetes vestem roupas sensuais. Ela nem sabia o nome verdadeiro dele, só o que ele usava no ringue: Jinx, porque na primeira luta dele o oponente caiu morto antes mesmo que ele o tocasse.

— Eu não sabia que ele já era casado — contou. — Ele não usava aliança. Nenhum dos lutadores usava anéis, porque poderiam perder um dedo, mas eu não sabia disso naquela época. A gente teve um lance muito intenso, e eu pensei que talvez... Sei lá. Talvez, sabe? Parecia meu destino, como se ele fosse O Cara.

A ternura de sua esperança e a obviedade de sua ingenuidade eram demais. Corri para falar outra coisa.

— Como era o meu pai naquela época? Ele é tão sério agora que fica difícil imaginar. Até a ideia de ele bêbado.

— Ah, vai por mim, seu pai bebia bem. Eu não sei. Ele tinha uns olhos escuros que meio que brilhavam. E tomava tanto esteroide que seus trapézios eram enormes, e ele não se bronzeava. Era tão pálido e grande que parecia um touro branco.

— Mãe, eu tava perguntando sobre a personalidade dele!

— Eu já ia chegar lá! Ele era um cavalheiro. Provavelmente por ser canadense. Era sempre gentil, mas uma fera no ringue, ninguém esperava. Ele era um ótimo ouvinte, gostava de sentar e deixar as outras pessoas falarem.

— Eu consigo imaginar isso — falei.

Nunca vi meu pai lutando. Quando eu comecei a memorizar as coisas, ele já tinha tido duas hérnias de disco no Japão e começado a gerenciar os lutadores Murder e Mayhem. Ele os gerenciava no sentido cotidiano de agendar as lutas; eles eram dois dos poucos lutadores sem agente que brigavam pela audiência no horário nobre. Mas ele também fazia o papel de empresário deles na TV porque Murder e Mayhem não eram muito de conversa, e o Jinx era um gênio da divulgação. Eu achava que ele tinha parado de usar esteroides depois de ter se machucado porque ele perdeu muito peso, e, quanto mais envelhecia, mais magro ficava. Com um corpo tão grande, a magreza quase esquelética e a cabeça raspada, ele ficou parecendo um gato sem pelos.

— Como vocês... Tipo, como você contou a ele? — Era surpreendente o pouco tempo que eu tinha gastado imaginando tudo isso.

— Bem, uma noite todos eles chegaram no restaurante caindo de bêbados por volta de uma da manhã. E, depois do meu turno, ele me levou para o quarto de hotel dele, e eu contei. Ele ficou muito feliz com a notícia. Foi estranho. Ele não conseguia parar de sorrir e tocar minha barriga. Aí me disse que era casado, e isso meio que acabou comigo. Eu comecei a chorar, e ele disse: "Estou muito feliz por ter te conhecido." E percebi que eu estava feliz por ter conhecido ele também. Aí a gente se contentou com o que tinha. Quando ele estava na cidade, a gente se via. Eu sabia que ele tinha que economizar muito dinheiro para a esposa e a família, sempre soube disso. Mas ele realmente se fez presente quando podia, nisso eu acredito. Não acho que você deva contar com o Mark do mesmo jeito. E provavelmente muitas pessoas diriam que fui idiota por fazer isso, mas você sabe que eu sempre o amei.

Disso eu sabia. Era óbvio, até demais. Era só o Jinx aparecer na cidade que ela ficada obcecada por ele, sempre se oferecendo para fazer um sanduíche, pegar um copo de água. Era como se a gente lutasse em uma jaula de aço pela atenção dele, e eu sempre perdia. As poucas vezes em que eu vencia, quando o Jinx lançava o raio laser de amor em mim, eram dolorosas de uma forma diferente. Uma vez, ele veio à cidade por causa do meu aniversário e me levou a uma churrascaria. Eu tinha treze anos e não gostava de carne, mas ele me levou para um jantar chique e, quando cheguei em casa, Shyanne nem foi má, ela só estava arrasada. Nessa viagem, ele ficou em um hotel, e não na nossa casa. Ele fazia isso às vezes, e eu nunca soube exatamente o motivo ou o que isso significava.

— Você escolheu me ter — falei.

Eu conseguia ouvir de leve o barulho do gás carbônico saindo da cerveja dela.

— Escolhi. Mas teve outras vezes, depois, que fiz escolhas diferentes.

Fiquei em silêncio. Eu não sabia disso, mas fazia sentido.

— Você acha que as coisas acontecem por um motivo? — perguntei.

— Não sei — respondeu ela. — Mas acho que você só está com medo de admitir que quer destruir sua vida.

— Você acha que isso vai destruir minha vida? — perguntei.

Ela acariciou meu cabelo.

— Sim, pãozinho, isso vai arruinar sua vida, com certeza. Mas às vezes tudo que a gente quer é arruinar nossa vida.

Eu sabia que ela estava falando sobre a decisão de me ter. Sobre essa situação indefinida em que ela e Jinx passaram a vida inteira, o agridoce de se contentar com o marido de outra mulher. O jeito que eu gritava e tagarelava quando ele entrava pela porta, implorando para que fizesse um golpe de luta comigo antes mesmo de ele largar a bolsa, e ela saindo da cozinha, limpando as mãos no pano de prato, tendo tentado cozinhar alguma coisa retrô e estranha, um macarrão ao forno com atum e passas, um bolo de carne coberto de ketchup. Ela gritava comigo e me dizia para dar um pouco de espaço a ele, oferecia uma cerveja enquanto eu me esgoelava tentando contar a ele as coisas da escola. E, quando ele ia embora de novo alguns dias depois, o apartamento ficava tão quieto, e não sabíamos muito bem como falar uma com a outra, como se tivéssemos vergonha de nós mesmas e de como tínhamos nos comportado.

— Eu arruinei sua vida — falei, e não foi uma pergunta.

Eu só queria que ela soubesse que eu sabia.

— Você arruinou a minha vida de uma forma linda, pãozinho.

Não falei nada, só fiquei ali com a cabeça no colo dela. Ela acariciou meu cabelo, passou as unhas postiças no meu couro cabeludo.

Mas também houve momentos em que tínhamos rido e comido pipoca, sua caligrafia desajeitada em bilhetes que ela deixava nos meus lanches da escola, fingindo que tinham sido escritos pelo gato. Nossos braços em perfeita sincronia para dobrar um lençol de elástico. O dia em que fomos de carro até o Grand Canyon, oito horas sem paradas, e apenas olhamos para ele, compramos balinhas de gelatina e voltamos pra casa, tudo para eu conseguir ir pra escola no dia seguinte.

Se Shyanne não tivesse decidido me ter, o que ela teria tido?

— Eu marquei de fazer um aborto — contei. Ela não disse nada. — Mas acho que não consigo ir. Tipo, não consigo me imaginar indo.

— Bem — disse ela —, você tem que esperar chegar a hora, e aí descobrir se quer ir ou não.

— Tá bem — falei, tentando não mostrar como eu estava feliz por ela ter desistido de me convencer a levar isso adiante. Como se eu estivesse fingindo estar doente para ficar em casa.

Liguei e cancelei o aborto assim que saí da casa dela naquele dia. Não sei dizer o porquê. Era uma ideia ruim. Eu não tinha bons motivos. E, de verdade, não era porque eu queria ser uma pessoa boa. Não era porque eu estava apaixonada por Mark. Eu só queria aquele bebê. Eu queria mais do que eu já quis qualquer outra coisa.

Recortei as melhores fotos do ultrassom e guardei na minha mesa de cabeceira. Eu passava horas olhando para elas. Era uma imagem tão feia e descabida, tão frustrante em sua recusa de me dar algo a que eu pudesse me agarrar, qualquer maneira de imaginar quem o bebê seria. Meu corpo estava fazendo algo em segredo, e só me restava espionar os órgãos internos com essas fotos granuladas em preto e branco. Mas eu persisti, leal, esperando.

Quando passou das dezesseis semanas de gravidez e o aborto não era mais legalmente possível, Margô escreveu para Mark para dizer que teria o bebê. Não queria que ele tivesse a chance convencê-la a desistir. Ele não respondeu. Ela esperava um sermão, um telefonema em pânico. Durante dias, esperou pela reação que tinha certeza de que viria. Mesmo duas semanas após o e-mail, ela esperava que Mark fizesse algo, entrasse em contato de alguma forma. Não foi o caso.

Foi assustador como isso doeu. Ser ignorada. Como, talvez, ela tenha pensado que ter o bebê o forçaria a lidar com ela. Ela não achava que esse era o motivo pelo qual tinha tomado a decisão, mas também não *deixava de ser*. Não é como se ela quisesse que Mark bancasse o marido, bancasse o paizão — ela sabia disso. Se ele tivesse dito "Ok, meu casamento é uma farsa mesmo, vou me divorciar, me casar com você e criar esse filho", ela teria ficado horrorizada. Ela nem mesmo queria vê-lo com frequência. Mas ele sempre deixou claro uma coisa: que ela era importante. Que ela era incrível. Porém, se ela realmente fosse incrível, seria assim que ele a trataria?

* * *

Quando Margô contou a Jinx que tinha decidido ter o bebê, ele nem se preocupou.

— Não vejo a hora de ser vovô — falou, estranhamente calmo, com uma voz de apresentador de televisão. Margô era sua caçula, a primeira a ter um filho, e isso não passou despercebido para ela. — Talvez seja um menino e seja lutador — sugeriu ele.

Nesse mesmo instante, Margô se sentiu péssima por Mark ser tão baixo. Ela não tinha nem escolhido um mané grande e forte para procriar; em vez disso, tinha acasalado com um esquisitão pequeno e imoral. Jinx preencheu o silêncio com elegância.

— Não sabia que você tinha namorado — disse ele.

— Na verdade, não tenho — falou ela.

— Ah, está tudo bem, Margô. Acho que você vai se sair bem.

Os dois não se falaram desde então. Margô ligou para ele agora.

— Estou com medo. — Ela deixou escapar assim que Jinx atendeu.

— Olá — disse ele, e sua voz soou estranha.

Então, ela ouviu uma mulher ao fundo. Poderia ser uma amante, ou sua esposa, ou uma de suas filhas, e Margô sabia que isso significava uma conversa rápida. Pelo menos ele atendeu, pensou. Ele viu que era Margô e, ainda assim, atendeu. Isso era um tipo de amor.

Ela foi direto ao ponto.

— E se eu estiver cometendo um grande erro?

— Você não está — respondeu ele.

Ambos sabiam que estavam prestes a ter a versão mais resumida possível dessa conversa. Foi como falar em código Morse.

— Não estou? Tem certeza?

— Posso garantir — disse ele.

— Tudo bem.

— Tudo bem.

Eles desligaram, e ela se sentiu melhor. Mas foi uma lenta e insatisfatória liberação de tensão, como beber uma cerveja choca.

Um sábado, quando ela estava com seis meses, Margô e Shyanne foram à Legião da Boa Vontade com a esperança de encontrar um carrinho de bebê usado que não fosse deprimente. Margô queria um carrinho UPPAbaby mais do que tudo na vida, e os carrinhos na Legião da Boa Vontade eram o oposto do UPPAbaby, feitos de um tecido floral marrom que gritava outra época ou outro país, talvez a Rússia, e incrustados com a comida de um bebê que, pelo visto, comia muito ovo.

— O Mark devia comprar um carrinho pra você — dizia Shyanne. — É o mínimo que ele poderia fazer. Você ao menos falou com ele sobre isso?

Depois que Shyanne aceitou que Margô não faria um aborto, todo o foco dela se voltou para apenas uma coisa: tirar dinheiro de Mark. Esse se tornou o assunto de todas as conversas, como Margô precisava fazer com que ele reconhecesse a paternidade na justiça e garantir que ele pagasse pensão alimentícia. Shyanne ficou chocada quando Margô se recusou e disse que não queria causar transtornos no casamento dele. Sua esposa ainda não tinha descoberto o caso deles, e Mark estava desesperado para que isso não mudasse.

— Não cometa o mesmo erro que eu cometi — disse Shyanne. — Você pode até pensar que, se for generosa e deixar o casamento dele em paz, então talvez, sabe, as coisas entre vocês...

Mas não era assim que Margô se sentia. Ela realmente não queria mais nada com Mark.

— Não — disse ela. — Eu não vou pedir um maldito carrinho de bebê pro Mark.

Só que agora ela estava prestes a chorar na Legião da Boa Vontade e nunca havia sequer pensado em si mesma como uma pessoa materialista. Ela sempre ficou muito feliz com coisas de lojas de departamento ou brechós. Mas estava com a sensação de que, se precisasse usar um daqueles carrinhos marrons com cheiro de tênis de boliche, teria um bebê que cuspiria da janela do caminhão e acharia graça de piadas racistas. Para falar a verdade, havia uma grande chance de que isso acontecesse com qualquer carrinho que ela usasse, e só de pensar nisso ela sentiu falta de ar.

— Talvez eu não precise de um carrinho de bebê — falou. — Ou talvez eu encontre um na internet.

— Eis o que você tem que fazer — falou sua mãe, guiando-a em direção à seção de vidraria e cerâmica, a favorita da filha. — Escreve pro Mark e diz...

— Não — interrompeu Margô. — Não sei como ser mais clara. Eu nunca, nunca vou pedir nada pro Mark. Nunca.

Shyanne revirou os olhos.

— Bom, vamos ver.

— Vamos dar uma olhada no carrinho azul de novo.

— A bandeja do azul está quebrada.

— Vamos dar uma olhada de novo — repetiu Margô, arrastando Shyanne de volta para os carrinhos.

No final, Margô esperou trinta minutos na fila e comprou o azul, com a cabeça erguida, os olhos iluminados pelo orgulho incandescente que sentia por dentro, as labaredas crescendo. E então ela acreditou que o fogo a limparia, queimaria todas as impurezas, que poderia salvá-la.

E então Bodhi nasceu, e Margô ficou sozinha com ele no quarto, como se a tivessem trancado ali e lhe dito que tirasse leite de pedra. Como as outras mulheres faziam isso? Ela dormia no máximo duas horas seguidas. Seu pijama estava incrustado com leite seco e vômito de bebê. Em vez de trocar de roupa, ela vestia um moletom cinza gigante, prendia Bodhi no canguru e ia até o ABASTEÇA! na esquina, onde comprava um suco de laranja e salgadinho, um café da manhã que ela e Becca tinham inventado e chamado de "refeição laranja".

Tinha mandado uma mensagem para Becca muito tempo depois da ligação — Vou ter o bebê —, e ela não respondeu. Quando Bodhi nasceu, mandou uma foto para Becca, que respondeu: Ele é lindo! Parabéns! Mas, depois disso, silêncio total. Até as meninas que ela conhecia do ensino médio, que surpreenderam ao tentar manter a amizade com Margô depois do nascimento de Bodhi, aparecendo com comida chinesa na esperança de assistir a Netflix, se incomodaram com o fato de que era impossível se divertir com o bebê. Elas não sabiam como segurá-lo — ele se dobrava para trás e se debatia quando elas tentavam —, então nem conseguiam ajudar enquanto Margô tomava banho. Bodhi derrubou uma embalagem inteira de omelete chinês agitando os braços quando ainda estava preso ao peito de Margô. Esse era outro problema: os peitos dela eram onipresentes. Ela se esquecia de colocá-los para dentro, e um peito ficava balançando ali, como um olho caído, enquanto ela terminava de comer ou de fazer qualquer outra coisa. E seus mamilos ficaram estranhamente longos, tipo um centímetro de comprimento. Não era divertido. Não era divertido visitar Margô e o bebê, e então, aos poucos, todas pararam.

Suas colegas de apartamento não eram compreensivas com a situação. Todas as três agiram como se o bebê de Margô fosse quase a mesma coisa que um cachorro, sendo que cachorros eram proibidos no contrato de locação. Para elas, parecia um absurdo que fosse permitido a alguém ter um bebê que ficava gritando onde quisesse, e Margô entendia a posição delas, conseguia se lembrar, lá no fundo, de como pensavam, mas era incapaz de comunicar o que havia mudado para ela ou como achava que deveriam se comportar.

Uma vez, no meio da noite, Bodhi não parava de chorar, e ela não tinha ideia do porquê. Já tinha feito de tudo: trocado a fralda, amamentado, colocado para arrotar. Mas ele continuava se jogando para trás e dando gritos agudos, como uma águia extremamente irritada. Ela tentou enfiar o peito na boca dele, e ele só virou o rosto e gritou mais um pouco.

Kat, a Maior, bateu na parede.

— Abaixa o volume aí!

— Você não acha que se eu soubesse como fazer ele parar, eu faria?! — gritou Margô.

Ela ouviu Kat, a Maior, jogar alguma coisa; pelo som, um livro ou talvez um despertador, algo relativamente pesado.

— O que você quer que eu faça, porra? — berrou Margô.

— *Vai lá pra fora* — urrou Kat, a Maior, então Margô ouviu passos, e de repente ela estava no seu quarto, falando rápido como um leiloeiro: — Não sei por que você acha que isso é aceitável, isso é completamente inaceitável, você perdeu o maldito juízo, acha que eu não tenho nada para fazer amanhã, eu tenho uma prova final de bioquímica, e você nunca vai entender o que essa noite de sono pode me custar, você nunca vai entender, então se não consegue fazer ele calar a boca, vai lá pra fora!

Kat, a Menor, apareceu atrás dela na porta.

— Poderiam falar mais baixo? — pediu.

— São duas da manhã e você está me expulsando do apartamento, eu e um bebê de três semanas? — perguntou Margô, sentindo o calor maravilhoso e revigorante da raiva.

Não sabia que era disso que precisava: brigar. Estava tão irritada, estava irritada há semanas: com Mark por tê-la engravidado e também por estar certo quando disse que bebês eram difíceis e que ela não deveria ter tido um, com Shyanne por não ajudar mais e por ter razão quando disse que essa decisão arruinaria sua vida. Estava arruinando sua vida. Sua vida estava arruinada. Ela não tomava banho há quatro dias; mesmo quando tomou banho, não teve escolha a não ser deitar Bodhi no tapete do banheiro e deixá-lo chorar, conversando com ele e cantando enquanto lavava o cabelo e o corpo o mais rápido possível. Por que diabos ela tinha feito isso? O tamanho, a magnitude absoluta de sua burrice era esmagadora. E isso doía ainda mais porque ela amava Bodhi mais do que jamais amara qualquer coisa ou alguém, e ela não desistiria dele por nada no mundo.

— Vão se foder — disse Margô. — Vocês poderiam se oferecer para me ajudar, poderiam ter o mínimo de decência.

— Do que você está falando?! — perguntou Kat, a Maior, agora gesticulando para dentro do quarto escuro. — É seu bebê! É sua responsabilidade! Não é minha responsabilidade! Minha responsabilidade é passar na minha prova de bioquímica!

— Eu acho que — começou a dizer Kat, a Menor, com sua voz alta e suave — o que a Margô está dizendo é...

— Tudo bem — disse Margô. — Eu vou embora.

Ela amarrou Bodhi na frente do corpo e colocou um chapéu na cabeça dele.

— Estão felizes agora? — perguntou às duas.

— Sim! — respondeu Kat, a Maior. — Porque agora eu vou conseguir dormir!

— Margô... — disse Kat, a Menor, e então nada mais.

Margô bateu a porta da frente, desceu a escada externa pulando os degraus. Normalmente, ela ficava apavorada ao subir e descer com Bodhi, temendo escorregar, e cair, e o esmagar com seu corpo enorme (a discrepância de tamanho dos dois era gritante para ela; com três semanas, ele mal tinha o tamanho de um gato pequeno), mas a raiva deixava seus movimentos firmes — ela não temia nada.

Quando chegou à rua escura, a beleza da noite a arrebatou. Estava fresco, e não frio. A lua estava brilhando. Ela começou a caminhar até o carro porque não sabia mais o que fazer. Embalado pelo movimento de andar, Bodhi relaxou e se aninhou no canguru, e ela percebeu que o bebê estava prestes a adormecer. Ela olhou para um lado e para o outro na calçada. Estava uma noite agradável. Havia postes de luz, e ela se sentia relativamente segura, desde que ficasse em sua pequena área residencial e não chegasse muito perto da rodovia.

Ela andou por Fullerton por mais de uma hora, pensando no que tinha acontecido, na série de decisões que a levaram a esse ponto e no que tudo isso significava. Quanto a gentileza significaria nesse momento e como ninguém estava disposto a oferecer isso a ela. Como o bebê era sagrado para ela e mundano e irritante para os outros.

Margô se sentia tão inexperiente e ferida, tão humana, e ainda assim mais forte do que nunca. A opção de se jogar no chão e chorar tinha acabado. Era preciso continuar, passar no escuro pelas roseiras e gnomos de jardim, o bebê dormindo no peito, se perguntando quando seria seguro ir para casa.

CAPÍTULO QUATRO

Margô não conseguiu prever o desconforto de Shyanne com o bebê. Quando Bodhi foi colocado em seus braços, algo esquisito pareceu acontecer com os cotovelos dela, como se cordas de marionete os tivessem puxado muito alto e nem mesmo o sorriso de felicidade conseguiu disfarçar o pânico crescente.

— Isso é tão estranho, mãe — disse Margô, porque era estranho, era obviamente estranho.

— Bem, faz um tempo que não seguro um bebê, então me desculpa! — falou Shyanne.

Era verdade que Bodhi chorava sempre que Shyanne o segurava. Margô estava convencida de que era porque a mãe não conseguia relaxar, que ele estava captando suas vibrações.

— Ou é seu perfume, mãe. Pode ser muito forte para o narizinho dele.

— Não entendo por que você o está amamentando. Por que não dá mamadeira?

Shyanne fez essa pergunta várias vezes, e todas as vezes Margô explicou que dar mamadeira muito cedo para um bebê poderia causar "confusão de bicos" e atrapalhar a amamentação.

— Você chegou a me amamentar? — perguntou Margô, finalmente juntando as peças.

— Olha, eu tentei! — respondeu Shyanne.

Margô hesitou, sem saber se deveria perguntar se o silicone de Shyanne tinha tornado a amamentação impossível.

— Peguei uma infecção séria — falou Shyanne, apontando para a área dos seios.

— Mastite?

— Pode chamar do que quiser.

— Jinx estava por perto quando eu era bebê? — perguntou Margô durante outra visita, após uma tentativa completamente frustrada de deixar Shyanne alimentar Bodhi com leite materno em uma mamadeira.

Bodhi gritava, e Shyanne tremia de pânico enquanto tentava forçar a mamadeira na boca dele.

— Não, esse era o problema! — respondeu ela. — Era pra ele vir, mas não veio. Tinha acabado de se machucar no Japão!

— Meu deus! Quantos anos eu tinha quando ele machucou as costas?

— Três semanas.

— Jesus Cristo. Sua mãe estava aqui para ajudar você?

— Não! Tá brincando? Minha mãe tinha medo de viajar de avião e não gostou que eu tivesse um filho sem estar casada. Não tinha como ela vir lá de Oklahoma de carro pra me ajudar a sair de uma confusão idiota que era culpa minha.

— Quando ele enfim apareceu?

Margô sempre soube que seu pai tinha se machucado "quando ela era um bebê", mas nunca lhe ocorreu exatamente o que isso devia ter significado para sua mãe.

— Bem, ele fez aquela primeira cirurgia no Japão porque não podia viajar de avião e depois ficou dois meses fazendo a reabilitação lá. Quando voltou para os Estados Unidos, teve que passar um tempo com a Cheri e a família, então não me lembro bem, mas acho que você tinha uns nove meses quando ele te viu pela primeira vez.

— Você quase o matou?

— Para ser sincera, eu teria matado se não precisasse tanto que ele me desse dinheiro! — Shyanne riu, embora não fosse um som feliz.

— Ele devia estar falido. Quer dizer, ele basicamente perdeu o emprego, né?

— Sim — confirmou ela. — Não foi uma época feliz pra ninguém. Me dá arrepios só de falar sobre isso.

— Sinto muito, mãe — disse Margô, e ela sentia mesmo.

Antes de ter Bodhi, ela sabia que sua mãe a amava, mas não entendia como esse amor custava caro, o preço que uma mãe pagava por ele.

Depois do nascimento de Bodhi, o primeiro turno que Margô trabalhou foi quando ele tinha cerca de seis semanas. Shyanne tomou conta do bebê e, depois disso, falou que nunca mais ficaria com ele.

— Tenho flashbacks — revelou. — Ele não gosta de mim, Margô. Não é certo um bebê chorar horas a fio desse jeito.

Margô assentiu. Ela também não queria que Bodhi chorasse horas a fio.

Em seu próximo turno, Margô contratou uma babá que, na verdade, era vizinha de sua mãe, uma mulher que tinha uma estátua de sapo vestido de Elvis no jardim, que disse que Bodhi não aceitava mamadeira por nada nesse mundo, e ele basicamente chorou por sete horas inteiras.

No turno seguinte, ela contratou uma babá do site care.com chamada Theresa, que tinha vinte e quatro anos, estudava para ser psicóloga infantil e tinha sido babá de gêmeas. Quando Margô chegou em casa, Theresa praticamente saiu correndo do apartamento, dizendo que tudo tinha sido ótimo e que Bodhi era um anjo. Bodhi estava nervoso, mas se acalmou depois que Margô o amamentou, e ela se tranquilizou de que tudo estava bem. Mais tarde, quando foi até o freezer pegar sorvete, viu que os seis sacos de leite que tinha deixado ainda estavam lá, completamente intocados. Era quase como se Theresa nem tivesse tentado alimentar a criança. Suas colegas de quarto disseram que o choro era ininterrupto e que Margô não tinha mais permissão para deixar babás cuidando de Bodhi no apartamento.

Margô tinha mais um turno antes do fim de semana — bem, seu fim de semana, uma terça e quarta-feira — e, então, ligou para a mãe.

— Você precisa ficar com ele — falou. — É o momento de você me ajudar.

— Pãozinho, eu não consigo — disse Shyanne. — Quando ele chora, eu entro em pânico! Estou te dizendo, esse bebê não gosta de mim.

— Ele é um bebê, não tem isso de gostar ou não de você. Estou pedindo. Estou te pedindo isso — insistiu Margô.

— Pãozinho... — falou Shyanne.

— Eu vou te pagar — lançou Margô.

A mãe fez uma pausa.

— Droga, que horas?

Mas Shyanne ligou para Margô no restaurante no meio do turno, dizendo que não podia ficar com ele nem mais um minuto, e se Margô não fosse buscá-lo, ela iria até lá e o deixaria com o barman. Tessa, a dona, ficou extremamente irritada quando entregou o telefone para Margô, dizendo: "Telefonema para você, madame." Em geral, receber ligações pessoais no trabalho era um tabu enorme. O delineador de Tessa estava borrado sob os olhos, aumentando a impressão que ela dava de ser um buldogue refinado e bonito.

— Você quer que leve ele até aí? — perguntou Shyanne, a voz baixinha dentro do bloco volumoso do telefone sem fio.

Margô não sabia o que deixaria Tessa mais irritada: ela ir embora no meio de um turno ou um bebê aparecer no bar. Ela abriu a boca, e não saiu som algum.

— O que está acontecendo? — perguntou Tessa, mais gentil depois de ver a expressão no rosto de Margô. — É o bebê?

— Não — respondeu Margô. — Quer dizer, sim, ele está bem. Minha mãe está dizendo que não pode cuidar dele porque ele não para de chorar e... ela pode trazer ele pra cá?

— Ah, pelo amor de Deus — disse Tessa, pegando o telefone de Margô e dizendo para Shyanne: — Você devia sentir vergonha. Traz ele aqui, eu mesma cuido dele.

Naquela noite, Tessa deixou Margô amamentar Bodhi no escritório dos fundos, o que o fez dormir imediatamente. Ele dormiu no peito enorme de Tessa pelo resto do turno, fazendo-a se sentir uma encantadora de bebês. Todos os bêbados assíduos vieram admirá-lo, e Tessa falou sobre como o segredo para acalmar bebês era blá-blá-blá, sempre finalizando com o bebê chupando um pouco de uísque na ponta de uma toalha, ainda que ela não tivesse feito nada disso para Bodhi dormir.

De certa forma, parecia uma comédia dos anos 1990, e Margô imaginou que talvez Tessa se tornasse a babá e administrasse o restaurante com Bodhi amarrado ao peito. Ele seria uma espécie de mascote. Nada animava mais velhos bêbados do que um bebê! No final do turno, Margô fechou o restaurante e deu gorjeta para todos. Ela estava se sentindo bem; tinha ganhado mais dinheiro do que o normal e trabalhado a última metade do turno com o coração leve sabendo que Bodhi estava seguro. Enquanto Margô pegava o bebê adormecido do peito de Tessa, a mulher disse:

— Você precisa resolver isso.

— Eu sei — respondeu Margô.

— Se não conseguir uma babá pro seu próximo turno, você será demitida.

— Ah — murmurou Margô.

— Eu sei que parece cruel, mas, meu amor, você não deveria estar aqui. Você deveria estar em casa com esse bebê.

— É — disse Margô, de repente tão brava que seus olhos pareciam faiscar. — Mas eu tenho que, você sabe, viver. E pagar aluguel.

— Meu deus! Vai morar com sua mãe. — Tessa estava esfregando os olhos com os nós dos dedos.

O barman, José, que trabalhava lá há milhões de anos e ainda parecia ter apenas vinte e três anos, assistia à conversa e serviu outro uísque com soda para Tessa.

— Não posso morar com minha mãe.

— Por que não? O quê, vocês não se dão bem? Essas coisas não importam, Margô. Você tem um bebê, porra!

Margô ficou ali, irritada e tentando não chorar, teimosa demais para falar.

— Não vou te demitir de verdade — falou Tessa, suspirando. — Quer dizer, eu vou, mas vou odiar. Por favor, não me faça te demitir.

Margô concordou com a cabeça. Ela não conseguia olhar para Tessa. Não conseguia olhar para ninguém. Ela moveu a cabeça, e o caleidoscópio escuro do restaurante girou ao seu redor. Todas as pessoas bêbadas rindo. Seu bebê nos braços.

— Tenha uma boa noite! — falou.

— Margô — disse Tessa. — Não fica chateada!

Margô continuou andando, saiu pela porta da frente, desceu a rua até seu Civic roxo e surrado. Deus, como ela tinha amado aquele carro quando o pegou pela primeira vez, no penúltimo ano do colégio. Era usado e já tinha cento e vinte e oito mil quilômetros rodados, mas também tinha teto solar e rádio, e isso era tudo o que importava. Havia sido uma surpresa de Jinx. Becca e ela saíam com o carro, espiando as casas dos garotos de quem gostavam.

Bodhi acordou assim que ela o colocou na cadeirinha e chorou todo o caminho de volta para casa.

Margô tinha dois dias de folga antes do próximo turno e nenhuma nova ideia sagaz sobre o enigma dos cuidados infantis. Babás ganhavam cerca de oitocentos dólares por semana, enquanto a creche custava apenas trezentos, mas a creche era diurna, uma coisa totalmente obcecada pela luz do dia. Se ela tivesse um emprego respeitável como secretária ou algo assim, teria mais facilidade para encontrar um lugar onde deixar seu filho. Mas ela era uma trabalhadora noturna, o que, de alguma forma, lhe negava o direito a uma creche acessível. Não fazia sentido! Uma creche noturna seria ainda mais fácil de administrar — todos os bebês estariam dormindo!

Como ela deveria ganhar dinheiro? Estava disposta a trabalhar, a nunca dormir, a usar um uniforme feio, a ser levemente degradada dia após dia.

Estava disposta a fazer o que fosse necessário, mas precisava acreditar que era *possível*.

Parte do problema era que, por vinte dólares a hora, pagar alguém para cuidar de Bodhi à noite cortaria sua renda em mais da metade. Ela pensou em mudar para os turnos de almoço, mas, quando ligou para a creche local, estava lotada. Ela gostaria de entrar na lista de espera? De quanto tempo era a lista de espera? Ah, bem, não era tanto tempo assim, a maioria das pessoas só ficava nela por três a seis meses.

— É sério isso? — perguntou Margô. — Eu teria que entrar na lista de espera antes mesmo de ter o bebê!

— É exatamente isso que as pessoas fazem — disse a mulher.

— Ah.

Para se acalmar, Margô assistiu a vídeos no YouTube de coisas estranhamente satisfatórias, como cortes perfeitos de cheesecake ou malas sendo embaladas em plástico, e amamentou Bodhi. Quando isso ficou chato, ela ficou no Twitter, o que era como ser banhada na água suja dos pensamentos alheios. No Instagram, ela estava em um looping profundo de anúncios. O algoritmo tinha entendido tudo sobre ela e não parava de vender uma mistura de vitaminas, itens chiques de bebê e legging que faziam a bunda ficar bonita. Era uma cobiça de alta qualidade. Ela não podia comprar nada. Ainda assim, tirou print das coisas que mais queria.

Havia uma parte de Margô que simplesmente não acreditava que Tessa iria demiti-la. Dois dias para resolver um problema tão grande e insolúvel não era realista. Margô só precisava de um pouco mais de tempo para se recompor. Talvez Tessa a ajudasse a pensar em ideias para cuidar do bebê.

Na noite anterior ao seu próximo turno, ela mandou uma mensagem para Tessa: Não consegui encontrar uma babá.

Tessa respondeu: tu tá de sacanagem comigo.

Margô: Só preciso de mais tempo, é difícil ajeitar as coisas tão rápido assim.
Tessa: Você teve nove meses para ajeitar as coisas. Desculpa, Margô.
Margô: Peraí, você vai me demitir?
Tessa: Sim
Margô: estou demitida?
Tessa: Sim
Margô: espera, sério??

Tessa não escreveu mais nada. Acabou. Margô tinha trabalhado lá por quase dois anos.

Ela passou os dedos pelos cabelos várias vezes, sem ver absolutamente nada. Margô pensara que, de algum jeito, ter o bebê faria as pessoas olharem para ela com mais gentileza. Mas as mulheres franziam a testa para ela e Bodhi no mercado. Os olhos dos homens passavam direto por Margô como se ela fosse invisível. Ela parecia andar por toda parte numa nuvem de vergonha. Era uma vadia idiota por ter um filho e, se tivesse feito um aborto, também teria sido uma vadia idiota. Era um jogo que não dava para vencer. Eles tentaram avisar: sua mãe, Mark, até Becca. Mas, quando falaram sobre as oportunidades que ela estaria perdendo, ela pensou que eles queriam dizer uma faculdade de verdade, diferente da faculdade comunitária que cursava. Não tinha entendido que eles estavam falando que cada pessoa que ela conhecesse, cada nova amizade, cada interesse amoroso, cada empregador, cada senhorio a julgaria por ter feito o que todos alegavam ser a escolha "certa".

Para se acalmar, ela comeu duas tigelas de cereal matinal até sentir o açúcar e o corante circulando na corrente sanguínea como mágica. Ela percebeu que, por baixo do pânico, uma parte secreta estava um pouco animada por ser demitida. Por não mais moer pimenta-do-reino. Por não mais ter molho ranch na mão e acabar esfregando como um hidratante. Ela sorriu, pensando que nunca mais teria que ver o chef de cozinha Sean, que uma vez a enganou para fazê-la olhar seu pau, colocando-o em um prato com um pouco de salsa ao redor.

Colocou a tigela vazia na pia e voltou para o quarto, onde o bebê estava dormindo.

Amanhã ela entraria com o pedido de seguro-desemprego. Ela daria um jeito. Porque era impossível que não houvesse solução. As pessoas tinham filhos o tempo todo e de alguma forma davam um jeito. Ela só precisava se esforçar um pouco mais.

Na manhã seguinte, quando ainda estava dormindo, alguém bateu à porta do quarto.

Eram Kat, a Maior, e Kat, a Menor.

— Queríamos avisar que encontramos um lugar pra gente — disse Kat, a Maior.

— Bodhi está dormindo — sussurrou Margô, gesticulando para abaixar o volume.

Kat, a Maior, tinha uma voz imponente e maravilhosamente alta. Foi uma das primeiras coisas que Margô gostou nela.

— Ah, desculpa — murmurou Kat, a Maior, ainda falando alto, de alguma forma misteriosa. — Encontramos um novo lugar, então a gente vai se mudar em mais ou menos uma semana. Só queria te avisar pra você encontrar novas pessoas com quem dividir o apartamento.

Margô levou alguns segundos para entender o que Kat estava dizendo. Tecnicamente, Margô e Suzie eram as únicas no contrato. Estavam sublocando dois dos quartos para as Kats, mas nada estava por escrito.

— Sem aviso de trinta dias? Vocês estão de sacanagem comigo? — O sussurro de Margô estava ficando estridente.

— Bem, nós já pagamos o aluguel do mês, então você tem, tipo, vinte e cinco dias ou algo assim — disse Kat, a Menor.

Margô não sabia o que dizer. A intensa sensação de injustiça também fez parecer que a situação não poderia estar acontecendo de verdade. Não deveria haver alguém responsável por verificar quantas coisas ruins podiam acontecer ao mesmo tempo?

— A gente vai pegar um porquinho-da-índia! — murmurou Kat, a Menor, apertando as mãozinhas sob o queixo com entusiasmo.

— Que legal — sussurrou Margô de volta. — Sério, teria sido bom se vocês tivessem avisado com mais antecedência.

— Bem, nós não sabíamos — disse Kat, a Menor. — Desculpa!

— Boa sorte com o bebê e tudo mais — falou Kat, a Maior, erguendo as sobrancelhas para indicar quanto Margô precisaria dessa sorte, e isso fez seu gorro levantar um pouco.

O gorro era muito pequeno para a cabeça dela e agora que ele tinha sido deslocado de sua posição estável, gradualmente se desprendendo da cabeça de Kat. Margô ficou apenas parada, observando esse movimento, e Kat, a Maior, deve ter sentido o que estava acontecendo, mas não puxou o gorro para baixo.

— Nós vamos te convidar para o *open house*! — disse Kat, a Menor.

— Tudo bem — disse Margô e fechou a porta.

Então foi até a cama e se deitou de barriga para baixo ao lado de Bodhi, que dormia. Ela não chorou. Só pressionou o rosto no edredom, amassando-o o bastante. O aluguel era 3.995 dólares, um valor que era dividido por quatro, então agora seria cerca de 2.000 a menos por mês. Ela não acreditava que Suzie dividiria o restante do valor com ela, não porque Suzie não fosse legal, mas porque trabalhava na secretaria da faculdade como estagiária por, tipo, onze dólares a hora e gastava todo o dinheiro em orelhas de elfo, capas de bruxo e outras coisas. A mãe dela tinha uma situação ainda mais difícil do que de Shyanne. Suzie uma vez vendeu plasma para poder comprar lentes de contato que a faziam parecer um gato.

— Fudeeeeuuuu — disse Margô contra o edredom.

Ela se perguntou quando precisaria parar de xingar perto do bebê. Com certeza, ainda faltava um pouquinho.

O pedido de seguro-desemprego ocupou grande parte de dois dias de Margô. Ela teve que pegar sua certidão de nascimento e cartão do seguro social com Shyanne, mas, no fim, oficialmente deu entrada na assistência social. Quando chegou à última tela, seu coração parou. Parabéns! O Estado lhe daria 1.236 dólares por mês. Confetes digitais choveram na tela.

Margô a encarou. Como alguém achava que uma pessoa na Califórnia conseguiria viver com essa quantia? Ela teria duzentos dólares depois de pagar o aluguel, e isso se encontrasse novas moradoras imediatamente.

Ela pegou o telefone, largou, logo o pegou de volta e ligou para Jinx. Ficou chamando sem parar. Em geral, ela nunca teria deixado uma mensagem de voz sobre um assunto desse. Os outros filhos e a esposa dele, Cheri, sabiam sobre a existência dela, mas não gostavam que eles se falassem, e Margô sabia que Cheri vivia bisbilhotando o telefone dele. Mas não conseguiu esperar e imaginou que ele devia estar no Japão, uma zona livre de Cheri.

— Pai, aqui é a Margô. Estou muito ferrada. Fui demitida do meu emprego e as meninas que dividem apartamento comigo estão caindo fora de repente, e vou ter que pagar três mil de aluguel. Dei entrada no seguro-desemprego, mas são só mil e duzentos por mês. Preciso de ajuda. Tipo, eu fico pra morrer só de dizer isso, porque isso é tudo culpa minha, e todo mundo me avisou. Mas estou com medo. Então, se você puder me ligar de volta o mais rápido possível, eu... Eu só estou assustada. É isso. Tá bom. Desculpa o desabafo. Te amo.

Ela tinha certeza de que ele ligaria de volta. Ela nunca havia pedido nada a ele. Nunca tinha pedido a ele que fosse à sua formatura, nunca tinha pedido um iPhone, nem mesmo tinha pedido ou esperado que ele desse as caras no nascimento de Bodhi. Ela havia economizado uma vida inteira de fichas e agora estava tentando trocá-las. E sabia que ele a amava. Sabia que ele ligaria.

Nessa mesma semana, enquanto eu comia uma pizza de micro-ondas em meio às torres das caixas de mudança das duas Kats, que elas acharam razoável deixar na sala de jantar por algum motivo, queimei quase todo o céu da boca. Quando estava tirando a pele branca e sensível, minha mãe ligou.
— O Kenny quer te conhecer.
Levei um segundo para responder.
— Eu já conheci o Kenny.
— De passagem! — exclamou ela.
— Tudo bem! E daí?
— Ele quer te levar para jantar e te conhecer de verdade.
Isso pareceu assustador.
— Você vai também?
— Acho que sim. Quer dizer, eu não perguntei. Nossa, será?
— É um processo de entrevista formal?
Pensei ter ouvido Bodhi no quarto, tirei o telefone do ouvido e parei para escutar, mas não ouvi nada. Dei outra mordida na pizza. Minha mãe ainda estava falando quando coloquei o telefone de volta no ouvido.
— ... então, eu não estou colocando a carroça na frente dos bois. Já fiz isso antes, mas acho que isso significa que está ficando sério, acredito mesmo.
— Se ele te pedisse em casamento, você aceitaria?
Era difícil imaginar que ela aceitaria. Kenny era muito velho e meio inflexível, precisava que as coisas fossem do jeito dele. Ele tinha aquela barriga de chope que alguns homens magros criam com o passar dos anos. Havia sido professor de matemática no ensino médio e se aposentou cedo para trabalhar na igreja. Com o desconto da Bloomingdale's, minha mãe usava séruns e cremes antirrugas há anos, então não parecia ter muito mais de trinta anos, aí, por mais que o Kenny fosse só seis anos mais velho, ainda passava essa *vibe* de velho com a garotinha.
— Pode apostar! — respondeu ela. — Aquele homem é tudo o que eu não sou. Ele é mesquinho, pão-duro e planeja tudo.

Eu ri. Era incrível como dava para ficar deprimida e ainda achar as coisas engraçadas. Na verdade, as coisas pareciam ainda mais engraçadas.

— Margô, o nome disso é segurança. É garantir o futuro. Ei, você tá procurando emprego?

— Hum, sim — respondi. Eu não estava.

— Já tem alguma entrevista?

— Sim, em um restaurante de frutos do mar na quarta-feira.

Eu não tinha ideia de qual parte do meu cérebro gerou essa mentira. Eu nem sabia que dia da semana era e quantos dias faltavam para quarta-feira.

— Frutos do mar são perfeitos. Aposto que você vai ganhar ótimas gorjetas — disse ela.

Prendi a respiração, imaginando se ela ia perguntar quem cuidaria do bebê e se eu mentiria sobre isso também, mas ela não perguntou.

— Então você vai se casar com Kenny pela aposentadoria gorda dele?

Era divertido provocar minha mãe. Ela sempre mordia a isca.

— Eu nunca faria isso! — falou. — Eu me casaria com ele mesmo que ele não tivesse um centavo.

— Não casaria, não.

— Casaria, sim — insistiu. — Porque Kenny é o tipo de homem que poderia perder tudo e recomeçar do zero.

— Você acha que esse homem vai deixar você gastar quatrocentos dólares em creme facial?

— Ele não precisa saber do creme facial.

— Ele vai saber se você se casar com ele e tiver uma conta conjunta e tudo mais. Não consigo imaginar você abrindo mão de tanto controle.

— Eu tenho meus métodos — disse ela.

Eu sabia que ela estava falando do dinheiro do pôquer. Ou do dinheiro que vinha de Jinx.

— Você o ama? — perguntei.

— Amo.

Presumi que ela estava blefando, embora eu não tivesse certeza.

Ela reforçou:

— Eu o admiro — reforçou ela. — Eu admiro o jeito dele porque é diferente do meu.

— Tudo bem — falei, cedendo.

Entendi que o blefe também era para ela mesma. O fato era que a vida da minha mãe era insustentável, e ela sabia disso. Ela tinha resistido por muito tempo, tempo demais, esperando que Jinx deixasse a esposa e se casasse com ela, e isso não tinha acontecido, e o tempo estava passando. Minha mãe amava *bad boys*, ela amava galãs musculosos e com motocicletas. Escolher Kenny, que era o completo oposto do tipo dela, foi uma última tentativa de se salvar de si mesma, e havia uma sabedoria nisso. Se a gente não quer sempre o mesmo resultado, tem que fazer algo diferente.

— Imagino que você não tenha dinheiro pra me emprestar pro aluguel enquanto eu procuro um emprego, né? — perguntei. — As Kats se mudaram, então a gente tem que arranjar os dois mil que ficaram faltando.

— Você está me pedindo dois mil dólares?

— Mais ou menos...

— Eu não tenho dois mil dólares, pãozinho.

— Imaginei.

— Pede pro Mark. Ele é quem deveria te dar dois mil.

— É — falei, completamente entorpecida.

— Então, quando você está livre? Vai ter que arrumar uma babá.

— Para jantar com o Kenny?

— Sim.

— Por que eu não levaria o bebê?

— Eu não contei a ele sobre o bebê.

— Olha, mãe, eu não vou fingir que não tenho um filho.

Eu já tinha experiência o suficiente para evitar esse tipo de coisa agora. Quando a vovó enfim morreu, Shyanne reciclou a morte dela várias vezes para se safar das situações.

— Eu sabia que você ia ficar assim.

— Sim, porque isso é ridículo.

— Não é problema dele se você tem um filho ou não, Margô.

— Eu vou jantar com o Kenny assim que você contar a ele que tenho um filho — falei.

— Merda! — disse ela, desligando na minha cara.

CAPÍTULO CINCO

No dia em que as Kats se mudaram, Suzie saiu do quarto, se jogou ao meu lado no sofá e disse:
— Graças a Deus elas foram embora, né?
— Bem, exceto pela parte do aluguel — falei.
— Tenho alguns amigos que talvez possam se mudar pra cá — comentou Suzie. — Tenho que ver a situação do aluguel deles.

Eu morria de medo de os amigos nerds e esquisitos da Suzie morarem com a gente. Eles iam ocupar a sala de estar inteira jogando aquela porcaria de LARP. Mas assenti.

— Faz isso — falei.

Qualquer coisa para não ter que postar anúncios e entrevistar pessoas. Qualquer coisa para ficar meio acordada e amamentando pela eternidade. Depois de duas semanas, comecei a aceitar que o Jinx não me ligaria de volta, e a tristeza era esmagadora.

— Ei, eu vi o Mark no campus — disse Suzie.
— É? — Eu não queria falar sobre o Mark. Toda vez que eu pensava nele, doía. Não porque eu estivesse com saudade ou o amasse; só doía.
— Ele tava *acabado*. Acabado real.

Dei de ombros, mas fiquei um pouco feliz por ele não estar se dando bem por aí.

— Você sabia que ele agora é chefe de departamento?
— Bom para ele.
— Não — continuou —, todo mundo odeia ser chefe de departamento, dá muito trabalho. Ele está infeliz pra caramba. Mas vai a todas as reuniões do corpo docente agora, então eu posso olhar pra ele com cara de reprovação.

Parte do trabalho de Suzie era fazer as atas em todas as reuniões para o reitor. Era tão estranho como eu tinha feito parte daquele mundo, campus e faculdade, e agora eu nunca saía do apartamento, a não ser para ir ao posto de gasolina. Eu tinha terminado o semestre, e Bodhi nasceu em julho, então não me matriculei em nenhuma matéria do semestre seguinte. Eu sempre presumi que voltaria em algum momento, mas agora essa ideia parecia ridícula.

— Posso segurá-lo? — perguntou Suzie.

Ela nunca tinha pedido aquilo. Bodhi tinha terminado de mamar e dormia profundamente em meus braços. Eu o rolei para o peito dela, grata pela chance de levantar e me espreguiçar.

— Minha lombar está fodida — falei.

— Meu deus, é como ter um gato dormindo em você! — comentou Suzie. — Um gato-pessoa!

— Você consegue ficar assim? — perguntei. — Eu não cago há, tipo, dois dias.

— Com certeza — sussurrou Suzie, relaxando um pouco, colocando a cabeça cabeluda de Bodhi sob o queixo. — Mas, se ele acordar, eu vou entrar lá e entregar ele de volta.

— Combinado.

Margô esperou até dez dias antes de o aluguel vencer.

Então ela engoliu o orgulho e escreveu para Mark, pedindo três mil dólares emprestado. Ela ficou se perguntando se ele responderia.

"Claro que podemos trocar e-mails", ele tinha dito, "podemos trocar e-mails pelo resto de nossas vidas!". Como se o que eles tiveram fosse real. Mas havia sido real para ele? Ela nunca conseguiu dizer com certeza; ele parecia tão preso em sua fantasia. Talvez ela fosse a única ingênua. Claro, havia sido real. Basta olhar para o bebê em seus braços e para o aluguel bem real que já ia vencer.

Ela se lembrou de um dia em que Mark e Derek discutiram na aula. Derek tinha tentado alegar que a narração onisciente em terceira pessoa "parecia mais honesta".

— Honestidade e ficção são incompatíveis — afirmou Mark.

— Mas, sabe, é como narradores não confiáveis em primeira pessoa e essas coisas. — Derek gesticulou com as mãos pálidas e macias.

— Ficção é sempre uma mentira — disse Mark. — Olha, eu vou fazer isso agora mesmo: uma mesa opulenta estava cheia de carne e frutas, vinho e bolos. Existe uma mesa? — Mark olhou ao redor, fingindo procurar a mesa.

— Sim, mas... — respondeu Derek.

— Sim? — perguntou Mark.

— Eu não sei — disse ele.

— Você gosta que as coisas falsas sejam mais reais?

— Acho que sim — respondeu Derek.

— Eu não — rebateu Mark —, eu gosto da bravata. Gosto do desafio quando o autor diz: "Ei, olha como isso é falso, agora vou fazer você esquecer isso."

Margô sabia que tudo o que tinha acontecido com Mark era tão falso quanto possível. Mas isso não tornava o resultado menos real, e ela precisaria de ajuda para pagar por isso.

Um dia se passou, depois outro, sem nenhuma notícia de Mark ou Jinx. Então, Margô recebeu uma ligação no celular de um número local que pensou que poderia ser do pediatra de Bodhi, o dr. Azarian. Era a mãe de Mark, e ela queria se encontrar para discutir as "exigências" de Margô. Mesmo enquanto isso acontecia, Margô não conseguia acreditar que ele tinha pegado o problema e entregado para a mamãe. Era surreal.

— Eu não tenho nenhuma exigência — disse Margô.

— Bem, eu tenho — rebateu a mãe de Mark. E disse a Margô quando e onde queria se encontrar.

O prédio onde Margô parou meio que lembrava um centro médico. Quando entrou e encontrou o número da sala, viu que era um escritório de advocacia e pensou: "Ah." Ela entrou, com Bodhi alerta e sorridente em seus braços. A secretária perguntou seu nome. Margô não conseguia acreditar que essa garota saberia seu nome e teria um horário realmente reservado para ela, mas era evidente que sabia, e a garota a levou até um escritório onde havia uma mulher velha e rica com um terninho rosa e um advogado de cabelos cacheados com um rosto longo, meio de cavalo. O nome do advogado era Larry. Larry, o advogado. O nome da mulher era Elizabeth, e ela era a mãe de Mark, que sem dúvida estava surpresa e horrorizada porque Margô tinha levado Bodhi.

— Nós certamente não esperávamos isso! — Elizabeth falou alto, forçando uma risada.

Onde eles achavam que ela deixaria o bebê? Com a babá sueca disponível vinte e quatro horas por dia? Margô estava tão aterrorizada de estar naquela sala que perdeu quase os primeiros cinco minutos do que foi dito. Era impressionante a estranha semelhança dos maneirismos de Elizabeth e Mark. Ambos tinham um jeito de olhar para baixo em que dava para ver os fios dos cílios retos e frágeis e franziam os lábios antes de começar uma frase. Quando Margô finalmente conseguiu abafar o som do próprio batimento cardíaco para ouvir, Elizabeth ainda estava falando. Toda vez que Larry tentava interromper, a mulher erguia a mão, como se empurrasse as palavras de volta para dentro dele.

— E, em troca, você garantiria que não frequentará a Fullerton College no futuro, não fará contato com Mark ou sua família. E você precisaria assinar este acordo de confidencialidade, que é o motivo pelo qual Larry está aqui.

Larry assentiu. Ele com certeza estava lá!

— Então, posso fazer uma pergunta? Mark está na certidão de nascimento da criança? — perguntou Larry.

— Hum, não. Deixei em branco. Mas se eu fizer todas essas coisas, o que acontece? — questionou Margô, abraçando Bodhi em seu colo.

Ele estava deitado sobre ela, olhando como se Margô fosse uma poltrona humana gigante.

— Você receberia os quinze mil dólares imediatamente para cobrir os custos iniciais, se quiser, e, quando a criança fizer dezoito anos, ela receberia o fundo que já mencionei.

Elizabeth continuou chamando Bodhi de "a criança", embora Margô tivesse dito seu nome.

— Eu só... — começou Margô. — Será que teria como você me falar sobre a parte do fundo de novo?

Ela podia ver pelas sobrancelhas falsas e preocupadas de Elizabeth que ela a achava burra, mas parecia importante descobrir o que estava acontecendo.

— Tudo bem... — começou Elizabeth lentamente. — Colocaríamos cinquenta mil dólares em um fundo. Pense nisso como uma conta bancária. E investiríamos esse dinheiro em algo chamado fundos mútuos. E esse dinheiro renderia, então, quando ele fizer dezoito anos, deve valer cerca de trezentos mil.

— Certo — disse Margô, atordoada com a quantia. — Quer dizer, parece justo. Eu desisto de ir para a faculdade, mas ele vai poder ir.

— Você ainda pode fazer faculdade — disse Larry.

— Só não aqui — falou Elizabeth.

Seu batom era do mesmo tom de rosa que o terninho, e Margô imaginou um armário inteiro de roupas parecendo um sorvete de framboesa vibrante, como se o Batman fosse uma senhora rica, ainda que ela soubesse que isso era bom demais para ser verdade. Elizabeth parecia o tipo de mulher que também usava bege.

Como era possível odiar a pessoa que estava salvando você?

— Claro — disse Margô.

— Então, você concorda? — perguntou Elizabeth, quase incrédula.

Ela esperava que Margô contestasse? Essa era a única pista que Margô tinha de que ela poderia estar sendo passada para trás de alguma forma. Ela não tinha se dado conta de que aquela quantia não era muito dinheiro para essas pessoas, de que ela poderia ter pedido o dobro e Elizabeth não teria se recusado.

Margô tinha a vida inteira de Mark nas mãos. Ela poderia acabar com sua carreira, destruir seu casamento, arruinar sua reputação. O movimento Me Too estava em todos os lugares, ao redor deles, todos os dias no jornal. Um ano atrás, Mark nunca teria sido demitido por dormir com uma aluna. Só que as coisas estavam mudando. O passado cresceu e se contorceu sob uma nova perspectiva. Estava começando a parecer que até mesmo a outrora prostituta Monica Lewinsky tinha sido apenas uma pobre estagiária da qual o presidente dos Estados Unidos tirou proveito. Homens estavam sendo ridicularizados, homens estavam sendo cancelados, homens iriam perder tudo!

Mas isso era demais para a Margô naquela época, aquela Margô de muito tempo atrás, imaginar que cinquenta mil dólares não era muito dinheiro para alguém.

Acima de tudo, ela achava que Elizabeth, Larry e Mark tinham armado tudo aquilo partindo do pressuposto de que Margô era uma garota imatura de classe baixa que poderia ficar brava e falar com o reitor da faculdade só para se divertir ou aparecer na casa de Mark só para fazer drama. Margô poderia ter dito a eles que nunca faria isso. Mas agora sua sobrevivência dependia de acreditarem que ela poderia.

Então, ela assinou em todos os lugares que eles mandaram, envergonhada demais para de fato ler na frente deles. Quando voltou para o carro, enfiou todos os papéis no porta-luvas. Não queria olhar para eles. Pareciam quase sujos. Ela foi direto para o banco depositar o cheque recebido. O saldo bancário dela nunca tinha sido maior que 500 dólares. Parecia muito dinheiro. Ela tinha medo de que o caixa a questionasse de alguma forma, acusando-a de falsificação ou roubo. Margô assinou o verso e entregou, e o caixa disse:

— Precisa de algo mais?

Eu ainda consigo vê-la, aquela Margô, flutuando de volta para o Honda Civic roxo, tão entorpecida por dentro, quase em choque. Ela não tinha certeza do que deveria fazer em seguida. Por um milagre, Bodhi tinha adormecido, então ela foi ao drive-thru do Arby's, pediu dois sanduíches Classic Beef 'n' Cheddar e os comeu no carro enquanto ele dormia. Quando a gordura atingiu sua corrente sanguínea, ela percebeu que estava extremamente feliz. Ela tinha quinze mil dólares. Sim, ela se sentia nojenta e humilhada, mas tinha conseguido. Ela os salvou.

Gosto de ser o eu de agora observando o eu do passado. É quase uma maneira de me amar. De acariciar a bochecha daquela garota com a minha compreensão. Alisar o cabelo dela com os olhos da minha mente.

Margô estava com medo do jantar com Kenny. Shyanne tinha combinado tudo depois de finalmente contar a ele que sua filha tinha um bebê.

— Tudo bem — disse Margô. — Para onde vamos?

— Applebee's — respondeu Shyanne —, então vista-se bem, mas não bem demais.

Margô entendeu o recado. Shyanne acreditava muito em se vestir de forma adequada para a ocasião e geralmente passava mais tempo se torturando sobre a roupa que vestiria do que sobre o que diria em qualquer situação. Ela treinou Margô durante toda a sua vida sobre a ciência e a arte da vestimenta comunicativa. Queria que a filha se vestisse de um modo que Kenny soubesse que ela tinha se esforçado e considerava aquela ocasião especial, sem o deixar constrangido por não a ter levado a um lugar mais bonito.

— Roupa gasta? — perguntou.

Shyanne acreditava que usar uma peça com sinais visíveis de desgaste inspirava compaixão nas pessoas porque você mostrava estar se virando com o que tinha.

— Talvez aquele cardigã preto com bolinhas no tecido — respondeu Shyanne.

— Ou eu poderia usar uma regata velha, um suéter mais bonito?

— Ele não é tão detalhista.

— Beleza, pode ser. Que horas?

* * *

Foi só quando estavam sentados no Applebee's que Margô percebeu com alegria que iriam comer. Ela sempre foi um pouco comilona, principalmente porque podia se dar ao luxo de ser. Para ser sincera, não sabia bem o que teria que fazer para ganhar peso, mas com certeza não era comer cachorro-quente com chili ou se empanturrar de biscoitinho de queijo de vez em quando. A amamentação havia levado seu apetite a níveis admiráveis e inéditos. Ela olhou para as fotos coloridas do menu do Applebee's como se fosse um catálogo de Natal dos ricos. As costelinhas resplandeciam com uma intensidade misteriosa e o camarão frito brilhava com a expectativa da crocância. A boca de Margô salivou.

— Acha que deveríamos pedir um aperitivo?

— Não sei — disse Shyanne.

— Margô, quero que você saiba — começou Kenny — que este jantar é por minha conta. Você pode pedir o que quiser, sem miséria.

Ele sorriu para ela com carinho. Talvez por causa do grande número de jantares que Mark havia pagado, ela teve um lampejo repentino de se perguntar como ele e Kenny reagiriam um ao outro e quase gargalhou. Imaginou algo instantâneo, uma reação química, os dois homens completamente dissolvidos em espuma em segundos.

— Não precisamos de aperitivo — disse Shyanne.

— Talvez você não precise, já que vai pedir uma margarita do tamanho da sua cabeça, mas eu preciso — rebateu Margô.

— Margô! — repreendeu Shyanne bruscamente. — Sabe que eu não bebo!

Margô congelou.

— Ah — falou Margô —, acho que esqueci?

Kenny riu.

— Está tudo bem — disse ele.

Ela não sabia o que ele queria dizer. Estava tudo bem que Shyanne bebesse e fingisse não beber para agradá-lo ou estava tudo bem que Margô tivesse esquecido um fato básico sobre a própria mãe?

— O que vai pedir, Margô? — perguntou ele.

— Nachos ou asinhas de frango.

— Boa, garota — falou. — Não tem como dar errado.

— Estou tendendo mais pros nachos — continuou Margô, ainda olhando com fome para o menu. — Às vezes eu sou meio exigente com asinhas de frango.

— Como você prefere as asinhas? — Kenny parecia encantado, como se fosse novidade uma garota gostar de asinhas de frango.

— Eu gosto delas com osso e sem ser empanadas. A não ser pelas asinhas do Hooters. Eu abro uma exceção para elas.

— Margô! — disse Shyanne.

— Ah, fala sério! — falou Margô — Você ama as asinhas do Hooters e sabe disso.

— Eu admito — comentou Kenny, com um brilho nos olhos — que já comi as asinhas do Hooters uma ou duas vezes, e elas são deliciosas.

— Eu nunca fui lá — falou Shyanne.

Margô apenas a encarou. Sua mãe trabalhou lá por seis anos. Ela estava começando a pensar que o problema com Kenny não era Kenny, mas a personalidade falsa que Shyanne parecia determinada a projetar.

Quando a garçonete chegou, Kenny pediu chá gelado para ele e Shyanne, além de asinhas de frango e nachos de carne. Margô bateu palmas de alegria.

— Ah, estou tão animada!

Era reconfortante estar dentro de um Applebee's. As paredes de tijolos falsos, as mesas de resina grossa tão polidas e lisas que quase brilhavam. O serviço era atroz; Margô não sabia como a garota que estava servindo a mesa dormia à noite. Quando ela trouxe os nachos, enfiou o polegar bem no feijão. Margô a viu lamber o dedo enquanto se afastava.

— Então me conta de novo, Kenny — pediu Margô —, você trabalha para a igreja?

— Eu sou o diretor do ministério jovem da Igreja Comunitária Forest Park — explicou ele, com um grande sorriso. — E eu amo!

— Ah, legal! — falou Margô, embora Kenny fosse tão velho e radicalmente nada legal que era difícil imaginar que tipo de jovem ele poderia ministrar com sucesso.

— Eles têm uns programas incríveis, Margô — disse Shyanne. — Muitas peças e outras coisas.

— Eu realmente adoro musicais — confessou Kenny.

— Eles até fizeram uma produção de *Rent* — contou Shyanne.

— Somos um grupo bem liberal — disse Kenny. — É por isso que foi bobagem da parte de Shyanne ficar preocupada, achando que, de alguma forma, eu iria julgar você por ter um filho fora do matrimônio.

Margô engoliu em seco. Sempre havia algo um pouco assustador na palavra *matrimônio*.

— Bem — falou Margô —, eu diria que cometi muitos erros na minha vida, mas não acho que ter o Bodhi foi um deles.

— Amém a isso — louvou Kenny, e levantou o copo de chá gelado. — Tantas pessoas querem se livrar das consequências das próprias ações hoje em dia. Não concorda?

A garçonete voltou e anotou os pedidos.

— A maioria das pessoas — começou Kenny quando a garçonete saiu —, e sinta-se à vontade para discordar, eu gostaria de saber sua opinião sobre isso, Margô, mas a maioria das pessoas pensa que são as vítimas. Elas querem pedir um café com leite especial sem espuma, chantili extra ou caramelo e sei lá mais o quê, e se ele não vem com uma dessas coisas, de repente ficam indignadas. Muitas garotas na sua situação teriam gritado que foi estupro! Teriam dito: "Mas ele é meu professor! Ele deveria ter feito isso, ele não deveria ter feito aquilo."

Margô não sabia bem o que a Starbucks tinha a ver com isso.

— Quer dizer, eu acho que Mark não deveria dormir com as alunas.

— Ah, com certeza — afirmou Kenny. — Somos todos criaturas falhas. O verdadeiro teste é o que fazemos quando o feitiço vira contra o feiticeiro. Você tenta fugir ou assume o controle e aceita as consequências de suas ações? Você tem autonomia. Tem o poder de fazer da sua vida o paraíso ou o inferno. Tem a ver com as escolhas que faz.

— Certo — concordou Margô.

Ao que parecia, muito provavelmente o assunto seguiria em uma direção que a deixaria desconfortável, mas a linha de raciocínio dele não era algo do qual ela discordasse muito.

— Eu disse que nos daríamos bem — comentou Kenny com Shyanne, que riu e olhou para a mesa.

Sua mãe era tão linda. Margô sempre achou isso, mas, conforme foi ficando mais velha, passou a vê-la mais como o mundo a via. Quando estavam sozinhas, Shyanne gostava de fazer caretas bobas, ficar vesga e mostrar a língua. Como seus olhos eram arregalados, havia algo verdadeiramente reptiliano nisso, e era por isso que Margô ria todas as vezes. Mas, quando sabia que estava sendo observada, Shyanne movia a cabeça de forma diferente. O pescoço ficava mais longo, e ela inclinava o rosto de leve para baixo, como se a beleza fosse uma espécie de rédea que ela tinha que controlar.

— É por isso — Kenny começou com pressa — que eu quis convidá-la para jantar hoje à noite.

Pelo tom dele, Margô percebeu que algo importante iria acontecer.

Kenny estendeu a mão sobre a mesa e pegou a mão de Shyanne.

— Quero pedir sua bênção, Margô. Gostaria de pedir a mão de sua mãe em casamento.

— Ah — soltou Margô. — Ah, parabéns!

Shyanne soltou um grito esganiçado que faria sentido apenas em contextos sexuais ou esportivos, ou talvez na jogatina. Era o ruído gutural, emocionado, da vitória.

— Então, temos sua bênção? — perguntou Kenny.

— Sim, claro — respondeu Margô, embora ficasse enjoada com a ideia de todo Dia de Ação de Graças e Natal sendo arruinados pela presença constante e exuberante de Kenny.

Ela olhou para a mãe, ao lado à mesa, que estava chorando e tremendo de felicidade. Não quero fazer isso nunca, Margô pensou. Não quero me casar com ninguém, nunca.

E então Kenny se levantou, parecendo tão determinado e envergonhado que Margô ficou emocionada. De repente, naquele mesmo instante, ela conseguiu enxergar todas as vezes que Kenny tinha apanhado no ônibus ou se acovardado para falar com uma garota. Era como se a criança que ele tinha sido no ensino fundamental estivesse momentaneamente sobreposta ao homem de meia-idade. Kenny se agachou no carpete marrom do Applebee's, tirou uma caixinha de anel e a abriu.

— Shyanne, você é a mulher mais linda que já conheci.

Margô sabia que o restaurante havia pausado, que as pessoas estavam observando e também que Kenny estava bloqueando o corredor. Ela estava tensa pelo momento em que um garçom com uma bandeja grande precisaria passar.

— Sim — gritou Shyanne, abanando o rosto com os dedos bem abertos. — Minha resposta é sim!

— Me deixa terminar — pediu ele.

Margô estava olhando para o anel, uma pedra rosa com lapidação *cushion*. Talvez ele realmente conhecesse Shyanne.

— Shyanne, eu ficaria honrado se você me deixasse ser o banal para sua beleza, a força para sua delicadeza, a seriedade para sua bobagem. Você quer ser minha esposa?

— Sim — respondeu ela, embora estivesse chorando tanto que apenas Kenny e Margô conseguiam ouvi-la.

Kenny deslizou o anel no dedo dela. Ela o abraçou e se agarrou a ele, ajoelhado ali à sua frente, esmagando sem decoro a cabeça dele em seus seios, e o restaurante inteiro explodiu em aplausos.

Bem, Margô pensou, olhando ao redor para todas as pessoas aplaudindo. Pelo menos eles provavelmente ganhariam uma sobremesa grátis.

CAPÍTULO SEIS

Cerca de uma semana depois, a campainha tocou. Bodhi estava dormindo, e Margô parou para ver se ele acordaria. Quando as batidas começaram, ela correu até a porta e abriu uma fresta.

Dentro ou fora da TV, Jinx sempre usava a mesma coisa: jeans preto ou calça de couro, blusa de gola alta preta, jaqueta preta de couro. Uma espécie de padre profano. Nos dedos longos e finos, ele usava muitos anéis e costumava juntar as mãos de maneira que pareciam estranhas e artificiais. Ele as dobrava como se dobra um guarda-chuva.

Ele não havia retornado a ligação de Margô, mas ela sempre o via nos termos dele, e Jinx normalmente aparecia sem avisar. Não era nem tão estranho que estivesse com sua mochila de couro.

— É uma hora ruim? — perguntou, baixando a voz delicadamente para o caso de haver alguém na casa de Margô.

— Não, estou só... Você não respondeu nenhuma das minhas mensagens em, tipo, semanas. E eu deixei uma mensagem de voz, você recebeu?

— É por isso que vim — disse ele. — Vim o mais rápido que pude. Eu estava sem celular porque estava na reabilitação, e eles não deixam a gente ficar com o telefone. Quando tive alta e peguei o celular de volta, tinha um milhão de mensagens de voz. Eu escutei a sua, peguei o carro e vim direto pra cá. Posso entrar? Eu posso fazer um cheque pra você agora mesmo.

— Ah — disse Margô. — Hum, sim. Mas eu resolvi a questão do dinheiro, então...

Ela segurou a porta aberta para ele. Sabia que o pai já tinha passado pela reabilitação antes. Os dois sempre meio que ignoraram isso. Margô se perguntou se isso significava que as coisas estavam ruins para ele.

Jinx se abaixou um pouco quando entrou no apartamento.

— Lugar legal — falou.

Margô ainda não tinha se dado conta de que ele nunca tinha visitado o apartamento dela.

— Quer beber alguma coisa? — perguntou, e Bodhi começou a chorar no quarto. — Vou pegá-lo e depois faço um chá ou algo do tipo.

Jinx amava chá. Começou com chá verde no Japão. Agora ele era profundamente apaixonado por chás de ervas e bebidas nojentas feitas de casca de árvore, e sabia dizer as propriedades medicinais das plantas com todos os detalhes, apesar de Margô não ter certeza se era tudo verdade.

— Rosa-mosqueta é fantástica para inflamação — dizia ele, segurando uma xícara de chá com delicadeza.

Margô voltou com Bodhi firmemente agarrado ao peito esquerdo. Ela achou que seria estranho amamentar na frente do pai, mas ele não parecia nem um pouco desconfortável.

— Assim que Bodhi terminar, passa ele pra mim. Ele é fofo demais! Ele é maravilhoso, Margô. — Jinx olhou para ela, e seus olhos estavam brilhando com lágrimas.

Margô teve uma estranha sensação de vertigem. Essa devia ser a primeira vez que deixava seu pai orgulhoso, ou pelo menos a primeira vez que ela tinha se dado conta disso.

— Então você está na cidade? — perguntou Margô, indo até a cozinha para esquentar água para o chá.

— Sim, e de forma semipermanente, eu acho — contou ele.

— Como assim?

— Bem, Mayhem está aposentado — respondeu Jinx.

Margô conhecia Murder e Mayhem a vida toda, e uma visita de Jinx muitas vezes significava uma visita de Mayhem, já que ele gostava muito mais de brincar com crianças pequenas do que Murder. Antes de entrar na luta livre, Murder tinha sido capanga em alguma gangue de rua de Los Angeles. Foi assim que ele ganhou seu nome de ringue, por realmente assassinar pessoas.

— Pensei que você estivesse com... Qual era o nome dele?

Jinx estava no meio da transição, mas Margô tinha ficado um pouco envolvida no próprio drama e agora estava com a sensação de que tinha perdido partes essenciais da história. Murder havia morrido de overdose de drogas cinco anos atrás. Mayhem tinha tentado continuar se apresentando sozinho, seguindo com dificuldade por alguns anos. Queriam ele nas lutas porque, àquela altura, ele e Murder eram icônicos, tinham feito história. Mas, sendo realista, Mayhem estava muito velho, e sua coluna já não era mais a mesma.

Quando Mayhem enfim se aposentou oficialmente, Jinx começou a trabalhar com um cara novo que era meio descontrolado, ou só parecia ser.

Margô levou o chá para Jinx no sofá e sentou na cadeira em frente para amamentar.

— Billy Ants, sim, e não deu certo. Não sei se já falei sobre isso com você, mas Cheri e eu estamos nos divorciando.

Era óbvio que ele nunca tinha falado com Margô sobre isso. Ele raramente falava sobre o casamento e a outra família, sua família de verdade.

— Ah — disse Margô. — Sinto muito.

— Tudo bem — falou ele, recostando-se e cruzando suas pernas incrivelmente longas. — Ia acontecer mais cedo ou mais tarde.

Bodhi, embriagado de leite, cambaleou de volta para um sono profundo nos braços de Margô, o mamilo saltando de sua boca com um esguicho.

— Aqui — disse Margô, levantando-se e rolando o bebê adormecido para os braços de Jinx.

— Vem aqui, seu perfeitinho.

Ele não fez voz de bebê, mas havia um toque extra de doçura nas palavras. Começou a balançar Bodhi com uma sutileza evidente.

— Você tem jeito com ele — elogiou Margô.

Ela nunca imaginou seu pai tendo jeito com bebês, talvez por causa de todo o couro preto ou porque ele parecia com o Beerus, do Dragon Ball.

— Bem, eu tive alguns — respondeu calmamente. Cinco com Cheri, e então Margô. — Além dos meus irmãos e irmãs mais novos.

Jinx era o segundo de nove filhos. Margô não tinha conhecido nenhum deles nem sabia todos os nomes. Ele relaxou no sofá com Bodhi, tomando cuidado para não o acordar, e começou a examiná-lo, desenrolando a mãozinha fechada.

— Ele vai ser grande — afirmou.

— Como você sabe? — Margô sabia que ele não seria, mas quis fingir que sim.

— Olha como os dedos dele são longos e grossos.

Vendo o olhar perdido e apaixonado no rosto de Jinx, Margô sentiu um bolo na garganta. Será que seu pai tinha olhado para ela daquele jeito quando ela era bebê? Estava nublado lá fora, tudo coberto de nuvens brancas, e a sala de estar tinha um ar melancólico e elegante.

— Shyanne sabe que você tá na cidade? — perguntou Margô.

— Sim, foi ela quem me disse onde você mora.

— Ah, você foi lá primeiro?

Jinx parecia não se lembrar de ter dito mais cedo que veio direto para a casa de Margô.

— Bem, sim, eu não tinha seu endereço. E precisava falar com ela sobre um assunto. Eu conheci Kenneth.

Era bem típico de Jinx chamá-lo de Kenneth em vez de Kenny. Margô podia apostar que isso tinha irritado Kenny pra caramba.

— E como foi?

— Bem, ele é meu fã.

— Sério?!

— Mas o timing foi uma grande ironia do destino. Acho que Shyanne talvez tenha ficado chocada.

— Que timing? Peraí, você estava pensando em voltar com ela?

— Esse era o plano — confirmou Jinx. — Comprei rosas e tudo.

— Bem, você podia ter contado o plano pra ela!

Jinx deu de ombros, reposicionando Bodhi mais ereto contra o peito.

— Sim, bem, minha vida tem sido um caos, pra falar a verdade. E aí eu chego aqui, e você nem precisa da minha ajuda, então eu acho... acho que eu não precisava ter vindo!

— Pai — disse Margô.

Ela estava irritada com ele por bancar a vítima só porque agora não precisava mais de dinheiro. Em sua mente, deveria ser ela a agir com hostilidade pelo menos um pouco mais. Mas ele parecia triste, então ela disse:

— Eu sempre quero te ver. Estava ansiosa para que conhecesse o Bodhi.

Jinx sorriu e balançou a cabeça.

— Provavelmente, é melhor eu não contar o plano pra Shyanne. Na melhor das hipóteses, ele foi mal planejado. E talvez, de alguma forma, isso tenha sido um livramento para nós dois.

Margô não sabia o que dizer. Jinx era o amor da vida de Shyanne, porra.

— Ela deixaria o Kenny por você num piscar de olhos.

— É legal da sua parte dizer isso — falou Jinx —, mas muita água já rolou. Todos esses anos, acho que eles foram muito duros com ela.

Margô queria argumentar, queria dizer que os sentimentos de Shyanne por ele nunca tinham mudado, que ele sempre tinha sido e sempre seria a pessoa certa, e, se os dois ficassem juntos agora, tudo que ela passou teria valido a pena.

— Eu acho que você deveria pelo menos falar com ela — sugeriu.

— Talvez eu fale, mas há coisas entre nós que seriam difíceis pra você entender.
— Por quê? Quer dizer, eu já não sou mais criança.
— É, claro — concordou Jinx, cruzando as pernas na outra direção e erguendo os olhos. — Ao que parece, sou biologicamente incapaz de ser fiel a qualquer mulher, e duvido que isso tenha mudado. Shyanne tinha uma fixação por Cheri, mas, de muitas maneiras, Cheri não era o obstáculo, e tirá-la de cena não alivia por completo a tensão entre nós, mesmo que Shyanne acredite nisso.
— Tipo, você não poderia só... não trair?
Margô pensavam em como ele estava velho agora; quantas gostosas ele conseguiria atrair a esta altura? Era diferente quando você tinha vinte e oito anos e estava viajando o mundo como lutador profissional, mas um homem de cinquenta anos, abaixo do peso e incapaz de manter o pau dentro das calças de couro preto era meio patético.
— Bem, também pensei isso, que era um comportamento que eu podia e devia controlar. Mas eu nunca consegui, então não sei por que conseguiria agora.
— E aí teve a reabilitação — mencionou Margô. Ela queria muito falar sobre isso, embora houvesse uma dignidade em seu pai que ela temia perturbar, como irritar um gato ao pegá-lo. — Como foi isso?
— Ah, você sabe, é um ciclo — respondeu ele.
Ela sabia que era um ciclo. Era um ciclo pelo qual todo lutador profissional passava: se machucar, tomar analgésicos para conseguir trabalhar machucado, se machucar mais por trabalhar machucado, tomar mais analgésicos. Para muitos lutadores, isso se agravava com a vida na estrada e as noites agitadas com muitas drogas e álcool, mas esse não era tanto o problema de Jinx. O papel dele, na verdade, era mais ser a babá de Mayhem e Murder: garantir que os dois pegassem os voos, discutir com eles sobre quantos relaxantes musculares era aceitável tomar, mantê-los na linha nos hotéis. Murder fazia brincadeiras horríveis e uma vez fez cocô no elevador do Waldorf Astoria.
Apesar disso, e apesar de não trabalhar mais no ringue, Jinx fez quatro ou cinco cirurgias diferentes na coluna ao longo dos anos, nenhuma delas muito bem-sucedida, ou talvez uma tenha sido no quadril, ela não lembrava, mas sabia que ele também tinha feito cirurgia nos dois joelhos. Não tomar analgésicos não era de fato uma opção.
— Mas como você sabia que precisava ir pra reabilitação? — perguntou Margô.

Ela não entendia por que o pai não tomava os analgésicos conforme prescrito, um por dia, ou um comprimido a cada quatro ou seis horas, ou algo assim. Abusar da medicação parecia sugerir que ele estava deixando de tomar os remédios para juntar tudo e depois tomar vários de uma vez. Margô simplesmente nunca ousou perguntar sobre os detalhes de como tudo funcionava.

Jinx estava claramente hesitante, perguntando-se quanto deveria contar a ela. Por fim, ergueu a cabeça e, olhando-a bem nos olhos, disse:

— Eu tinha começado a usar heroína e estava num relacionamento com uma garota chamada Viper.

— Ai, nojento! *Pai!* — Margô falou tão alto que Bodhi acordou de repente no peito de Jinx.

Ela estendeu os braços para que Jinx pudesse devolvê-lo, mas ele simplesmente balançou Bodhi algumas vezes e o bebê voltou a dormir.

— Shyanne mencionou que você talvez estivesse procurando alguém para dividir o apartamento, e estou precisando muito de um lugar para morar. Mas, se formos morar juntos, quero ser honesto com você, mesmo que isso faça você me achar um merda.

Jinx ainda a encarava. Meu deus, o que ele estava pensando? Não tinha como Margô achar que ele era isso ou aquilo. Jinx era quase um personagem fictício para ela, um deus grego, um planeta distante cuja órbita o aproximava apenas uma ou duas vezes por ano. Margô o via mais na TV do que pessoalmente. Era doloroso querer mais do que isso, então ela teve o cuidado de deixar a existência dele só na imaginação. Mas agora ele estava falando sobre morar na casa dela. De maneira semipermanente. A ideia tanto a animava quanto a assustava.

— Bem... — Margô não sabia como dizer o que precisava dizer porque era o tipo de coisa que ela nunca, em toda a sua vida, tinha dito ao pai. — Eu realmente preciso mesmo de alguém para dividir o apartamento. E seria legal te ver todos os dias. Mas... eu preciso que você esteja limpo se for ficar perto do bebê.

— Margô, eu estou limpo e quero ficar limpo. Eu mesmo me internei na reabilitação. Terminei meus trinta dias com louvor, sou um participante ativo na minha recuperação. Eu nunca, jamais iria querer que você me visse daquele jeito. Não vai haver... Não vai haver nada daquilo aqui.

— Por que você não vai morar com Andrea ou Stevie? Ou um dos garotos? — questionou Margô, de repente.

Parecia estranho que Jinx a escolhesse, em vez de suas filhas verdadeiras. Como era o esperado, Margô stalkeava o Instagram delas de uma forma absolutamente doentia. Andrea tinha se casado no verão, e Stevie estava indo para o último ano em Barnard. Em quase todos os aspectos, eram superiores a Margô. Usavam roupas bonitas, iam a restaurantes chiques, tiravam férias em lugares exóticos. Nenhuma delas tinha o nariz mole de Jinx ou tinham feito rinoplastia no início da adolescência. Os garotos não tinham rede social, a não ser por Ajax, que estava fazendo MMA. Eles eram menos interessantes para ela.

— Pra ser sincero, é porque, quando conversei com meu terapeuta, nós dois pensamos que eu poderia ter uma recaída com a tensão desses relacionamentos.

— Tudo bem — disse Margô. Ela se sentiu culpada por ficar contente e se esforçou para ignorar esse fato. — Mas então por que não aluga um lugar só pra você?

— Ah, porque aí eu com certeza teria uma recaída. Não haveria ninguém pra... me manter são.

— Ah.

— "Aja de acordo", dizem no NA — explicou Jinx. — Finja até conseguir. Mas está tudo bem dizer não, Margô. Eu entendo se você não me quiser aqui. Minha visita devia ser para assinar um cheque e ver o bebê. Ou não assinar um cheque e ver o bebê.

Jinx agora estava triste de uma forma que deixou Margô inquieta. Suas bochechas estavam tremendo ou se contorcendo, e os olhos, perturbados.

— Não, eu não estava perguntando porque queria que você fosse morar com um deles! — respondeu Margô. — Nós precisamos desesperadamente de um novo morador, e estou com medo de tentar encontrar um, e eu te amo. Você sabe que eu te amo. Você sabe disso, né? Pai?

Jinx estava olhando para Bodhi. Ele não disse nada por um momento, e então quase sussurrou:

— Bem, eu também te amo. — Ele estava chorando.

Margô se levantou e andou depressa ao redor da mesa de centro para se sentar ao lado dele. Ela ensaiou o movimento de apoiar a cabeça nele, a jaqueta de couro fria em sua pele quente. Ele virou um pouco os ombros para que ela pudesse se recostar totalmente nele.

— Você pode ficar — falou. Ela se afastou um pouco e viu a marca de bochecha que seu hidratante colorido havia deixado na manga da jaqueta de couro. — Claro que pode.

* * *

Por fim, após uma conversa com Suzie enquanto comiam comida chinesa, Jinx ficou com o quarto de Kat, a Maior, porque era, bem, maior. Elas decidiram adiar a procura por outra pessoa porque Jinx argumentou que o outro quarto deveria virar o quartinho de Bodhi. Não poderiam cada um pagar 1.333 dólares? Aparentemente, Suzie ficou estressada com isso. Jinx não percebeu nada. Mais tarde, Margô puxou Suzie no corredor quando ela estava saindo do banheiro.

— Eu pago seus trezentos dólares, não se preocupa — sussurrou.

— Tem certeza? — perguntou Suzie, visivelmente aliviada.

— Absoluta — afirmou Margô, embora não soubesse por que se sentia obrigada a poupar Suzie daquele valor.

Ela ainda não tinha ideia do que faria, mas tinha o dinheiro da mãe de Mark no banco, e isso era mais do que Suzie tinha.

Quando voltou para a sala de estar, Jinx estava assistindo a um programa de luta livre independente que parecia mais comédia do que luta livre.

— Ah, eu não sabia que a Arabella tinha ido para o Ring of Honor — comentou Jinx.

— Quem? — perguntou Margô, se enroscando na ponta do sofá.

Bodhi estava dormindo no peito de Jinx. Era estranho não estar segurando o filho o tempo todo.

— Aquela com o cabelo rosa-choque. Ela estava na World Wrestling Entertainment e depois teve o contrato rescindido porque ela... Bem, sabe o que é OnlyFans?

— Não, o que é isso? É tipo aquele site Cameo? — perguntou ela.

Margô sabia que, hoje em dia, uma fração considerável da renda de Jinx vinha de um site em que as pessoas o pagavam para gravar vídeos desejando feliz aniversário ao marido ou algo assim.

— Ah, não, não exatamente. OnlyFans é mais... é pornografia, basicamente. Celebridades ou pessoas com muitos seguidores na internet têm perfis em redes sociais impróprias para menores, sem censura, e aí você pode pagar uma quantia por mês para seguir a Arabella e ver todas as fotos sensuais que ela postar. Isso não é nenhuma novidade, lutadores profissionais fazem pornografia há séculos. Bom pra ela e tudo mais. Ouvi dizer que ela ganha bastante dinheiro, mas a WWE não queria ser associada a isso. Fico feliz que a Ring of Honor a escolheu. Ela é legal. Adora videogame.

Margô se sentou de volta, digerindo tudo isso. Seu pai e ela nunca tinham nem chegado perto de conversar sobre pornografia antes. Jinx às vezes era estranhamente pudico em conversas.

— Tipo, quanto dinheiro? — perguntou depois de um tempo.

— Não sei, mas quando o Triple H a mandou sair do OnlyFans ou deixar a WWE, ela disse que ganhava mais em um mês lá do que em um ano inteiro de luta livre. Quer dizer, eu não sei os detalhes do contrato dela, mas, se for isso mesmo, parece uma decisão simples. Ninguém estoura o joelho tirando foto pelada ou quebra o pescoço por acidente e fica paralisada.

Ela sabia que ele estava falando sobre Droz, que acabou em uma cadeira de rodas depois que D'Lo Brown fraturou sua coluna no *SmackDown*, outro programa de luta livre. Jinx fazia questão de visitá-lo uma vez por ano, mais ou menos.

— Precisa ser muito famosa para fazer isso? — perguntou Margô.

— Ah, acho que qualquer um pode fazer. É só uma questão de as pessoas te seguirem. Olha só, ela está prestes a dar o golpe final, presta atenção.

Margô observou enquanto Arabella estrangulava a outra mulher entre as coxas e fazia flexão com uma das mãos apenas. Incrível.

— Como ela faz uma coisa tão idiota parecer tão legal? — Jinx se maravilhou.

Naquela noite, em seu quarto, Margô amamentava Bodhi e esperava que ele dormisse completamente para poder mudá-lo de posição. Ela estava sem blusa e se olhava no espelho, um daqueles baratos de dormitório de faculdade que você pendura na porta. Seus seios estavam enormes. Ela nunca teve seios tão grandes. Por impulso, ela apertou e esguichou leite no espelho.

Foi aí que ela pensou: qualquer homem pagaria para ver isso.

Margô tinha plena consciência de que não era tão bonita quanto gostosa. Shyanne dizia isso o tempo todo. "Você não é bonita o suficiente para ter cabelo sujo, vai pro banho, garota!" "Você não é bonita o suficiente para ter esse tipo de atitude, senhorita pãozinho!" Seu rosto não era tão angular quanto o da mãe, e ela tinha o nariz batatudo de Jinx. Shyanne estava sempre tentando fazer contorno com maquiagem para dar uma melhorada.

Margô sabia que a mãe estava tentando passar sabedoria e habilidade, a arte obscura de transformar uma pessoa comum em uma deusa terrena por meio de tinta e tecido, mas o que ela também ouvia era: *seu rosto precisa ser coberto*.

Para ser amada, você precisa colocar este rosto sobre o seu rosto. Estava tudo bem até se doesse, se queimasse, se acidentalmente arrancasse seus cílios.

— Beleza é como dinheiro de graça — Shyanne costumava dizer enquanto maquiava o rosto de Margô.

Margô colocou Bodhi no berço e pegou o laptop. Não sabia por que estava tão curiosa. Já tinha o dinheiro da mãe de Mark. Não estava desesperada, embora fosse alarmante como o dinheiro estava desaparecendo rápido. Acessou o site do OnlyFans e deu uns cliques para conhecer melhor. Era difícil ver o conteúdo sem se inscrever, mas a inscrição era gratuita, então por que não?

Precisava de um nome de usuário. Algo sexy, pensou. Ainda que, de repente, o conceito de sexy parecesse um profundo mistério. Desde que teve Bodhi, o sexo parecia estranho e inverossímil, como algo de outro mundo ou parte de um sonho. Sexo adjacente, ela pensou, mas seu cérebro continuou gerando ideias como TetasMcGee e PrincesaXana. Finalmente, ela digitou: FantasmaFaminta.

E, então, ela estava dentro.

A primeira coisa que ela fez foi procurar a Arabella, mas nada apareceu. Ela verificou a ortografia, confusa. Será que a Arabella não tinha uma conta, ou havia algo intencionalmente estranho no algoritmo de busca do OnlyFans? Frustrada, ela foi até a conta do Instagram de Arabella, clicou no link da bio. Lá no fim, embaixo de tudo, tinha um link que dizia Vem gozar a vida 18+. Margô clicou e finalmente chegou no OnlyFans dela, embora não fosse possível ver nenhuma das postagens sem se inscrever e pagar. A assinatura da conta de Arabella custava espantosos vinte e cinco dólares por mês. Margô se sentia como o Tio Patinhas, não querendo se desfazer das moedas de ouro de desenho animado. Mas, no fim das contas, estava curiosa demais. Assim que teve acesso total, rolou pelo *feed* de Arabella, tentando entender. Estava esperando nudes, talvez algo entre o tipo de selfies que a gente envia para um cara e uma coisa mais profissional, como *Playboy* ou *Penthouse*. A maioria das postagens de Arabella eram fotos de Arabella jogando videogames de calcinha e sutiã. Havia alguns vídeos trancados; era preciso pagar mais para ver. Um deles era intitulado "Tocando uma depois de uma Vic Roy incrível". Margô não tinha certeza se queria ver isso; e também não sabia o que era uma "vic roy". Mas clicou em um vídeo grátis, espantada ao ver que tinha oito minutos de duração.

Lá estava Arabella, o cabelo rosa-choque um pouco oleoso em volta do rosto, usando um sutiã de couro preto com pequenas correntes conectando os mamilos, tela dividida com um jogo de videogame que Margô nunca tinha visto e que a fascinou no mesmo instante. A personagem de Arabella no jogo era uma garota sexy com um traje de ursinho de pelúcia magenta.

    Margô observou o urso rosa saltar de paraquedas de um dirigível para uma ilha colorida de desenho animado coberta por prédios e lagos, pequenas estradas e árvores, um mundo inteiro para explorar. Arabella estava mascando chiclete quando disse: "Vamos para o Tilted, sempre gostei de ir para o Tilted." Ela pousou graciosamente no topo de um prédio residencial de concreto com vários andares e começou a cavar um buraco no telhado com uma picareta. O jogo era tão rápido que Margô teve dificuldade até mesmo em processar visualmente o que estava acontecendo enquanto o urso rosa coletava armas brilhantes e passeava pelos cômodos, por fim encontrando o que parecia ser uma estátua de anjo que se mexia, que ela logo matou, dizendo: "Olá!" Quando Arabella estava descendo a escada do prédio residencial, se deparou com outros jogadores em rápida sucessão: um loiro musculoso, um quebra-nozes gigante, uma gostosa fantasiada de triceratops vermelho. Arabella os matou tão rápido que Margô quase não conseguiu perceber a presença deles na tela. Depois de matar a garota triceratops, Arabella quebrou sua concentração silenciosa e parou de mascar chiclete para dar um pequeno grito de guerra — "Vem, sua vaaaaca, vem!" — enquanto seu personagem ursinho de pelúcia na tela começava a dançar break.

    Margô não conseguia parar de assistir. No jogo, havia carrinhos de supermercado que podiam ser empurrados e usados para passear, havia uma tempestade roxa incessante e invasiva, havia cantis com um fluido azul místico que você podia dar uns goles para se proteger, tudo isso visualmente incrível. Videogames nunca tinham sido a praia de Margô. Ela só conhecia Nintendo, que parecia um pouco infantil, ou *Call of Duty*, em que tudo era ousado e caótico, e com certeza não havia gostosas fantasiadas de urso. Este foi o primeiro jogo que a fez querer jogar. Depois daquele vídeo, ela assistiu a mais três. Não era nada disso que ela esperava da conta de Arabella.

    Margô clicou e se inscreveu em três outras contas aleatórias que encontrou no Instagram, garotas que mencionavam o OnlyFans em uma postagem ou comentário, cada uma delas por quinze dólares, e nenhuma era como a de Arabella. Estavam muito mais alinhadas com o que ela esperava: um monte de nudes, conversas sensuais e emojis de diabinho roxo. Era possível comprar um conjunto de fotos ou vídeos com base em uma *thumbnail* e uma única frase na descrição: "Nas quartas-feiras eu fico com tesão: masturbação, vibrador, pés." Parecia improvável que os homens realmente quisessem sexo tanto assim, mas como queriam; havia uma economia inteira baseada no quanto eles queriam, e por um momento Margô entendeu que tinha uma libido branda, comparado àquilo. Ela nunca pagaria quinze dólares para olhar um cara pelado. Com quinze dólares, dava para comprar dois, talvez três sanduíches. O OnlyFans não mostrava quantos fãs a pessoa tinha, mas, a julgar pelos seguidores no Instagram e o engajamento geral, nenhuma das outras contas que ela seguiu tinha tantos fãs quanto Arabella.

Margô ainda não estava convencida a abrir uma conta e começar a postar, embora tivesse ficado intrigada. Ela imaginava o OnlyFans como um jardim triste de garotas desesperadas e fingindo tesão para tentar ser o que os homens queriam, todas gritando: "Me escolhe, me escolhe!" Não tinha imaginado Arabella em um mundo de fantasia vestida como um ursinho de pelúcia rosa-choque matando pessoas a torto e a direito. Margô sabia que ela mesma não poderia ser assim — não era tão fodona e era péssima em videogames —, mas e se pudesse encontrar a própria personagem?

— Talvez um bando de pessoas queiram foder a mamãe — sussurrou, olhando para Bodhi no berço, roncando suavemente como um porquinho.

E foi assim que ela se tornou a FantasmaFaminta. Sozinha, no escuro, iluminada por uma tela de laptop, com seu filho, recusando-se firmemente a pensar no próprio pai injetando heroína e fodendo uma mulher chamada Viper.

Ou foi assim que me tornei a FantasmaFaminta. É difícil dizer qual de nós duas estava ali.

CAPÍTULO SETE

Uma das primeiras coisas que Jinx fez foi limpar o banheiro, mas ele fez isso com uma escova de dentes e um galão de água sanitária. Era como se estivesse se preparando para fazer uma cirurgia ali. Ele separou os frascos de xampu meio vazios e me fez escolher apenas dois entre a vasta gama de hidratantes perfumados que eu tinha acumulado no ano anterior.

Seu uniforme agora era uma camiseta branca e calça de moletom cinza, um afastamento ousado de seu estilo de vida *all black*. Eu não conseguia superar como ele parecia menor e mais normal. A camisa branca tinha letras azul-petróleo! Azul-petróleo!

— Desculpa, não consigo ver você com roupas que não sejam pretas. Você é tipo uma pessoa totalmente diferente!

— *Kayfabe* — disse ele, dando de ombros.

Kayfabe era um termo de luta livre que significava mais ou menos "permanecer no personagem". Se você se machucasse no ringue como parte do trabalho, poderia usar um gesso na vida real, por exemplo.

— Você estava fazendo *kayfabe* nas roupas do dia a dia?

— Claro. Todo mundo faz *kayfabe* nas roupas do dia a dia.

— Eu pensei que você apenas se vestisse daquele jeito.

— Sinceramente, eu me vestia daquele jeito há tantos anos que não tenho ideia de como me vestir agora. Mas isso é melhor para limpar a casa por causa da água sanitária. Você acha que não se suja, mas é claro que se suja. Não sei dizer quantas camisas já estraguei.

Depois ele passou para a cozinha, onde limpou o fogão, levantando grades que eu presumia serem fixas, deixando brancas partes do fogão que eu não sabia que deveriam ser brancas. Enquanto esfregava e polia, ele ouvia o rap mais sujo que eu já tinha escutado, a todo volume, *Almost drowned in her pussy, so I swam to her butt*. O que isso significava, Lil Wayne? A única maneira dessa letra fazer algum sentido era se ele tivesse encolhido no estilo do desenho animado *O ônibus mágico*.

Eu nem sabia que meu pai ouvia rap, mas ele parecia seguir as carreiras e os lançamentos até de artistas obscuros. Quando ele descobriu que eu não sabia quem era J Dilla, quase desmaiou. Virou uma espécie de jogo entre a gente: "Quem é esse?", eu perguntava, e ele respondia "É o Maxo Kream, de Houston, ele lançou algumas mixtapes antes, mas em janeiro lançou o primeiro álbum completo, e o garoto tem um talento e tanto para contar histórias" enquanto enchia a lava-louças com itens que não eram de cozinha coletados pela casa, para esterilizá-los: escovas de cabelo e pentes, os mordedores de Bodhi, o copo em que ficavam as escovas de dente e todos os botões e alças dos armários da cozinha que ele tinha desparafusado.

— Você já ouviu falar de um jogo chamado *Fortnite*? — perguntei.

Ele começou a fazer uma dancinha balançando os braços na frente e depois atrás do corpo, e movimentos confusos.

— Quem não? — disse ele.

— Acho que eu.

Eu tinha tentado jogar *Fortnite* algumas vezes depois de ver Arabella, chocada por ser completamente gratuito, e fiquei horrorizada ao ver como eu era ruim; levei um tiro na nuca enquanto tentava abrir uma porta, acidentalmente caindo dos telhados de prédios e morrendo devido à queda. Joguei no telefone enquanto Bodhi cochilava, desesperada para, de alguma forma, me tornar parte daquele mundo.

Um dia, cerca de quinze caixas de livros foram entregues.

— Cheri queria o espaço — explicou Jinx, me observando enquanto eu as arrastava para o quarto dele.

Nenhum de nós queria que ele machucasse a coluna novamente, mas eu percebi que doía nele me deixar fazer isso.

— Você devia comprar umas estantes — sugeri.

— Eu odeio estantes.

Quando tirou os livros da caixa, organizou-os por tamanho ao redor do quarto em pilhas que iam até a cintura. Ainda não tinha arrumado uma cama e simplesmente dormia em um saco de dormir marrom no chão. Ele argumentava que era bom para a coluna, embora fosse visível que estava rígido e dolorido, e eu não via como dormir no chão poderia ajudar. Mas quando é que meu pai não estava rígido e dolorido? Desde que me entendo por gente, ele tinha um cheiro forte de Salonpas.

Para mim, não estava claro se Jinx estava bem ou se eu deveria me preocupar. Era tipo adotar um animal de estimação exótico sem saber como cuidar dele. Será que ele tinha TOC? Ele não parecia ser exatamente germofóbico; no mínimo, a forma como ele limpava o ralo do banheiro era quase lasciva, havia uma alegria perturbadora com os tufos de cabelo sujo que arrancava. Perguntei a Suzie se ela achava estranho, se tinha algo errado com ele.

— Deixa ele limpar — disse ela. — É maravilhoso.

— Mas isso é saudável? — perguntei.

— Tipo, ele acabou de perder a esposa, a família, a carreira. Se esse é o mecanismo de enfrentamento dele, parece bem inofensivo para mim. Acha que ele compraria cerveja pra gente?

Margô continuou acessando o OnlyFans. O dinheiro da mãe de Mark já estava pela metade, só por causa do aluguel, da vida e de algumas contas do hospital referentes ao parto de Bodhi. Ela nunca poderia ser como Arabella, mas os outros perfis que seguia pareciam estar indo bem, e ela tinha certeza de que poderia replicar o que estavam fazendo. Elas nem pareciam ser famosas.

Se ela fosse fazer a transição de usuária para criadora e começar a cobrar dinheiro, teria que encher o feed com fotos o mais rápido possível para que, se alguém virasse fã, tivesse acesso a pelo menos dez ou doze imagens. Ninguém iria querer pagar quinze dólares para ver uma única foto. Então, durante as crises obsessivas de limpeza de Jinx, Margô passava a maior parte do tempo trancada no quarto, tentando tirar fotos dos peitos.

Ela se deparou com as limitações do gênero quase imediatamente. As partes do corpo e os ângulos eram limitados. Ao que parecia, a variedade teria que vir de outro lugar — roupas, locais, um tripé para variar mais as poses.

Na primeira série de fotos que tirou, parecia que os seios iam saltar para fora do sutiã. Todos os sutiãs pré-Bodhi estavam muito pequenos agora. Ela precisava comprar lingerie, mas ficava zonza só de pensar em gastar uma fortuna na Victoria's Secret. Por fim, teve a ideia genial de tirar fotos no chuveiro, desistindo completamente do sutiã, e a ideia ainda melhor de passar vaselina nos peitos para que a água formasse gotas.

Na bio, era preciso colocar uma pequena descrição sobre o tipo de conteúdo que os assinantes poderiam esperar. Margô estava com dificuldades para escrever e acabou procurando mais perfis para ver como outras garotas faziam. Mais uma vez, ela teve que passar pelo Instagram ou Twitter. Por que o OnlyFans dificultava tanto encontrar novas contas para seguir? Era uma loucura! Foi no Twitter que ela encontrou a DestruidoraDePaus99, que era selvagem, tinha cabelos escuros e parecia tão pequena quanto uma criança, mas com seios gigantes. Sua foto de perfil a mostrava ao lado de uma geladeira, para fazer a comparação do tamanho, e muitas das postagens eram centradas em sua pequenez: segurando o pé descalço ao lado de uma lata de Coca-Cola, ou sentada em uma cadeira comum da sala de jantar, balançando os pés sem tocar o chão, ou então fazendo caras estranhas de orgasmo no estilo hentai, com os olhos vesgos. A bio dela no OnlyFans dizia o seguinte: "Não veja este perfil no trabalho, pode esperar peitos e bunda, se quiser ver mais, pague mais. Eu também avalio paus. Se quiser que eu sacaneie sua pica, me envie uma foto de pau e uma gorjeta de 20 dólares, aí eu te mando uma crítica. Esta conta não é do tipo 'vou fingir que te amo'. O único homem que eu vou amar pra sempre é o Goku."

Margô ficou chocada que alguém pagaria vinte dólares para ouvir insultos ao próprio pau. Porém, se a pessoa estivesse preocupada com ele ser pequeno ou feio, talvez fosse melhor ter certeza. Ainda assim, não gostava da ideia, e foi por isso que escreveu na bio: "Gostosa solitária quase falindo, me ajude a pagar o aluguel deste mês. Sou nova por aqui e mostro peitos e bunda, mas não criei coragem para mostrar mais. Talvez você possa me encorajar? Também avalio paus. Se quiser descobrir qual o Pokémon mais parecido com o seu pau e quais ataques ele pode ter, me envie uma gorjeta de 20 dólares e eu te darei um relatório completo."

Por dois dias nada aconteceu, e Margô se sentiu uma idiota por criar a conta, porque é claro que nada tinha acontecido; como alguém a encontraria? O OnlyFans tornava isso impossível! Ela também estava desatenta porque era óbvio que tinha algo errado com Jinx. Sua mania de limpeza tinha passado, e ele passou a ficar quase o dia todo trancado no quarto.

— Você está bem? — perguntou Margô certa noite, quando ele finalmente apareceu.

Ele tinha até comprado uma chaleira elétrica para fazer chá lá dentro. Talvez fosse por isso que ele saía o tempo todo: uma profunda necessidade de ferver água.

— É, é, hum, acho que é coisa da química do cérebro. Acho que eu devia malhar, isso sempre ajuda, só não quero me machucar, então eu... eu não sei. — Ele tinha parado de raspar a cabeça e tufos de cabelo estavam crescendo acima das orelhas.

— Você vai procurar um emprego? — perguntou ela.

Margô não tinha ideia de como estava a situação financeira dele. Presumia que tivesse muito dinheiro, mas achava que um projeto faria bem a ele.

— Eu provavelmente teria que viajar, e não sei se estou estável o suficiente para isso ainda.

— Que tal ser voluntário?

Ele olhou para Margô como se não tivesse ideia do que ela estava dizendo.

— Em quê?

— Não sei, na biblioteca? Ou...?

— Hum... — Isso foi tudo o que ele disse antes de correr para o banheiro.

Essa era a outra coisa estranha: a quantidade de tempo que Jinx passava no banheiro. Ela não entendia o que ele estava fazendo lá. Parecia que ele fazia cocô três vezes por dia, e cada sessão era uma provação de uma hora. Será que estava constipado? Era diarreia? Era problema de próstata? Será que ela devia forçá-lo a ir ao médico? Jinx falava muito de um terapeuta e conversava com ele por telefone, embora ela duvidasse que o terapeuta estivesse por dentro desses comportamentos relacionados ao banheiro.

Cuidar de Bodhi, vigiar a porta fechada do pai, monitorar a página do OnlyFans para ver se tinha alguma novidade e ainda se obrigar a olhar os anúncios de emprego era como tentar fazer origami com papel molhado. Quanto mais tentava, mais as coisas se desintegravam em suas mãos. Não entendia como tantas coisas que apenas não aconteciam podiam ser tão estressantes. Ela criou contas da FantasmaFaminta no Instagram e no Twitter que levavam ao seu OnlyFans através do Linktree, como tinha visto outras pessoas fazerem, e tentou seguir outras garotas nessas contas, mas ainda assim nada aconteceu. Às vezes, ela abria a conta de Arabella para reunir forças só de olhar aquele rosto hostil e sorridente.

E então ela conseguiu seu primeiro fã.

U1134967. No mesmo instante, ele lhe enviou uma gorjeta de vinte dólares e uma foto do pau para ser avaliada. Margô abriu no telefone e estudou o pênis por bastante tempo enquanto amamentava Bodhi. Ela queria fazer tudo bem certinho.

Depois de colocar Bodhi na cadeirinha, ela pegou o laptop e escreveu o seguinte:

Parabéns! Seu pênis é um Tentacruel! Com uma glande rosa saliente e veias azul-escuras brilhantes, seu pênis é uma ameaça silenciosa completa. Quando a ponta do cogumelo brilha em vermelho, você sabe que ele está prestes a atacar! Sendo ao mesmo tempo do tipo água e venenoso, seu pênis é apaixonado, mas propenso a ciúmes, facilmente vendo desprezo onde não houve intenção. Ele precisa de muitos mimos e lambidas suaves. Suas principais fraquezas são os tipos psíquico e elétrico, então fique longe de bruxas ruivas com estrelas nos olhos! Os movimentos especiais do seu Tentacruel são Ataque Líquido (pré-gozo extremamente potente, cuidado com gravidezes acidentais), Corpo Transparente (seu pênis desaparece por completo, o que pode acontecer quando está frio ou se ouvir a voz da sua mãe) e Prisão Tóxica (você pede a uma garota tantas provas de amor que ela para de te amar, o que é fácil de compreender e, por sorte, evitável!). O Tentacruel é a evolução máxima do seu pênis, e ele tem um HP de 120. Eu avalio como 10/10, Tentacruel tentador.

Ela clicou em enviar, tão nervosa quanto na primeira vez que mandou mensagem de texto para um garoto no ensino fundamental. Ainda estava olhando para a tela do computador quando a notificação tocou. Mais vinte dólares e uma mensagem: Isso foi incrível, muito melhor do que eu esperava! Não sei como você sabia sobre a Prisão Tóxica, mas infelizmente você tem razão, hehehe. Você ganhou um fã! Mais pessoas deviam conhecer esta conta!

Encorajada por isso, Margô se dedicou a postar várias vezes ao dia para seu único fã, U1134967. Como era só ele, suas postagens ficaram mais bobas e menos envergonhadas. Um dia, ela usou delineador para escrever PEITOS nos próprios peitos e só postou. Ele comentou com um emoji rindo e enviou uma gorjeta de dez dólares, sugerindo que ela fizesse um vídeo dos peitos balançando. Esse era todo um gênero que nem tinha passado pela cabeça dela. Ela fez um vídeo dos peitos balançando enquanto tirava a blusa, no qual ela os chacoalhava com as mãos. Fez até um vídeo pulando corda pelada (durante o qual com certeza danificou o teto texturizado do quarto).

Então, um dia (aliás, o mesmo dia em que Jinx saiu de casa por três horas e voltou com uma pequena figueira, que pediu ajuda para carregar escada acima, para que a planta pudesse viver em seu quarto — ainda sem cama, ainda sem estantes, apenas um saco de dormir e uma árvore, e talvez duzentos livros), Margô ganhou dois fãs de uma vez: U277493 e RocketRaccoon69. A maioria dos caras deixava os nomes de usuário completamente anônimos, e Margô ficava grata quando não era o caso, porque assim não corria o risco de confundi-los. Nenhum dos novos fãs pediu avaliação do pau, o que foi um pouco decepcionante, mas ela continuou postando e eles continuaram chegando.

Depois de três semanas, ela tinha vinte fãs pagando 12,99 dólares por mês cada um. Depois que o OnlyFans descontou seus 20%, era menos do que ela poderia ter ganhado em uma noite no antigo restaurante, e ela certamente não era nenhuma Arabella. Mas tinha tempo para dar um jeito, mais um mês ou dois, pelo menos. A mamãe de Mark tinha se certificado disso.

— Então, você acha que está clinicamente deprimido? — perguntou Margô a Jinx um dia, enquanto ele dobrava roupa na sala de estar.

Ele amava lavar roupa, dizia que era relaxante e tinha assumido a tarefa por todos na casa. Margô se sentia desconfortável. Ele dobrou a calcinha dela em pequenas bolinhas. Mas ela faria quase qualquer coisa para não ter que carregar Bodhi e as roupas sujas para o porão. Simplesmente não havia nenhum bom lugar para o filho enquanto ela colocava as roupas na máquina de lavar.

Jinx estava juntando os pares de meias coloridas minúsculas de Bodhi.

— É provável — respondeu ele.

— Talvez você devesse cogitar tomar um antidepressivo — sugeriu Margô.

— Não sei se um antidepressivo ajudaria — falou Jinx. — Acho que meu problema é mais um fracasso fundamental em me apegar a outras pessoas. Não tenho certeza se, sem amor, o Zoloft poderia realmente fazer muito por mim.

Margô pensou sobre o assunto. Sabia que sempre tinha sentido o pai como uma espécie de planeta distante, mas não sabia que ele próprio se sentia um planeta distante. Sempre supôs que ele era mais próximo de outras pessoas que não eram ela.

— Eu só sinto que você precisa, sei lá, de um mundo. Você precisa de pessoas. Que tal ir a algumas reuniões de doze passos? — sugeriu ela. Ele tinha mencionado o NA antes, não tinha?

Jinx franziu a testa e suspirou.

— Isso vai soar presunçoso e ridículo, eu sei, mas sou meio famoso em alguns círculos, e isso pode tornar essas reuniões muito estranhas. As pessoas gravam o que você diz com o celular e postam na internet. Terrível.

— Ah, sim.

— E você? — perguntou ele.

— O que tem eu?

— Bem, você vai arrumar um emprego, ou voltar a estudar, ou qual é o plano? — Ele parou de dobrar um pequeno pijama com pezinhos e olhou para ela.

— *Touché* — disse Margô.

Jinx riu.

— Dois veleiros sem rumo perdidos no porto.

— Não sei que emprego arrumar. Tipo, nunca fiz nada além de ser garçonete.

— Então seja garçonete. — Jinx deu de ombros. — Eu dei um nome à minha árvore.

— Você deu um nome à sua árvore?

— Sim — respondeu Jinx. — Ela se chama Severa.

— Parece um bom nome de árvore — comentou Margô.

Naquele momento, ela quase quis contar sobre o OnlyFans. Jinx não tinha julgado Arabella; ele até disse: "Bom pra ela." O instinto de esconder isso era quase inteiramente porque ela não o conhecia tão bem, e isso parecia um assunto da vida privada dela, não era da conta dele. Só que, de novo, aqui estava ela sugerindo que ele tinha depressão clínica, então, evidentemente, ela não se importava em se meter na vida *dele*.

Ela ainda não tinha certeza se criar a conta tinha sido uma ideia idiota ou se deveria continuar. Mas, quando pensava em se candidatar a empregos de garçonete, sentia falta de ar. E por pior que seu OnlyFans estivesse indo, ela pelo menos sentia um lampejo de esperança. Depois de quase um mês, estava começando a entender o problema. O OnlyFans não tinha algoritmo de descoberta. Ele não mostrava outras contas a menos que você já as seguisse, e não tinha um feed geral que pudesse ser explorado para encontrar novos criadores. Deve ser por isso que parecia funcionar apenas para pessoas que já eram famosas ou tinham uma plataforma maior. E, ainda assim, muitas contas grandes pareciam ser administradas por mulheres que não eram nada famosas. Como elas estavam encontrando novos fãs, ou melhor, sendo encontradas por eles?

— Como se constrói uma celebridade? — perguntou ela.

— Tipo, como você se estabelece ou como você cria comoção? — questionou Jinx.

— Não sei — disse Margô. — Qual é a diferença?

— Bem, criar comoção geralmente significa começar brigas que irritam o público. O ódio é tão poderoso quanto o amor, mais ainda quando se trata de venda de ingressos.

Margô pensou na DestruidoraDePaus e em Arabella, como elas não se preocupavam nem um pouco em serem simpáticas. Margô não tinha certeza se conseguiria ser assim.

— Bem, e quanto a se estabelecer, como fazer o público gostar de você? Tipo, como é que alguns lutadores ficam famosos e outros, não? Eu sei que não é só habilidade atlética.

— Certo. A resposta simples é a persona. Mas, de forma geral, a habilidade em luta livre precisa existir, pelo menos na minha opinião, embora só Deus sabe que Vince tentou emplacar uns caras só pela aparência deles.

Não havia um Vince McMahon na jogada, pensou Margô, e isso era parte do problema. Se fosse uma questão de agradar um babaca como Vince, ela teria mais noção de como agir.

— Como você é contratado pela World Wrestling Entertainment?

— Trabalhe para uma organização de luta livre menor para que alguém possa ver você em ação.

— Como você é contratado por uma organização menor? Como um lutador consegue seu primeiro emprego?

— Muitas vezes eles vêm de uma dinastia, entram na jogada porque o pai estava no ramo, todos os irmãos ou primos estão no ramo. Mas às vezes eles têm apenas uma formação atlética, seja futebol ou luta na faculdade, ou até mesmo fisiculturismo. Mas, se você não é de alguma dinastia ou formação especial, acho que é só gravar uma fita.

— Se gravar lutando?

— É. Com seus parceiros ou sei lá quem no quintal.

— E se você não tiver nenhum parceiro?

— Nossa, não sei se dá para se tornar um lutador sem parceiros.

Havia algo de estranho e muito canadense na maneira como Jinx falava "parceiros".

— Você precisa de parceiros — disse Margô, ainda pensando.

— Parceiros são essenciais — falou Jinx. — Eu não sabia que você se interessava tanto por luta livre.

— Ah — disse Margô. — Sim. — Ela não se interessava.

— Quer assistir a algumas comigo? — perguntou Jinx. — Talvez hoje à noite. Eu poderia te mostrar alguns lutadores iniciantes, se é isso o que te interessa.

Ele parecia tão animado que ela não suportaria dizer não.

— De repente a Suzie também assiste — disse Jinx. — Talvez pudéssemos fazer o jantar. Devo ir ao mercado?

— Sim, claro! — falou Margô. — Por que não?

— Você gosta de lasanha? — Jinx quis saber.

— Quem não gosta de lasanha? — A lasanha estava tornando toda essa ideia mais emocionante. Quanto maior Bodhi ficava e quanto mais ele mamava, mais fome Margô sentia. — Pão de alho? — perguntou.

— Acho que não precisamos de pão de alho também, já é amido demais.

Margô fez biquinho.

— Estou com taaanta fome — implorou.

Então ela fingiu morrer, caindo do sofá.

— Você está morta? — perguntou Jinx.

— Morta de fome — respondeu Margô, os olhos ainda fechados.

Ela esperou um pouco e colocou a língua para fora, como um símbolo de uma morte ainda maior. Pela babá eletrônica, ambos ouviram Bodhi acordar chorando, e Margô levantou num pulo.

— Por favor! — disse enquanto corria pelo corredor. — Eu ainda estou morta! Mortinha da Silva!

Naquela noite, Jinx cozinhou lasanha, fazendo a massa do zero, algo que Margô não sabia muito bem que era possível.

— Como você aprendeu a cozinhar? — perguntou ela enquanto o observava abrindo a massa fina com um rolo que ela tinha certeza de que eles não tinham antes.

Não fazia sentido Jinx saber cozinhar. Tantos anos de vida na estrada, em quartos de hotel sem cozinha.

— Quando as coisas não deram certo com Billy Ants, eu me aposentei — contou Jinx —, e a Cheri... você sabe, já tinha muito tempo que ela queria que eu fosse mais presente, e aí de repente eu estava mais presente, e... — Ele riu, embora fosse a risada mais triste que Margô já tivesse ouvido. — Acho que fiquei um pouco presente demais. De qualquer forma, comecei a fazer aulas. Era uma coisa que eu queria: comida caseira. E Cheri estava tipo: "Eu criei cinco filhos, cozinhei todas as noites, porra, não vou fazer uma carne assada inteira só pra você!" Aí eu pensei: "Bem, então eu vou fazer carne assada!" Mas ela não... Eu acho que, por algum motivo, ela também não gostou que eu fizesse carne assada.

Margô, que sempre resistiu a odiar Cheri por completo, como uma espécie de contrapeso instintivo ao profundo ódio de Shyanne por ela, de repente se viu a odiando. Que tipo de vaca ficaria insatisfeita com um cara fazendo aulas de culinária e preparando carne assada? Embora ela percebesse que essa narrativa não explicava muito o uso de heroína e a Pequena Senhorita Viper. Supostamente, essas coisas aconteceram mais tarde, e não ao mesmo tempo que a carne assada.

À medida que o cheiro começou a ficar cada vez melhor, Suzie foi atraída para fora de seu quarto.

— Ei, estou trabalhando num novo cosplay — contou. — Querem ver?

Margô não queria.

— Cosplay! — repetiu Jinx, instantaneamente fascinado. — Você se veste de... personagens?

— Sim! — Suzie sorriu.

— Me conta mais — pediu Jinx, cortando as membranas das linguiças e despejando a carne rosada dentro da panela quente.

Não havia ocorrido a Margô que cosplay e luta livre tinham algo em comum, e, ainda assim, Jinx queria saber cada detalhe.

— Então, esses orcs — disse ele, apoiando o rosto no punho sobre a mesa —, me desculpa, não entendo muito de orcs. Eles são de uma franquia específica?

Mas ele acabou fazendo o pão de alho, graças a Deus, e estava glorioso.

Depois de sobreviver a um número aparentemente interminável de lutas — cada uma delas desencadeando histórias tão longas que Jinx sentia a necessidade de pausar o vídeo, com receio de ela perder um segundo sequer da ação enquanto ele contava mais uma história estranha que parecia envolver um lutador se cagando —, quando enfim foi para o quarto colocar Bodhi para dormir, Margô acendeu o abajur, deitou-se no centro do tapete e olhou para o teto.

Parceiros, ela pensou. *Parceiros*.

As garotas do OnlyFans, pensou Margô, deviam estar se promovendo em outras plataformas ou fazendo alguma forma de promoção cruzada. Elas deviam estar ajudando umas às outras; elas deviam ser parceiras. Tomada por uma convicção repentina, ela abriu o laptop, foi até a conta da DestruidoraDePaus e enviou uma gorjeta de cem dólares com uma mensagem que dizia: Sou nova no OnlyFans e preciso desesperadamente de fãs. Você estaria disposta a fazer uma promoção cruzada ou me dar dicas sobre como me promover?

Dez minutos depois, ela recebeu uma resposta: Sua conta é legal. Você devia fazer um TikTok. Te coloco na minha página por 500 dólares.

Margô ficou chocada com o preço. Será que valia a pena? Ela conferiu, e a DestruidoraDePaus tinha mais de cem mil seguidores no Instagram. Mesmo que apenas uma fração deles assinasse o OnlyFans da DestruidoraDePaus, era uma quantia impressionante de dinheiro, 15,99 por pessoa. O que, por um lado, fez o pedido de 500 dólares parecer mesquinho; com certeza a DestruidoraDePaus não precisava daqueles 500 dólares. Mas, por outro lado, a DestruidoraDePaus parecia saber o que estava fazendo e acreditava que 500 dólares era razoável. Se Margô conseguisse uns quarenta fãs com o acordo, o valor pelo menos se pagaria. E ela tecnicamente tinha o dinheiro.

Margô foi em frente e criou uma conta no TikTok para a FantasmaFaminta. Kat, a Menor, havia lhe contado sobre o TikTok, mas Margô não tinha se convencido a entrar. Era uma plataforma mais nova, e ela não entendia o sentido. Kat, a Menor, disse que era como um Instagram para vídeos, mas isso não fazia sentido, porque dava para postar vídeos no Insta, então por que usar outro aplicativo? Mas, depois de criar uma conta e começar a explorar, ela descobriu que o TikTok era um mundo.

Ela viu um elefante enterrar uma bola de basquete. Viu truques de limpeza, passinhos de dança e adolescentes imitando os professores. Viu pessoas jogando fatias de queijo em outras pessoas que não esperavam por isso. Viu gatos tomando banho e ouriços bebendo de garrafas. Viu crianças imitando mães que lavam o cabelo com muita força, mães que as repreendiam por ter muitos copos de água no quarto, mães que estavam sempre abrindo e sacudindo sacos de lixo. O mais notável era como os TikToks eram todos vagamente em resposta uns aos outros. Alguém fazia um vídeo usando uma música, aí várias pessoas usavam a mesma música e faziam os próprios vídeos, cada um com uma interpretação distinta do original. E ela não precisava procurar essas coisas, ela não precisava já saber o que queria, como no YouTube. Eles simplesmente apareciam para ela, todos alinhados, prontos para serem vistos. Era como o elo perdido. Se o OnlyFans tinha a monetização, mas nenhuma capacidade de descoberta, o TikTok tinha pura capacidade de descoberta sem nenhuma forma de monetização que ela pudesse enxergar. Sem saber como, eram quatro da manhã.

Ela escreveu de volta para a DestruidoraDePaus.

> Abri um tiktok pra onde mando os 500? Se mandar por aqui sei que vc vai perder 20% 🖤🙏👻

A DestruidoraDePaus respondeu na manhã seguinte com os dados para transferência. Margô enviou o valor pedido. Então, a DestruidoraDePaus mandou uma mensagem: Vou fixar seu post por 3 dias, mas vc tem que fzr uma promo e botar sua conta por 4,99 pros meus fãs ganharem desconto exclusivo no seu conteúdo.

Margô se engasgou. Ela tinha sido traída! Se sua assinatura fosse apenas 4,99, não havia como ela recuperar seu dinheiro. A DestruidoraDePaus tinha toda a vantagem. Os 500 dólares já tinham sido enviados; se Margô se recusasse a diminuir o preço da assinatura, a DestruidoraDePaus poderia ignorar ela e se recusar a fazer a promoção. Margô entrou no OnlyFans e diminuiu o preço. Depois correu para o banheiro e vomitou absolutamente em todos os lugares.

CAPÍTULO OITO

Ter febre traz uma lucidez grotesca. Eu me lembro de estar deitada no chão do banheiro, pressionando minha bochecha quente no azulejo branco e frio, e sentindo como se pudesse ver cada partícula, migalha e cabelo em detalhes microscópicos. Bodhi estava comigo no tapetinho rosa, que não estava muito limpo. Ele estava choramingando, mas não chorando. Não havia mais nada no meu estômago, mas isso não impediu meu corpo de tentar vomitar de qualquer maneira. Senti que esse efeito passaria se eu conseguisse manter pressionado contra o azulejo o balão vermelho e quente que tinha virado a minha testa. Se ao menos eu conseguisse ficar parada um pouco mais, eu seria capaz de ficar de pé. Bodhi virou a cabeça para olhar para mim, e nos encaramos. Os olhos dele eram castanhos como os meus e os de Jinx, mas maravilhosamente escuros e brilhantes. Ele abriu a boca e soltou um jato de puro vômito.

Puxei uma toalha de banho, rastejei até ele e o limpei. O vômito não pegou muito no pijama, mas o tapetinho estava todo sujo. Enrolei Bodhi como um burrito e o coloquei no canto. Enquanto eu o segurava, ele vomitou novamente, atingindo minha blusa. Cheirava a leite azedo, e tive ânsia de vômito.

— Ah, meu bebê, eu sei, eu sei — falei enquanto o balançava e tentava tirar minha camiseta vomitada ao mesmo tempo. Não havia nada a fazer a não ser nos despir e entrar no chuveiro.

Aquele dia foi um borrão. Quase assim que me deitei, Bodhi vomitou de novo, encharcando os lençóis. Fiz um ninho de toalhas para nós e trouxe uma tigela da cozinha para não ter que deixá-lo toda vez que eu precisasse vomitar. O que eu mais pensava era que seria perigoso ele ficar desidratado, então eu o amamentei novamente. Nós dois tivemos febre. Coloquei episódios intermináveis de *Vila Sésamo* no laptop e o apoiei em uma cadeira ao lado da cama. Assistimos com a concentração de um monge, os olhos como tigelas ocas de sofrimento líquido nas quais dançava o pequeno reflexo do Come-come. Toda vez que eu pesquisava no Google o que deveria fazer nessa situação, eu me perdia lendo as descrições de todas as possíveis causas. Não havia ações claras. Ir à loja e comprar antitérmico estava tão além das minhas capacidades que eu comecei a rir. Mandei uma mensagem para Shyanne: Socorro! Bodhi e eu estamos com gastroenterite e não sei o que fazer.

Ela respondeu: Você vai superar isso! 🍀🍀🍀

Sempre que eu ia ao banheiro ou à cozinha para pegar água, eu demorava, na esperança de ser descoberta por Suzie ou Jinx. Não vi nenhum deles. Suzie podia estar no trabalho ou na aula, e eu não sabia se Jinx estava na rua ou trancado no quarto.

Quando começou a escurecer de novo e nós dois ainda estávamos vomitando, eu comecei a entrar em pânico. Por quanto tempo um bebê poderia vomitar o conteúdo do estômago sem precisar de fluidos intravenosos? Quando isso acabaria?

Liguei para o consultório do dr. Azarian por volta das nove da noite, e havia uma linha de atendimento vinte e quatro horas na qual era possível deixar uma mensagem em caso de emergência. Deixei uma mensagem de voz levemente incoerente, então alguém bateu na minha porta.

— Você está bem? — Jinx enfiou a cabeça no quarto escuro.

— Estamos passando mal — falei. — E ele não para de vomitar, e... — Minha voz falhou. Eu não queria chorar, então, em vez disso, meio que gritei. — *Estou com medo.*

— Ah, tadinho desse bebê. Você ligou para o pediatra dele?

— Liguei, deixei uma mensagem.

— Mediu a temperatura dele? Peraí, vocês dois estão doentes?

Assenti.

— Eu não tenho termômetro — falei —, porque eu sou uma idiota de merda. Tem que enfiar na bunda dos bebês? Eu não quero enfiar nada na bunda dele, não posso! Não consigo!

— Vou correr na farmácia, já volto — disse Jinx.

Ele voltou meia hora depois com um termômetro que entrou no ouvido de Bodhi, além de Gatorade e Pedialyte gelados que nenhum de nós tinha certeza se Bodhi podia beber, e antitérmico e bolachas salgadas. Eu estava tão grata que entrei em pânico.

— Eu vou te pagar por todas essas coisas — prometi. — Me desculpa por te fazer ir na farmácia. — Enquanto dizia isso, percebi que estava prestes a vomitar. — Preciso vomitar, você pode sair?

— O quê? Me dá o bebê!

Entreguei Bodhi a ele e me curvei sobre a tigela, forçando várias vezes, embora quase nada saísse. Foi então que eu senti. A enorme mão de Jinx massageando minhas omoplatas em círculos. Eu ainda estava vomitando e não conseguia parar, e agora eu também estava chorando. Não conseguia acreditar que ele estava me vendo fazer algo tão feio e estava sendo tão gentil. Shyanne não acreditava em ficar doente, ela via isso como uma forma de fraqueza e com certeza não se meteria no vômito alheio. Quando parei de vomitar, Jinx automaticamente saiu do quarto para jogar fora minhas lamentáveis duas colheres de sopa de bile e enxaguar a tigela.

Ele voltou.

— Se eu ficar com o Bodhi, você acha que conseguiria dormir um pouco?

— Não dá, ele ainda está vomitando — falei. — Ele pode vomitar em você.

— Acredite se quiser, já vomitaram em mim muitas vezes na vida, Margô, em algumas delas foram até homens adultos.

Olhei para ele. O quarto estava escuro, e a pouca luz que havia vinha de trás dele, então eu não conseguia ver seu rosto direito.

— Você está sendo legal demais.

— Aqui, toma isso. — Ele me entregou algumas cápsulas de Advil e um Gatorade. — Tenta dormir. Se eu precisar de você, eu te acordo. Medi a temperatura dele e não está tão ruim, só 38 graus. Dei um antitérmico pra ele.

— Legal demais — repeti.

Mas ele já tinha saído do quarto, com Bodhi nos braços, e fechado a porta com delicadeza. Caí em um estado que, se não era sono, era próximo a isso.

À meia-noite, recebi uma ligação de um dr. Azarian mal-humorado.

— Só para você saber, gastroenterite não é uma emergência — disse ele.

— Ah — soltei. — Eu não sabia.

— Com que frequência ele está vomitando? — perguntou.

— A cada uma ou duas horas — respondi.

Senti um pânico repentino por Bodhi não estar na cama comigo, então lembrei que ele estava com Jinx.

— Como ele ainda tem alguma coisa no estômago?

— Bem, eu o estava amamentando, não queria que ele ficasse desidra...

— Para! Para de amamentar ele! Meu deus.

— Ah — falei —, tipo, completamente?

— Quando ele ficar seis horas sem vomitar, você pode amamentá-lo novamente. Ou dar Pedialyte. Você tem Pedialyte?

— Hum, sim — respondi, lembrando que Jinx tinha comprado.

Era tipo quando a gente fazia uma prova no ensino médio e repassava respostas na aula, e podia jurar que o livro não tinha nada nem remotamente parecido com elas. Os bebês deviam ser alimentados a cada duas ou três horas. Eu achava que eles morreriam se não fizesse isso! Nunca me ocorreria pegar um bebê em um estado enfraquecido e parar de alimentá-lo.

— Se a febre dele chegar a 40 graus, vá para o pronto-socorro. Caso contrário, tente ficar em casa e vá ao consultório amanhã. Não precisa de consulta marcada, é só ir e eu te encaixo.

— Tudo bem.

Eu não queria explicar que também estava vomitando com tanta frequência que definitivamente não conseguia me imaginar pegando o carro e indo até o consultório dele. Fui para a sala de estar escura com as pernas trêmulas. Jinx e Bodhi estavam no sofá assistindo a *Vila Sésamo*. Meu pai deu um tapinha no assento ao lado dele. Eu me deitei, descansando a cabeça na sua coxa.

— Eu posso ficar com ele — falei, sem fazer nenhum movimento para pegar Bodhi.

— De qualquer maneira, eu não conseguiria dormir. — Foi tudo o que Jinx disse.

Assistimos juntos ao monólogo assustador de Elmo. Havia tantas perguntas. O Elmo era obviamente uma criança, mas onde estavam seus pais? Ele tinha desenhado um retrato de si mesmo com outros monstros maiores segurando suas mãos, embora não se soubesse se eles existiam ou se eram apenas pais que ele desejava ter.

De repente, acordei sozinha no sofá e fui encontrar Bodhi adormecido no berço, Jinx no chão bem ao lado dele, dormindo profundamente, o rosto amassado no carpete. Olhei o telefone. Eram três da manhã. Subi na cama e gemi de gratidão. Pela primeira vez em horas, não senti que estava prestes a vomitar. Nós tínhamos dormido. Meus olhos estavam quentes e úmidos.

— Obrigada, obrigada, obrigada — sussurrei para Deus ou Jinx, ou talvez para o dr. Azarian. Adormeci novamente com a sensação incomum de que estávamos seguros.

* * *

De manhã, acordei e vi que Bodhi já estava acordado no berço. Ele não estava agitado. Brincava feliz com os dedos dos pés, tentando enfiá-los na boca. Jinx não estava ali. O sol entrava pela janela e respingava em nós.

— Ora, olá — falei, e Bodhi gritou de alegria e virou a cabeça para me olhar, sorrindo. Eu ainda não conseguia aguentar aqueles sorrisinhos.

O que estou tentando dizer é que não estava pensando na promoção da DestruidoraDePaus. Então, quando finalmente entrei no OnlyFans pelo laptop, quase não consegui interpretar o que estava vendo. Eu tinha 931 novos fãs. Sem querer, empurrei o laptop e o derrubei da cama. Tive sorte de não ter quebrado. Bodhi estava em sua cadeirinha no chão, curvado como se tivesse pudim no lugar dos ossos. Dei pulinhos na frente dele. Ele estava ficando bem gordinho e continuava supercareca. Ele tinha uma vibe Hitchcock em miniatura e estava encantado por eu estar pulando pelo cômodo.

Da noite para o dia, ganhei 4.645 dólares.

— Uau — Jinx disse da porta —, você está se sentindo melhor! O que aconteceu?

Congelei, agachando-me em uma posição de culpa tão óbvia que não havia absolutamente nenhuma maneira de explicar. Abri a boca. Cada mentira que eu pensava parecia um absurdo total. E pensei: "Meu deus, depois de ele te ver na pior essa noite, ter sido tão gentil e te ajudado tanto, você vai mentir?" Então contei a ele. Contei tudo a ele.

— Ah, Margô — falou Jinx.

Agora eles estavam na mesa de jantar, porque, quando ela contou pela primeira vez, ele ficou tão chateado que saiu do quarto e bateu a porta, e depois de dez minutos ela o seguiu, tentando argumentar enquanto ele andava em pequenos círculos na sala de estar. Então, ela o convenceu a tomarem um chá na mesa e conversar de forma mais razoável.

— Eu odeio isso — disse Jinx. — Odeio.

— Eu sei — falou Margô.

— Você não quer se envolver nisso, com esses tipos de garotas. E isso só... isso vai mudar a maneira como os caras pensam sobre você, e não de um jeito bom.

— O que são "esses tipos de garotas"? — perguntou ela.

No começo, tinha ficado tão exclusivamente preocupada com o incômodo de Jinx que não parava de se desculpar. Só que, quanto mais isso durava, mais furiosa ela ficava.

— Garotas que usam sexo para conseguir o que querem, sabe... — explicou Jinx, tentando encontrar uma maneira de descrever vagabundas sem usar a palavra *vagabunda*.

— Tipo a minha mãe?

— Não tipo a sua mãe — respondeu ele.

— Ela estava trabalhando no Hooters. Não foi assim que você a conheceu?

— Eu a conheci lá. Mas tem uma diferença importante. No Hooters, elas não tiram a roupa.

— Então, se a minha mãe tivesse trabalhando em um clube de striptease, você não teria se interessado por ela?

— Não de verdade. Não romanticamente.

— Porque outras pessoas a viram pelada?

— Escuta, é como comprar um carro. Um carro usado tem um valor melhor, mas você nunca sabe de verdade o que fizeram com ele, sabe. Por outro lado, se você comprar um carro novo...

— Eu não acredito que você fez a analogia do carro — disse Margô.

— É óbvio que mulheres não são carros — falou ele, levantando as mãos idiotas e gigantes.

— Bem, então me diz: o que eu devo fazer? Como eu devo cuidar de nós?

Ele não disse nada. Margô ficou pensando em Murder. Como o pai dela estava de boa com um cara como aquele, um cara que assassinava pessoas por dinheiro, que ficou conhecido por dar um soco num repórter e quebrar dois dentes dele, mas tinha essa enorme objeção moral a ela postar fotos dos peitos na internet?

— É o que tem pra hoje — disse ela —, é assim que eu consigo, e se isso nos dá segurança com um lugar para morar e fraldas e roupas para o Bodhi, então eu não me importo.

Bodhi começou a se agitar, e Jinx automaticamente se levantou e estendeu os braços para ele. Assim que foi para os braços de Jinx, o menino se acalmou.

— É uma situação difícil — admitiu Jinx, enquanto balançava o neto com delicadeza para a frente e para trás.

— E eu não deveria ter tido ele — disse Margô, como se alguma corda de paraquedas tivesse sido puxada dentro dela. — Eu sei disso, tá? Todo mundo me avisou que isso arruinaria minha vida e arruinou. Eles estavam certos, e eu fui burra, e não entendi. Beleza? Mas aqui estou eu.

— Sim — disse ele. — Cá estamos nós.

Eles ficaram em silêncio por um momento. Jinx movimentou o pescoço para a frente e para trás, e Margô ouviu um som como o de cascalho deslizando em uma caixa. Não era um som que um pescoço deveria fazer.

— E o cara? — perguntou Jinx. — O que ele acha disso? De você fazer o OnlyFans?

— Que cara?

— O pai de Bodhi — disse Jinx.

— Não vejo por que Mark teria uma opinião sobre isso — falou Margô.

— Mark — repetiu Jinx. Margô nunca lhe dissera quem era o pai de Bodhi. Ele nunca tinha perguntado diretamente. — Mark, o *mark*. — Jinx sorriu. Era assim que chamavam os fãs de luta livre: *marks*. Um remanescente dos primeiros festivais de luta livre. — Acho que Mark não gostaria que seu filho fosse criado em meio a tudo isso, e se for uma questão de dinheiro, talvez ele...

— Ele me fez assinar um acordo de confidencialidade — contou Margô. — Já me pagaram, então não tenho como arrancar mais dinheiro dele, se é isso que você quer dizer.

— Um acordo de confidencialidade? Meu deus, ele é o quê, famoso?

— Não, ele era meu professor.

— Ele era seu *professor*?! — Jinx estava tão pálido que parecia que estava prestes a dar uma entrevista ao vivo.

Margô nunca tinha visto ele tão bravo na vida real.

— Sim. Turma de literatura do segundo período. Meu primeiro ano de faculdade. Uma tremenda experiência educacional.

Jinx tossiu e pegou o chá. Inspirou, depois expirou.

— É, eu não acho que esse cara tenha que dar opinião. Mas, como seu pai, acho que posso, Margô, e não quero que você faça isso. E ponto-final.

Margô viu que até ele percebeu como soava ridículo.

— Ah é, como meu pai? Você proíbe?

— Margô — disse Jinx.

— Me dá o bebê — exigiu ela, estendendo os braços para Bodhi.

Com relutância, Jinx entregou Bodhi, com um semblante tão estranhamente hostil e triste quanto uma pintura renascentista.

* * *

O dia inteiro foi uma droga. Deveria ter sido um dia alegre de celebração. Em vez disso, Jinx ficou trancado no quarto, e Margô basicamente ficou no dela. Ela não tinha noção de quantos pequenos momentos no dia Jinx tinha começado a pegar Bodhi, liberando suas mãos, e sentia muita falta da ajuda dele enquanto tentava colocar lençóis encharcados de vômito em uma máquina de lavar industrial com um bebê amarrado no peito. A única vantagem real era que a raiva lhe dava energia, e o fluxo repentino de novos fãs era inesperadamente emocionante. Durante todo o dia seu telefone vibrava no bolso, jorrando dinheiro e paus. Ela sabia que estava muito abatida para fazer novos conteúdos, mas a partir do dia seguinte precisaria tirar fotos melhores, e rápido. Decidiu fazer um acordo com Suzie. Roupas, especialmente fantasias, pareciam a maneira mais fácil de sair do número finito de configurações possíveis de bunda e peito.

Estava anoitecendo. Bodhi estava dormindo no berço no quarto de Margô, e ela levou a babá eletrônica quando bateu à porta de Suzie.

— Margô! — gritou Suzie da cama. — Vem deitar comigo! — Ela levantou o cobertor, e Margô deitou ao lado dela.

— Ah, está quentinho aqui embaixo — comentou Margô.

— Você e Jinx estão brigando? — perguntou Suzie.

— Hum, estamos.

— Sinto muito — disse Suzie. — Qual motivo? Tipo, quer dizer, eu ouvi um pouco, mas ainda não entendi o que desencadeou.

— Tá bom, você sabe que eu perdi meu emprego. Comecei a participar de um site — contou Margô, e começou a fazer uma breve descrição do OnlyFans e de como ele funcionava.

— Mas por que alguém pagaria tanto assim? — perguntou Suzie. — Quer dizer, é a internet, dá para ver garotas peladas de graça.

— Porque, tipo, é mais sincero e íntimo. É a diferença entre uma vagina anônima e a vagina de uma mulher específica. Tipo, uma mulher de verdade que você sente que conhece e que vai responder uma mensagem sua.

— Quando eu era pequena, eu me masturbava vendo *Bob Esponja* — confessou Suzie.

A brusquidão disso deu um pouco de ânimo a Margô. Ela sempre meio que gostava disso, quando as coisas com outra pessoa de repente tomavam um rumo inesperado.

— Quantos anos você tinha? — perguntou Margô.

— Tipo nove? Eu era precoce — respondeu Suzie. — Minha família era super-religiosa, então eu achava que pensar em pessoas nuas era pecado, mas se eu me masturbasse vendo algo que todos concordassem que era de boa...

— Tipo o *Bob Esponja*.

Mas qual personagem do *Bob Esponja* poderia ter sido? Margô nem queria perguntar. Ela estava com medo de que fosse o Patrick. Na verdade, ela quase sentia que tinha que ser o Patrick.

— Exatamente. Brecha bíblica. Pequena Suzie Gênia do Sexo.

Margô nunca tinha pensado na vida sexual de Suzie. Embora achasse que a amiga nunca tinha namorado, ela sempre estava com algum cara, e Margô de repente percebeu que Suzie poderia estar transando com eles. Vestidos de orcs.

— Enfim — continuou Margô —, eu estava pensando que cosplays poderiam me ajudar com a coisa de tirar fotos, porque fica chato muito rápido. Tipo, quantas fotos dos peitos dá para tirar?

— Ah, entendi — concordou Suzie. — Quer dizer, acho que não tem problema. Contanto que você, tipo, não se masturbe com a roupa. Ou se fizer isso, sabe, mande lavar a seco.

Margô assentiu com vigor.

— É, não, isso parece totalmente justo.

— Não acredito que você é uma estrela pornô — falou Suzie. — É meio glamoroso!

— Não é, não — discordou Margô. — Eu me sinto estranha. Não esperava que Jinx fosse tão... veementemente contra.

— Ele vai superar.

— Sei lá — disse Margô. Ela já estava pensando em como Jinx se mudaria e elas teriam que encontrar outra pessoa para dividir o apartamento. — Você acha que sou uma piranha? — perguntou. Não tinha a intenção de fazer essa pergunta; simplesmente saiu.

Suzie refletiu.

— Assim, você está transando com algum dos caras de lá?

— Não!

— Então como você pode ser uma piranha?

Margô ponderou.

— Eu sinto que, de algum jeito, mesmo que uma mulher não esteja fazendo sexo com ninguém, tipo, mesmo que ela seja virgem, se ela mostrar os peitos ou se vestir para atrair atenção de maneira sexual, ela ainda é considerada uma piranha. Tipo, não é?

— Acho que sim — concordou Suzie. — Mas parece estranho dizer que uma pessoa celibatária é uma vagabunda. Tipo, chega num ponto que a gente só está fingindo que as palavras têm significado.

Ambas ficaram quietas por um instante.

— Meu deus — disse Suzie. Ela se sentou ereta.

— O quê?

— É porque você *sabe*. É porque você está no controle! É isso que faz da mulher uma piranha ou não! — A pele do lábio inferior dela estava mordida e descascando. — Pensa só. Se uma mulher não sabe que é gostosa e está toda inocente cuidando da própria vida, e uns caras espiam ela pelada, ela não é uma piranha. Mas, se ela sabe que os caras querem ver ela nua e cobra por isso, ela é uma piranha. Na realidade, a mesma coisa está acontecendo nas duas situações, os caras veem o corpo dela nu, só que, no segundo caso, ela sabe o que está acontecendo e está no controle.

— É, acho que sim — disse Margô.

Era um argumento interessante. Ela já tinha tido um raciocínio parecido: se sexo não era vergonhoso e ser paga não era vergonhoso, então por que era vergonhoso fazer sexo por dinheiro? Ou vender fotos dos seus peitos, ou algo assim? De onde vinha essa vergonha? Como a vergonha estava entrando no jogo?

— Acho que é porque é você quem está ganhando dinheiro. Quanto dinheiro você está ganhando, afinal? — quis saber Suzie.

Margô não tinha percebido como queria que Suzie perguntasse isso.

— Este mês eu ganhei mais de quatro mil.

— Puta merda, então quem se importa se você é uma piranha?

— Né?

— Claro! Tipo, você pode ficar em casa com o bebê, você está segura, você não está tendo contato com essas pessoas. Quatro mil por mês?! Piranha do caralho!

Margô riu. Ela não era nem mais, nem menos piranha do que cinco minutos atrás, mas agora se sentia muito melhor e o alívio era quase indescritível.

— Você tem o poder — falou Suzie.

— Acho que sim — disse Margô.

— Não deixa o Jinx te tratar de um jeito merda. Expulsa ele! Se ele não gosta da maneira como você ganha a vida, ele pode ir embora.

— Bem, ainda seria muito legal se ele pagasse o aluguel — falou Margô.

— Claro. Mas dinheiro é poder, Margô. E isso você tem, meu amor. — Ela beijou a bochecha de Margô e se afastou. — Você está com cheiro de vômito, querida.

Bodhi ainda dormia profundamente, então Margô levou a babá eletrônica para o banheiro e tomou um banho, pensando sobre o que Suzie havia dito. Ela não teve pressa e, quando saiu, ficou no banheiro secando o cabelo, passando hidratante nas pernas, todas as pequenas coisas que não costumava fazer porque Bodhi estava sempre se mexendo na cadeirinha que ficava lá dentro com ela. Ela ouviu uma batida na porta.

— O que foi? — perguntou.

— Sou eu. — Era Jinx. — Posso dizer uma coisa bem rápido?

— Hum, tipo, ainda estou de toalha.

— Não tem problema — disse ele abrindo a porta e deixando entrar o ar frio. Bodhi estava em seus braços. Ela não deve ter ouvido ele acordar. — Sabe, eu estava pensando sobre essa coisa do OnlyFans. Quando eu estava lutando no Japão... a máfia é bem envolvida na cena de luta livre lá, então vários caras da máfia japonesa ficavam nas lutas e às vezes levavam a gente para sair depois, e uma noite eles levaram a gente para um clube de sexo.

Margô estava assentindo de boca aberta. A situação toda era tão profundamente estranha.

— Enfim, eu me lembro de uma noite, de ficar assistindo ao show de sexo e pensando: "Essa é uma ótima maneira de ganhar a vida." Mas aí eu pensei: "Sabe, quem sou eu para julgar?" Como isso é diferente do que eu estava fazendo, lutando? Nós dois estamos usando nossos corpos para entreter multidões de pessoas. Nós dois estamos fazendo essa coisa real e falsa. Pra ser sincero, até mesmo o risco de ISTs não é nada comparado aos riscos que eu estava correndo no ringue.

— Aham — soltou Margô.

— E é... os lutadores sabem que, mesmo com a gente, parte disso é sobre sexo. Sobre ver a gente seminu lá em cima, e Rick Rude ou qualquer outro, claro, mas mesmo um cara como eu, sabe, alguém te joga por cima de uma barreira e eles estão te tocam em tudo que é lugar, eles te agarram tipo... — Ele fez uma pausa, tendo dificuldade em saber como descrever. — Eu só... mudei de ideia, Margô. Quero que você entenda, principalmente se eu estiver morando aqui, que eu sei que você não é um carro. Que eu respeito você e o fato de que está tentando criar essa criança sozinha. Se você posta fotos do seu corpo na internet, não importa. Eu só... sério, eu senti que precisava te proteger. As pessoas tratam as trabalhadoras do sexo tão mal e com tanto desdém, e eu não queria isso pra você, mas, no fim das contas, acabei te tratando com desdém por ser uma trabalhadora do sexo, e não é isso que quero fazer ou quem quero ser. Você é minha filha. Eu vou te amar pra sempre, não importa o que aconteça.

Margô ficou atordoada.

— Bom, era isso — disse ele saindo do banheiro e fechando a porta.

CAPÍTULO NOVE

A trégua de Margô com Jinx parecia frágil. Ela mal tinha tempo de pensar nisso. Estava muito ocupada tentando administrar o fluxo repentino de fãs. Ter acesso ao armário de cosplay de Suzie facilitou bastante a tarefa de tirar fotos interessantes, embora fossem constantes as reclamações sobre a qualidade da câmera do telefone antigo de Margô. Você tirou essas fotos com uma batata? Seus mamilos estão borrados de propósito ou você só é pobre mesmo?

Também era um desafio continuar fazendo as avaliações de pau sem deixar a peteca cair, mesmo que amasse escrevê-las. Parabéns por ser dono de um glorioso Parasect! Ataque especial: Controle de clitóris. Por mais estranho que pareça, o mais difícil de processar era como ela estava se divertindo. A pequena onda de neuroquímicos cada vez que seu telefone apitava com uma nova mensagem. A atualização obsessiva da página para ver se tinha alguma novidade. Os elogios, as curtidas, os emojis de foguinho — eles eram todos inebriantes e meio excitantes. Isso a lembrou dos primeiros dias de namoro, quando toda a sua vida dependia da mensagem ou do e-mail mais recente. A não ser pelo fato de que ela estava tendo essa mesma reação a mensagens grosseiras enviadas por estranhos na internet. Ela não queria que fosse verdade, que essas interações altamente artificiais e sem sentido pudessem gerar os mesmos sentimentos que seus relacionamentos reais do passado. Ela sabia que o que estava sentindo agora não era real, mas até onde ia a realidade do que ela já tinha sentido?

Em comparação com o que sentia por Bodhi, seus sentimentos por qualquer um de seus antigos parceiros românticos eram superficiais, como as roupas para bonecas de papel presas apenas com tirinhas dobráveis.

— Escuta — disse Jinx numa manhã, enquanto eles estavam comendo um novo cereal de farelo de trigo nojento que ele tinha comprado. — Estive pensando, Margô, se você vai mesmo fazer isso, quero que faça direito.

Margô estava levemente horrorizada, esperando o que ele diria em seguida.

— Agora, me diga a verdade — pediu ele. — Você está pagando impostos trimestrais?

Ela caiu na gargalhada.

— Vou considerar isso como um não — disse ele.

— Não sei o que são impostos trimestrais — falou Margô.

— Bem, você vai declarar como autônoma ou como pessoa jurídica?

— Pai.

— Você não sabe?

— Eu nem sei do que você está falando.

— Sabe, Margô — disse ele com delicadeza —, agora que estou morando aqui, eu poderia cuidar de Bodhi enquanto você trabalha. Se você quisesse voltar a ser garçonete.

Margô assentiu, tentando se preparar. Claro que ele tentaria persuadi-la de novo. Não era possível que ele só estivesse se oferecendo para ajudar com os impostos. Ela não conseguia explicar como era apavorante a ideia de voltar a servir mesas. Por mais que administrar um OnlyFans fosse supostamente degradante, ser garçonete era verdadeiramente degradante.

Margô sabia que Jinx a observava e não estava nem perto de saber como responder. Então ele falou:

— Ser garçonete é uma droga.

— É uma merda mesmo.

— Já ouvi isso de muitas pessoas — disse ele, concordando.

— É exaustivo — contou Margô — e, tipo, não tem aumento nem promoção, não tem como *crescer*. A gente se sente como se estivesse tentando correr na direção de uma parede.

Ela tinha vontade de compartilhar mais, sobre Tessa e o bolo de pênis, e o garoto da salada literalmente comendo terra, e Sean colocando salsa em volta do pau, mas nada disso parecia ruim o suficiente para justificar com exatidão a venda de nudes.

— E ficar longe de Bodhi por tantas horas seguidas, mesmo se você estivesse cuidando dele... — continuou ela, hesitante, sem saber como dizer ou se tinha permissão para dizer algo tão ridículo. — Mas isso meio que me faz sentir como se fosse morrer?

Jinx assentiu mais uma vez.

— Então você quer mesmo fazer isso — constatou ele.

Isso a lembrou de como Shyanne sabia que a filha queria ter o bebê mesmo antes de Margô admitir esse fato para si mesma. Ela não conseguia explicar por que queria ter o Bodhi, e não conseguia explicar quanto queria transformar o OnlyFans em um sucesso. Era ruim querer coisas? Querer essas coisas tanto quanto deixava transparecer?

— Quero — respondeu. E, de alguma forma, isso tudo pareceu muito formal, como se ela estivesse se casando ali mesmo na sala de jantar.

— Tudo bem — falou Jinx.

— Tudo bem?

— Tudo bem.

Nos dias seguintes, Jinx ajudou Margô a preencher a papelada para se tornar uma pessoa jurídica, para que ela pudesse declarar o plano de saúde como dedutível e pagar menos impostos do que se preenchesse a declaração apenas como autônoma. Ele disse a ela que deveria tirar o dinheiro restante de Mark da conta-corrente e colocá-lo em uma conta investimento que rendesse mais, algo que ela nem sabia que seu banco oferecia. Com sua nova renda, Bodhi não era mais elegível para o serviço de saúde público, e Jinx a ajudou a resolver isso também.

Jinx criou uma conta no OnlyFans para entender melhor a plataforma, e Margô contou a ele tudo o que tinha aprendido até então. O novo plano deles era fazer uma parceria promocional a cada duas semanas.

— Construir uma base de fãs que permanecerá inscrita mês após mês requer tempo e muito trabalho — disse Jinx. — Homens gostam de variedade. A inclinação natural deles vai ser assinar contas de mulheres diferentes a cada mês.

— Ok, certo — falou Margô, massageando a testa.

Jinx com certeza conhece o desejo por variedade.

— Mas como se supera a preferência masculina pela variedade sexual? — Jinx estava claramente em um clima socrático, chapado por dar tantos conselhos. — Amor — ele mesmo respondeu. — Você tem que fazer com que eles se apaixonem por você.

— Não acho que eles vão me amar — rebateu Margô. — Quer dizer, eles passam metade do tempo falando para eu me matar ou que meus mamilos são tortos.

— Isso é só a internet — falou Jinx. — Um lugar nojento, de verdade. É meio como tentar ter um jantar legal no inferno. Você vai ter que simplesmente aturar certas coisas. Então, como fazer alguém se apaixonar por você?

Para Margô, era óbvio que ela não sabia.

— O que estou tentando dizer é que você precisa pensar na sua persona. Você precisa ser alguém por quem vale a pena se apaixonar. Ensine a eles como te amar mostrando quem você é.

— Certo — disse Margô.

Porque isso estava óbvio para ela: Arabella e a DestruidoraDePaus conseguiam ser inesquecíveis, enquanto a maioria das outras contas que ela tinha visto tendiam a se confundir em um mar ondulante de peitos.

— Você é uma *heel* ou uma *face*? — perguntou Jinx. — Malvadona ou boazinha?

— Isso não é luta livre, pai — disse Margô.

Inclusive, ela ficou assustada por ele ter perguntado. Era óbvio que ela era uma *baby face*, ou assim esperava. Não conseguia se imaginar corajosa ou carismática o suficiente para ser uma *heel*. Shyanne e ela tinham aquelas caras idiotas e inocentes.

— Tudo é luta livre — afirmou Jinx.

— Sinceramente, acho que não tenho o que é necessário para ser uma *heel*. — Margô deu de ombros.

— Então você é uma *face* — disse Jinx, como se isso resolvesse o assunto.

Margô suspirou. Nada disso era útil quando tudo o que ela estava fazendo era tirar fotos dos peitos. *Heel* e *face* se anulavam, definiam um ao outro, como luz e escuridão. Margô estava sozinha em cada *frame*, traduzida em nada além de pixels, congelada e pronta para que os caras se masturbassem.

Bodhi, enquanto isso, já tinha três meses e ficava misteriosamente cada vez mais fofo. Uma vez, bem no começo, quando Margô estava fazendo compras no mercado com um Bodhi de três semanas amarrado ao peito, o cabelo oleoso penteado para trás em um rabo de cavalo, uma mulher a parou para admirar o bebê e disse:

— Eles ficam ainda mais fofos.

Margô tinha ficado um pouco irritada, para falar a verdade. Bodhi, mesmo com três semanas, era a coisa mais linda e maravilhosa que já tinha visto. Mas aquela senhora estava certa. Margô ficava se perguntando qual seria o ápice de sua fofura e quando começaria o declínio, mas a cada dia ele parecia ficar mais fofo do que no anterior.

Um dia, ela comprou flores de uma barraca numa esquina do centro, rosas cor de tangerina. Bodhi estava preso nela, e Margô colocou as flores sob o nariz dele. Ele não reagiu. Então ela simulou cheirar as flores e estendeu o buquê para ele de novo. Dessa vez, ele cheirou e seu rosto se iluminou. Ele sentiu aquele aroma incrível! Ela tinha contado para ele, e Bodhi a entendeu. Ele nunca tinha cheirado rosas na vida, literalmente. Era um milagre. Os dois se entreolharam, radiantes.

Foi Jinx quem encomendou o livro *O que esperar do primeiro ano*. Ele tinha uma lombada de pelo menos cinco centímetros e, de cima da mesa de cabeceira, encarava Margô com reprovação. Toda vez que ela tentava ler, ficava assustada com a maneira estranhamente sentimental como era escrito. Era como um texto publicitário. Uma parte dizia: "Ela não ficará viciada com um ou dois dias de chupeta e, desde que sua pequena sugadora também esteja recebendo a cota completa de leite, aproveitar um pouco da calmaria de uma chupeta entre as refeições não será um problema."

Margô nunca tinha se preocupado se chupetas eram ruins. Ela comprou todas as cores possíveis, até mesmo as de menina. Jinx viu Bodhi chupando uma chupeta rosa-choque e disse:

— Awn, olha, o mais novo membro da Fundação Hart!

Jinx não parava de falar sobre Bodhi virar um lutador. Era sempre brincadeira, ela sabia disso. Afinal, nunca deixaria Bodhi se tornar lutador.

— Por que não?! — perguntou Jinx, chocado, quando ela disse isso.

— Porque todos eles morrem de maneiras horríveis e trágicas!

Jinx assentiu de leve, como quem admitisse que isso era verdade.

— Mas você não faria isso — disse ele, beliscando o dedão do pé de Bodhi quando o bebê estava sentado na cadeirinha, no carpete. — Porque você é muito durão.

A verdade era que Margô nunca amou luta livre. Em algum nível, ela via a luta livre como o motivo pelo qual seu pai estava sempre indo embora. Murder e Mayhem, mais ainda do que Cheri e os filhos, eram o motivo pelo qual ele as deixava vez após outra. A Margô adolescente não conseguia deixar de assistir ao programa semanal de luta livre *Monday Night Raw* e pensar: "Por causa disso?"

Agora que Jinx estava morando lá, a luta livre estava presente o tempo todo, e ela passou a ver por uma nova perspectiva. Para começar, agora ela era uma superfã de Arabella. Como adulta, ficou muito mais claro que as acrobacias que eles estavam fazendo eram incríveis, ainda mais os *high flyers*. Ela estava muito mais interessada em suas histórias de vida também. Jinx conhecia pessoalmente quase todo mundo, e as histórias eram simplesmente incríveis. Ela sabia que os garotos da família Hart tinham um urso de estimação quando eram crianças? E que eles deixavam o picolé pingar nos dedos dos pés durante o verão para o urso lamber? Jinx assistiu a muitas lutas antigas no Japão. Ele amava o Tiger Mask e o Dynamite Kid, que sempre desencadeavam histórias das brincadeiras horríveis que este último fazia, colocando cigarros acesos na bolsa da cobra de Jake para que ela ficasse irritada e o mordesse, ou injetando leite em Davey, seu parceiro de equipe, em vez de esteroides.

— Ele tinha o temperamento de um cão terrier — dizia Jinx.

Esses homens eram fodidos da cabeça e em geral perturbados. Também eram dedicados, Margô não conseguia deixar de sentir, a algo que só poderia ser chamado de arte.

Suzie também começou a ver a luta livre com Jinx; de certa forma, era um LARP adjacente.

— Luta livre não é fingimento — Jinx costumava dizer —, é apenas predeterminado.

Mas, de certa forma, tudo não era predeterminado?, Margô se perguntava. Essa foi uma das coisas que Mark disse a ela, que, no que diz respeito à neurociência, o livre-arbítrio não tinha como ser real. Que nossos cérebros apenas inventavam explicações, justificativas para o que nosso corpo já estava se preparando para fazer. Que a consciência era uma ilusão fabulosa. Estávamos inferindo nosso próprio estado de espírito da mesma forma que inferimos as mentes dos outros: pensando que alguém está bravo quando franze a testa, triste quando chora. Sentimos a sensação fisiológica de raiva e pensamos: "Estou bravo porque Tony roubou minha banana!" Mas estamos só inventando coisas, contos de fadas para explicar o abismo sombrio que é estar vivo.

* * *

Na primeira semana após a promoção da DestruidoraDePaus, cerca de cinquenta pessoas cancelaram a assinatura, e entendi que isso era normal. Arrependimento do comprador. Na semana seguinte, mais cinquenta pessoas cancelaram, e algumas delas escreveram mensagens categóricas e raivosas sobre o motivo. Esta conta era uma farsa. Não havia fotos da minha vagina. O problema era simples: minha conta não continha material que possibilitasse uma punheta.

Um fã gentil, que não cancelou a assinatura, sugeriu que eu começasse a fazer vídeos mais longos. Ele sugeriu dois minutos e meio como sendo um padrão de "duração de punheta", então tentei mirar nisso. Eu sabia que o cara provavelmente estava falando de um vídeo meu me masturbando, mas não consegui fazer isso. Não enquanto Jinx estava tomando conta de Bodhi do outro lado da porta. Parecia real demais.

A última parceria promocional que fizemos foi um fracasso total e gastamos 500 dólares para conseguir quarenta novos fãs. Eu estava começando a ter uma sensação ruim, como se a conta que eu pensava estar construindo estivesse indo por água abaixo.

Foi mais ou menos nessa época que recebi uma mensagem estranha. Óbvio que eu recebia muitas mensagens estranhas. Essa foi estranha porque era direta e profissional. Dizia: Vejo que você faz avaliações escritas de paus. estaria aberta a outros trabalhos escritos? – JB.

Acho que nenhum fã até então tinha se referido ao que eu estava fazendo para eles como trabalho. Foi revigorante. A maioria das mensagens eram coisas como ei e vc é mt gostosa; às vezes eles me diziam para enfiar uma faca na xoxota ou beber produto para desentupir ralo. Um cara ofereceu 500 dólares para eu me filmar cagando em uma lata de sopa. Estava fora de questão; eu teria problemas para cagar em uma lata de sopa mesmo sem a pressão de ser filmada. Então, a mensagem de JB era absolutamente diferente do que eu costumava receber. Fiquei intrigada, mas também com receio de que ele pedisse para eu escrever uma fanfic erótica de um ménage nosso com Logan Paul ou algo assim.

Cliquei no perfil dele para ampliar a foto. A maioria dos caras não colocava nada, os perfis ficavam com o contorno de uma cabeça, como um jogo de tabuleiro infantil; outros postavam o abdome ou pau, ou um personagem de anime, ou um meme de Pepe, o Sapo. O de JB era um close do rosto de um pug preto envelhecido, seu focinho salpicado de branco.

Eu escrevi de volta no chat: O cachorro na sua foto de perfil é seu ou é só um cachorro aleatório da internet?

Ele respondeu: Meu cachorro.

FantasmaFaminta: Nome, por favor?

JB: Isso é um teste?

FantasmaFaminta: Sim.

JB: Vou reprovar.

FantasmaFaminta: Por quê?

JB: O nome dele é Jujuba. Foi minha sobrinha que escolheu.

Pensei um pouco. Você passou. Que tipo de trabalho escrito você tem em mente?

JB: 100 dólares para me contar sobre as tradições de férias da sua família.

Olhei para a tela.

Meu cérebro estava trabalhando. Não conseguia imaginar como essa informação seria útil para ele. E, se ele não queria por razões práticas que envolviam um golpe, significava que ele queria por razões emocionais. Ele estava pedindo algo real de mim. Estava tentando chegar na pessoa por trás das fotos. Isso me deixou com raiva, embora eu não conseguisse definir exatamente o porquê. Só continuei pensando: "Como ele ousa?!"

Por quê?, perguntei.

JB: Fico com tesão de pensar em você como uma pessoa real.

Ergui as sobrancelhas, mas não era uma maneira ruim de distorcer a terrível e excessiva solidão que levaria uma pessoa a pedir isso. E cem dólares são cem dólares, afinal de contas, e de jeito nenhum eu ia deixar o pequeno Jujuba obter algo real de mim.

Então eu menti. Inventei uma família completamente diferente. Disse que tinha um irmão mais velho e que meu pai trabalhava com vendas, e papai sempre ganhava uns bônus no trabalho em pontos de hotel e milhas aéreas, e a gente tirava férias todo fim de ano, passava o Natal no Havaí, ou em Paris, ou nas Bermudas. Isso parecia idílico demais, inventado demais, embora eu estivesse roubando fatos da vida de Becca. Então acrescentei um monte de coisas sobre como havia muita pressão para ser feliz nessas viagens, mas na verdade eu só queria todas as coisas normais: a árvore de Natal, as meias, nossa casa com aspecto mágico. Em vez disso, era sempre um quarto de hotel, lençóis brancos, arte em tons de azul nas paredes; alguns presentes apareciam, poucos, o embrulho levemente amassado, então eu sabia que eles estavam enfiados nas malas dos meus pais. Meu irmão me contou que o Papai Noel não existia quando eu tinha seis anos, mas eu ainda queria que a gente pudesse fingir. Queria que meu pai fosse mais competente em esconder os casos extraconjugais. Queria que minha mãe fosse mais competente em esconder o tédio.

Para ser sincera, eu meio que fiquei emocionada no final, ainda que nada daquilo fosse verdade. Cliquei em enviar. A gorjeta de 100 dólares chegou imediatamente. Aí ele se ofereceu para pagar 100 dólares por uma descrição da minha mãe. Como um retrato dela. Ficou interessado porque eu disse que ela estava entediada.

Seu pobre cachorrinho doente, pensei, então passei uma hora compondo um retrato da minha mãe fictícia. Tentei torná-lo interessante. O esboço bruto dos pais — o pai vendedor e a mãe entediada — roubei de Becca, mas não sabia exatamente de onde veio o resto. Foi divertido: inventar coisas, tirar cada detalhe da escuridão da minha mente como um coelho da cartola.

CAPÍTULO DEZ

Shyanne estava tão preocupada planejando o casamento, uma viagem para Las Vegas marcada para a primeira semana de janeiro, que se esqueceu de avisar a Margô que estaria ocupada no Dia de Ação de Graças — o que a filha descobriu ao ligar perguntando o que deveria levar.

— Ah, vamos fazer trabalho voluntário para ajudar os necessitados! — disse Shyanne.

Margô sabia que era maravilhoso Kenny estar encorajando sua mãe a fazer trabalho voluntário e que uma boa ação era uma boa ação, fosse feita por um motivo vergonhoso ou não. Acontece que o Dia de Ação de Graças sempre tinha sido o feriado delas; ela e Shyanne pediam comida chinesa, viam filmes no canal Lifetime e hidratavam os pés. Parecia que um mundo inteiro estava sendo perdido.

Em vez disso, Jinx fez uma refeição tradicional completa para ela e Suzie. Ele realmente se superou: purê de batata, peru com recheio de verdade, e não aqueles prontos, e torta de maçã.

Depois da torta, todos ficaram relaxando na sala de estar. Jinx era exatamente do comprimento do sofá de veludo rosa quando estava deitado balançando Bodhi no ar, depois o trazendo para o peito, fazendo sons com a língua para fora e dando beijos que faziam cócegas antes de levantá-lo novamente. Tudo isso foi acompanhado por muito balbucio e guinchos. Bodhi tinha começado a balbuciar, e tudo o que ele dizia era: "Papai, papai." Jinx sorria e dizia:

— Sim, eu sou o papai!

— Não é estranho você estar ensinando ele a te chamar de "papai"? — perguntou Margô.

Na verdade, ela estava apenas irritada porque Bodhi não estava dizendo "mamãe". Ela ficava preocupada, achando que não passava tempo suficiente levantando-o no ar e fazendo-o gritar daquele jeito. Ela se preocupava que fosse porque, muitas vezes, quando estava com o filho no colo, estava também mexendo no celular.

— "Papai" é o que eles costumam falar primeiro — disse Jinx. — Ele vai parar de me chamar de papai.

— Eles falam "papai" primeiro?

Margô estava sentada na mesa de centro. Uma luta de Curt Hennig estava passando na TV. O pai dela tinha um serviço de assinatura que lhe dava acesso a todas as lutas da WWE.

— Pelo menos todos os meus filhos fizeram isso — disse ele. — Você inclusive. Shyanne quase morreu.

Isso fez Margô sorrir.

— O que eles dizem depois?

— Ou "mamãe", ou "baba".

— Espero que seja "mamãe" — falou.

O telefone dela vibrou. Era uma mensagem de JB:

Cara FantasmaFaminta,
100 dólares por pergunta (o tamanho fica a seu critério) para respostas a qualquer uma das questões a seguir:

1. Quais são os amigos de que você se lembra do ensino médio?
2. Quais são suas comidas favoritas e quais comidas você irracionalmente não gosta?
3. Você conheceu seus avós?
4. O que aconteceu com seu irmão, Timmy? Vocês são próximos?
5. Você faz faculdade? Está pensando em fazer? Você realmente deveria fazer faculdade, parece tão jovem. Mas não sei quantos anos você tem, né? Talvez já tenha se formado e tenha uma pele ótima. Não sei dizer, não sei o que estou dizendo, mas quais são seus objetivos para si mesma? O que você quer?

– JB

Ele anexou uma foto do Jujuba em uma fantasia de peru mal ajustada com uma carinha bem triste. Margô sorriu. Ela não tinha contado a Jinx ou Suzie sobre JB e esses estranhos pedidos de textos. Ela se convenceu de que não precisava contar a ninguém porque não eram importantes. Margô não deixaria JB saber nada real sobre ela. Sabia como manter a situação sob controle.

Ela respondeu: Quero uma selfie sua com o Jujuba!

Não sabia exatamente o porquê; só queria ver se ele tiraria a selfie, se o dominava.

Ele não está mais com a fantasia, JB escreveu. Não gostou dela.

FantasmaFaminta: Não me importo com a fantasia.

Houve uma pausa, então uma imagem apareceu, e ela mal conseguiu respirar. Não sabia o que estava esperando de um homem que, no Dia de Ação de Graças, estava enviando pedidos de textos estranhos a uma mulher que conheceu na internet, mas não era isso. JB era alto e tinha ombros largos, ou pelo menos era o que parecia com um pug aninhado sob o queixo, e também tinha cabelos pretos longos, grossos e brilhantes que caíam em volta de seus ombros. Ele parecia asiático ou das ilhas do Pacífico e estava usando uma camiseta preta e o que ela tinha 80% de certeza de que era uma gargantilha de pérolas. Ele parecia ter, no máximo, vinte e tantos anos e era tão gostoso que nem fazia sentido.

Ela abaixou o celular. Jinx estava falando há algum tempo, e Margô não tinha ideia do que era. Felizmente, era apenas uma história sobre Curt Hennig dando laxantes para que Yokozuna se cagasse num avião.

— Ele estava sempre colocando drogas nas bebidas das pessoas — falou Jinx. — O que, pelos padrões morais de hoje, é repreensível, mas na época era bem engraçado.

Jinx ergueu Bodhi no ar novamente e disse:

— Meu deus, Margô. Pega o bebê. Pega ele agora.

Margô se levantou depressa e pegou o filho. Jinx manteve os braços no ar na mesma posição, claramente com medo de se mover.

— Eu fiz alguma coisa — comentou.

— Nas suas costas?

— Meu deus — disse ele, gemendo.

Ela viu que seu rosto estava branco e ele estava suando.

— O quê? — perguntou. — O que foi?

— Vai ficar tudo bem — respondeu Jinx. — Acho que é só um espasmo. Preciso de relaxante muscular, mas eu não... Quer dizer, por causa da reabilitação, não tenho nenhum. Só preciso que os músculos relaxem. Não acho que seja uma hérnia de disco ou algo assim.

— Me diz o que fazer — pediu ela.

— Pega meu telefone e liga pro dr. Murtry.

* * *

Mas era Ação de Graças e o dr. Murtry não estava atendendo, nem os outros dois médicos que Jinx tentou. Quando Margô descobriu que Jinx não conseguia nem ficar de pé ou mudar de posição, ela começou a se desesperar.

— Bem, eu posso ficar no sofá — disse Jinx — até alguém ligar de volta.

— Pai, você está suando em bicas. Está claramente com uma dor excruciante.

— Bem — falou Jinx. — Talvez gelo?

— Pai! — exclamou Margô. — Você precisa ir ao pronto-socorro!

— Acho que não consigo entrar em um carro.

— Vamos chamar a ambulância — disse ela.

— Não vamos, não — falou Jinx. — Não chama a ambulância!

Mas ela ligou para a emergência e, pela maneira como ele não tentou impedi-la, deu para ver que estava feliz. Quando souberam que a ambulância estava a caminho, a principal preocupação de Jinx era que ela separasse alguns livros para ele ler no hospital.

— Eu vou com você — disse Margô.

— Você não quer levar o Bodhi para um lugar daqueles! Um hospital cheio de germes!

— Eu cuido de Bodhi — falou Suzie.

Ambos olharam para ela. Suzie nunca tinha se oferecido para cuidar do bebê.

— Não pode ser tão difícil — disse ela. — Quer dizer, eu vejo vocês fazendo isso o dia todo!

— Tem leite no congelador — avisou Margô, e correu para mostrar a Suzie tudo o que ela precisaria antes de a ambulância chegar. — E, se ele estiver muito agitado, me manda uma mensagem que volto na hora. Acho que não vou ficar fora mais do que uma ou duas horas, no máximo.

— Tudo bem — disse Suzie —, acho que vamos ficar de boa.

Margô experimentou colocar Bodhi nos braços de Suzie. Tanto Suzie quanto Bodhi pareciam à vontade.

— Beleza — falou Margô, como se estivesse julgando a estabilidade de uma torre de Jenga. — Beleza!

* * *

Quando Jinx e eu finalmente ficamos sozinhos em sua pequena área com cortinas do pronto-socorro bem-iluminado, ele já estava muito melhor. A enfermeira havia lhe dado relaxantes musculares e analgésicos na veia.

— Margô — disse ele baixinho, quase num sussurro —, não vou mencionar problemas de abuso de substâncias a menos que perguntem diretamente. Tudo bem por você?

— Hum, tá bom — respondi.

A ideia de que eu iria, de alguma forma, me opor e dizer ao médico que ele tinha acabado de sair da reabilitação nem tinha me ocorrido. Fiquei me perguntando se isso era de fato a coisa certa a fazer.

— Podemos ver o que fazer depois. Eu posso me recusar a levar o que eles me receitarem para tomar em casa. Só sei que, por experiência própria, se você tocar no assunto, eles passam a te tratar como um criminoso na mesma hora.

— Tudo bem — falei.

Era óbvio que eu queria que meu pai tomasse a medicação necessária. Eu também estava desconfortável com isso. O vício dele era uma grande área desconhecida que eu não entendia de verdade. Eu me preocupava que fosse assim que sempre começava para ele: com as melhores intenções. Eu estava ouvindo uma senhora pedindo água atrás da cortina à nossa direita.

— Minha boca está tão seca — dizia ela.

— No hospital, quando eu estava tendo Bodhi — falei, pigarreando por causa de um ataque repentino de catarro —, uma enfermeira que estava conferindo meu soro passou a mão sobre a minha de um jeito estranho, e percebi que ela estava verificando se havia uma aliança. E talvez eles tenham a política de remover os anéis da paciente em caso de cesárea, mas de repente fiquei com medo de não ter esse marcador, essa coisa que indicava que alguém me amava, que eu era valiosa, que alguém ficaria bravo e os processaria se eu morresse. Talvez fosse tudo coisa da minha cabeça, mas sentia que, quando apertava o botão por algum motivo, ela demorava, tipo, horas para vir, e saía sem responder minhas perguntas, e zombou do nome de Bodhi. Fiquei lá durante muito tempo até me liberarem, e eles não me diziam o porquê. Ela simplesmente decidiu que eu era esse tipo de garota, sabe?

— Ela zombou do nome dele? — perguntou Jinx, e eu pude ver uma frieza estranha surgindo em seus olhos, como gelo se formando em um lago.

— É, eu não te contei isso? Shyanne deu um tapa nela!

Jinx apenas me encarou, seus olhos completamente mortos.

— Eu teria colocado fogo naquele hospital todo — falou.

Todos os pelos dos meus braços se arrepiaram.

— Eu só... eu entendo — falei. — A maneira como eles tratam você pode mudar.

— Todo — repetiu Jinx.

Eu ri.

— Obrigada — sussurrei.

Ele olhou para mim e assentiu, seus olhos sombrios de amor.

— Sobre o que é o livro que você está lendo? — perguntei, apontando para o livro que estava embaixo da axila dele.

— Gladiadores — disse Jinx, mostrando a capa.

— Você gosta muito da Roma antiga — comentei.

— Como você sabe? — perguntou meu pai, piscando.

Dos livros que ladeavam seu quarto, Roma estava em cerca de metade dos títulos.

— Por quê? Tipo, o que te interessa no assunto?

— Ah, a violência, eu acho. — Ele deu de ombros de uma forma fofa e estremeceu, tentando ajeitar a posição.

— Por causa da luta livre? — perguntei.

— Claro.

— Você se sente, tipo... Você se sente dividido em relação à violência? — questionei.

Meu pai apertou os olhos e disse, com aquela voz suave e alta de ASMR:

— Passei tantos anos na defensiva que é difícil dizer. Sabe, dizendo a mim mesmo como futebol ou hóquei são violentos, e não vou nem começar a falar de MMA. Sempre quis defender a luta livre; de certa forma, é a mais ética. Porque estamos tentando dar um show, não prejudicar uns aos outros de verdade. É um bando de garotos do meio do nada, sabe, meio que gritando: "Olhe pra mim! Me ame! Olha as coisas absurdas e lindas que eu consigo fazer com o meu corpo! Consigo fazer você suspirar, consigo fazer você gritar, consigo fazer você chorar!"

— Isso é lindo — falei —, pensar assim.

Embora ele estivesse com uma aparência melhor, sua pele ainda estava muito ensebada e pálida na luz forte; os olhos, fundos. Eu nunca estive tão ciente da mortalidade do meu pai. A sensação de que um dia ele morreria era palpável. Eu também nunca tinha conseguido plenamente imaginá-lo como o touro branco cor de leite e selvagem pelo qual minha mãe se apaixonou, o jovem do Meio-do-Nada, Canadá, gritando: "Olhe pra mim! Me ame!"

— Ah, sim — disse ele. — Essa é a essência da parada. Meninos em trampolins brincando com os amigos. Essa é a bela semente de onde a flor da luta livre brota. Mas, sabe, quase todos os meus amigos estão mortos. Não todos. Mas mais da metade. E alguns deles morreram de maneiras horríveis e macabras. Então o custo, o custo disso, eu compreendo. Sabe, quando você disse que nunca deixaria Bodhi se tornar um lutador, pensei: eu deixaria, o que há de errado comigo? Não quero isso pra ele. Por que eu estava dizendo que ele aguentaria ser um lutador? Ele tem quatro meses! Mas mesmo antes de Bodhi, tipo, faz muitos anos que penso sobre isso, sobre a violência e como nós a amamos e como não conseguimos parar. E, assim como todos os caminhos levam a Roma, todas as histórias de esportes sangrentos levam pra lá também.

— Sempre fomos assim — falei.

— Pelo contrário, acho que costumávamos ser muito piores.

— Sério?

Meu conhecimento sobre as competições de gladiadores romanos praticamente começou e terminou com aquele filme do Russell Crowe.

— Os tipos de competições que eles realizavam seriam um desafio real pra sensibilidade moderna. Quer dizer, envolviam animais, faziam mulheres lutarem com anões, peças em que, quando alguém morre na história, eles realmente matam a pessoa no palco. Isso tudo acontecia por causa da escravidão, como uma categoria mental, é claro.

Eu nunca tinha pensado em escravidão fora do contexto dos Estados Unidos.

— Eles faziam umas gangorras longas, tipo brinquedo de parque. Em seguida acorrentavam criminosos nas duas extremidades e deixavam entrar, tipo, uma dúzia de leões e ursos famintos, e assistiam enquanto todos os homens ficavam empurrando com as pernas, tentando ser aquele no ar, mesmo sabendo que, quando sua contraparte estivesse morta, após ser comida, aquele peso seria removido e eles cairiam e seriam comidos também. — Seus olhos escuros estavam sonhadores, focados em algum lugar no teto.

— Isso é horrível.

— Pois é, e crianças pequenas viam isso. As pessoas assistiam, e riam, e gritavam, e vaiavam, como em um show de luta livre. E você tem que pensar em como isso devia ser profundamente diferente na mente deles. Hoje, acharíamos que assistir a alguém ser assassinado é traumatizante, mas não era traumático para eles. Era divertido. E tentar imaginar como isso funcionava, quais crenças tinham que estar em vigor, é simplesmente fascinante pra mim.

— Por que você acha que isso mudou? — perguntei. — Tipo, civilização?

— Não sei o que um historiador diria, mas eu diria Jesus: ame o próximo, e é mais fácil um camelo passar pelo buraco de uma agulha do que um homem rico entrar no céu. Em um lugar como Roma, insistir que todos tinham valor intrínseco os abalava. Quer dizer, Jesus foi morto por isso.

Eu não esperava uma resposta como essa do meu pai, que era, até onde eu sabia, ateu convicto.

Um médico entrou pela cortina nesse momento, interrompendo nossa conversa. Fiquei sentada em silêncio enquanto ele fazia perguntas a Jinx sobre sua coluna e várias cirurgias. Mesmo sem Jinx dizer nada sobre abuso de substâncias, as perguntas sobre controle da dor e medicação eram incisivas e repetitivas. O médico perguntou várias vezes qual medicação para dor Jinx estava tomando, como se não tivesse acreditado quando ele disse que não tomava nenhuma. Ele explicou que iam pedir raios-x e uma ressonância magnética para garantir que não havia comprometimento da fusão espinhal.

Eu estava ficando agitada. Era a maneira como o médico falava com meu pai, a imagem daquelas peças de metal implantadas em sua coluna. Na nossa frente, havia uma garota que tinha escorregado em uma banheira de hidromassagem e estava sangrando muito por causa de um corte na linha do cabelo, esperando para ser atendida por um médico, segurando uma folha de papel-toalha na testa. Às vezes, os lutadores escondiam uma lâmina de barbear durante uma luta e se cortavam na linha do cabelo para sangrar; eles chamavam isso de "adicionar cor" a uma luta. A cabeça de Abdullah, o Açougueiro, estava praticamente sulcada por conta de todas as cicatrizes.

Mick Foley e Terry Funk, as tachinhas e o arame farpado e o vidro quebrado, ou Nick Gage, meu deus, Nick Gage. Esfregando aquele cortador de pizza na boca dos homens até o sangue escorrer pelo queixo e pescoço, misturando-se ao suor. Ele foi apunhalado no estômago com uma lâmpada tubular quebrada e teve que ser retirado de helicóptero. Continuei pensando nos homens que me escreveram para dizer que eu deveria me matar.

— Você devia ir pra casa — sugeriu Jinx. — Eu vou ficar bem.

— Não — falei. Mas percebi que estava desesperada para ir embora, com uma necessidade tremenda de estar em casa com Bodhi seguro nos braços.

— Estou bem agora — respondeu Jinx. Mas como ele poderia estar bem neste espaço superiluminado cheio de pessoas que não o amavam?

— Tudo bem. Desculpa, não sei por que estou tão nervosa.

— Vai pra casa ficar com aquele bebê — falou. — Boa noite, meu docinho.

Ele costumava me chamar assim quando eu era pequena. Eu quase tinha esquecido.

— Boa noite, minha carne — devolvi, que era o que eu costumava responder.

Deixei-o em seu pequeno cubículo e saí cambaleando pela noite escura, onde peguei um táxi que cheirava a cera e ursinhos de goma, corri escada acima e entrei na sala de estar, encontrando Suzie e Bodhi dormindo profundamente no sofá de veludo rosa, ambos roncando baixinho.

Porém, enquanto tentava dormir nessa noite, com Bodhi seguro e aconchegado no berço e Suzie debaixo de um cobertor no sofá, eu não conseguia parar de ouvir meu pai dizendo: "Eu teria colocado fogo naquele hospital todo."

Imaginei a estrutura queimada do prédio, as nuvens de cinzas, meu pai com sua calça preta, sua camisa preta e sua jaqueta preta, parado ali, olhando para mim, me amando.

CAPÍTULO ONZE

De manhã, acordei e descobri que Jinx tinha recebido alta do hospital às quatro da manhã e pegado um táxi para casa. Fiquei furiosa por ele não ter me ligado.

— Deu tudo certo — disse ele. — Deitei no banco de trás do táxi.

Eu queria perguntar se o médico havia receitado analgésicos, mas de repente não sabia como. Não queria ser mais uma enfermeira verificando se sua mão tinha um anel, mais uma pessoa que olhava para ele e só via um viciado.

— O que deu na ressonância magnética? — perguntei.

— Nenhuma hérnia de disco — respondeu ele. — Graças a Deus.

— Que bom.

Jinx estava fazendo chá na cozinha. Ele parou, suas magníficas mãos no ar.

— Quer um chá?

— Não, obrigada — falei.

Ele tinha acendido a luminária de teto, mas a luz que ela produzia era aguda e fina, zumbindo verde sobre nossa pele. Eu o observei por um momento antes de voltar para o quarto.

Por que eu não sabia como fazer essa pergunta a ele? Ontem à noite, eu me senti tão próxima dele, traçando as veias no dorso de sua mão enquanto ele estava deitado na cama do hospital, falando sobre Roma, e esta manhã ele parecia um estranho. Além disso, mais nove fãs tinham cancelado a assinatura. Eu sabia que era minha culpa por não mostrar a vagina inteira. Meu pai podia falar sobre persona e fazer os caras se apaixonarem por você, mas, no fim das contas, o que eles queriam era simples: agarrar o joystick original até gozar.

Eu estava tão puta que nem queria responder o JB. O que eu queria? Quais eram meus objetivos para mim mesma? *Na verdade, JB, meu maior objetivo para mim mesma é me tornar famosa na internet por ser gostosa. Desde que era uma garotinha, eu tinha um sonho de que um dia homens do mundo inteiro iriam querer gozar na minha cara... Acontece que sou muito covarde para fazer isso!* Era bom zombar de mim mesma dessa forma. Porque eu realmente queria isso. Queria ser famosa. Queria ganhar muito dinheiro, quantias absurdas de dinheiro. Eu queria poder: bruto, puro e natural. Mas, toda vez que pensava em bater uma siririca na frente da câmera, sentia que ia vomitar.

Obviamente, eu nunca diria nada disso para JB. Não só porque não me favorecia, mas porque o sonho de ser famosa era silencioso, urgente e constrangedor. Bem guardado como um desejo na hora de apagar as velas do bolo de aniversário.

Em vez disso, escrevi sobre comida.

Caro JB,
Sou uma grande fã de doces com sabor de frutas, sendo as coisas com sabor de banana minhas preferidas, e as com sabor de limão vêm em segundo lugar. Banana Laffy Taffy: o melhor doce do mundo. Lemonheads: fenomenal. Gosto particularmente de Runts. Eles sempre parecem especiais porque não dá para comprar nas lojas, a gente tem que encontrar uma dessas máquinas no shopping ou em alguma pizzaria. Os Runts devem estar lá desde o início dos anos 1990, mas isso não depõe contra eles porque são Runts, os Doces Eternos.

Para jantares especiais em nossa casa, o típico jantar de celebração era bife com batatas, mas eu nunca fui muito fã de bife. Eu amo asinhas de frango. Sei que lugares que servem asinhas de frango não são chiques, então parece uma escolha estranha. Se eu fosse a um restaurante chique, eu provavelmente tentaria achar algum prato de massa com molho. Qualquer coisa que seja uma versão adulta de macarrão com queijo porque, lá no fundo, sou uma criança gigante.

Como eu moro na Califórnia, pra fast food sou obrigada a dizer In-N-Out, e, vai por mim, é muito bom, mas, e eu fico meio relutante em admitir porque é nojento e sei que é, eu amo muito o Arby's. Se estou sozinha e triste, ou sozinha e muito feliz, o Arby's me atrai como uma estrela cadente.

Em termos de comidas que não suporto, ok, não gosto de frutos do mar. Quase todos. Mas o que eu não gosto mesmo é de polvo. E eu já comi em lugares chiques onde a outra pessoa ficou extasiada, e mesmo assim não gostei. Isso beira o sacrilégio, mas também não gosto de caranguejo ou lagosta. Não vou me recusar a comer, mas eu nunca diria: "Hmmm, vou pagar quarenta dólares para ficar brigando até conseguir tirar cinquenta gramas de carne mole e sem gosto da carcaça desse inseto gigante do oceano."

E figos. Que se fodam os figos. Com certeza eles não têm um gosto ruim, e eu posso até me imaginar ignorando a textura um pouco úmida das sementes, mas eles são sem graça! Romãs são idiotas e difíceis de comer, mesmo que por dentro pareçam rubis incrustados brilhantes com magia antiga, então, tipo, claro, eu vou engolir todas essas pequenas sementes que são tipo lixas de unhas. Mas figos? Eles são caros! E vêm em saladas que custam tipo vinte e cinco dólares por cinco folhas de alface amarga e uns figos feios cortados que parecem estar cheios de pequenos tumores na parte de dentro. A gente vai se falando e qualquer coisa te aviso, figos!

Percebi que tinha escrito a verdade para ele, mas imaginei que não tinha problema. Afinal, era só comida. E ele não saberia o que era verdade e o que não era. Eu nunca ia conhecer esse cara.
E então, sem pensar, escrevi: E você?

— O que você está escrevendo? — perguntou Jinx por cima do ombro dela.
— Meu deus! — exclamou Margô, automaticamente fechando o laptop, mesmo que não houvesse nada de errado em mandar mensagens para JB.
Jinx estivera perambulando pelo apartamento o dia todo. Ele não podia ficar deitado ou sentado por muito tempo. Também não podia se curvar ou levantar nada, então ele era praticamente inútil em relação ao Bodhi, ainda que, por sorte, o bebê tivesse permanecido tranquilo a manhã toda. Há pouco tempo, Margô tinha encomendado um pula-pula Jumperoo que mais parecia um monstro, ocupava quase metade do quarto, tocava uma música alegre demais e tinha botões luminosos que piscavam. Bodhi estava disposto a sentar e se agitar por vinte minutos seguidos. Com Jinx machucado, aqueles vinte minutos e o tempo que Bodhi passava cochilando eram sua única chance real de postar ou responder mensagens.
— Quem é JB? — perguntou Jinx.
— Ah, é um fã — respondeu Margô.
— Parecia ser uma mensagem bem longa. Eu não sabia que você escrevia umas coisas assim pra eles.
— Eu não costumo fazer isso, mas ele me paga por e-mail. Cem pratas.
Jinx levantou uma sobrancelha.
— Eu só invento umas besteiras. Tipo, eu não conto nada sobre mim pra ele. Até inventei uma personagem e tudo.

Houve uma pausa. Margô olhou bem nos olhos dele. Porque era verdade. Onde estava a mentira?

— Impressionante — disse ele e sorriu, assentindo, sem fazer menção de sair do quarto dela.

— Acha que conseguiria ir andando até o parque? — perguntou ela, imaginando que, se não fosse trabalhar, poderia muito bem fazer algo legal para Bodhi.

— Estou preocupado — falou Jinx. — De ter espasmos e estar longe de casa.

— Bem, você não está tomando relaxante muscular ainda?

— Eu não comprei os remédios que o médico receitou — contou Jinx.

— Pai!

Margô pegou Bodhi do pula-pula e foi para a sala de estar, onde não seria tão claustrofóbico com seu pai andando de um lado para o outro.

— Bem, estava tarde, e eu não queria dizer pro táxi parar na farmácia, e... quer dizer, prefiro não tomar os remédios.

Margô estava tentando entender a situação.

— Então, o que eles prescreveram? Relaxantes musculares são a mesma coisa que analgésicos? Ou são algo diferente?

— Eles prescreveram relaxantes musculares e analgésicos. E sim, são diferentes.

— Que tipo de analgésico?

— Vicodin. Não é meu favorito, se é isso que você está perguntando. Assim, ele é ótimo, não me entenda mal, mas não é como uma receita de 80 miligramas de oxicodona ou algo assim.

— Entendi — disse Margô. — Então... você quer comprar os remédios? Ou, tipo, como é que você vai ficar sem eles? Quer dizer, você está com dor.

Era algo evidente depois que ela o olhou de verdade. Jinx estava todo pálido e suado, os músculos do rosto cansados e tensos.

— Mas eu não quero começar algo... Não quero... — Ele parou de falar. Estava quase ofegante. Ela esperou. — Eu quero tanto os remédios que isso me assusta e não sei dizer se quero porque estou com dor ou porque sou um viciado.

— Você está com dor — disse ela. — Beleza, e se eu guardar o remédio pra você? Tipo, no meu quarto, escondido, sem você saber onde está. E eu te dou só quando você precisar.

— Poderíamos fazer isso — concordou Jinx, olhando para ela, assentindo freneticamente. — Poderíamos fazer algo assim.

Margô ficou surpresa. Ele tinha se recuperado quase no mesmo instante.

— Certo, a farmácia já avisou que podemos buscar? Isso é emocionante, vamos sair de casa! Quer comer fora? Uma comida nojenta?

— Tipo o quê? — perguntou Jinx.

Margô levantou e abaixou as sobrancelhas de maneira sedutora.

— Tipo Arby's?

JB respondeu com listas de suas comidas favoritas e menos favoritas, e Margô se viu extasiada. Ela teve que admitir que ele tinha razão quando falou da Pringles: o gosto realmente parecia que alguém já tinha mastigado antes de você. Ele disse que amava sorvete sabor Rocky Road, que... o Rocky Road não era o problema, ela comeria Rocky Road a qualquer hora do dia ou da noite, mas tinha alguma coisa estranha no fato de ser seu favorito. Tipo, melhor do que sabor cookie? Sério? Ela achou meio fofo que ele venerasse esse sabor de sorvete tão sem graça. Ele era uma mistura de características muito intrigante. Margô ficava pensando naquele colar de pérolas apertado na pele bonita de seu pescoço.

No começo, ela presumiu que o fato de ele estar escrevendo para mulheres na internet e pagando para elas responderem significava que era solitário, o tipo de solidão que deixava as pessoas, especialmente os homens, um pouco desesperadas. Mas agora ela não tinha tanta certeza de que tipo de pessoa ele era, além de rico. Se ela respondesse todas as perguntas que ele enviasse, ele estaria devendo mil dólares. Como um cara na casa dos vinte anos tinha esse tanto de dinheiro, e por que ele gastaria nisso?

Ela estava amamentando Bodhi na cama e tentando digitar uma resposta com uma das mãos.

JB,
Senhor, lamento informar que aumentei meus preços. Sua resposta sobre salgadinhos foi tão deliciosa que, de agora em diante, vou exigir que você responda uma pergunta para cada pergunta sua que eu responder. Além de, você sabe, o dinheiro. Combinado? Para minha próxima pergunta, preciso saber: JB é seu nome verdadeiro ou significa apenas Jujuba? Não consigo parar de pensar em você como Jujuba!
   Beijo,

* * *

— Então, qual parte da luta livre é real de verdade? — perguntou Suzie naquela noite enquanto assistiam ao programa de luta livre profissional *NXT*.

Os olhos de Margô saltaram das órbitas, chocada por Suzie não saber que não deveria perguntar isso. A calma de Jinx era notável quando respondeu:

— Essa é uma pergunta meio proibida, Suzie. Você pode perguntar a mim, não estou dizendo que estou com raiva, mas outro lutador te deixaria inconsciente por perguntar isso. Uma vez, um cara começou a falar sobre como a luta livre era uma mentira em um bar, e o Haku disse "Ah, é? Deixa eu te mostrar como ela é uma mentira", e arrancou o nariz do cara com os dentes.

— Meu deus — disse Suzie. — Tipo, arrancou, arrancou?

— AR-RAN-COU — respondeu Jinx, assentindo enfaticamente. — Mas, quanto à sua pergunta, ninguém sabe.

— Ninguém sabe? — perguntou Suzie.

— Qual parte é mentira. É tudo mentira, é tudo real, os limites são confusos. Onde o personagem termina e a pessoa começa? Não ajuda que muitos dos ângulos foquem dinâmicas da vida real e as tornem notoriamente extravagantes. Teve um movimento que o Vince fez com o Jeff Hardy que foi tão, mas tão antiético que deixou todos nós desconfortáveis.

— Ah, foi aquela coisa do CM Punk? — perguntou Margô.

— Sim, exatamente — confirmou Jinx, e continuou explicando: — Jeff já lutava há anos contra o abuso de substâncias, o que é comum na luta livre, por causa das lesões crônicas envolvidas. Mas ele tinha a reputação de ser descontrolado e pouco confiável, então o Vince transformou isso numa armadilha e o fez enfrentar esse cara, o CM Punk, que é *totalmente limpo*.

— Ai, *cringe*! — disse Suzie.

— Então você pode ver que a linha entre real e não real fica um pouco... um pouco fractal.

— Mas, tipo, no ringue. Qual parte no ringue é real?

— Depende. Quer dizer, dói? Sim. Você se machuca? Sim. Eles estão lá se socando o mais forte que podem na cabeça? Não, eles não conseguiriam trabalhar seis noites por semana do jeito que precisam. É mais como se fosse coreografado. Ninguém pergunta se um balé é real só porque é coreografado.

— Verdade — disse Suzie, embora estivesse claro que essa resposta não tinha sido completamente satisfatória.

— Essa é a mágica — continuou ele. — Tem que ser autêntico para funcionar, mas também é, sabe, por definição, mentira. Você tá vestindo elastano neon e segurando um microfone... Não é assim que as lutas acontecem de verdade.

— O que você quer dizer com tem que ser autêntico para funcionar? — quis saber Margô.

— Que a luta, mesmo que tenha pontos acrobáticos incríveis, ainda deve ter a psicologia de uma luta real. E, se uma persona é muito falsa, não funciona, você nunca vai convencer. Tem que parecer verdadeiro. Mas pode ser difícil entender sobre si mesmo, dizer: "Estas são as qualidades que me definem, condensadas e refinadas."

— Sim, isso parece superdifícil — concordou Margô.

Por dentro, suas engrenagens já tinham começado a rodar. Talvez estivesse pensando errado. Ela não precisava ser mais como Arabella; Margô nunca conseguiria ser incisiva daquela maneira, de modo tão emocionante e direto. Certamente ela nunca conseguiria jogar *Fortnite* tão bem. Talvez o que Margô precisasse era se tornar mais ela mesma.

— Achei que você estava falando de, tipo, inventar um personagem e não sair dele, mas você está falando em me transformar em um personagem. Quase como se transformar num desenho animado.

— Exatamente — disse Jinx. — Exatamente isso. Mas pode ser difícil se enxergar bem o suficiente para se transformar em um desenho animado!

— Eu praticamente já sou um desenho animado — comentou Margô.

Jinx olhou para ela.

— De que maneira?

— Eu sou muito boba — disse ela. — Sou brega.

— Eu nunca te descreveria como boba ou brega, nunquinha — comentou Suzie.

— Não?

— Não, você é assustadora demais para ser boba.

— Assustadora?!

— É — disse Jinx, pensativo —, você é um pouco assustadora. Quer dizer, eu sou assustador! Talvez você tenha puxado a mim.

Suzie estava concordando com a cabeça.

— É verdade, vocês dois são muito, muito assustadores.

— Peraí, está dizendo que eu sou uma *heel*? — perguntou Margô.

— Isso — disse Jinx, refletindo. — Eu acho que você é uma *heel* natural. Sei que você queria ser uma *face*. Não pensa nisso como ser má, pensa nisso como ser... disruptiva.

Margô cutucou um pelo encravado na panturrilha.

— Não enxergo isso. Quer dizer, agora eu não sou *heel* nem *face*, eu nem sou uma pessoa, sou um par de peitos. Tipo, como se deve fazer um personagem quando não se passa de fotos do corpo?

Arabella tinha *Fortnite*, tinha algo para jogar, para fazer. Margô não tinha nada parecido.

— Esse é exatamente o xis da questão — murmurou Jinx. Era visível que ele estava mais despreocupado desde que tinha tomado a medicação, quase eufórico. — Como ir de ser outro par de peitos anônimos para o único par de peitos que importa? Tem que parecer real, mas como capturar isso? Esse seu jeito de se jogar no mundo como se fosse invulnerável, quando é claro que não tem como ser e vai se machucar de uma maneira terrível, e ainda assim há algo lindo sobre a entrega, a imprudência e... e o tipo de bravura disso.

Margô nunca teria imaginado que seu pai entendia essas coisas sobre ela.

— O que você precisa — disse Jinx — é de parceiros.

— Parceiros? — perguntou Suzie.

— Para estar no jogo, interagir. Você precisa construir essa comoção. A comoção é o que coloca as bundas nas cadeiras.

Na hora, Margô entendeu o que ele quis dizer. Ele havia mencionado essa coisa de parceiros antes, mas ela só estava pensando em termos de promoção cruzada, não em termos de realmente produzir conteúdo.

— Preciso interagir com pessoas. Preciso de outros personagens para me ajudar a me diferenciar, para que eu não seja apenas um par de peitos. Um *face* precisa de um *heel*, e um *heel* precisa de um *face*.

— É isso mesmo — concordou Jinx. — Acertou em cheio, garota.

Margô já havia pensado nisso, mas sempre tinha dificuldade em imaginar como outra pessoa poderia entrar em seu conteúdo sem, você sabe, fazer sexo com ela ou algo assim. A resposta estava bem na frente dela o tempo todo.

— Precisamos de publicidade — disse ela.

Não da luta. Ela precisava do *hype* nas semanas antes da luta. Como não tinha pensado nisso? A divulgação era quase a parte mais importante — era a razão pela qual o público se importava com a luta o suficiente para assisti-la.

— O que você quer dizer com divulgação? — perguntou Suzie.

— TikTok — disse Margô. — Vamos fazer vídeos pro TikTok.
— Quem somos nós? — quis saber Jinx.
— Ainda não sei — respondeu Margô. — Parceiros.
— Parceiros — repetiu Jinx, abrindo um sorriso e assentindo.

Fui até a conta da DestruidoraDePaus naquela noite e encontrei a foto que estava me intrigando. A DestruidoraDePaus de biquíni na praia. Atrás dela, dava para ver um píer, e no píer havia uma espécie de cabana, um pequeno prédio hexagonal com um telhado vermelho. Aumentei o zoom o máximo que pude. Eu não tinha certeza absoluta, mas estava quase certa de que o prédio era um Ruby's Diner e que o píer ficava em Huntington Beach. No site, percebi que ela também tinha um podcast com outra mulher que fazia OnlyFans chamada RosaSuculenta, então me inscrevi na conta dela e dei uma olhada.

A RosaSuculenta parecia um cachorrinho adorável e sexy. Ela tinha um longo cabelo loiro platinado que caía pelas costas como um lençol. Era gordinha, com cílios postiços dramáticos e seios tão grandes e perfeitamente esféricos que era como se um menino de doze anos os tivesse desenhado nela. Sua conta não era tão interessante quanto a da DestruidoraDePaus, e parecia não fazer avaliações de pau. Ela tinha apenas cinquenta mil seguidores no Instagram, cerca de metade do que a DestruidoraDePaus tinha. Era obviamente uma *baby face*.

Cliquei na conta da DestruidoraDePaus e enviei uma mensagem dizendo que percebi que talvez nós duas estivéssemos no sul da Califórnia e, se estivesse certa, será que algum dia eu poderia ser uma convidada no seu podcast? Recebi uma mensagem de RosaSuculenta dizendo que sim, elas estavam em Huntington Beach, e eu morava perto o suficiente para dirigir até lá? O momento era perfeito porque o convidado daquela semana havia cancelado. Eu poderia ir ao apartamento delas para gravar amanhã? Ela e a DestruidoraDePaus moravam juntas. Fui ver com o Jinx. Sim, eu podia ir amanhã. Suzie ia falar no trabalho que estava doente e ajudaria com Bodhi, já que Jinx ainda não conseguia levantá-lo. A RosaSuculenta me deu o endereço. Estava tudo definido. Eu não tinha ideia do que diria em um podcast e imaginei que teria de lidar com isso na hora.

* * *

Margô ainda não tinha notícias de JB e tentou não deixar que isso a incomodasse. Por volta da meia-noite, quando estava prestes a dormir, sua obsessiva verificação do telefone foi recompensada.

Fantasma,
JB é meu nome, e não, não significa Jujuba, infelizmente. Significa Jae Beom.
Um nome por um nome?

JB

O coração de Margô estava acelerado. Ela não sabia se era medo ou empolgação. Parte dela queria revelar seu nome. Qual seria o problema? Devia haver milhares de Margôs no mundo. Mas depois, se ele a matasse, as pessoas diriam: "Não acredito que ela disse o nome verdadeiro pra ele!"

Você nunca vai acreditar nisso, ela escreveu, mas meu nome de batismo é Jelly Bean.

Que nome lindo, escreveu ele.
Elegante, respondeu Margô. Sofisticado.

JB: Então nós dois somos JB.
FantasmaFaminta: Você quer dizer que nós três somos JB. (Estou incluindo seu cachorro.)
JB: Uma coincidência grande demais para ser qualquer coisa além de sinal do destino.
FantasmaFaminta: Bem, minha mãe deixou sua sobrinha me dar um nome, então...
JB: 😂
FantasmaFaminta: Posso te fazer outra pergunta?
JB: Só se você responder uma das minhas.
FantasmaFaminta: Combinado.

Crush da primeira série, JB sugeriu.

FantasmaFaminta: Fácil. O nome dele era, juro por Deus, Branch Woodley, e a mãe dele era uma grande hippie, e ele usava o papel-alumínio em que a mãe embrulhava o sanduíche para fazer um chapeuzinho, porque aí os professores não iam conseguir ler os pensamentos dele. A gente fingia se comunicar

com as árvores tocando a casca com os olhos fechados. Minha pergunta pra você é: você está fazendo essa coisa de perguntas com outras mulheres aqui?
JB: Não.
FantasmaFaminta: Só um não? Eu não ganho nada mais que isso?

Ele enviou uma gorjeta de 100 dólares.
Margô ficou olhando, um pouco irritada. Então, chegou uma mensagem:

JB: Você já cagou na calça?
FantasmaFaminta: Sim.

Ela apertou enviar. Ela tinha cagado na calça durante uma prova final de química no ensino médio, depois de comer muitas asinhas de frango com manga e pimenta habanero na noite anterior.

JB: Eu não ganho mais nada?
FantasmaFaminta: Você não fica pelado, eu não fico pelada.
JB: 😭 Justo. Pra falar a verdade, eu tava fazendo tudo isso tipo um *troll*. Ouvi falar do OnlyFans e fiquei imaginando do que se tratava. Você foi uma das primeiras mulheres que segui. Sei lá. Parecia mais interessante conversar contigo do que qualquer outra coisa, como se fosse um impulso nerd. Na única vez em que fizeram uma dança sensual pra mim, tentei conversar com ela também. Talvez minha sexualidade tenha sido muito influenciada pelas brincadeiras de Verdade ou Desafio quando eu tinha doze anos?

Margô sempre amou Verdade ou Desafio e assentiu lentamente, pensando nisso. E é verdade, escreveu, se você não pode contar a verdade pra um estranho na internet, então pra quem pode contar?
Outros cem dólares chegaram, e uma mensagem:

JB: Você não precisa me contar os detalhes de como cagou na calça se não quiser, cocô não é um fetiche pra mim. Eu estava só esperando uma história engraçada.
FantasmaFaminta: Bem, a primeira coisa que você precisa saber é que, por algum motivo incompreensível, meu professor de química era da Nova Zelândia e tinha um sotaque muito forte, que eu achava difícil de entender...

CAPÍTULO DOZE

RosaSuculenta e DestruidoraDePaus moravam em um condomínio com prédios de estuque que era silencioso como um cemitério. Os passos de Margô chegavam a fazer eco. Ela não viu uma única pessoa ao ir do carro até o apartamento no segundo andar.

RosaSuculenta atendeu a porta usando uma peça de roupa que, sem dúvidas, costumava ser um cobertor de vestir, uma mistura de moletom e camisola feita de lã bege de ursinho de pelúcia. Ela estava sem sutiã e, embora Margô já tivesse visto muitas fotos de RosaSuculenta nua, seus seios ainda eram muito impressionantes pessoalmente, grandes o suficiente para terem um leve movimento independente do restante do corpo.

— Ah, meu deus, que bom conhecer você! — exclamou ela, embalando Margô em um abraço.

RosaSuculenta ainda estava com a maquiagem nos olhos da noite anterior. Era ainda mais adorável por estar craquelada e borrada, e o cabelo platinado tinha cheiro de xampu caro.

— Pode parecer bobagem, mas como devo te chamar? — perguntou Margô.

Ela conseguia se imaginar chamando a RosaSuculenta de Rosa, mas não conseguia imaginar como chamaria a DestruidoraDePaus.

— Excelente pergunta. Meu nome é Rosa, e esse é meu nome verdadeiro, só pra você saber. Pode me chamar assim no programa, mas ela atende por KC. Quer dizer, a DestruidoraDePaus. Você entendeu!

— Entendi — disse Margô, colocando o cabelo atrás das orelhas.

— Você usa o seu nome verdadeiro?

— Não — respondeu Margô. — Podemos só... podem me chamar de Fantasma?

— Claro! Ah, meu deus, você é tão fofa — disse Rosa. — Você está tão nervosa, adoro! Só pra você saber, a KC vai ser totalmente grossa, e você vai achar que ela não gosta de você. E isso é verdade, ela não gosta de ninguém. Mas, por baixo de tudo isso, ela é melosa e gosta de qualquer um que goste dela, então seja corajosa. Ela não é uma pessoa matinal.

Bem naquele momento, um cachorrinho branco chegou correndo no hall de entrada, olhando freneticamente ao redor e latindo.

— Shhh — disse Rosa, pegando a cachorrinha. — Essa é Cadela, e ela é muito, muito velha. Não é? Você não é uma cadelinha bem velhinha?

A cachorrinha olhou ao redor, os olhos perolados por causa da catarata. Era uma poodle misturada com outra coisa. Rosa beijou seu focinho, que tinha manchinhas marrons.

— Vem comigo — chamou Rosa, levando Margô para a sala de estar, que era quase hostil em sua arrumação.

Tapete branco, sofá de couro branco, mesa de centro preta de metal e vidro. Rosa se sentou no sofá e colocou Cadela ao seu lado. Imediatamente, a cachorrinha fez xixi no sofá, o líquido amarelo vazando por baixo dela.

— E é por isso que temos que ter um sofá de couro! — falou Rosa, levantando-se para pegar uns papéis-toalha. Cadela ficou onde estava, agachada e toda se tremendo.

Depois de limpar o xixi, Rosa trouxe café em grandes canecas cor-de-rosa para elas. Enquanto entregava uma xícara para Margô, ela sorriu e disse:

— Você é muito gostosa!

— Obrigada — agradeceu Margô, tendo dificuldade para retribuir o elogio.

— Seus peitos são incríveis!

— Quer sentir eles? — perguntou Rosa. — Vai, não fica tímida! Eu consigo equilibrar coisas neles. Olha! É a mesinha proibida!

Ela se levantou e colocou sua caneca de café bem em cima dos peitos. Rosa se virou para um lado e para o outro, e a caneca ficou lá, bem firme. Margô não precisou fingir espanto. Se tinha alguma dúvida antes, não tinha mais: queira tocá-los. Que propriedade poderiam ter que permitissem o repouso tão firme de uma caneca de café?

— Eles são...? — Ela não sabia se era grosseiro perguntar se eram silicone.

Rosa respondeu imediatamente:

— Ah, cem por cento.

— Quando você colocou? — perguntou Margô.

— Uns três anos atrás? Mas eu sempre quis. Tipo, desde que eu tinha seis anos eu sabia que queria colocar silicone.

— Desde que tinha seis anos? Você sabia o que era silicone?

— Ah, com certeza. Foi por causa da Dolly Parton, na TV na casa da minha avó. Acho que eu não sabia bem que eram de silicone, só sabia que ela era especial. Tipo, ela não era uma pessoa normal, era a Dolly Parton.

A mente de Margô estava silenciosamente maravilhada diante daquilo. Era verdade. Não dava para ser uma pessoa normal com seios assim.

Rosa se formou em física e até fez quase metade do mestrado antes de abandoná-lo. Margô pediu para usar o banheiro para não ter que falar sobre a própria experiência na faculdade.

Rosa não estava na sala de estar quando ela voltou, o que foi inquietante, e Margô ficou ali sem jeito por um momento antes de ouvir Rosa e KC conversando. Ela se esgueirou pelo corredor e espiou pela porta do cômodo em que estavam. Elas tinham um pequeno estúdio de gravação montado e estavam sentadas em cadeiras de rodinhas na frente de microfones sofisticados em suportes. Parecia uma estação de rádio de verdade, a não ser pelas mesas cheias de embalagens de barras de cereais e garrafas de água vazias, e o que talvez fosse um cigarro eletrônico, e o que definitivamente era um plug anal roxo.

— Ah, que bom, entra aqui, estamos prontas! — disse Rosa quando viu Margô.

KC nem sequer a olhou. Mexia o chá que estava dentro do que parecia uma cumbuca em miniatura. Ela ficava tão pequena sentada na cadeira que era visualmente chocante.

— O seu é aquele ali — falou Rosa, e gesticulou para o assento vazio, que também tinha uma cumbuca minúscula na frente.

Margô se sentou e olhou para dentro, tentando entender o que era, um caldo ou chá com cheiro de couro. O assento de Margô não tinha um microfone sofisticado; tinha um mais comum que ficava na mesa. Ela notou os fones de ouvido e os colocou. Nesse momento, pôde ouvir tudo o que Rosa e KC diziam com clareza absoluta, como se estivessem dentro de sua mente.

Margô pegou sua pequena cumbuca e tomou um gole hesitante. Tinha gosto de cogumelo e casca de árvore; era realmente horrível.

— O que é isso? — perguntou.

— Chá de cogumelo — respondeu Rosa.

KC estava rindo e fez uma imitação sutil de Margô dizendo "O que é isso?" em uma voz afetada. Soou alto nos fones de ouvido de Margô.

— Ah, uau, peraí, eu nunca tomei isso — disse Margô.

— O que é óbvio — debochou KC.

— Isso é tão emocionante! — disse Rosa.

— Não, foi mal — falou Margô. Todas as vozes estavam no mesmo volume em seus ouvidos, era avassalador. — Quer dizer, eu não posso beber isso.

— Bom, você tem que beber — disse KC. — Faz parte da porra do podcast.

— Achei que você tivesse ouvido vários episódios — falou Rosa.

Margô congelou. Ela não tinha ouvido um único episódio, embora tivesse dito para KC que era uma grande fã.

— Tipo, eu ouvi. Eu só não sabia que era, sabe, obrigatório.

— A gente toma chá de cogumelo em todos os podcasts — disse Rosa com delicadeza. — É meio que a coisa principal.

Margô começou a suar. Ela devia parecer tão apavorada quanto se sentia, porque Rosa amoleceu e disse:

— Ah, querida, é muito divertido! Não se preocupa! Você vai se divertir muito! De repente você bebe só metade.

Margô assentiu, sem nem conseguir falar.

— Todas nós bebemos a caneca inteira — disse KC com um comando tão contido que Margô sabia que Rosa não tentaria discutir mais.

Margô achou que começaria a chorar. Como ela ficaria bem para dirigir de volta para casa? Quanto tempo teria que ficar aqui com essas pessoas assustadoras? Quando finalmente chegasse em casa, demoraria quanto tempo até que pudesse amamentar Bodhi? Ela não sabia nada sobre cogumelos ou quanto tempo eles ficavam no organismo. No entanto, não conseguia se imaginar indo embora. Ela pegou a cumbuca pequena, e Rosa acenou para ela com a cabeça, encorajando-a. Ela tomou um gole.

— Vamos começar essa palhaçada — disse KC, então Rosa se ocupou do laptop e começou sua apresentação do programa.

Enquanto Rosa estava falando, Margô pegou seu telefone e mandou uma mensagem frenética para Jinx: Elas estão me fazendo tomar cogumelo, não tenho ideia de quanto tempo isso vai durar, foi mal, estou muito assustada. Então, clicou em enviar e ergueu os olhos assim que Rosa terminou de falar e olhava com expectativa para ela.

— É incrível estar aqui — falou.

Cerca de duas horas depois, elas ainda estavam gravando. Margô não tinha ideia de como iriam editar isso para virar um episódio de uma hora. Tanto KC quanto Rosa começaram a parecer mais e mais com personagens de desenho animado, os olhos brilhando de um modo estranho. O pelo de Cadela ondulava como campos de trigo. Elas falaram sobre como cada uma entrou no OnlyFans, e Margô confessou que ainda não tinha postado a xana inteira.

— Não?! — espantou-se Rosa.

— Você tem que aproveitar essa merda ao máximo — disse KC. — Apresenta essa chavasca de um jeito grandioso.

— Com certeza — concordou Rosa. — Quem dera eu soubesse disso antes. Quando comecei, eu não sabia que deveria ter cobrado, tipo, cinquenta dólares para postar a xana pela primeira vez. Em vez disso, coloquei em promoção por uns três dólares. Sabe como isso é triste? Tipo, aqui está minha linda xaninha, ela vale três dólares?

— Querida Xaninha! — disse KC, com uma voz masculina e grave de apresentador. — A mais preciosa Xaninha!

— É bom saber, na verdade — confessou Margô.

— Você devia fazer, tipo, uma contagem regressiva no estilo calendário do advento pra sua xana! — sugeriu Rosa. — E pode ser seu presente de Natal pra todos os homens do mundo!

De repente, Margô imaginou editar uma foto da vagina para conter um pequeno bebê Jesus no centro, como uma manjedoura.

KC arrotou alto no microfone.

— Como você começou no OnlyFans, KC? — perguntou Margô.

Seu medo de KC estava ficando moderadamente menor, em parte porque KC era desinibida ao extremo. Ela estava coçando a virilha de maneira vigorosa por cima da calça legging enquanto Margô fazia a pergunta.

— Rosa me obrigou — respondeu.

— Não obriguei, nada!

— Obrigou, sim. Você disse: "KC, se você vai desperdiçar sua vida se drogando e transando com homens, pelo menos ganhe dinheiro com isso." Então eu respondi: "Beleza, vamos nessa!"

— Ela não se importa — complementou Rosa, sorrindo. — Tipo, com nada. Eu cuido de todo o dinheiro dela porque ela literalmente gastaria em milhões de quilos de areia e mandaria entregar na casa dos pais.

— Tem frete grátis, Rosa! Tem frete grátis pra duzentos e setenta mil quilos de areia. Tipo, qual é o sentido? Pensa em como seria difícil pra eles se livrarem disso!

Em seguida, todas vomitaram, e KC disse que era um pepino-do-mar e se deitou debaixo da mesa, então o microfone captava sua voz apenas de longe.

Elas falaram sobre os homens que queriam desmembrá-las ou dissolver seus corpos em ácido.

— Vai ficando mais fácil não se importar — disse Rosa —, mas aí, um dia, um cara comenta uma parada simples, tipo, só "cara de manteiga" numa das minhas fotos, e eu começo a chorar.

— Ah, eu quero morrer, é sério — falou KC em sua voz distante. — Tipo, todos os dias.

Por que ela não colocava os fones de ouvido e se sentava em frente ao microfone? Por que estava insistindo em viver nas sombras escuras e ecoantes do espaço de conversa real?

— Você não quer morrer de verdade — discordou Rosa. — Ela tem medo de sangue. Se vê um pouquinho de sangue, já desmaia.

— Isso é verdade. Eu sou muito sensível — concordou KC.

— Eu acho que minha verdadeira pergunta — começou Margô, presa na própria linha de raciocínio — é por que o tempo só vai em uma direção? Tipo, alguém sabe por quê?

— Bem, quer dizer, se pudéssemos nos mover na velocidade da luz, poderíamos parar o tempo completamente — explicou Rosa.

KC se sentou.

— A gente tem que sair deste lugar — anunciou ela. — O laptop é maldito pra caralho. Tipo, olha só isso. Olha só essa porra.

Todas olharam para o laptop. Parecia estranhamente do mal.

Elas foram para a sala de estar, que estava iluminada pela luz do dia.

— Meu deus, KC, você tinha toda razão — disse Margô. — É muito melhor aqui.

— É mesmo — concordou Rosa.

Todas as três caíram no carpete da sala de estar. Cadela, surpreendendo a todas, se aproximou de Margô e se aninhou ao lado dela.

— Por que ela gosta de mim agora? — questionou Margô. — Ela não gostava de mim antes e agora gosta. — Margô olhou para o rostinho manchado de Cadela. — Talvez ela consiga ler minha mente. Meu deus, isso me fez lembrar de que tenho uma coisa para perguntar!

— O que é? — quis saber Rosa, de repente séria.

— Você tem TikTok? — perguntou Margô.

KC começou a rir.

— Isso foi tão anticlimático!

— Não, quer dizer, eu tenho uma ideia — disse Margô.

Ela estava preocupada de não conseguir explicar direito. Acariciou o corpo minúsculo de Cadela. Os seios de Margô estavam tão inchados e cheios de nódulos por causa da necessidade de amamentar, que pareciam cabeças de couve-flor sob a pele, e ela sentia tanta falta de Bodhi que, se pensasse nele por um segundo sequer, começaria a vazar. Em algum momento ela havia ido ao banheiro ligar para Jinx e combinou de ele vir buscá-la quando terminassem. Ela não tinha como dirigir e chorou porque pensou que ele estivesse bravo com ela, mesmo que o pai ficasse dizendo que não estava. Se tivesse feito tudo isso por causa dessa ideia e depois conseguisse estragar o *pitch*, não tinha certeza se conseguiria viver consigo mesma.

— Tenho uma ideia. E sei, do fundo da minha alma, que, se vocês confiarem em mim, eu posso fazer a gente ficar extremamente famosa. E ricas. Podres de ricas. Mas também famosas.

— Tudo bem, beleza — falou KC —, isso é uma chatice. Você está fazendo isso mesmo? Está delirando ou isso é, tipo, um golpe?

Rosa pediu silêncio e perguntou:

— O que você quer dizer, querida?

Margô olhou para o teto texturizado, que parecia estar se movendo como flocos de neve.

— Certo, então, vocês conhecem o Vegeta e o Goku? É tipo o TikTok e o OnlyFans.

— Qual deles é o Vegeta? — perguntou KC, cética.

— Acho que o TikTok — respondeu Margô.

— O TikTok não é o Vegeta — retrucou KC —, de jeito nenhum.

— Estou falando da fusão. Fusão! Porque o OnlyFans não tem nenhuma capacidade de descoberta, mas tem muita monetização, e o TikTok tem toda a capacidade de descoberta e zero monetização. Eles são feitos um para o outro. Eles estão, tipo, destinados a se interligar. E se você usa os dois juntos... é tipo um superpoder. Monetização e capacidade de descoberta unidas.

— Então você está basicamente dizendo que a gente devia fazer TikToks — disse KC. — Quer dizer, dã, fui eu quem te disse primeiro para ter um TikTok.

— Não, estou dizendo que a gente devia usar o TikTok para construir nossas personas, e pra isso precisamos trabalhar juntas. Se você tem apenas uma personagem, existe uma limitação natural para o que pode fazer. O MrBeast funciona melhor porque tem os amigos dele no canal. A gente precisa disso.

A gente podia fazer umas brincadeiras, criar subtramas e fazer pegadinhas umas com as outras, e aí a gente *faria* algo que fosse conteúdo adequado o suficiente pra outras mídias sociais.

— Agora você quer que a gente crie um canal no YouTube juntas? — perguntou Rosa.

— Bem, provavelmente, sim — disse Margô —, mas acho que a gente devia começar no TikTok. Certo, pensa por esse lado, KC: o fato de a Rosa te amar equilibra você. A doçura dela faz sua amargura parecer menos tóxica.

— Tóxica! — repetiu KC, e rolou para ficar de bruços.

Margô continuou:

— E a Rosa poderia facilmente parecer idiota, mas é óbvio que ela não é, porque de que outra forma ela poderia ter domado uma criatura tão complexa quanto a KC?

— A Rosa não é idiota — disparou KC.

— Sim, a gente sabe disso porque conhece a Rosa, mas não tem como saber só de olhar pros peitos dela!

Rosa estendeu a mão, pegou a de Margô e a apertou.

— Eu te amo — disse ela. — Nossa resposta é sim.

— Não estamos dizendo sim pra merda nenhuma! Não vale a pena investir no TikTok. Eu conheço meninas que perderam cem mil inscritos só porque criaram um link levando para o OnlyFans.

— A gente usa o Linktree — sugeriu Margô.

— O TikTok é rigoroso, não permite mostrar nudez, não permite fazer várias coisas.

— A gente não precisa de nudez. Tudo bem, beleza — falou Margô, entregando Cadela a Rosa para poder ficar de pé e demonstrar. — Então, você escolhe a música mais sexy do TikTok, uma dançante, e a Rosa faz uma dancinha usando roupa, mas sexy, e você pensa, legal, que gostosa dançando, mas então você percebe o sofá atrás dela, tipo, se movendo, e a KC está dentro do sofá e vai saindo devagar, e aí o vídeo termina quando ela te assusta com um pulo. Ou quando você a assusta com um pulo. Tanto faz, termina com o grito.

Nem KC, nem Rosa disseram nada.

Margô estava desesperada. Ela desejou não estar chapada para que houvesse alguma esperança de que pudesse expressar a magnitude da visão que vinha crescendo nela nas últimas vinte e quatro horas.

— Em vez de nos transformar num corpo pra alguém foder, trabalhar juntas vai nos transformar em *pessoas*. A gente vai se humanizar. Se eles virem a gente fazendo coisas normais, vai parecer mais real quando a gente fizer coisas sensuais! A gente vai se tornar mais do que bonecas!

— Querida, eu não sabia que você era tão inteligente! — disse Rosa.

— Eu simplesmente acho que não vale a pena — falou KC. — Fazer alguns TikToks, beleza, mas depois do que aconteceu no Instagram, eu não gosto de apostar todas as minhas fichas em uma mídia social só.

— O que aconteceu no Instagram? — perguntou Margô.

— As leis Sesta e Fosta sobre os anúncios de prostituição — respondeu Rosa. — Nós duas começamos a fazer OnlyFans por causa do Instagram. Na verdade, a gente era muito ligada aos festivais, então tínhamos umas contas enormes...

— Eu tinha mais de quinhentos mil seguidores! — exclamou KC.

— Aí nossas duas contas foram deletadas e tivemos que começar tudo de novo. Tipo seis meses atrás, porque a gente tinha linkado nossa conta do OnlyFans na bio do Insta. Ela não quer se ferrar de novo.

— Justo — disse Margô. — Isso é totalmente justo. Mas não existe plataforma mais fácil de viralizar que o TikTok. E acho que vale a pena tentar. Tipo, qual é a pior coisa que pode acontecer? E a gente pode postar os vídeos no Instagram, a gente pode colocar no YouTube, não precisa ser apenas no TikTok. Pensa nisso como se o foco fosse conteúdo impróprio para crianças.

— Que tipo de porcentagem você está pensando? — questionou Rosa.

— Porcentagem de pessoas que se inscreveriam se a gente viralizasse? — perguntou Margô. — Assim, não tenho ideia, mas mesmo que fosse um por cento, se você viralizar o suficiente...

— Não, que porcentagem dos nossos lucros daríamos pra você? Sua proposta é basicamente projetar essa máquina de publicidade enorme, então presumo que teríamos que pagar para fazer parte dela.

— Ah, uau — disse Margô —, sim, eu não tinha pensado nisso. Vamos ver se funciona primeiro?

— Não vejo nenhuma desvantagem em pelo menos tentar — falou Rosa.

— Ainda acho idiota — disse KC.

— Me deixa escrever. Me dá uma semana, e depois a gente pode se encontrar, e você vê se quer filmar.

— Querida — falou Rosa —, só estou preocupada que você não esteja pensando direito sobre o que vai ganhar com isso. Tem certeza de que deveria se voluntariar para fazer todo o trabalho? Não é um trabalho em grupo na escola.

— Alô, galera, eu tenho mil seguidores no Instagram, vocês têm cento e cinquenta mil. Trabalhar com vocês duas é um grande passo pra mim, enorme!

— Isso é verdade! — disse KC.

— Beleza, isso meio que faz eu me sentir melhor — falou Rosa.

— Eu também tenho que contar outra coisa. — Margô se pegou dizendo de repente, porque viu naquele momento que não havia alternativa. — Eu tenho um bebê de quatro meses. A gente vai ter que trabalhar de acordo com a rotina dele, tipo filmar apenas em certos dias ou com ele por perto. Meu pai vai tomar conta dele, então vocês vão ter toda a minha atenção. Eu só não posso passar oito horas longe dele, não dá, isso me mataria.

— Seu pai? — perguntou KC.

— É, mas ele é legal — disse Margô.

— Um bebê de quatro meses? — perguntou Rosa. — Tá de sacanagem?

Margô conseguia sentir a ideia desmoronando ao seu redor. Ela tinha sido uma idiota em pensar que elas concordariam com isso, para começo de conversa. Talvez ela até tivesse contado a elas sobre o Bodhi para arruinar suas chances porque estava com medo de querer tanto, de sonhar tão alto.

— Me desculpa. Eu não queria mentir pra vocês. Eu só...

— Não é justo, porra! — falou Rosa, jogando em Margô um tufo de pelo de cachorro que tinha arrancado do carpete. — Como você tem uma cintura dessa?! Quatro meses! Quatro meses atrás você tirou um bebê daí?

— A gente precisa voltar e falar sobre o seu pai aqui — disse KC.

— Não estou preocupada com o pai — avisou Rosa.

— Não quero um velho com um bebê aqui. É estranho.

— Meu pai é o dr. Jinx — disse Margô. Valia a pena tentar.

— Você tá falando sério? — perguntou KC. E o coração de Margô se encheu de alegria porque ela tinha imaginado certo.

— Quem é dr. Jinx? — perguntou Rosa.

— Você tá de sacanagem com a minha cara, porra? — falou KC.

— Não, ele é o dr. Jinx. Então, não tem a vibe normal de pai. Ele vem me buscar e você pode conhecer ele se quiser. Eu já estava pra mandar uma mensagem pra ele e avisar que terminamos.

— Mas quem é ele? — Rosa ainda estava perdida.

— Ele é da luta livre, não é um lutador, mas, tipo, naquele mundo... ele é uma celebridade! — explicou KC.

— Ele *não* é uma celebridade — disse Margô.

— Ele é um ícone! Ele é literalmente icônico — afirmou KC.

— Quem é essa pessoa? — exigiu Rosa.

E então elas acabaram assistindo a vídeos do YouTube de dr. Jinx e Murder e Mayhem.

— Como é o seu pai? — perguntou KC, toda empolgada com a ideia de conhecer o dr. Jinx pessoalmente. — Tipo, como pessoa?

Margô tentou pensar em Jinx e como ele era de verdade. A sensação avassaladora de estar sob efeito de cogumelos havia diminuído, mas sua mente ainda parecia infantil e fresca, como se estar em sua própria cabeça fosse a coisa mais maravilhosa do mundo.

— Mágico — disse Margô, surpreendendo-se. — Como se ele tivesse acesso a, não sei, uma espécie de vasta rede subterrânea de poder ou... como se ele fosse, tipo, um bruxo desonrado ou algo assim. Mas, quer dizer, ele também é um homem de meia-idade que, sabe, limpa a casa obsessivamente e não consegue manter o pau dentro da calça e faz macarrão. Se é que isso faz algum sentido.

KC ficou lá, olhando para o teto, assimilando tudo.

— Na verdade — falou —, faz todo o sentido.

Quarenta e cinco minutos depois, Jinx mandou uma mensagem dizendo que ele, Suzie e Bodhi estavam lá fora. Ele tinha trazido Suzie para dirigir o carro de Margô até em casa. O encontro que então ocorreu entre as ainda chapadas KC e Rosa, de pijamas na luz brilhante do meio da tarde do estacionamento e seu pai, vestido de preto como se soubesse que isso aconteceria — KC dando pulinhos e recitando falas de apresentações famosas que ele tinha feito, Rosa agachada e espiando Bodhi adormecido pela janela de trás, Suzie gargalhando para todos, batom magenta nos dentes... aquela imagem deles falando besteira em um estacionamento se tornaria uma das memórias mais preciosas de Margô. KC batendo uma garrafa de água Dasani vazia na coxa, os chinelos de pelúcia ridículos de Rosa no asfalto preto, os reflexos brilhantes e distorcidos de seus corpos no carro de Jinx, um enorme grupo de gaivotas voando de repente sobre suas cabeças. Que todos eles viriam parar nesse estacionamento, sob um céu sem nuvens, prestes a embarcarem juntos nessa aventura parecia tão absurdo que chegava a ser quase leve.

Naquela noite, Jinx decretou que Margô não poderia amamentar por vinte e quatro horas, ao que ela respondeu:

— Você acha?

Mas eles já tinham dado todo o leite congelado para o bebê, então Bodhi teve que tomar fórmula, o que não deu muito certo, e Margô se sentiu terrivelmente culpada. Ela tirou leite várias vezes durante a noite e na manhã seguinte, jogando tudo fora e sentindo a vergonha como se fosse uma película na pele. Mas era uma película fina, o tipo de vergonha que dá para tirar no banho.

No dia seguinte, ela acordou antes de todos e abriu o laptop.

E hesitou. Parte dela queria escrever uma mensagem para JB. Há pouco tempo, ele havia perguntado sobre o melhor sanduíche que Margô já tinha comido, mas ela não queria desperdiçar essa energia. Em vez disso, abriu a conta do OnlyFans, clicou em editar na descrição e excluiu tudo, exceto a descrição das classificações de paus. Ela ficou sentada lá por dez minutos, pensando, tentando escrever um novo parágrafo de apresentação. Então escreveu: "Sou de outro planeta e não entendo seu mundo, embora eu goste muito daqui. Me alimente com memes, papel-alumínio e vídeos fofos de gatos. Me dê seu tédio, sua tristeza e sua ansiedade: eu vou comer tudo. Vou comer os botões da sua camisa, seus segredos mais obscuros, suas chaves, mechas do seu cabelo, suas memórias. Vem brincar comigo em um mundo que nós criamos juntos. Eu só vou te matar um pouquinho e você vai gostar."

Depois, ela saiu daquela tela, abriu o Word e começou a escrever o roteiro.

Ao meio-dia, tinha escrito histórias para ela, KC e Rosa, ideias suficientes para sete dias de vídeo no TikTok. Escreveu ideias para tuítes e posts no Instagram para todas elas também. Quando terminou, imprimiu duas cópias em sua antiga impressora jato de tinta que tremia e gemia como a pequena Cadela, uma para Jinx e uma para Suzie.

— Margô — disse Jinx enquanto dava a ela suas anotações no jantar —, para ser sincero, não sei se é uma ideia brilhante ou terrível.

— Eu sei — falou Margô, mas não sentiu medo.

— Mas de uma coisa eu sei: você precisa contar pra Shyanne.

— O quê... Por quê?

Margô ficou surpresa. Ela não entendeu por que qualquer coisa nos roteiros faria Jinx pensar que ela precisava contar pra Shyanne.

— Se isso explodir? — questionou Jinx. — Se você ficar famosa na internet? Seria uma péssima maneira de uma mãe descobrir que a filha está fazendo pornografia.

— Mas não é pornografia de verdade — protestou Margô.

Jinx apenas olhou para ela.

— Promete que vai contar pra ela.

— Tudo bem — cedeu Margô, embora ainda não tivesse intenção de contar.

— Não só por ela — falou Jinx —, mas por você. O que você está fazendo, querida, não é vergonhoso. Não é algo que precisa ser segredo. Você deveria ter orgulho de si mesma. O que você está fazendo... Eu acho incrível.

Ele deu um tapinha no ombro dela, e Margô gemeu porque agora sabia que teria que contar pra Shyanne. Ela a veria no próximo fim de semana para comprar o vestido de noiva.

Depois do jantar, Margô reescreveu os roteiros considerando as anotações de Jinx e Suzie, enviou-os para KC e Rosa com horários de filmagem propostos, depois ficou deitada na cama tentando imaginar como é que ela ia contar tudo aquilo tudo para a própria mãe.

CAPÍTULO TREZE

Naquele sábado, coloquei Bodhi no carro e dirigi até Newport Beach para encontrar minha mãe no Fashion Island, o shopping das pessoas ricas, e comprar um vestido de noiva. Minha mãe trabalhava na Bloomingdale's de lá, quando eu tinha onze ou doze anos, e uma vez, quando eu estava muito doente para ir à escola e ela estava com muito medo de faltar ao trabalho de novo, eu passei o dia inteiro naquele shopping, vomitando periodicamente nos banheiros femininos. Era um lugar bonito, todo ao ar livre. Havia um lago de carpas e muitas fontes. Eu odiava.

Encontrei minha mãe perto da Neiman Marcus. Ela estava usando um conjunto de duas peças beges da loja Lululemon e um suéter de caxemira esvoaçante. Ela parecia uma Kardashian mais velha, só que loira e sem bunda.

— Quer tomar um café ou algo assim? — perguntei.

— Estou toda cafeinada e pronta para começar! — disse Shyanne. — Estou pensando aqui em ir à Neiman primeiro, depois Nordstrom, depois Macy's. Vamos andando. Nada de ir à loja mais cara por último. É quando você está cansada e fraca.

Então fomos para o silencioso necrotério bege que é a Neiman Marcus.

— Talvez — falou Shyanne, olhando a prateleira de liquidação com roupas de sair à noite — eu queira arriscar um off-white, como uma alusão ao tradicional branco nupcial, mas não tentar usar branco de verdade? Estou pensando em cru ou pêssego, algo que pareça mais um vestido esporte fino do que um vestido de noiva.

— Muito ou pouco periguete? — perguntei.

Na verdade, toda a minha infância foi um curso de treinamento sobre como ajudar minha mãe a fazer compras.

— É Las Vegas — respondeu ela —, e o Kenny adora quando eu exibo esses dois aqui. Eu mesma quero algo mais modesto, então um bom meio-termo pode ser mostrar bastante as pernas, mas um decote mais discreto. Estou pensando em brilho, com contas ou lantejoulas, talvez detalhes em pérolas. Afinal, é Las Vegas.

— Quer que eu vá na seção feminina normal e escolha coisas?

— Claro, pãozinho — disse Shyanne. — Vou estar no provador aqui. Tamanho 38! E procura algo pra você vestir também!

— Eu sei qual é o seu tamanho — falei e me afastei, empurrando o carrinho de bebê pelo tapete grosso.

Eu sabia que era o casamento dela, o único que teria na vida. Ela não teria uma grande recepção com todos os amigos, não teria lua de mel (Las Vegas seria a lua de mel, dois coelhos, uma cajadada só; Kenny era um homem inteligente). O mínimo que eu podia fazer era comparecer. Eu era a pessoa que ela mais amava no mundo e sabia disso. Mas não queria mesmo ir.

Encontrei um vestido envelope cor de pêssego da Diane von Furstenberg e o pendurei na alça do carrinho. Fiquei um tempo imaginando um vídeo que eu poderia fazer, em que eu despejasse diferentes cereais matinais sobre os seios, então encontrei mais três ou quatro coisas que achei que combinariam com Shyanne e a encontrei em um provador.

O provador era gigantesco. O carrinho e eu cabíamos lá com espaço de sobra. Havia até uma cadeira de couro confortável para eu me sentar, embora minha mãe tivesse colocado as roupas que estava usando lá. Eu as peguei, me sentei, dobrei tudo junto para esconder sua calcinha e segurei a pilha de roupas no meu colo. Sob nenhuma circunstância minha mãe permitiria que suas roupas tocassem o chão de um provador, um lugar que ela acreditava ser inimaginavelmente sujo, mesmo em uma Neiman Marcus. "Se eu ganhasse um centavo para cada vez que alguém mijou num provador feminino..." era um bordão frequente durante a minha infância, embora, pelas minhas contas, ela teria conseguido uns cinco ou seis centavos. Ainda assim, eu imaginei que fosse o suficiente.

Ela estava experimentando um vestido de lantejoulas prateadas que ficaria bom no tapete vermelho, com um decote tão profundo que mostrava o cofrinho. Estava se virando para um lado e para o outro, se analisando no espelho. Sempre que minha mãe se olhava no espelho, ela parecia um papagaio com os olhos vazios.

— O que você acha? — sussurrou ela, porque Bodhi estava dormindo.

— Assim, é lindo, você parece uma estrela de cinema — respondi. — O que o Kenny vai usar?

Ela suspirou, entendendo rápido o que eu quis dizer. Kenny provavelmente usaria algo horrível, uma camisa marrom e um terno cinza, e com aquele vestido, ela pareceria uma dançarina que entrou no casamento por acidente.

— Tudo bem — falou —, o que você trouxe pra mim?

Mostrei os vestidos que tinha escolhido.

— Não, não, não — disse ela, separando e pendurando nos ganchos de parede os que eram "não". Parou no Diane von Furstenberg. — Este é interessante.

— Tem um glamour dos anos setenta nele. É discreto — falei.

Eu sabia que não tinha contas ou lantejoulas, mas, na minha opinião, ela não precisava do glitter. Ela precisava de um vestido que dissesse: *vou me casar de propósito, e não é um erro*.

Ela tirou o vestido prateado e experimentou o Diane von Furstenberg. No começo, ficou muito grande, mas quando puxou a cintura e amarrou, o ajuste ficou perfeito. Ela estava linda e poderosa, uma versão da minha mãe que eu conhecia, reconhecia e amava.

— Não sei — disse ela, virando-se e olhando para a bunda.

Eu sabia que, se pressionasse muito, ela se voltaria contra o vestido, então não disse nada. Ela se virou, suspirou, distendeu a barriga e deixou os ombros caídos. Era uma coisa que ela fazia, examinava como ficaria em seus piores momentos. Era sempre melhor, ela acreditava, vestir algo no qual você não poderia ficar mal do que algo em que você poderia, só às vezes, ficar ótimo.

— Tudo bem — disse ela, forçando a barriga para fora o máximo que podia.

— É um talvez.

Quando estávamos na Nordstrom, ela perguntou se eu tinha conseguido aquele emprego no restaurante de frutos do mar, uma mentira que eu tinha esquecido completamente.

— Não — respondi.

Estávamos na seção de lingerie procurando uma camisola para a noite de núpcias.

— Margô! O que você andou fazendo?! Você tem que se mexer. Não é do seu feitio deixar as coisas piorarem assim.

— É muito complicado — comecei —, cuidar de um bebê e...

— Coloca o Jinx para cuidar do bebê, ele é ótimo com bebês!

Ela estava esticando uma calcinha como se planejasse usá-la para laçar gado.

— Bom, o Bodhi nem sempre aceita a mamadeira.

— Isso é desculpa — disse Shyanne, passando para a próxima torre de roupas íntimas.

Ela estava certa. Pensei em Jinx dizendo que eu não tinha nada do que me envergonhar. Por que isso não poderia ser verdade?

— Tenho trabalhado um pouco num site, e ele paga muito bem — falei.

— Preenchendo pesquisas? Margô, vai por mim, eu fiz as contas, você acaba trabalhando por centavos a hora.

— Não, é basicamente...

Eu estava tentando pensar em alguma maneira de contar sem a palavra *pornografia*. Continuei tentando fingir que não era pornografia, só que era pornografia, sim.

— É basicamente uma mistura de pornografia e mídia social.

Shyanne agarrou meu pulso. Seus dedos estavam gelados.

— Não fale sobre isso aqui — sibilou.

Assim que saímos da loja e fomos andando até a Macy's, ela disse:

— Então você está fazendo *pornografia*? Não acredito, Margô. Sinceramente, viu?

— Não é pornografia de verdade — expliquei. — Não tem sexo, não tem outra pessoa envolvida, são só fotos minhas de calcinha.

— Estou muito decepcionada com você — afirmou ela.

Ela estava andando rápido, e eu estava com dificuldade de acompanhá-la enquanto empurrava Bodhi no carrinho. Eu não conseguia vê-lo por causa da proteção contra o sol, mas sabia que ele devia estar prestes a acordar. Passamos pelo lago de carpas onde lindas crianças loiras com roupas de tecidos finos riam e brincavam. Parecia que estávamos em um sonho.

— Mãe — falei. — Não é tipo... Não é tão ruim assim!

— Eu não te criei para ser uma prostituta.

Ela disse isso tão baixinho que fiquei na dúvida se queria que eu ouvisse.

Não falei nada, nós apenas continuamos andando, apressadas, como se fôssemos mergulhadoras nadando para a superfície. Eu não tinha certeza se ainda iríamos à Macy's, eu apenas a seguia. Acontece que ela estava indo para uma área isolada ao lado de uma escada rolante, perto de uma loja em construção. Não havia banco nem nada, então ficamos ali, sem jeito.

— Nenhum homem vai se casar com você agora — decretou ela.

Não tenho certeza se havia algo que ela poderia ter dito que me parecesse mais ridículo e ao mesmo tempo atingisse diretamente os meus medos mais profundos.

— Futuros empregadores? Esquece! Depois que cai na internet, Margô, está lá pra sempre.

Shyanne estava tremendo, ela estava muito abalada. Sua boca estava apertada de uma forma que de repente a fazia parecer velha.

Eu não sabia o que dizer. Bodhi começou a se agitar, então o tirei do carrinho. Ele estava com fome, e eu estava rezando para que meu leite não vazasse durante essa conversa.

— Você arruinou sua vida — disse ela.

Olhei para a escada rolante, para as palmeiras no estacionamento, para qualquer lugar, menos para o rosto dela.

— Você achava que ele tinha arruinado sua vida? — Ela apontou para Bodhi. — Não chegou nem perto. *Você* arruinou.

Quase não importava se eu não concordava com ela, a vergonha era como um ovo quebrado na minha cabeça, frio, molhado e pingando.

— Se você tivesse me dito que estava pensando em fazer isso, eu poderia ter te impedido! — Ela começou a chorar e a enxugar as lágrimas com a ponta dos dedos, tentando não se esfaquear com as unhas. — Estou tão triste, Margô, e tão decepcionada... Nem sei o que dizer. Achei que tinha te criado melhor.

— Desculpa — falei.

Parecia que minha boca estava dormente. Toda a minha pele estava dormente, na verdade. Eu não sabia como argumentar, mesmo sabendo que, muito pelo contrário, ela tinha me criado *para* isso. "Beleza é como dinheiro de graça." Quando eu estava criando meu OnlyFans, pensei nas coisas que Shyanne dizia o tempo todo: "Nunca sorria para um homem rápido demais, um sorrisinho mais tímido o fará pensar que ele fez por merecer." "Nunca sente com sua bolsa no colo, ela está bloqueando sua pepeca." "Homens adoram ouvir os próprios nomes, sempre chame as pessoas pelo nome."

— Mãe — falei, com medo de começar a chorar. — A questão é que eu sou boa nisso, e acho...

— Não me importa que você seja boa nisso! Cruzes, eu nem acredito que você *diria* isso.

— Mas não tem a ver só com sexo — comecei a argumentar, pensando, enquanto falava, sobre todos os caras que abandonaram minha conta porque não havia conteúdo sexual suficiente. — É sobre construir uma marca e usar as redes sociais...

— Não, isso tem a ver com dar às pessoas tudo o que elas precisam para decidir que você é um lixo que não merece merda nenhuma. Tem a ver com perder o respeito de cada pessoa que te ajudaria, mesmo que um pouquinho.

Pensei em Jinx, e hospitais, e anéis de noivado, e homens amarrados a gangorras sendo comidos por ursos famintos. Mas eu não tinha ideia de como narrar nada disso para Shyanne, como juntar todas as peças do quebra-cabeça em sua mente do jeito que eu estava juntando na minha.

— Mamamama — balbuciou Bodhi, agarrando um punhado do meu cabelo. — Mamamamam.

A primeira vez que ele me chamou assim.

— Eu vou à Macy's sozinha — avisou Shyanne.

— Tudo bem — falei.

— Mamamamamama! — gritou Bodhi, encantado consigo mesmo.

Ele sacudiu o pequeno punho com meu cabelo preso nele.

Shyanne saiu batendo o pé, subindo a escada rolante em direção à Macy's. Abracei Bodhi com força.

— Mamãe — falei.

— Ma Ma Ma Ma — disse ele.

— Sim, eu sou a mamãe — falei. Ele puxou meu cabelo. — Você está com fome? — perguntei, enxugando as lágrimas do meu rosto. — Vamos procurar um lugar para você mamar.

Encontrei um banco e tirei um peito, nem me cobri com um pano. Só amamentei na frente de todas aquelas pessoas ricas.

Suzie tinha convencido Margô de que seu público-alvo eram os nerds, e ela deveria se familiarizar com as principais franquias.

— Vou colocar você na escola nerd — disse Suzie —, vai ser ótimo!

No fim das contas, a escola nerd não passava de jogar videogame e assistir a anime juntas, e Margô no fundo pensou que talvez Suzie só quisesse uma amiga. Ela não se opôs. Descobriu que gostava cada vez mais de Suzie.

Naquela noite, depois de jogar *Minecraft* com Suzie por algumas horas e morrer repetidas vezes ao cair na lava, Margô tentou escrever para JB. Ela olhou as perguntas que ele tinha enviado. A tristeza do dia, por causa da mãe, a deixou no fundo do poço. Talvez isso pudesse ser útil. Talvez pudesse tirar a adaga de suas entranhas e enfiá-la nas dele. Escrever era isso, não? Decidiu responder à pergunta dele sobre animais de estimação na infância. Cada vez mais, ela começou a simplesmente dizer a verdade quando respondia às perguntas dele, depois mudando as coisas para combinar com as mentiras que já havia contado. Isso a fez pensar nas antigas discussões de sala de aula entre Mark e Derek, sobre como os personagens não eram pessoas reais.

Mark sempre insistia que os personagens não eram reais, que eles não tinham psicologia alguma, não tinham corpo ou mente reais. Eles eram sempre um peão do autor. Nosso trabalho, ele insistia, era tentar entender o autor, não o personagem. O personagem era apenas a tinta. Nós precisávamos tentar ver a imagem que a tinta estava criando.

Margô não sabia se acreditava nisso ou não (certamente os personagens às vezes ganhavam vida própria), mas, de alguma forma, isso a fazia se sentir melhor quanto a mentir para JB. Mesmo que estivesse mentindo, estava tudo bem, porque ela estava usando as mentiras como tinta para tentar dizer algo real a ele.

JB,

Minha mãe era bastante contra animais de estimação quando eu era criança, mas acabamos adotando uma gata quando eu tinha oito ou nove anos. Não sabemos de onde ela veio, e ela só tinha três pernas. Ela era linda, uma siamesa misturada com outra coisa. Tinha aqueles olhos azuis, cor de jacinto, e era branca, tigrada. Não sabíamos como ela tinha perdido a perna. Era uma das pernas traseiras, amputada na altura da dobra. A gente imaginava que devia ter sido uma cirurgia, senão como ela teria sobrevivido? Alguém, em algum momento, esteve disposto a desembolsar alguns milhares de dólares por aquela gata. Mas ela não estava usando coleira e não havia cartazes de gato perdido. Ela ficava na nossa porta miando para entrar, então, um dia, minha mãe só abriu a porta e a segurou, e a Perdidinha (acabamos dando esse nome a ela) entrou como se já conhecesse a casa.

E ela era uma gata muito superior. Usava uma pata para segurar minha cabeça enquanto lambia minha testa com força, perto do cabelo, e se eu me mexesse, ela me batia com a pata pra eu ficar quieta. Ela comia toda e qualquer comida humana. Uma vez, eu a vi comer uma folha de alface inteira, simplesmente devorou tudo.

Então, um dia, quando eu tinha treze anos, ela não voltou pra casa. Eu colei cartazes em todos os lugares. Saí de bicicleta chamando por ela. Eu não conseguia suportar não saber o que tinha acontecido com ela. Será que ela tinha sido atropelada por um carro? Será que estava morando com outra família? Será que um coiote tinha matado ela?

Só espero que ela soubesse como a amávamos. Espero que, o que quer que tenha acontecido, ela tenha conseguido enfrentar porque sabia que as duas macacas estranhas que moravam em um prédio antigo e assustador dos anos 1970 a amavam.

Com amor,

Ela leu e acrescentou algumas coisas sobre seu pai e irmão, Timmy, imaginários, e tirou a última frase toda. Supostamente sua família falsa vivia em uma casa de verdade, e a frase não funcionaria tão bem se ela a mudasse para "quatro macacos estranhos que viviam em uma casa respeitável de classe média". O e-mail não parecia tão profundo ou especial quanto os outros, e ela ficou com receio de que JB não gostasse. Não soube fazer a transferência da adaga de suas entranhas para as dele.

Ela passou o mouse sobre o último parágrafo e começou a digitar.

Só espero que ela soubesse como a amávamos. Me incomoda que a gente nunca tenha dado uma coleira para ela, que nunca tenha feito o esforço de reivindicá-la, de dizer: "Esta gata é nossa, amada por nós, ligue para nós se você a encontrar, entre em contato conosco se ela morrer no seu quintal!" Em *A Dama e o Vagabundo,* Tem esse momento em que o Vagabundo finalmente ganha uma coleira, e é um símbolo de ser amado. Se você for levado pro canil, alguém vai te buscar. O cara da carrocinha age diferente com um cão que usa coleira. Um cão sem coleira é apenas um animal. Se o mundo não sabe que você é amado, então você é um lixo. Acho que isso é verdade até para as pessoas. Talvez. Às vezes. Pelo menos tenho medo de que seja. Que ser amado é a única maneira de estar seguro.

Atenciosamente,

Jelly Bean

Ela não estava totalmente satisfeita, embora soubesse que estava mais perto, e estava cansada. Pensou por um momento, tentando decidir qual seria a próxima pergunta para ele. Então acrescentou: Obs.: Por favor, escreva uma descrição da sua mãe. Então, clicou em enviar e foi dormir.

* * *

Aqui está a descrição que JB escreveu da mãe e enviou a ela na manhã seguinte:

Jelly Fantasma,
Meus pais nasceram na Coreia, mas não se conheceram lá, eles se conheceram aqui. Minha mãe fala alto, é muito bonita e está sempre conversando com estranhos. Ela constrói — não sei como dizer isso — relacionamentos inapropriadamente próximos com balconistas? Isso me envergonhava muito quando eu era criança, não sei por quê. Ela era obcecada por filmes, queria ver tudo que estreava. Era cliente assídua da Blockbuster. Os caras que trabalhavam lá eram quase todos garotos brancos de dezenove anos com cabelo espetado, sei lá, não é uma combinação natural com uma mulher coreana de meia-idade, mas, cara, eles a amavam. Ela levava cupcakes quando era aniversário deles e eles conversavam sem parar sobre filmes. Fiquei muito bravo porque ela convidou um deles, Philip, pra minha festa de treze anos, e eu ficava tentando explicar pra ela que era estranho, mas ela simplesmente não conseguia entender. Eu lembro que ele me deu uma bola 8 mágica. Eu ainda não consigo acreditar que aquele cara me deu um presente.

Ela é obcecada por limpar a casa, como se nenhuma molécula de poeira jamais tivesse se acomodado naquela casa. Fico surpreso que ela não tenha embrulhado meu pai em plástico. Eles se amam. Quer dizer, eu acho que seria mais preciso dizer que ele a venera, embora muitas vezes ele fique irritado de brincadeira. Minha mãe se parece bastante com a Lucille Ball e está sempre se metendo em situações estranhas, tipo quando ela sem querer derrubou a moto de um Hell's Angel e isso acabou virando um problema, aí meu pai teve que desembolsar centenas de dólares.

Eu tenho um irmão mais novo, e minha mãe adora nós dois e mimava muito a gente, mas não de uma forma normal. Ela vivia jogando videogame com a gente e ganhava de todos os meus amigos. Ela nunca trabalhou porque meu pai ganhava bem, mas, sem ninguém esperar, aos cinquenta e poucos anos, começou a trabalhar como monitora na escola de ensino médio do bairro porque "queria algo para fazer". Os alunos a amam, tipo, eles contam pra ela sobre todo mundo que eles estão a fim, e ela os ajuda a resolver as brigas com os pais e sempre volta pra casa falando as gírias deles.

Eu definitivamente sou mais próximo da minha mãe do que do meu pai. É apenas uma coisa mais íntima, meu relacionamento com ela. Minha mãe exige ter um relacionamento íntimo com todos, não dá nem tempo de fugir dela — três minutos e ela já está tentando dar conselhos sobre sua digestão. Eu amo essa mulher. Ela foi uma ótima mãe.

— JB

Margô achou essa descrição da mãe dele tão encantadora que leu quatro vezes. Não era o que ela esperava. Talvez pelo fato de ele ter tanto dinheiro e estar gastando de forma tão imprudente, Margô tinha imaginado JB como um garoto rico entediado. E ele ainda pode ser isso, mas certamente essa descrição de sua mãe a fez gostar muito mais dele.

Margô sabia que, se as coisas fossem diferentes, ela poderia encontrar uma maneira de tornar Shyanne agradável assim. Cada pessoa pode ser *face* ou *heel*, virar para a frente e para trás, dependendo do que você mostrar. Mostre o lutador colocando seus óculos de sol em uma criança, ele é um *face*. Mostre-o trapaceando e distraindo o árbitro, ele é um *heel*. Ela sabia que era assim porque as pessoas reais eram boas e más, tudo misturado, apenas a tela transformava todas em silhuetas básicas. A imagem resultante poderia aparecer de qualquer maneira, dependendo de qual lado você a virasse, quais detalhes você mostrasse.

Mas isso também acontecia na vida real. Tanto que às vezes isso a deixava tonta. Mesmo quando se tratava de si mesma, Margô conseguia ver dos dois jeitos: garota de cidade pequena se dá bem, desafia o patriarcado capitalista, ou prostituta adolescente vende nudes enquanto amamenta, preguiçosa demais para trabalhar.

E JB? Quem era esse cara, e o que ela conseguiria adivinhar pelos fragmentos selecionados a dedo que ele lhe deu?

CAPÍTULO CATORZE

Shyanne ligou no dia seguinte e disse que não queria ser tão dura, mas que eu precisava parar enquanto ainda era possível e excluir a conta. De alguma forma, acabei prometendo que faria isso.

— Você tem razão — falei, passando o dedo pelo parapeito da janela do meu quarto. — Eu acho que deve ter razão.

Eu estava falando sério, e foi bom me curvar aos seus desejos. Mas, quando desligamos o telefone, eu não deletei a conta. Em vez disso, comi uma tigela de cereal matinal de trigo, aqueles com pedaços grandes que parecem caminhas de boneca, já que meu pai tinha substituído todo o cereal divertido da casa.

Coloquei na cabeça que, se o OnlyFans não fizesse sucesso depois de mais três meses, então eu o deletaria. Qual era a diferença entre agora e daqui a três meses? (Absolutamente intocada por essa lógica estava a ideia de que uma carreira de sucesso como estrela pornô é muito mais difícil de enterrar do que uma fracassada.)

A semana antes do Natal passou como um borrão de filmagens ininterruptas. Assim que tiveram o sinal verde de Rosa e KC, Margô, Jinx e Suzie foram à Fry's Electronics, embora fossem dez da noite. Estava tocando música de Natal, e Jinx e Suzie pulavam pela loja como crianças. Margô cambaleou para trás com o peso de Bodhi em seu canguru amarrado à frente. Eles compraram duas GoPros e um microfone *boom*, algumas luzes e um aspirador Roomba.

Elas começaram a filmar no apartamento de KC e Rosa na terça-feira e só terminaram na sexta-feira, tudo muito mais demorado do que imaginaram. Suzie acabou virando cinegrafista ocasional e assistente geral, levando comida mexicana para todos, encontrando sapatos ou calcinhas perdidos. Jinx era uma espécie de diretor de arte com um bebê no colo e entendia muito mais de iluminação do que qualquer uma delas havia imaginado. Todas elas precisavam de infinitas trocas de figurino para fazer parecer que tudo aconteceu ao longo de sete dias. Mesmo depois do fim, havia a edição e a organização, o que Margô demorou três dias para fazer.

Mas, quando ela assistiu a tudo, achou que tinha alguma coisa ali. Eles tinham feito algo. Se era bom ou não, ela não sabia, mas adorou. Adorou de verdade.

Margô andava tão ocupada que mal dormia, e era óbvio que não tinha conseguido fazer compras de Natal. No último minuto, comprou um ursinho de pelúcia retrô para Bodhi na Amazon e, para Jinx, um barbeador elétrico e uma assinatura mensal de um clube de chás. Mas o que dar para Shyanne? Margô acabou encomendando um colar para ela na Etsy: um pequeno ás de espadas feito de ouro catorze quilates em uma corrente delicada. Respirando fundo, ela reservou sua viagem para Las Vegas, para o casamento de Shyanne em 6 de janeiro. A passagem era cara pra caramba, e ela tentou não se ressentir disso. Acrescentou um bebê de colo. Ela deixaria Shyanne ficar furiosa e contaria com a presença de Kenny para impedir que a mãe externalizasse seus piores pensamentos.

E ainda assim, durante a semana antes do Natal, quando tudo passou em um borrão e mal teve tempo de tomar banho, ela conseguiu escrever para JB quatro páginas sobre o melhor sanduíche que ela já tinha comido (um Reuben de pastrami com chucrute). Ela passou uma hora pesquisando no Google o shopping perto da cidade natal dele, procurando fotos da praça de alimentação.

Ele perguntou: Você já conheceu alguém chamado Kyle e, se sim, como ele era? Você acredita em fantasmas? Qual foi a pior coisa que você já fez em um teste? Quem te ensinou a dirigir?

Eles escreviam um para o outro três, quatro vezes por dia. Responder às perguntas um do outro quase parecia um projeto de arte; se fossem cuidadosos, poderiam usar essas mensagens como sacos Ziploc para armazenar a realidade. Quem foi seu primeiro namorado?, perguntou JB. E ela fez um relato apenas ligeiramente modificado de Sebastian. Quem foi sua primeira namorada?, perguntou ela. E ele contou sobre uma garota chamada Riley que sempre conseguia o papel principal na peça da escola e cantava lindamente, e eles nunca fizeram sexo e, no fim das contas, ela era lésbica.

Ela contou a JB sobre os TikToks que estavam produzindo e como ela estava animada com o projeto. Talvez você devesse fazer faculdade de cinema, disse JB. Margô começou a responder que não podia, mas e se pudesse? Ela perguntou sobre o trabalho dele, e JB explicou que fazia algo relacionado a treinamento de algoritmos e publicidade, tipo anúncios políticos. Esse era seu primeiro emprego de verdade depois da pós-graduação, e todas as pessoas com quem ele trabalhava eram mais velhas, na faixa dos trinta, e tinham filhos. Ele havia se mudado para a capital por causa do trabalho e não tinha muitos amigos. Ele era de Nova York, e Washington era muito diferente, ele não estava amando.

Mas parece que você ganha muito dinheiro, escreveu Margô.

Quer dizer, não muito, respondeu ele. Acho que só não tenho muito com que gastar.

Isso não fez sentido para Margô. Ela pesquisou no Google quanto os engenheiros da área ganham, e os salários começavam em 120 mil dólares por ano, o que ela considerava uma quantia absurda para alguém de vinte e cinco anos. Ainda assim, imaginou que a mãe dele provavelmente ficaria escandalizada se visse como ele estava gastando esse dinheiro. Margô não sabia como era Washington e imaginou uma cidade inteira de pessoas que tinham feito parte do grêmio estudantil no ensino médio. Conseguia entender por que JB não gostava disso.

Quando todos os vídeos acabaram de ser editados, já era quase Natal. Eles não queriam postar durante o tráfego baixo e todos concordaram em esperar até o dia vinte e seis. Margô achou que fosse morrer com o suspense.

Um dia antes do Natal, por volta das seis da manhã, um mensageiro bateu à porta do apartamento deles, mascando chiclete e com um diamante inacreditavelmente grande na orelha, e pediu para Margô assinar alguns papéis. Ele perguntou se James Millet morava lá também e insistiu que Margô não poderia assinar por ele. Ela foi acordar Jinx e depois, sem graça, ficou com o mensageiro na porta, sem fazer contato visual enquanto Bodhi continuava puxando o decote de sua camiseta, tentando expor seus seios para que pudesse mamar.

— Ele já vem — garantiu.

Finalmente, Jinx apareceu, e, quando o homem foi embora, eles abriram seus respectivos envelopes.

— O que é o seu? — perguntou ela, enquanto se esforçava para entender o que o próprio papel dizia, Bodhi agarrando as páginas e gritando.

— Jesus Cristo — disse Jinx. — Isso é inacreditável.

"PETIÇÃO PARA ESTABELECER RELACIONAMENTO PARENTAL", dizia o papel dela.

— É uma ordem de restrição — falou Jinx. — Do Mark e da mamãe querida.

Margô mal o ouviu, ocupada demais lendo o próprio papel. Mark estava tentando estabelecer a paternidade? Por qual razão divina?

Na segunda página, havia uma série de campos de seleção.

SE for comprovada parentalidade do requerente em relação aos descendentes listados no item 2, o Requerente solicita:

a) Guarda legal dos Descendentes para.......... REQUERENTE ☑
b) Guarda física dos Descendentes para......... REQUERENTE ☑
c) Visitação dos Descendentes permitida a..... SOMENTE REQUERENTE ☑

Não fazia sentido. Por que Mark iria querer a guarda de Bodhi? Elizabeth e ele tinham se esforçado para afastar a criança de suas vidas, tinham feito Margô assinar documentos prometendo nunca o contatar, e agora ele a estava processando, ou intimando, ou o que quer que fosse?

— Isso é tudo culpa minha — dizia Jinx. — Ah, Deus, isso é tudo culpa minha.

As mãos de Margô estavam tão suadas que deixavam marcas úmidas nos papéis, então ela os colocou no balcão da cozinha e esfregou a mão livre na blusa. Bodhi ainda queria mamar, então ela deu a ele uma espátula de borracha para distraí-lo, e ele imediatamente bateu na cabeça dela com o objeto.

— Desculpa mesmo — disse Jinx.

— Pelo quê? — retrucou Margô, quase irritada com o pai por fazer tão pouco sentido.

— Margô, eu liguei pra ele — confessou Jinx.

— Pra quem?

— Liguei pro Mark e gritei com ele — falou Jinx. — Fiquei tão bravo por ele ter feito você assinar aquele acordo de confidencialidade, por ele ser seu professor. Eu só... Isso mexeu comigo, e eu fiquei pensando: "Ele acha que pode tratar Margô assim? Ele acha que ninguém vai defendê-la?"

Margô agarrou o punho de Bodhi no ar antes que ele a golpeasse com a espátula novamente.

— Mas por que fez isso? Se você sabia que isso quebraria o acordo de confidencialidade e Bodhi perderia o fundo?

— Eu não sei, foi burrice minha, Margô, eu não estava pensando direito. Mas, sabe, isso tecnicamente não viola o acordo. Ele diz que você não tem permissão de contatar Mark. Não disse nada sobre mim ou uma parte associada a você, ou algo assim.

Margô quase riu, de tão chateada que estava. Dessa vez ela não conseguiu bloquear Bodhi, e ele a atingiu na cabeça outra vez.

— Ele quer a guarda total de Bodhi — falou.

Ela tentou dizer isso de forma leve, mas havia um tremor em sua voz.

— Me deixa ver isso — pediu Jinx, pegando os papéis que ela havia colocado no balcão.

Lentamente, Margô tentou se lembrar de como fazer café. Parecia impossível de quase tão complexo. Insegura, ela flutuou em direção ao armário onde estavam os filtros de café.

— Não é possível — disse Jinx, batendo os papéis no balcão. — Isso é só pra te assustar, querida. Nenhum tribunal vai dar a guarda total a ele.

— Sério? — Margô engoliu em seco.

Bodhi bateu nela de novo com a espátula. Jinx deu a volta na ilha da cozinha e pegou o bebê. De repente, seus braços eram macarrões molhados, os músculos tremendo, e ela se perguntou como estava conseguindo segurar Bodhi.

— Cem por cento — confirmou Jinx.

— E o OnlyFans? — perguntou ela. — Você acha que eles poderiam pegar o Bodhi por causa disso?

— O OnlyFans não é ilegal! — exclamou Jinx. — Além disso, como eles iriam saber que você tem um OnlyFans?

Margô finalmente conseguiu separar um único filtro de café. Ela o colocou na cafeteira, por um momento incerta sobre o que fazer em seguida. Era verdade, ela percebeu. Eles não tinham como saber sobre seu OnlyFans. Estava com o nome FantasmaFaminta.

— Você não acha que eles vão alegar que eu sou uma mãe inadequada? — perguntou.

— Eu prometo — falou Jinx. — Vai ficar tudo bem. Isso é tudo culpa minha, e é só uma reação por eu ter ligado e o ameaçado, e isso vai passar, tenho certeza disso.

— Você ameaçou Mark? — Margô fez uma pausa enquanto pegava o pó de café.

Jinx parecia envergonhado.

— É que... é difícil abandonar velhos hábitos...

— O que você disse exatamente?

Margô não estava feliz com essa situação, mas havia uma pequena parte dela que talvez tivesse fantasiado sobre o dr. Jinx usando de violência para ameaçar alguém por sua causa.

— Sei lá, uma coisa idiota — respondeu Jinx. — Sobre, tipo, perguntar se ele sabia como era fácil quebrar os dedos de alguém, como eles meio que estalam, você nem precisa pressionar tanto, e o som que eles fazem quando quebram. — Jinx fez um som de estalo com o dedo na bochecha.

— Ai, meu deus — disse Margô, soltando uma gargalhada nervosa.

Isso não era engraçado. Isso era muito ruim. Mas a ideia do pequeno Mark, com o celular pressionado no ouvido, todo se tremendo enquanto o dr. Jinx fazia barulhos de desenho animado com a bochecha, era demais.

— Eu também posso ter dito que, se ele se engraçasse com outra aluna, eu cortaria o membro dele.

Margô se curvou, as mãos nos joelhos, rindo tanto que seus olhos ardiam. Por causa da palavra *membro*. Quase incapaz de ficar de pé, ela finalmente disse:

— Foi essa a palavra que você usou com ele?

— Hum, acredito que sim — falou Jinx.

— Meu deus. — Ela se maravilhou. Jinx e Bodhi estavam olhando para ela, preocupados. — Isso é tão ruim — disse ela, ainda sorrindo por algum motivo, embora pudesse sentir que a qualquer momento poderia começar a chorar. — Estou com tanto medo!

Em um instante Jinx estava ao lado dela, uma das mãos em suas costas, fazendo movimentos circulares no tecido de sua camiseta. Ela podia sentir a tensão deixando o corpo em tempo real apenas por ser tocada.

— Vai ficar tudo bem — afirmou Jinx. — Eu prometo.

— O que eu faço? — perguntou Margô.

— Aqui diz que você tem trinta dias para responder, tempo de sobra. Você faz o que todos os norte-americanos fortes fazem. Contrata um advogado.

— Certo — disse Margô. Contratar um advogado parecia assustador. — Eu só... Talvez eu devesse ligar pro Mark. Ele não é um cara ruim. Quer dizer, ele é tipo uma pessoa terrível, mas não é uma pessoa *irracional*. Pelo menos, eu poderia descobrir suas intenções.

Jinx fez uma careta.

— Quer dizer, você pode, se quiser, mas eu pelo menos consultaria um advogado e veria o que ele acha sobre você falar com Mark. Melhor não dar mais munição a eles.

Margô pensou a respeito. A questão era: se ela tivesse que dar um palpite, era a mãe de Mark que estava por trás disso. Falar com Mark podia não fazer nenhum bem, e seria uma violação do acordo de confidencialidade.

— Vai ser fácil — falou Jinx. — Podemos começar a ligar depois do Natal, quando as pessoas estiverem de volta ao trabalho.

— Você promete?

— Cem por cento — disse Jinx. — Não há nada com que se preocupar. É assim que pessoas brancas ricas dizem "vai se foder". Confie em mim, eu conheço a língua delas, sou praticamente fluente.

Parte desse jogo é que você vai perceber certas coisas antes de mim. Isso se chama "ironia narrativa". Eu sei disso porque Mark colocou em um teste uma vez.

Shyanne implorou a Margô que passasse a véspera e a manhã de Natal com ela e Kenny, e Margô sabia que, de certa forma, esse era o jeito de a mãe solidificar a reconciliação, mesmo que sua maneira de expressar fosse indireta e confusa.

— Você abandonou a gente no Dia de Ação de Graças! — disse Shyanne. — Você sabe que abandonou!

— Como eu abandonei vocês? — perguntou Margô, rindo de nervoso.

Mentir para Shyanne sobre manter a conta do OnlyFans a deixava constantemente desequilibrada.

— Você nem me ama mais — falou Shyanne.

— Ah, para com isso! Você sabe que eu te amo. Claro que vou te ver no Natal.

No entanto, na época, ela não registrou por completo que Shyanne queria não apenas vê-la, mas que Margô estivesse continuamente presente (e Jinx continuamente ausente) durante toda a véspera e o dia de Natal.

Jinx foi muito compreensivo quando Margô enfim contou o dilema para ele.

— O Natal não tem nenhum significado pra mim — disse.

Suzie e ele planejavam assistir a um antigo especial do WWE In Your House, *Canadian Stampede*, no qual, Jinx ficava prometendo a Suzie, Bret Hart era tão *over* que dava medo.

— O que significa ser *over*? — perguntou Suzie.

— Ah, tipo, significa só que a plateia amava ele — explicou Jinx. — Ele poderia ter socado uma velhinha no rosto, e eles teriam aplaudido.

Margô ficaria no apartamento de Kenny. Shyanne e ele estavam esperando o casamento passar para irem morar juntos, o que parecia estranho para Margô, e ainda mais estranho: sua mãe também passaria a véspera de Natal na casa de Kenny e tinha se esforçado para mencionar a Margô que ficaria no quarto de hóspedes enquanto a filha e o neto dormiriam no chão do porão.

Por que Shyanne não dormiria no quarto de Kenny? Seria possível que a mãe dela e Kenny ainda não tivessem dormido juntos?

— Agradecemos a Deus por nosso orçamento ter sido aprovado — dizia Kenny em um microfone no palco.

Era véspera de Natal, culto das cinco da tarde, e ele estava cercado pela banda jovem, liderada por uma cantora cuja pele era de um branco acinzentado e macio típico dos cogumelos crescendo no escuro. Eles abriram o culto cantando "O Little Town of Bethlehem" tão mal que Margô ficou chocada. A cantora ficava puxando o ar no meio da nota e tentando encontrar o tom. Margô agora entendia que tipo de jovem aceitaria ser ministrado por Kenny, e isso a fez sentir afeto por eles.

Quando a música finalmente terminou, a banda e Kenny deixaram o palco, e o pastor subiu ao púlpito.

O pastor Jim tinha a vibe de Michael J. Fox e Ned Flanders, uma combinação agradável, no fim das contas. O sermão parecia ser todo sobre José.

— Se você fosse Maria e estivesse grávida do filho do Senhor, não ficaria um pouco assustada de contar a José? — perguntou o pastor. A congregação riu. — É! — disse ele com seu sotaque simples do Meio-Oeste. — Eu também ficaria com medo, se estivesse no lugar dela.

Mais risadas.

— Mas, pessoal, vocês acham que ele acreditou em Maria?

Margô presumiu que a resposta fosse sim, e José acreditou nela porque ele era um bom sujeito. Ela ficou surpresa quando a congregação ficou em silêncio.

— Não! — disse o pastor. — Não, pessoal, ele *não* acreditou nela, e vocês podem culpá-lo? Se a mulher de quem você estivesse noivo dissesse: "Estou grávida, mas, acredite em mim, não é de outro homem, é do Senhor", o que você pensaria?

Quase dava para ouvir a congregação pensando que ela era uma *prostituta mentirosa*!

— Em Mateus 1:19, diz: "Porque José, seu esposo, sendo justo e não querendo denunciá-la publicamente, resolveu repudiá-la em segredo." — O pastor olhou para eles. — Porque o que aconteceria se Maria fosse denunciada publicamente? — Ele esperou um pouco. — Isso mesmo, ela seria apedrejada! Morta! Ou, no mínimo, expulsa!

Aquele homem não pronunciava uma frase sem um ponto de exclamação. Ele era menos chato do que ela esperava. Isso fez Margô se perguntar, no entanto, como Maria realmente tinha engravidado. Ela nunca tinha pensado sobre isso em toda a sua vida. Não poderia ter sido José, ou ele não teria pensado em se divorciar dela. Quem quer que fosse, estava claro que Maria mentiu e disse que era o filho do Senhor e se safou. Havia outra maneira de descrever o que aconteceu? Foi, como Jinx diria, absolutamente épico. Maria deve ter tido nervos de aço durante aquela conversa com José.

— José não era um cara legal? Mas será que era mesmo? — dizia o pastor.

Mas Margô não conseguia parar de pensar em Maria e no que ela tinha feito. O pastor contou como ela visitou a prima Isabel, que também teria um bebê milagroso, João Batista, aí Maria ficou com ela por três meses e voltou para casa grávida de três meses para conversar com José, então, o que quer que tivesse acontecido, parecia provável que a gravidez de Maria tivesse sido a razão pela qual ela foi visitar Isabel em primeiro lugar, para que pudesse se esconder enquanto pensava no que fazer. Era comum que as mulheres viajassem sozinhas assim? Quantos anos Maria tinha, afinal? Margô pegou o celular e pesquisou no Google: "Quantos anos Maria tinha?" Bodhi ficou fascinado com o objeto e tentou arrancá-lo de suas mãos. Ela mal conseguia enxergar, mas captou a frase: "Na época de seu noivado com José, Maria tinha entre 12 e 14 anos." Ela deixou Bodhi ficar com o aparelho. Com muita alegria, o bebê enfiou o canto superior inteiro na boca, chupando a lente da câmera.

Então ela definitivamente foi estuprada, pensou Margô. A que outra conclusão se poderia chegar? Ela conseguia imaginar uma Maria de dezessete anos se apaixonando por um pastor e tendo um caso, mas uma menina de doze anos? Só podia ter sido estupro, não no sentido jurídico moderno, mas estupro-estupro. Margô olhou ao redor para a congregação. Como nenhum deles estava percebendo isso também?

— Espero que você tenha amado José tanto quanto eu. Ele era um homem justo. Um homem que não tem medo de fazer a coisa certa. Um homem da lei. Gosto de pensar que ele é o herói secreto do Natal, mesmo que não seja a estrela do show. Normalmente falamos sobre Maria, falamos sobre o menino Jesus, mas eu gosto de pensar em José. Todos nós poderíamos aprender um pouco sobre ser homem com ele.

Houve um murmúrio de concordância da multidão. Margô tentou captar o olhar de Shyanne, mas ela estava muito ocupada enxugando as lágrimas com um lenço de papel. Todos se levantaram para cantar "O Come, All Ye Faithful", e Bodhi ficou animado com toda a cantoria. Ele ficava enfiando a mão inteira na boca de Margô. Ela se perguntou, enquanto o balançava, se algum dos homens aqui assinava o OnlyFans. Imaginou sua voz, se elevando com as demais, brilhando com uma sutileza sombria. Não sabia se estava gostando de se imaginar um pouco má porque não gostava dessas pessoas ou porque tinha medo delas. Sabia que provavelmente eram pessoas legais. Até acreditava que deviam ser melhores do que ela. Mas sabia que a odiariam. Ela sabia que, se pressionadas, não mostrariam nenhuma misericórdia. Que a vocalista, tão delicada, tão terna, que tremia com a glória do amor de Deus, os pulmões vibrando rápido demais para encontrar a nota, pisaria com seu tênis cinza New Balance bem em cima do seu pescoço.

CAPÍTULO QUINZE

Depois da provação que foi o culto, o jantar na casa de Kenny foi quase moleza. A sala de estar dele era exatamente como Margô tinha imaginado. Havia, é claro, uma poltrona reclinável de veludo cotelê azul-marinho. As paredes eram pintadas de azul-petróleo e meio descamadas. Havia um tapete felpudo prateado estranhamente brilhante, uma pintura de um navio de guerra e uma pequena placa de madeira que dizia Reze mais quando é mais difícil rezar em letras brancas.

Shyanne tinha feito macarrão ao forno com atum e passas, um prato que fazia Margô se lembrar de sua infância, de quando Jinx estava na cidade. Kenny ainda estava claramente eufórico e continuava falando sobre Annie, a vocalista anêmica e ofegante.

— Estou dizendo, o Senhor tem planos especiais para ela. Ela também é uma desenhista muito talentosa — falou.

Bodhi estava dormindo. Quando chegaram do culto, Kenny e Shyanne levaram Margô para o quarto no porão e mostraram a ela um lindo berço branco que compraram e montaram com cobertores e bichos de pelúcia, até um pequeno móbile. Eles compraram uma babá eletrônica e um trocador. Margô quase chorou; era tão fofo. Kenny a segurou pelos ombros e disse:

— Queremos que você e Bodhi sempre, *sempre* se sintam bem-vindos nessa casa.

Ela ficou emocionada e isso a fez se sentir culpada. Se descobrissem como ela ganhava a vida, sabia que tudo seria revogado instantaneamente. Ela teria se sentido melhor em mentir se os dois não estivessem sendo tão legais. Ainda assim, Margô se acostumou a ter Jinx por perto, e Shyanne e Kenny, apesar de sua enorme doçura e generosidade, nunca estenderam a mão para cuidar de Bodhi. Simplesmente não era da natureza deles. Eles iriam apenas assistir enquanto Margô se esforçava, com uma cara meio frustrada por estarem sendo interrompidos por um bebê. Margô enfim o fez dormir e, no jantar, ele estava cochilando em seu novo berço, onde ela podia vê-lo pelo monitor da babá eletrônica.

— O que a Annie desenha? — perguntou Margô, assoprando sua garfada de macarrão.

— Ah, todo tipo de coisa — respondeu Kenny —, dragões e cavalos, principalmente.

Por alguma razão, isso fez Margô pensar em Suzie se masturbando vendo *Bob Esponja*. Ela se perguntou o que Annie via para se masturbar (ela supôs dragões e cavalos, principalmente).

— E o pastor Jim! Ele estava cheio do Espírito Santo hoje, não estava?

— Ele com certeza estava — confirmou Shyanne. — Eu amei todas aquelas falas sobre José.

Margô tentou ser legal a noite toda e elogiou Kenny por tudo. Em um momento, ela até comentou sobre como a geladeira dele estava limpa.

Depois do jantar, eles decidiram abrir um presente. Margô entrou em pânico, percebendo que não tinha comprado nada para Kenny, apenas para sua mãe. Kenny ignorou isso.

— Eu sou rico de todas as coisas que importam — disse ele, dando um tapinha na coxa de Shyanne, que estava vestida com jeans branco.

Primeiro, eles fizeram Margô abrir o presente dela. Era um presente dado pelo casal: três pijamas para Bodhi. Em um deles, os pés eram cabecinhas de leão.

— São ótimos! — exclamou Margô.

Então Shyanne fez Kenny abrir um presente dela. Era um conjunto de sete diferentes molhos picantes novos. Pelo visto, ele gostava de coisas picantes, o que Margô nunca teria imaginado. Shyanne e Kenny tinham se unido pelo amor ao programa *Hot Ones*.

Em seguida, Margô fez Shyanne abrir o colar que tinha comprado para ela, com o pequeno pingente de ás de espadas. Ela nunca tinha comprado algo tão bonito para a mãe. Era catorze quilates de ouro maciço. Ela disse isso.

— São catorze quilates de ouro maciço.

Kenny perguntou:

— Por que tem um ás de espadas?

— Porque é a carta mais alta do baralho — respondeu Margô.

— Eu amei — disse Shyanne. — Ah, querida, eu amei.

Ela tentou fazer Kenny colocar nela, mas os dedos dele eram grossos demais para o fecho minúsculo, então Margô a ajudou.

— É perfeito — dizia Shyanne, e Margô viu que Kenny estava ficando cada vez mais irritado.

Ela não tinha certeza se era por causa da associação com jogo ou da ansiedade por ele não ter dado a Shyanne nada que a fizesse dizer isso. Mentalmente, Margô tentou fazer com que Shyanne parasse. A mãe continuou.

— Onde foi que você *achou* isso?

— É — falou Kenny. — Como você sabia que sua mãe ia gostar de algo assim? Quer dizer, ela adora jogar cartas?

— Claro — disse Margô, alegre.

Ela sabia que Shyanne provavelmente não seria honesta com Kenny sobre seu vício em pôquer, e percebeu que não tinha pensado muito bem quando escolheu o presente.

— Eu também acho que ela tem sorte. Nós sempre brincávamos sobre isso, se tinha uma rifa na escola ou algo assim, Shyanne sempre ganhava. Ela é a própria Senhora Sorte.

Margô se preocupou que isso fosse muito pagão. Kenny apenas sorriu, bagunçou o cabelo de Shyanne e disse:

— Eu gosto disso. Senhora Sorte!

— Obrigada — murmurou Shyanne para Margô quando Kenny foi até a cozinha para fazer outro drinque.

Ele estava bebendo Jack Daniel's e Coca-Cola, o que era surpreendente. Margô piscou de volta e sorriu, mas ela já estava tão triste que seu sangue tinha virado água preta, e ela estava contando os minutos até que fosse apropriado dizer boa noite e ir dormir.

— Feliz Natal — sussurrou para o corpinho adormecido de Bodhi quando finalmente conseguiu se deitar.

Ao lado do berço havia um estreito colchão inflável de solteiro coberto por um lençol largo de elástico, e, quando Margô aliviou seu peso sobre ele, o plástico fez um barulho de peido de elefante. Ela olhou para o teto do porão de Kenny, pensando em ninguém menos que Mark. Será que ele e sua esposa fingiam ser Papai Noel, faziam biscoitos caseiros, montavam e colocavam presentes na árvore? Isso fez Margô se perguntar: o que a esposa de Mark pensava sobre ele pedir a guarda total? Havia alguma chance de ele estar querendo a guarda pra valer? Ela tentou imaginar: Mark observando seus filhos de verdade abrindo os presentes pela manhã, Bodhi pairando como um fantasma nos cantos de sua visão. Mas se ele realmente almejava obter a guarda de Bodhi, se realmente queria conhecê-lo, por que não apenas ligar para ela?

Só podia ser uma tentativa de machucá-la, de fazê-la desperdiçar dinheiro, de assustá-la.

E isso a assustou. As palavras que pronunciou a assombravam desde então, pairando em sua mente em momentos estranhos: *uma mãe inadequada*. Margô não achava que era uma mãe ruim; tipo, se fosse possível consultar Bodhi magicamente, ela acreditava que ele lhe daria um bom relatório, exceto talvez pela noite do chá de cogumelo.

Foi a palavra *inadequada* que a assustou, uma mãe que não se encaixava. Uma mãe que não era o tipo certo de mãe, como todas as outras. Uma mãe sem aliança, jovem demais, que deixava os homens olharem seu corpo por dinheiro. Ela quase conseguia ouvir o pastor Jim: "Isso mesmo, ela seria apedrejada! Morta! Ou, no mínimo, expulsa!" Até a própria mãe a havia chamado de prostituta. E a única razão pela qual sua presença tinha sido permitida sob o teto de Kenny era porque Margô estava mentindo para eles.

Ela não achava que era uma pessoa má, mas as pessoas más sabiam que eram más? Mark parecia não saber, embora tenha dito isso da boca pra fora. Ela pensou em Becca dizendo: "E desde quando você se importa em ser uma boa pessoa? Quero dizer, você estava transando com o marido de alguém." E se, por dentro, Margô fosse podre? E se a razão para fazer o OnlyFans não lhe parecesse errada não porque não fosse realmente errada, mas porque Margô era tão vil que não conseguia mais detectar tudo o que havia de errado nisso?

Elas começaram a postar os vídeos no TikTok em 26 de dezembro.

— É sério — diz a voz de KC —, tem uma garota na nossa sacada.

A câmera fica borrada enquanto tenta focar através do vidro. Na sacada, está Margô encharcada em um biquíni prateado de aparência futurista. A luz está posicionada atrás dela. Ela não passa de uma silhueta.

— O que vamos fazer? — pergunta Rosa.

— Como ela chegou lá? Tipo, de... Ela subiu?

— Deveríamos deixar ela entrar.

— O quê?!

Naquele momento, Margô bate as duas palmas no vidro, dando um susto nelas.

Cadela late para ela de um jeito psicótico do outro lado do vidro.

— Liga pra emergência — ordena KC.

— É só uma garota — diz Rosa. — Ela não está armada, está praticamente pelada. Isso é ridículo.

Rosa se aproxima e abre a porta de vidro deslizante. Margô não se move. Ela olha, curiosa, para Rosa.

— Ei, você está bem? — pergunta Rosa com delicadeza. — Como você chegou aqui?

KC se aproxima com a câmera, e finalmente é possível ver o rosto de Margô enquanto suas expressões se alteram: confusão, alegria, medo. Por fim, ela diz:

— Você tem peitos grandes, muito grandes. — Ela ri e depois vomita tinta prateada em Rosa.

Margô, ainda de biquíni, está em uma banheira de espuma, e Rosa está tentando lavar a tinta prateada do rosto na pia do banheiro. (Isso tinha sido um problema real que elas não previram. A tinta acrílica prateada que Margô vomitou através de um tubo que elas prenderam com fita adesiva na lateral do rosto dela, escondido da câmera, não era tão fácil de lavar quanto a tinta acrílica que elas lembravam da infância, talvez porque era tinta de parede, e elas eram todas umas idiotas.) KC está entrevistando Margô.

— De onde você veio?

Margô dá de ombros e continua brincando com as bolhas na banheira, fazendo em si mesma uma barba pontuda e cônica. Rosa xinga enquanto tenta tirar o líquido prateado do cabelo.

— O que é isso, hein? Vômito? O que ela comeu?

— Olha — diz Margô, e ela puxa a tampa da banheira, rindo, encantada com o som que o ralo faz quando começa a sugar a água.

— Não, você tem que deixar isso lá — fala KC quando Margô coloca a tampa de plástico inteira na boca e começa a mastigar.

Enrolada em uma toalha, Margô está sentada no balcão de café da manhã.

— Fantasma faminta — fala.

— Eu sei — diz KC. — Estou fazendo ovos pra você.

— Fantasma faminta — repete Margô, pegando uma caneta e colocando na boca.

— Não! — diz KC.

Mas Margô está mastigando a caneta, que já está em pedaços. (Margô tinha colocado cerca de cinco rigatonis crus na boca e é isso que ela está mastigando, mas o barulho era tão parecido com plástico que convencia.) No fim, ela engole. Então, diz, esperançosa:

— Papel-alumínio?

Margô está desmaiada no sofá, pilhas de papel-alumínio amassado ao redor dela. KC e Rosa estão fora do quadro, falando com a câmera.

— Isso não é normal. Eu não sei o que diabos está acontecendo com essa garota. A gente não pode mandar ela embora.

— A gente devia levar ela para um hospital, é isso que a gente devia fazer — diz Rosa.

— Você foi literalmente a única contra ligar pra emergência.

— De onde você acha que ela veio?

— Você está me perguntando se eu acho que ela é uma alienígena?

— Tipo isso. O que mais ela poderia ser, na verdade?

Os olhos de Margô se arregalam de uma forma profundamente assustadora, ela abre a boca e emite um solo de saxofone.

Enquete do Twitter:
Devemos continuar com a alienígena gostosa que encontramos na nossa sacada: sim ou não?
    4.756 pessoas votaram sim.

Suzie estava animada com isso até Margô mencionar que a maioria das postagens de Rosa e KC tinham três ou quatro mil curtidas.

— Não sei, cara — disse KC.

Rosa e ela foram jantar a pedido de Jinx. Ele ia fazer *oyakodon* para todo mundo. Ele ficou chocado por elas nunca terem provado o prato.

— Olha, pessoal, viralizar no TikTok não é tão fácil quanto vocês pensavam. Acho que foi estranho demais — continuou KC. — A gente devia fazer as trends que todo mundo está fazendo.

Elas tinham começado a postar quatro dias atrás, e o vômito de tinta prateada não tinha viralizado, mas os vídeos foram quase imediatamente denunciados e banidos. Nenhum deles viralizou.

— Não existe isso de estranho demais — disse Jinx. — As pessoas só não entendem ainda, não entendem o que é. Vale a pena fazer outra semana. Nada é estranho demais, vocês conseguem criar algo pelo qual as pessoas vão se apaixonar.

Todas sentiram um pouco de pena dele. Era parte de sua velhice, a maneira como ele estava fora de sintonia e não conseguia ver que o que elas tinham feito era infantil e estúpido, e ninguém se apaixonaria por aquilo. Mas pelo menos ele estava certo sobre o *oyakodon* ser delicioso; Margô comeria isso todos os dias pelo resto da vida, sem problemas. KC e Rosa acabaram bebendo muito vinho e dormiram no sofá, e então a manhã seguinte teve o ar animado de uma festa do pijama depravada. Jinx colocou uma luta da Asuka para eles assistirem e fez mingau de aveia com nozes e passas brancas.

Então, por horas elas não souberam que tinham viralizado. Foi justo quando KC e Rosa estavam prestes a sair que Suzie abriu o TikTok e viu. Era um vídeo que nenhuma delas gostou muito, em que Margô, no estilo da personagem infantil Amelia Bedelia, coloca uma lâmpada em um vaso e cobre com terra, e KC e Rosa dizem a ela que não vai funcionar. Margô continua olhando atentamente para a terra, e de repente um homenzinho dançando aparece, e a câmera dá um zoom nele, e é o Bruno Mars. Margô levou uma eternidade para descobrir como colar aquele GIF do Bruno Mars.

— Beleza — Suzie estava dizendo —, isso é o que eu chamaria de miniviralização, mas vocês têm duzentas e cinquenta mil visualizações.

— Por que esse teve tantas visualizações? — perguntou Margô.

— É, porque, tipo — começou Suzie —, o TikTok mostra pra trezentas pessoas, e se o engajamento for alto o suficiente, eles mostram pra mil pessoas, e assim por diante. Então as pessoas não viram os outros vídeos, elas só viram este porque aquele primeiro grupo de trezentas pessoas realmente gostou dele.

— Saquei — disse Rosa —, isso faz sentido.

KC estava olhando para o telefone.

— Eu tenho dez novos fãs!

— Ah, deixa eu logar e ver os meus — falou Rosa.

Ela tinha cinco novos fãs. Eles checaram o de Margô, e ela tinha três. Não foi, de forma alguma, um sucesso estrondoso. Mas foi o suficiente para convencê-las a continuar.

* * *

Voz de KC:

— Ela está dizendo que o aspirador é senciente.

— Rigoberto — diz Margô, assentindo e apontando para o aspirador.

— É um Roomba — explica Rosa gentilmente.

— Não — fala Margô. — Amigo.

— Ele é seu amigo? — pergunta Rosa.

— Jesus Cristo. Porra — diz KC.

No último dia do ano, Margô estava fazendo compras na Target, que havia se tornado uma espécie de lar espiritual nos meses desde o nascimento de Bodhi, quando o número de Jinx apareceu no telefone.

Ela atendeu, mas a voz era de Suzie.

— Você conhece a KikiPilot?

— Hummm, não?

— Ela é uma YouTuber que ficou famosa fazendo streaming do jogo *Star Wars: Squadrons*.

— Certo — disse Margô, balançando Bodhi com delicadeza de um lado para o outro, para mantê-lo dormindo.

— Enfim, ela escolheu a gente! Ela fez um vídeo inteiro reagindo à série do TikTok, ela viu tudo!

— Que legal! — falou Margô.

— Você não entendeu — resmungou Suzie em desgosto, e houve sons abafados como se tecido estivesse sendo esfregado no telefone, então Jinx falou:

— O vídeo já tem um milhão de visualizações e foi postado há apenas duas horas.

— Meu deus — disse Margô.

— Vem pra casa agora assistir.

Acontece que Kiki era incrivelmente linda e gostosa. Margô sentiu que os cirurgiões plásticos deveriam estudá-la, usar compassos para medir seu rosto e fazer outras pessoas se parecerem mais com ela.

— Querida — disse Suzie —, foram os cirurgiões plásticos que fizeram Kiki ficar daquele jeito, em primeiro lugar.

O vídeo do YouTube reagindo à FantasmaFaminta tinha oito minutos de duração. Na apresentação, Kiki disse que viu o clipe com o Bruno Mars no TikTok e depois assistiu à série inteira. Ela assistiu a cada vídeo da série, fazendo comentários ao longo deles. "Você vê pessoas fazendo esquetes no TikTok, e eu até vi temas ou personagens recorrentes, mas nunca vi nada exatamente assim. Quero saber o que essas garotas vão fazer depois."

Quando terminaram de assistir, o vídeo estava com três milhões de visualizações. Enquanto Suzie clicava para mostrar mais vídeos de Kiki, Margô viu que quase todos tinham entre doze e quinze milhões de visualizações. Ela estava amamentando Bodhi, e ele de repente parou e usou o suéter dela para se levantar mais e arrotou como um velho.

— Quanto os YouTubers ganham? — perguntou Margô. — Por visualização?

— Depende, mas entre três e cinco mil por cada milhão de visualizações. Então, em um vídeo como esse, cerca de sessenta mil.

— Ela está ganhando sessenta mil com um vídeo de oito minutos?

Margô não conseguia processar essa informação.

— Ela era assim antes — disse Suzie, e deu play em um dos primeiros vídeos de Kiki.

Margô ficou fascinada. Era tão difícil identificar o que estava diferente, e ainda assim Kiki parecia outra pessoa. Uma pessoa bonita, mas normal. Os olhos eram levemente assimétricos e os lábios, mais finos. O queixo era diferente de alguma forma... Com certeza ela tinha menos cabelo naquela época. Como ela soube quais partes de si mesma mudar? Margô imaginou a contagem de visualizações movendo a mão do cirurgião plástico como um tabuleiro Ouija, mostrando a ele o que os assinantes de Kiki queriam.

KC e Rosa entraram, animadas e conversando. Jinx e Suzie ligaram para elas logo depois de Margô e disseram para virem comemorar. Ele colocou uma música e fez feijão vermelho, arroz e pão de milho. Eles deixaram Bodhi comer uma pequena pilha das migalhas de pão de milho mais macias, e ele, em êxtase, as amassou com suas mãozinhas e as chupou dos dedos.

A noite toda, Suzie monitorou as contas do TikTok, e as meninas, as do OnlyFans. Às dez da noite, todos os vídeos do TikTok tinham mais de um milhão de visualizações. Cada um deles. A verdadeira pergunta era se isso se traduziria em novos fãs e em que proporção. Os links para suas contas individuais do OnlyFans estavam em um Linktree na conta principal da FantasmaFaminta no TikTok. A grande incógnita era quantas pessoas chegariam a clicar para seguir, sem falar em quantas clicariam nos OnlyFans e assinariam. Até agora, KC tinha mais de cem novos fãs, Rosa tinha quase oitenta e Margô parou de contar a todos porque se sentia muito envergonhada. Mas, antes de ir para a cama, Jinx a puxou no corredor.

— Me fala. Você não precisa contar pra elas, fala só pra mim.

Bodhi já estava dormindo no berço. Margô tentou ficar acordada com todos eles, mas estava desesperada para ficar sozinha.

— Quantos? — sussurrou Jinx.

— Hum, quase quatrocentos?

Ele apertou os ombros dela com suas mãos gigantes e a envolveu em um abraço.

— Você vai ficar muito famosa — falou em seu cabelo.

— Não vou, não — disse ela, por reflexo.

— Querida, acho que você está muito enganada.

JB me mandou uma mensagem naquela noite. Não sobre o lance da KikiPilot; ele não estava sabendo de nada disso.

JB: Jelly Fantasma, acho que estou ficando confuso. Sobre o que é real e o que não é. Acho que preciso dar um tempo.

Respondi imediatamente: Confuso sobre o quê?

JB: Tudo isso começou como uma espécie de jogo, como um experimento, mas agora está ficando confuso. Talvez eu precise dar um passo para trás. Eu só queria que você soubesse para entender que não fez nada de errado.

Eu sabia, de alguma forma, que ele estava dizendo que estava desenvolvendo sentimentos verdadeiros por mim, e eu sabia que isso deveria ter me preocupado. Em vez disso, parecia mais como um aumento excitante da aposta. Talvez fosse a excitação restante do vídeo da KikiPilot, mas eu não queria que ele desse um passo para trás. Eu queria continuar, não porque eu sabia o que estávamos fazendo ou para onde aquilo estava indo. Era como se eu tivesse ficado viciada nisso. Havia uma pureza em nossas mensagens que eu achava inebriante. Estávamos falando sobre o ensino fundamental, tentando nos lembrar de tudo que podíamos sobre cada ano, nossos professores e colegas, nossas lancheiras e mochilas, os livros que líamos, o que fazíamos no recreio, nossos brinquedos favoritos. Parecia que eu poderia tocar o sublime memorizando todas as memórias de JB. Não seria uma bela conquista humana? Aprender tudo sobre uma pessoa que você nunca conheceria?

Eu escrevi: A questão é que trocar essas mensagens com você se tornou a coisa mais interessante que eu tenho feito.

JB: Sim, esse é o mesmo problema que estou tendo.
FantasmaFaminta: Então, por que isso é um problema mesmo?
JB: Além do impacto financeiro absurdo, eu me sinto estranho. Eu nem sei seu nome.

"Impacto financeiro absurdo" era preocupante. Ele sempre agiu como se o dinheiro não fosse nada. Eu escrevi: Tipo, eu tenho um nome. Realmente importa qual é?

JB: Não importa qual é, só que eu não sei? Talvez?

Eu estava deitada na cama, ouvindo a respiração de Bodhi dormindo no escuro. Eu realmente acreditava que JB usaria meu nome para vir atrás de mim e me matar? Era difícil imaginar, dado tudo o que eu sabia sobre ele agora, e ainda assim ele poderia estar mentindo para mim do mesmo jeito que eu estava mentindo para ele, ou distorcendo as coisas para que não parecessem tão ruins. Não seja idiota, pensei. Não seja burra.

Meu nome é Suzie, escrevi e, no momento em que enviei, soube que tinha cometido um grande erro. Eu havia mentido bastante para o JB e, para ser honesta, nunca tinha me sentido mal sobre isso. Mas dessa vez senti como se tivesse tocado o acorde errado no piano, a vergonha foi tão imediata e ressonante. Ele estava pedindo algo real de mim, e eu nem menti *direito*. Se eu achava que um nome era o suficiente para ele procurar e matar alguém, o que eu obviamente não achava, tinha acabado de dar a ele o nome da minha *colega de apartamento*.

Suzie é um nome lindo, escreveu.

Eu ia vomitar. Não me paga mais, escrevi por impulso.

JB: O quê?
FantasmaFaminta: É muito dinheiro.

Realmente era uma quantia absurda. Ele tinha me pagado quase quatro mil no último mês. Também parecia que estava dizendo que se sentia idiota por valorizar o que estávamos fazendo juntos, e eu não queria que ele se sentisse assim. Eu também valorizava. E eu poderia ter mostrado isso a ele dizendo meu nome verdadeiro, e não fiz isso. Essa era outra maneira de mostrar a ele.

Ele não respondeu imediatamente, e eu não sabia o que estava acontecendo.

FantasmaFaminta: JB?
JB: Estou envergonhado. Não pagar, ou pelo menos não pagar tanto, seria um grande alívio. Eu estava meio que me metendo em um buraco. Mas eu também adorava te mandar o dinheiro! Como se te mandar uma gorjeta e ver ela sendo enviada fosse uma emoção, e eu gostava de me sentir um cara rico, mas sabia que estava totalmente fora de controle.

Seu idiota, escrevi, embora estivesse sorrindo.

JB: Viu só, antes você não sabia que eu era um idiota!
FantasmaFaminta: Eu gosto mais de saber que você é um idiota.
JB: Obrigado, Suzie.

Tentei não me sentir mal ao vê-lo me chamar assim. Porque eu sabia que não havia como contar a JB toda a verdade. Se eu dissesse a ele que tinha abandonado a faculdade com um filho e nenhuma perspectiva real de carreira, tudo isso evaporaria. Esse era o tipo de feitiço que só funcionava a distância. Tudo o que eu podia fazer era tentar aproveitar enquanto durasse.

CAPÍTULO DEZESSEIS

Margô presumiu que Becca viria da Universidade de Nova York para as férias, então, quando não teve notícias dela no Natal ou no ano-novo, se sentiu desprezada, embora tentasse não ficar pensando nisso. Mas três dias depois da KikiPilot, e dois dias antes de Margô partir para Las Vegas, Becca bateu à porta dela do nada. O momento foi bem estranho; Margô pensou que talvez Becca tivesse ido *por causa* do vídeo da KikiPilot, mas não foi o caso.

Depois da onda de abraços e da admiração por Bodhi, que Jinx então, muito cavalheiro, tirou dos braços de Margô sem falar uma palavra, Becca e ela ficaram sozinhas à mesa de jantar tomando o chá que ele tinha feito e que tinha um forte cheiro de feno. Becca parecia exatamente igual. Estava usando botas de couro pretas até o joelho que pareciam ridículas no inverno na Califórnia e um tipo de blazer de veludo preto metido a besta. O rosto dela (parecido com o de uma Reba McEntire gordinha) também era o mesmo; até as espinhas no queixo estavam organizadas em uma constelação conhecida. Ela tinha o mesmo cheiro, embora Margô nunca conseguisse dizer qual era. Ele evocava cravo e o interior de carros, o odor acrílico adocicado de fantasias de Halloween.

Um olhar, e Margô a amava de novo, e ela podia ver que Becca a amava também. Elas não conseguiam se conter, mesmo que ambas quisessem segurar a mágoa um pouco mais.

— Cara, você é mãe! — disse Becca. — Acho que não era real pra mim até conhecer Bodhi. Tipo real-real. E seu pai está aqui! Por essa eu não esperava.

— Não é? É tudo muito estranho.

Enquanto tomava um gole do chá, Margô percebeu que ela teria que fazer a escolha consciente de contar ou não a Becca sobre o OnlyFans. Por um lado, ela se sentia na obrigação de começar a contar a verdade. E, se Becca não sabia sobre o vídeo da KikiPilot, parte de Margô estava orgulhosa e queria contar a ela. Mas ela também temia ter que lidar com qualquer reação de merda que a amiga pudesse ter.

— Mas está tudo bem? Ser mãe? Você parece bem.

Becca estendeu a mão e agarrou o antebraço de Margô, apertou a carne ao redor do osso.

Margô tentou descobrir como responder a essa pergunta.

— Acho que estou bem. De certa forma, estou totalmente sobrecarregada, mas, de outras, acho que talvez eu esteja melhor do que nunca...

Becca sorriu.

— Isso é evidente só de olhar pra você.

— E você? — perguntou Margô.

— Eu estou... bem — respondeu Becca, rindo de nervoso. — A faculdade é meio merda, não vou mentir. Eu não fui escalada para nenhuma das apresentações. Tipo, no ano passado eu era caloura, então não esperava que isso fosse acontecer, mas acho que tinha esperanças quando fosse aluna do segundo ano, sabe? E está tudo bem. Mas é uma mudança, passar de ser escalada para todas as apresentações porque você é veterana pra de repente nem atuar mais quando é isso que você foi lá fazer.

Margô fez que sim com a cabeça. Ela não tinha percebido que Becca levava a atuação tão a sério. Ela atuava no ensino médio, mas Margô achava que era só para socializar.

Elas conversaram assim por quase uma hora até que o chá com sabor de celeiro esfriou, e, aos poucos, Margô entendeu a vida de Becca na cidade: pegar um cara que estudava saxofone e a magoou, cheirar cocaína com uma garota de quem ela não gostava muito no East Village, gastar metade do dinheiro da comida em cigarros eletrônicos e álcool e compensar comendo apenas cachorros-quentes vegetarianos em promoção. As notas que tirou não foram tão boas quanto ela esperava. Algumas de suas aulas eram fáceis, outras eram difíceis, e às vezes seus professores eram meio maldosos. Ou melhor, eles não enxergavam Becca, ou não se importavam com ela, ou não sentiam qualquer tipo de compaixão por ela.

— Não sei por que estou chorando — disse Becca. — Não estou triste! Que horas são? Eu nem queria falar tanto. Na verdade, vim aqui porque Angie Milano está dando uma festa na casa dos pais dela. Quer ir?

— Ah — falou Margô, surpresa. — Nossa, não!

— Sério? — perguntou Becca. — Você é descolada demais pros seus antigos amigos da escola?

Margô não sabia o que dizer. Mas, sim, a ideia de passar um tempo na sala escura dos pais de Angie Milano conversando com pessoas com quem ela tinha estudado parecia terrível.

— Sebastian vai estar lá — falou Becca cantarolando, tentando persuadi-la.

Margô ainda sentia alguma ternura por Sebastian, mas vê-lo era a última coisa que queria. Ela se sentia tão distante de quem tinha sido, e não havia uma maneira fácil de explicar quem ela era agora. Jinx apareceu com Bodhi.

— Ele está ficando agitado, você se importaria em dar de mamar?

Margô o pegou e tirou um seio sem pensar.

— Ah, uau — disse Becca. — Você não vai pro quarto?

Margô a encarou.

— Não, está tudo bem! — falou Becca. — Desculpa, eu só fiquei surpresa.

Sem uma palavra, Jinx jogou um pano para Margô se cobrir. Ela o colocou sobre Bodhi enquanto ele mamava, embora, é claro, ele tentasse arrancá-lo sem parar. Quem quer comer enquanto é sufocado por um pano? Ela percebeu que Becca não tinha feito uma única pergunta sobre sua vida. Nem precisava mentir sobre o OnlyFans porque Becca nem perguntou com o que ela estava trabalhando.

— Vamos lá, eu sei que você quer ir — insistiu Becca. — E, se for chato, nós podemos ir embora.

— Eu não quero deixar o Bodhi — respondeu Margô. — E sei lá, a ideia de beber, tipo, Smirnoff Ice e perguntar às pessoas como está a faculdade, eca.

Margô estremeceu.

— O que, tipo, ouvir sobre a faculdade é tão terrível assim? — quis saber Becca, claramente ofendida agora.

Toda a afeição entre elas evaporou muito rápido, mas Margô ainda conseguia senti-la como um vapor no ar.

— Eu só sinto que, sabe, estou em um caminho diferente agora.

— Por quê? Porque você é mãe?

— Bem, sim. — Margô deu de ombros.

— Você se acha tão especial — disse Becca, com um veneno que surpreendeu Margô.

— Becca — falou Margô, exasperada. — Não tem a ver com ser especial, é literalmente doloroso, para mim, ouvir sobre a faculdade. Acha que eu não queria ir para a Universidade de Nova York? Acha que eu não estava com inveja?

— Você nem se prestou o vestibular!

— Porque eu não tinha dinheiro!

— Você poderia ter conseguido ajuda financeira. Você escolheu não ir. Eu implorei a você que tentasse comigo — disse Becca.

— O que eu poderia ter conseguido era uma dívida de milhares de dólares que eu não conseguiria pagar. Como eu teria chegado a Nova York? Você acha que a Shyanne compraria uma passagem de avião pra mim? Quer dizer, honestamente, Becca, você não sabe? Tipo, depois de todo esse tempo, você realmente não sabe?

Margô estava ciente de que Jinx estava ouvindo na sala de estar. Ela não se importava.

— Sei o quê? — perguntou Becca, bufando.

— Seus pais são ricos. Essa é a diferença. É por isso que você foi pra Universidade de Nova York, e eu não.

— A razão pela qual você não foi pra Universidade de Nova York é porque você era muito covarde para ir pra uma cidade grande onde você talvez não fosse mais a rainha da cocada preta. Você queria ficar num lugar onde pudesse fingir que era melhor do que todo mundo. Tipo: "Ah, meu professor está apaixonado por mim, ah, ele acha que eu sou tão especial! Vou ter um filho dele!" Acha que ele te escolheu porque você era especial? Ele te escolheu porque sabia que você tinha problemas com seu pai, porra!

— Oi — falou Jinx —, com licença. — Ele estava de pé ao lado da mesa e sorrindo. — Por favor, vai embora.

— Você está me expulsando? — perguntou Becca.

— Pai — disse Margô.

Seus olhos se voltaram para ela, obedientes e distantes.

— Está tudo bem — avisou Margô.

Jinx deu de ombros levemente e saiu. Elas ouviram o som da porta do quarto dele se fechando.

— Acho que você devia ir — disse Margô, com suavidade.

— Só pra você saber — começou Becca —, engravidar do seu professor e viver com seu pai lutador profissional é uma porcaria, uma merda. Tipo, todo mundo fica enojado. Todo mundo fala disso, e eu fico, tipo: "Não sei o que está acontecendo com ela." Lenin Gabbard disse que viu você no OnlyFans, e eu tive que passar, tipo, vinte minutos dizendo que ele estava enganado.

Margô congelou. Bodhi estava dormindo em seu colo agora, o mamilo ainda preso em sua boca. Ela não conseguia respirar, era como se seus pulmões estivessem totalmente abertos.

— Ah, meu deus, é verdade, porra — disse Becca. — É sério isso?

— Por favor, vai embora — sussurrou Margô.

— Eu não acreditei. Tipo, todo mundo sabe que a sua mãe era uma vagabunda, mas você? Eu pensei: "Margô nunca faria isso, ela só transou com, tipo, dois caras!"

Jinx atravessou a sala tão rápido que Margô mal o percebeu antes de ele pegar Becca pelos ombros e guiá-la, gentil mas firmemente, quase como se ela fosse uma boneca em movimento, em direção à porta do apartamento, dizendo naquela voz baixa e calma:

— E você vai embora agora.

Ele abriu a porta, empurrou Becca para fora, fechou-a e a trancou. Ambos ouviram a voz baixa de Becca no corredor dizendo:

— Inacreditável. Simplesmente inacreditável.

Eles ouviram o eco das botas dela enquanto Becca descia a escada.

Margô estava tremendo. Ela tirou o mamilo da boca de Bodhi e enfiou o peito de volta no sutiã, o que foi um alívio. Havia algo especialmente nojento em estar com o peito de fora durante tudo isso.

— Acho — disse Jinx, sentando-se com ela à mesa — que talvez sorvete seja uma boa ideia.

— Grandes quantidades — afirmou Margô. — Quantidades obscenas.

Eles riram, e então um silêncio se instaurou, delicado e enorme.

— Fiquei com tanta vergonha quando você estava falando sobre faculdade...

— Está tudo bem...

— A verdade é que eu acho que não poderia pagar a mensalidade integral da Universidade de Nova York.

— Ah, eu sei — respondeu Margô.

Ela sabia que a questão não era ele não ter o dinheiro, mas é que o dinheiro já estava sendo gasto em mensalidades integrais na Barnard e casamentos e outras coisas para seus verdadeiros filhos.

— Mas uma passagem de avião, ou ajuda para se mudar, ou alguns milhares aqui ou ali, você sempre pode me pedir essas coisas.

Margô ia chorar se ele continuasse falando, porque era gentil demais e também ainda não era o suficiente.

Desde o vídeo da KikiPilot, o telefone de Margô estava sempre vibrando com notificações, então demorou um pouco para ela perceber que dessa vez todas as notificações vinham do Facebook, da sua conta pessoal, o que era estranho, porque ela quase nunca entrava lá. Estava aninhada com Jinx no sofá, o estômago cheio por causa do sorvete, assistindo a lutas antigas da World Championship Wrestling. Ela clicou, levemente curiosa.

Uma conta chamada DetetivesDeVagabunda havia postado dez capturas de tela de seu conteúdo do OnlyFans, com as partes impróprias desfocadas, em seu mural do Facebook. Algumas já tinham mais de cinquenta comentários, e estavam no ar há apenas uma hora. Ela rolou a tela, lendo partes dos comentários em pânico. A maioria eram emojis chocados, ou emojis envergonhados, ou pontos de exclamação, ou piadas sobre como deve ser por isso que ela abandonou a faculdade. Ou: Acho que agora sabemos como ela ficou grávida! Ela apagou as postagens do mural o mais rápido que pôde, embora soubesse que o estrago já estava feito. Tinha visto o nome de Shyanne nos comentários. Ela tinha escrito, Nunca fiquei tão envergonhada quanto hoje. Kenny tinha curtido o comentário.

— Meu deus — falou Margô.

Ela saiu do Facebook e abriu o Instagram. Em sua conta pessoal, DetetivesDeVagabunda a marcou nas mesmas capturas de tela. Pior ainda, eles encontraram sua conta @FantasmaFaminta e, em sua última postagem, deixaram um comentário: @MargoMillet, é você? Agora todos os seus seguidores do Instagram @FantasmaFaminta tinham um link direto para sua conta pessoal. Ela apagou o comentário.

— Você está bem?

Jinx pausou a luta e a encarou.

Ela estava bem? Ela estava sentada no sofá, segura, com seu pai e seu filho. Mas, por outro lado, talvez sua vida estivesse arruinada? Ou mais do que já estava?

— Me fala — disse ele, e ela lhe entregou o telefone.

Margô não tinha certeza se teria conseguido passar aquela noite sem Jinx. Ele foi imediatamente pragmático. Disse a ela para excluir suas contas pessoais no Facebook e no Instagram para que DetetivesDeVagabunda não pudesse repostar.

— Quem você acha que fez isso?

— Meu palpite — respondeu Margô — é que Becca foi à tal festa, e eles ficaram bêbados e fizeram isso juntos.

— Faz sentido — disse Jinx, e ela ficou aliviada porque ele não parecia ter planos de vestir a jaqueta de couro e ir até lá.

Eles entraram no Instagram da FantasmaFaminta e bloquearam todas as pessoas do ensino médio das quais Margô conseguia se lembrar, assim como a conta DetetivesDeVagabunda.

— Você quer fechar a conta da FantasmaFaminta também? — perguntou Jinx.

Ela não queria. Não queria mesmo. Desde o vídeo de KikiPilot, ela tinha quase trinta mil seguidores no Instagram, e era viciante, para falar a verdade. Mais cedo, ela tinha postado a foto de uma vitamina e recebeu seiscentas curtidas. Além de dinheiro e blá-blá-blá.

— Quer dizer, minha esperança — falou Margô — é que eles tenham feito isso bêbados e, de manhã, vão se sentir um pouco enojados e provavelmente não vão fazer de novo.

Jinx refletiu.

— Isso é possível — disse ele. — O que mais me preocupa é eles comentarem na sua conta do OnlyFans. Não seria bom eles postando seu nome e endereço verdadeiros onde aqueles caras que querem derreter você em ácido podem te encontrar.

Margô nem tinha pensado nisso e entrou no OnlyFans com o coração acelerado. Não havia nada ainda, tudo parecia normal. Ou tão normal quanto sempre foi. Desde que os vídeos no TikTok decolaram, os comentários e mensagens ficaram muito mais divertidos. *Quero que você me leve pro seu planeta e me alimente com cacos de metal e plástico.* Outro disse: *você consideraria um ménage comigo e Rigoberto?*

— Meu Deus — disse Margô, se dando conta de repente. — A questão da guarda! Se eles não sabiam sobre o OnlyFans antes, com certeza sabem agora.

— Ah, merda — falou Jinx. — Bem, tipo, ele segue você?

— Eu o bloqueei há muito tempo.

— Então tem chances de ele não ter visto.

— Puta merda, isso é péssimo — falou Margô.

— Quem aquela garota disse que viu você no OnlyFans? — perguntou Jinx.

— Ah, Lenin Gabbard.

— Se ele é um dos seus fãs, bloqueia ele.

— Acho que vou dar uma olhada, mas a maioria deles não usa fotos ou nomes reais.

Por volta da meia-noite, ela recebeu uma mensagem de Shyanne.

Nunca fiquei tão envergonhada na minha vida. Por favor, não venha para Vegas. Acho que não consigo nem olhar pra você. Kenny viu aquelas fotos. Eu tive que olhar nos olhos dele e dizer sim, essa é minha filha. E que eu sabia que você estava fazendo isso e não tinha contado a ele, e eu disse a ele que você prometeu que tinha parado e que mentiu pra mim, mas ele ficou furioso e agora está dormindo na sala e eu nunca vou te perdoar por isso, Margô. Nunca.

Margô olhou para o telefone, atordoada.
— O que foi? — perguntou Jinx.
— Nada — respondeu.
Ela não queria falar sobre Shyanne com Jinx. Também não queria analisar por que, por algum motivo, sua principal resposta emocional a essa mensagem foi alívio por não ter que ir para Vegas.
— Tenta dormir — sugeriu Jinx. — Você pode encontrar Lenin Gabbard de manhã.
Margô assentiu na sala de estar escura, iluminada apenas pelo laptop e pela tela do telefone.
— Vou tentar — falou.
Mas não dormiu. Ficou acordada até as três da manhã olhando seus fãs, tentando encontrá-lo, como se encontrá-lo e bloqueá-lo fosse deixá-la segura novamente. Só que ela não tinha ideia de qual conta era a dele e, em algum momento, desistiu e adormeceu, tonta e com a visão embaçada.

Na manhã seguinte, Margô ligou para Rosa para dizer que tinham feito *doxxing* com ela.
— Que merda, querida. Sinto muito.
— Está tudo bem. Quer dizer, estou bem. Mas é estranho. Me sinto insegura tendo tantas pessoas bravas comigo. Não sei como os *trolls* fazem isso. Ou os *heels* na luta livre. Tipo, como é ter um estádio inteiro de pessoas vaiando você.
Ela não mencionou que a mãe era uma dessas pessoas, ou que ela tinha sido desconvidada para o casamento, ou que Mark estava pedindo a guarda de Bodhi, ou que Kenny estava dormindo na sala, ou que a Virgem Maria havia sido estuprada.
— Há um tipo de liberdade nisso, aposto — disse Rosa.

— Como assim?

— Tipo como os comediantes precisam flopar. Se eles não aprendem a flopar, o público tem todo o poder e os comediantes ficam de mãos atadas, dizendo apenas o que acham que as pessoas vão gostar.

Margô estava congelada olhando pela janela, o telefone pressionado contra a orelha. Ela não ainda não tinha associado liberdade a ser odiada. Fazia todo o sentido.

— Desculpa, o que você acabou de dizer? — perguntou quando percebeu que Rosa ainda estava falando.

— Eu perguntei se você queria deletar os vídeos da FantasmaFaminta — respondeu Rosa.

— Não.

— Você quer continuar?

— Quero. Tipo, mais do que nunca. Eu editei tudo que filmamos na segunda-feira e coloquei no seu Dropbox. Dá uma olhada quando tiver um tempinho.

Depois do Natal e do ano-novo, fiel à sua palavra, Jinx marcou um horário com um advogado especialista em guarda. Michael T. Ward, Adv., tinha cabelos escuros, estava barbeado e era gordo de uma forma que sugeria que havia jogado futebol americano no ensino médio. Usava muito gel no cabelo espetado, embora tivesse pelo menos quarenta anos, e cheirava fortemente a água-de-colônia. Eu estava preparada para não gostar dele, mas então ele nos ofereceu barras Nutri-Grain do melhor sabor: morango. Elas estavam em uma pequena cesta de vime em sua mesa, e nós três pegamos uma como se fossem charutos. Eu dei pedacinhos da barra para Bodhi.

— Então, por que não me conta a situação geral? — sugeriu ele, fazendo um gesto com a mão.

Ele estava inclinado, apoiado no encosto da cadeira. Estranhamente, senti que poderia contar qualquer coisa a esse homem. Enquanto contava a história, entreguei os documentos relevantes: o acordo de confidencialidade, a certidão de nascimento de Bodhi, a ordem de restrição contra Jinx, os papéis de reconhecimento de paternidade que me foram entregues.

— Ele pode fazer isso, pedir a guarda total? — perguntei.

Ward zombou, uma pequena migalha de barra Nutri-Grain voando.

— Ele pode tentar, mas não vai conseguir. Os tribunais da Califórnia preferem guarda compartilhada, tanto legal quanto física.

Amassei a embalagem da barra e fiz uma bola suada no meu punho.

— Eu não entendo. Tipo, é o meu filho. Mark não queria saber dele. Como, de repente, tem direito a qualquer tipo de guarda?

— Bem, ele é o pai da criança. Quer dizer, essa é outra coisa: há alguma chance de ele não ser?

— Não — admiti. — Mas não podemos usar o acordo de confidencialidade como prova de que ele não queria o Bodhi? Que ele desistiu dos direitos parentais? Quer dizer, eu posso responder sem violar o acordo e colocar em risco a guarda de Bodhi?

Ward deu de ombros.

— Esse acordo é tão amplo que é praticamente inexequível de qualquer maneira, mas não, ele não pode ser usado para alegar que Mark desistiu dos direitos parentais. É possível se afastar por quinze anos e de repente decidir que quer um relacionamento com o filho, e o estado da Califórnia reconhece o direito a esse relacionamento. Mas me conte: com o que você trabalha, com o que ele trabalha, como a avó vê a situação, me conte tudo.

Expliquei sobre o OnlyFans e o *doxxing*, mas esclareci que a família de Mark talvez não soubesse porque eu o tinha bloqueado nas redes sociais.

Ward mexeu na orelha, apertando os olhos.

— É, não sei. Isso é difícil.

— Mas espero que eles não tenham visto — repeti.

— Não acho que vocês devam esconder — disse Ward.

— Mesmo que eles não tenham visto? — pressionou Jinx.

— Talvez eles tenham visto, talvez não, mas, se vocês esconderem, ela parece estar desempregada... o que também é ruim, possivelmente pior. A lei da Califórnia é muito explícita sobre encontrar um acordo de guarda que seja o melhor para a criança, e é melhor comer e ter uma mãe que venda nudes do que não comer. Vender nudes não é ilegal. Não acho que vá ser um problema. Há uso de drogas?

— Não! — dissemos Jinx e eu ao mesmo tempo.

— Então eu acho que é melhor ser direto. Quer dizer, os tribunais lidam com isso o tempo todo: mamãe tira a roupa, mamãe faz trabalho na frente da câmera. Isso é mais do mesmo. Se for só isso e somente isso, nenhum juiz vai se recusar a dar a guarda parcial a você. É um trabalho.

— Mas e a guarda total? — perguntei.

Ward suspirou.

— Quer dizer, não há nada que você tenha me dito até agora que faria um juiz negar guarda compartilhada com o pai. Talvez você pudesse conseguir uma ordem temporária enquanto ele ainda é pequeno. Ele mama?

Assenti.

— Mas tenho que te avisar: a Justiça desaprova que um dos pais tente impedir o outro de ter um relacionamento com o filho. É um grande sinal de alerta.

Devo ter feito uma cara de chateação, porque ele disse:

— Ei, eu sei que parece injusto, mas Bodhi não ficaria melhor se conhecesse o pai? Quer dizer, se o pai dele quiser fazer parte da vida dele? O pai não é abusivo nem nada assim, certo?

— Não — falei.

Eu não sabia como explicar que Mark era simplesmente uma pessoa nojenta, o tipo de homem que transava com a aluna, o tipo de homem que dormia com a irmã da esposa na noite de núpcias.

— Assim, o filho também é dele — disse Ward, lambendo o suor do lábio superior.

Bodhi também era filho de Mark? Mark não arriscou a vida para trazê-lo ao mundo, não foi literalmente aberto e costurado de volta. Mark não tinha ficado acordado à noite amamentando, deitado na cama, com mãozinhas amassando e apertando os seios doloridos. Mark não tinha sido vomitado, não tinha, uma vez, milagrosamente apanhado um cuspe no ar com um pano. Mark não tinha aparado as unhas de Bodhi, nem lhe dado banho, nem beijado seus pezinhos, nem o feito rir. Como é que Bodhi poderia ser dele?

Jinx e Ward estavam repassando o telefonema de Jinx para Mark e exatamente quais ameaças foram feitas, exatamente quais palavras foram usadas. Eu não conseguia prestar atenção ou me importar.

— Então, basicamente — explicou o advogado —, você tem que responder em trinta dias usando o formulário de resposta à petição para estabelecer a relação parental e você tem duas opções. — Ward virou um papel para nós e apontou com o dedo. — Você pode propor uma divisão de guarda para contestar o pedido de guarda total. Talvez ele concorde, talvez não. A próxima opção: você pode solicitar mediação, o que significa que ambos se encontram com um mediador nomeado pelo tribunal e tentam resolver o assunto. Se vocês chegarem a um acordo, ótimo. Se não conseguirem, vão para o tribunal.

— A questão é — falou Jinx — que não achamos que ele esteja falando sério. Esse cara tem esposa e filhos. A esposa dele não deve querer isso.

— Talvez não esteja falando sério mesmo — disse Ward. — Mas, na minha experiência, as pessoas não se dão ao trabalho de pedir a guarda a menos que queiram a guarda.

Jinx estava assentindo, pensativo.

— Assim, uma coisa positiva é que pelo menos ele vai pagar pensão alimentícia! — apontou Ward. Seus olhos eram de um azul estranhamente brilhante, como o oceano de um globo terrestre que ficava na sala de aula. — Não é possível estabelecer a paternidade sem pagar a pensão alimentícia!

Eu não sabia como explicar que o dinheiro de Mark era inútil para mim.

— Então você pode resolver isso por meio de formulários, não precisa de mim para isso — continuou Ward. — Ou você pode ignorar isso e partir para a mediação. Nesse caso, seria bom me contratar para que eu possa lhe dar conselhos e ajudá-la a se preparar para a mediação. Mas eu não estaria presente na sala, seria apenas você e o pai. Certo? A mediação pode se arrastar por meses, todo tipo de coisa pode acontecer, e há coisas que você pode fazer a seu favor.

— Tipo o quê? — perguntei.

— Você pode pedir um depoimento. Isso significa que posso encontrar o pai e um estenógrafo do tribunal e fazer quantas perguntas eu quiser. Nem precisa ser relacionado ao caso. E, se ele mentir, é perjúrio. Quer dizer, é um pouco caro, mas eu recomendaria cem por cento.

— E a questão financeira disso tudo? — perguntou Jinx. Ele era tão bom nisso.

— Certo — respondeu Ward, e começou a falar sobre sua estrutura de honorários e quanto seria um depoimento (2 mil) e quanto um processo poderia custar (mais de 40 mil).

Não me ocorreu que o preço poderia ser tão alto. Eu sabia que advogados eram caros; só não tinha imaginado que minha conta bancária inteira seria esvaziada. Uma coisa eu sabia: Mark era cheio da grana. E, se a intenção dele era me prejudicar, ele poderia arrastar o processo por tempo suficiente para me levar à falência. Talvez eu acabasse precisando daquela pensão alimentícia, no fim das contas.

— O que você acha, querida? — perguntou Jinx.

Dei de ombros novamente. Esse cara era um bom advogado? Ele parecia tão ridículo quanto o bom e velho Larry. Talvez todos os advogados fossem assim?

— Ei — chamou Ward, e eu olhei em seus olhos. — Essa é a coisa mais difícil e assustadora que você vai fazer.

Porra, ele ia me fazer chorar.

— É seu filho. É a maior dor e o maior amor que você já sentiu na vida. É uma situação ruim em que a outra parte talvez pareça ter más intenções. Se você se sente sobrecarregada, se você se sente emotiva, isso é natural. Meu trabalho, caso decida me contratar, é ser a única pessoa nisso tudo que está completamente do seu lado. E isso significa te dizer a verdade, ser honesto com você, dar a você o poder de entender o que está acontecendo. Então não vou dizer apenas o que você quer ouvir. A menos que algo muito forte saia desse depoimento, há muito pouca chance de conseguir a guarda total sem visitação. Sua única vantagem aqui é que Bodhi ainda é muito pequeno e você está amamentando; os juízes teriam empatia com você e manteriam a guarda física temporariamente.

Uma das mãos de Jinx pousou nas minhas costas. Ward se inclinou sobre a mesa, segurando uma caixa de lenços de papel para mim. Peguei um e assoei o nariz.

— Vai ficar tudo bem — assegurou Jinx.

— Vai ficar. Vai mesmo, querida — disse Ward. — Você quer um donut? Eu acho que tem donut na sala de conferências.

Ward foi buscar um donut, e Jinx levantou as sobrancelhas, silenciosamente perguntando o que eu queria fazer.

Hesitei, depois assenti. O donut firmou o acordo. Ward estava contratado.

CAPÍTULO DEZESSETE

No curso de narrativa de Mark, falei durante exatamente um tempo de aula. Foi na semana em que lemos "O nariz", de Gogol.

— O que exatamente essa história tem a ver com a perspectiva narrativa? — perguntou Derek. — Não é terceira pessoa onisciente?

— É uma boa pergunta — disse Mark. — O que vocês acham?

Mark gesticulou para a classe como um todo, mas Derek respondeu como se Mark estivesse falando apenas com ele.

— Acabei de dizer: é terceira pessoa, sobre um cara cujo nariz foge.

Mark assentiu, como se admitisse que isso era verdade. Ele foi muito mais paciente do que eu teria sido.

— Uma pergunta: quando Gogol descreve o nariz andando por São Petersburgo, o que você imaginou? Ele ainda era do tamanho de um nariz, correndo por aí como um rato? Era do tamanho de uma pessoa? Como exatamente ele era capaz de usar o uniforme de um oficial do Estado?

— Imaginei um nariz gigante com pernas — respondeu uma garota chamada Brittany.

Houve alguns murmúrios de concordância, pessoas que imaginaram um nariz gigante; outros imaginaram um homem que *era* apenas o nariz, mas parecia um homem normal, e alguns imaginaram o corpo de um homem com um nariz gigante no lugar da cabeça. Todos imaginaram o nariz de uma maneira diferente, mas não importava como o imaginaram, Mark apontava um lugar no texto que contradizia o que eles tinham imaginado. Se o nariz fosse grande, como poderia ser assado em um pão? Se o nariz fosse pequeno, como poderia vestir um uniforme de oficial do Estado ou sair de um bonde?

— A questão aqui — explicou Mark — é que é possível formar frases que façam sentido sintaticamente, mas que ainda assim não têm significado. As palavras podem se tornar vazias e, uma vez vazias, qualquer coisa pode ser feita com elas.

— Ainda não entendi — disse Derek. — Como isso se relaciona com o ponto de vista?

— É porque você não leu até o fim — falei, nem mesmo ciente de que estava falando em voz alta.

Mark soltou uma risada, então cobriu a boca com o punho, seus olhos felizes observando, animados para ver o que viria a seguir.

— Eu li até o fim — disse Derek, de um jeito incerto.

— Então você está ciente de que a história é em primeira pessoa?

— Peraí, quê?

— No final, o narrador começa a se dirigir ao leitor em primeira pessoa, falando sobre como ele nem mesmo entende a história que está contando, o que você sabe que não pode ser verdade, senão por que ele estaria contando?

— Mas não tenho certeza se isso anula minha questão — argumentou Derek. — Quer dizer, foi em terceira pessoa na maior parte da história.

Sério, ele era fora do comum. Mark olhou para mim e sorriu, com esperança de que talvez eu acabasse com o Derek. Pessoalmente, eu não tinha certeza se valia a pena gastar meu tempo com isso.

— Bem — falei —, você tem que pensar fora da caixa quando se depara com essa situação crítica de mexer em um vespeiro.

Mark riu tão alto e forte que fez Derek se sobressaltar.

— Mas você tem que ter em mente — continuei — que o que vai volta, e você pode pegar ou largar, mas nem tudo são flores.

— Hum... ok? — falou Derek.

Mark ainda estava rindo muito, de um jeito feminino, o rosto coberto com as duas mãos.

— Sério — disse o garoto ao meu lado, entendendo a piada —, eu acho que este é um caso do sujo falando do mal lavado.

— O que está acontecendo?! — choramingou Derek, ciente de que estávamos tirando sarro dele, mesmo que ainda não tivesse entendido a piada.

Seus instintos eram péssimos. Eu só conseguia imaginar que ele era o caçula da família.

Continuou assim por mais um tempo, com as pessoas dizendo a Derek que se animasse, que quem morre de véspera é peru de Natal. Mais tarde, quando Mark e eu começamos a dormir juntos, falávamos bobagens um com o outro como se fosse uma estranha linguagem de amor. "A carta na manga fica piorando as coisas", ele dizia. "Você lava sua roupa suja em público, apesar de tudo", eu respondia.

A batalha pela guarda parecia isso. Como se todas as palavras tivessem perdido sua conexão com qualquer sentido. Fomos reduzidos a "Requerente" e "Requerido". E talvez Mark conseguisse reunir mais palavras sem sentido do que eu, mesmo que eu fosse a única que amasse Bodhi. Mas, para amor, não havia palavras em nenhum desses formulários. Em nenhum lugar havia uma pergunta sobre qual era o cheiro da cabeça do bebê ou se estaria disposto a morrer por ele.

Quando contratamos Ward, decidimos seguir em frente com a mediação. Eu esperava que os tribunais estivessem tão lotados que não conseguiríamos uma sessão por meses, mas a nossa seria em apenas duas semanas. E então, cada dia de vida normal foi convertido em uma contagem regressiva para uma perda impensável.

Enquanto isso, ainda havia mais trabalho do que eu poderia fazer, e por horas a fio, todos os dias, eu olhava para fotos de paus e escrevia coisas como, Uau! Esse é um Bulbassauro que deixaria qualquer senhora dolorida! Cada pênis era tão isolado, a única coisa na imagem, e eles pareciam uma série de pequenas criaturas cegas, sem pelos e estranhamente desafiadoras. Seria tão diferente se esses homens estivessem me enviando fotos de seus narizes? Closes de poros oleosos, focinhos isolados. Parecia estranho e desconexo.

Eu vi o casamento da minha mãe em uma série de postagens no Facebook. O perfil dela era totalmente público, então eu podia ver tudo usando minha conta da FantasmaFaminta, já que deletei a minha pessoal. Ela usou o vestido Diane von Furstenberg. Eu tinha escrito para ela logo após o *doxxing*, dizendo que eu sentia muito, muito mesmo por mentir para ela e pedindo desculpas por causar problemas com Kenny. Fiquei um pouco aliviada por ela não ter respondido.

Para me confortar, escrevi um e-mail de três páginas para JB sobre quando eu vomitei camarão no baile do oitavo ano porque não sabia que não se comia as caudas. Depois de enviado, reli duas vezes para me deleitar em imaginá-lo lendo, demorando-me nos lugares que eu esperava que ele risse.

Então assisti a vídeos de pessoas saltando de aviões vestidas com *wingsuit*, suas formas minúsculas planando sobre paisagens fantásticas. Tinha algo de reconfortante em como aquilo era errado, o fato de que elas escapavam do mundo e chegavam a um lugar em que nunca deveriam estar: o céu. Era como se um ponto-final tivesse saído da frase e começado a voar sobre a página.

Sem dúvida, esta é uma daquelas seções que terei que contar em terceira pessoa.

Margô estava comendo cereal Crunch Berries no escuro quando o telefone tocou. Jinx tinha relaxado com o cereal saudável porque estava com pena dela e se sentia culpado por ameaçar Mark. Era meia-noite.

— Alô? — disse ela, embora soubesse quem era.

Ela havia dado a JB seu número assim que recebeu a mensagem. Ele tinha escrito:

Então você é da Califórnia e não tem um irmão chamado Timmy e sua mãe se chama Shyanne e você tem um filho? No Instagram, alguém comentou "@MargoMillet, é você?" e eu cliquei, e com certeza era você! Margô. Que nome bonito! Por que você se chamaria de Suzie? Não combina com você. Cruzes. Margô, por que estou tão arrasado? Eu nem estou bravo, só me sinto um idiota. Tipo, é claro que você estava mentindo. Eu fui idiota em pensar que você não estava. Eu estava pagando pra uma mulher fingir se apaixonar por mim, e aí fiquei confuso e me apaixonei. Eu sou um idiota.

Ela respondeu sem pensar: Você não é um idiota.

Então, deu a ele seu número e disse a ele que ligasse naquele momento.

— Oi, é o JB.

A voz dele era mais baixa, mais rouca do que ela imaginava.

— Oi — disse ela. — Você está bem?

Ele deu uma risada irritadiça.

— Na verdade, não.

Ela não tinha certeza se ele estava bêbado ou se estava chorando.

— Me desculpa — pediu ela.

— Não — respondeu ele. — Produzir fantasias é o seu trabalho. Tipo, é o que você é paga para fazer. Você não fez nada de errado. Fui eu que me perdi nisso.

— Acho que me perdi nisso também.

— Não fala isso — disse ele, seu tom repentinamente frio. — Eu não posso... Tipo, não tenta fazer eu me sentir melhor. Isso piora. Porque não consigo saber o que é real. Eu preciso acordar, sabe?

Margô hesitou. Ela não queria jogar tudo fora apenas porque não era verdade. Isso seria um desperdício.

— JB, as partes grandes eram mentira, mas saiba que as pequenas eram verdade. Eu realmente vomitei camarão no baile do oitavo ano. E eu adorava escrever as mensagens, nada disso era falso. Preciso que você saiba disso.

Ele suspirou, e sua respiração estava irregular. Ela percebeu que ele estava se movendo, andando pela casa.

— Você tem um filho, Margô, porra! Claro, as coisas pequenas eram verdade, eu consigo entender isso, mas ter um filho é uma coisa muito grande para se mentir!

— Eu sei — disse ela, se recostando na cadeira de madeira dura da sala de jantar.

Porque era a coisa mais importante, uma coisa tão magnífica e enorme e transformadora que ela nem tinha certeza de como poderia ser verdadeiramente comunicada a alguém que nunca a tinha experimentado. E ele era um cara jovem. Ele nem pensava em ter filhos ainda.

— Olha, Margô, não faço ideia de quem você é. Você conhece cada detalhe sobre mim, e eu não sei nada sobre você.

— Escuta, JB, obviamente não era assim que eu queria que você descobrisse. Mas você tem que entender o meu lado. Quando você me escreveu pela primeira vez, tipo, se você pudesse ver minha caixa de entrada, você entenderia. Bem ao lado da sua mensagem tem uns caras me dizendo que vão, tipo, usar um ralador de queijo na minha vagina. Mentir era uma questão de autoproteção, tipo, teria sido imprudente da minha parte contar tudo pra você.

— Eu entendo isso — afirmou ele. — Mas tiveram tantas oportunidades desde que começamos a nos falar! Você poderia ter dito: "Ei, eu menti e quero te contar a verdade agora."

— Eu sei, e eu queria!

— Mesmo quando perguntei seu nome, você mentiu. Então não dá pra você dizer agora que "ah, mas era tudo real, de verdade". É mentira. Certo? Não dá para ter tudo.

— Escuta — disse Margô, lutando para recuperar o controle —, você é um cliente. Você é o cliente mais legal, engraçado e interessante que eu tenho. Mas você é um cliente... e...

— Exatamente — interrompeu-a JB. — Obrigado por finalmente ser honesta.

— JB — disse Margô, fechando os olhos de novo, como se pudesse encontrá-lo ali, no escuro. Tudo estava ficando distorcido. — Tipo, eu tenho que priorizar minha segurança, eu tenho que... JB?

Mas só havia silêncio, nem mesmo o zumbido da linha: um silêncio vazio, morto. Ele tinha desligado.

Foi quase chocante a dificuldade de seguir em frente depois daquele telefonema. Margô não sabia que JB tinha sido tão central para sua felicidade. Afinal, às vezes ela olhava para a situação e pensava que eles eram estranhos em um jogo, algo como um pôquer on-line do coração, suas mentiras não eram mais moralmente problemáticas do que um blefe nas cartas. Outras vezes, ela olhava para o relacionamento deles e achava que era real demais, que o que eles estavam fazendo era maior, mais profundo e mais estranho do que real.

"Todas as coisas genuinamente interessantes não são tão reais", Mark tinha dito. Era quase frustrante, na verdade, quanto aquele homenzinho estúpido estava certo sobre tantas coisas. E agora o que quer que houvesse entre ela e JB, real ou irreal, tinha acabado. Parecia um presságio. Como se isso fosse o começo das coisas dando terrivelmente errado.

Deixei Bodhi em casa com Jinx para fazer a filmagem da semana na casa de KC e Rosa. Ele tinha aula na Gymboree, e Jinx concordou em levá-lo. A Gymboree era um espaço bem iluminado, acolchoado com tapetes azuis, onde mulheres eram pagas para cantar músicas para bebês e soprar bolhas neles para... incentivá-los a engatinhar? Eu não sabia bem o motivo, mas me sentia uma mãe incrível sempre que o levava lá. Suzie ligou para o trabalho e disse que estava doente para ir comigo e ser a cinegrafista. Essa era uma coisa que eu não tinha valorizado ou entendido sobre Suzie antes de tudo isso. Ela estava sempre agressivamente triste.

No caminho até Huntington Beach, paramos para comprar carne e tomar raspadinhas azuis. Suzie estava com os pés descalços no painel enquanto ouvíamos as batidas de J Dilla, contraídas e tortuosas como nossos corações. Estávamos usando óculos escuros. Tinham feito *doxxing* comigo e perdi minha mãe e o cliente que compunha uma proporção impressionante da minha renda, mas eu também tinha vinte anos e estava dirigindo a cento e dez quilômetros por hora na rodovia, ligadona de açúcar e embutidos, prestes a gravar vídeos para o TikTok que esperava que me rendessem milhares e milhares de dólares.

— Obrigada por dizer no trabalho que está doente de novo — falei.

— Sobre isso — começou Suzie —, fui demitida.

— Ah, que merda, Suzie! Sinto muito!

— Eu só estava me perguntando se, tipo... — Suzie hesitou, claramente nervosa. — Se eu poderia ser paga pelas horas que trabalho nesses vídeos? Ou pelas horas que cuido de Bodhi?

— Claro — respondi quase que imediatamente.

De repente, pareceu obsceno que eu já não estivesse pagando a ela. Como eu não tinha notado que Suzie estava trabalhando quase tantas horas quanto eu, sem ganhar nada por isso, enquanto eu recebia milhares de dólares?

— A gente vai dar um jeito, tipo, eu não sei o que é justo, por hora ou algum tipo de porcentagem, mas a gente conversa com o Jinx quando voltar.

Suzie estava visivelmente eufórica, e isso era bom. Ela abaixou o vidro da janela, e eu aumentei o volume da música, feliz por não ter que falar, porque embora eu achasse que era a coisa certa a fazer, eu estava ficando excessivamente confortável em assumir compromissos financeiros que não tinha certeza se conseguiria honrar.

Os quatrocentos novos fãs que eu tinha conseguido com o vídeo da KikiPilot foram uma grande vantagem, mas ainda eram apenas cinco mil dólares, e ainda nem tinham sido transferidos para a minha conta bancária. Eu tinha pagado os dez mil de Ward, e sabe-se lá quanto mais eu teria que pagar se fosse para a justiça. Eu tinha mais dinheiro do que jamais tive na vida, mas de alguma forma nunca parecia ser o suficiente. Ainda assim, eu arrumaria uma maneira de pagar Suzie. Daria um jeito. A gente ia gravar novos vídeos e aproveitaria o impulso do que já tinha construído.

Quando chegamos à casa de KC e Rosa, tinha um cara deitado de boa no sofá, Cadela enrolada como um camarão peludo em seu colo. Ele era um cara branco extremamente alto e pálido que, quando sorria, revelava um enorme *grillz* dourado nos dentes.

— Esse é o Steve — apresentou KC, antes de se jogar de volta no sofá, deslizando a cabeça em seu colo ao lado de Cadela.

— E aí, beleza? — falou Steve, levantando um punho.

Relutante, dei um soquinho como cumprimento.

— A gente não ia gravar hoje?

— A gente ia gravar hoje? — perguntou KC. — Cara, estou tão chapada. A gente tomou uns cogumelos, tipo, a noite toda, não sei se consigo fazer essa parada agora.

— Tem que ser hoje — protestei. — Jinx está cuidando de Bodhi, tipo, tem que ser hoje.

Steve olhou para mim e sorriu novamente.

— A bebê aqui precisa de um cochilo, tá ligado?

Ele estava usando um boné do Dodgers e uma corrente grossa dourada, com um pingente dourado em forma de folha de maconha. Fui até a cozinha para encontrar Rosa, Suzie me seguindo.

— Qual é o problema daquele maconheiro idiota? — perguntei, baixando a voz.

Rosa tinha acabado de colocar café para fazer, e a cafeteira borbulhava e chiava.

— É, eu sei — disse ela. — Eles estão me deixando louca. Eles transam, tipo, oito vezes por dia, é nojento.

— A gente ainda vai gravar? — questionou Suzie.

— A gente tem que gravar alguma coisa! — repeti.

Não tínhamos conteúdo novo para postar, literalmente.

— Podemos gravar só você e eu? — perguntou Rosa.

— Tipo, eu escrevi pra nós três!

Sentei à mesa da cozinha e tentei pensar se conseguiria reescrever algumas das esquetes sem a participação de KC. Era difícil imaginar. A personagem de Rosa era ótima como um contraponto a KC, mas KC era quem gerava muito do conflito. Eu não tinha escrito um único roteiro que fosse só Rosa e eu, e estava percebendo que talvez houvesse uma razão para isso.

Rosa se sentou à mesa e colocou enormes canecas cor-de-rosa para nós. Ela gesticulou para Suzie se sentar.

— Não me leva a mal — disse Rosa —, mas estou pensando se isso não é um mal que veio para o bem, tipo, talvez seja uma chance de pensar em algumas ideias novas! Quando recebemos os roteiros dessa semana, eles eram meio sem graça, sabe?

— Sem graça?

— Tipo, todos eram algo que já fizemos antes, de alguma forma. Tipo, a Fantasma come uma parada ruim, KC e Rosa ficam exaltadas, elas tentam ensinar algo humano a ela, mas dá comicamente errado. — Ela passou os dedos pelo longo cabelo platinado como se fossem um ancinho. — Acho que a gente precisa de uma coisa fresca, nova.

Não sei como explicar ou justificar, ou me fazer parecer menos uma criançona, mas, quando ela disse isso, comecei a chorar.

— Desculpa — falei, cobrindo o rosto com as mãos.

— Querida, isso não é uma crítica a você! — explicou Rosa.

— Eu sei — reconheci, o rosto ainda escondido nas mãos.

Não importa quanto eu tentasse, não conseguia fazer meu queixo parar de tremer.

— Não esperamos que você seja um gênio do TikTok que nunca erra!

— Eu sei — repeti, e engoli em seco. Mas eu queria ser um gênio do TikTok mais do que tudo.

— Todas nós vamos tentar pensar em ideias — disse Rosa. — Não deveria ser só você o tempo todo.

— Tenho que fazer xixi — falei, levantando antes que ela pudesse dizer mais alguma coisa, correndo pelo corredor e me trancando no banheiro.

Havia uma camisinha usada flutuando no vaso sanitário. Abaixei a tampa e me sentei. Elas não queriam nem que eu escrevesse mais os roteiros. Eu não conseguia respirar. Todos sabiam. Até o maconheiro idiota deve ter lido o que mandei e dito: "Cara, isso é meio tosco!"

Todo mundo sempre soube, sempre viram algo em mim que não valia a pena investir. Era tão fácil para as pessoas me descartarem. Mark, Becca, minha antiga chefe Tessa. Minha própria mãe, que um dia deve ter me amado tanto quanto eu amava Bodhi — algumas fotos nuas, e eu estava fora da vida dela. E por que não deveria estar? Eu era uma mentirosa e uma prostituta. Eu tinha afastado literalmente todo mundo na minha vida, exceto meu pai ex-viciado e lutador profissional, que estava, tipo: "É isso aí, continua vendendo esses nudes!"

E JB. O precioso, neurótico, amante de Rocky Road JB, com seu colar de pérolas, sua juba selvagem e escura e com sua mãe amiga de balconista. "Não dá para ter tudo", ele disse. Mas ter tudo, às vezes, era a verdade, não? Eu não sabia dizer se estava tentando continuar mentindo para ele ou para mim mesma. De qualquer forma, eu tinha estragado tudo, e agora ele tinha ido embora.

Olhei para mim mesma no espelho, sendo dramática pra caramba, por exatos noventa segundos, mas então tive que assoar o nariz porque estava escorrendo meleca no meu lábio superior. Eu precisava fazer xixi, mas não suportava a ideia de uma tartaruga marinha morrer porque tentou comer a camisinha usada do maconheiro idiota, e para usar o vaso eu teria que retirá-la. Então decidi só fazer xixi quando chegássemos em casa. Só que, depois, outra pessoa ia dar descarga. No fim das contas, desisti, retirei a camisinha com a escova sanitária e fiz xixi.

Quando voltei para a cozinha, coloquei minha bolsa no ombro.

— Então, Suzie e eu vamos embora, e vou pensar em algumas ideias novas! — falei.

Eu sabia que minha voz tinha um som de felicidade forçada. Era o melhor que eu conseguia fazer.

— Querida, eu não queria te magoar — disse Rosa em um tom doce.

Às vezes, seu jeito meloso me incomodava.

— Eu sei que não — falei. — É importante receber um feedback construtivo como esse. Eu não quero postar um monte de vídeos ruins e estragar o que estamos construindo!

— É — disse Rosa. — Tudo bem.

— Eu te aviso — falei.

Suzie estava de pé e pronta ao meu lado.

— E eu vou tentar pensar em ideias também! — disse Rosa. — Não pode ser só você!

Tentei não vacilar.

— Por favor! — falei, pegando meus óculos de sol da bolsa e colocando-os.

E então Suzie e eu entramos no carro e voltamos para casa, o sal secando no meu rosto debaixo dos óculos escuros por causa do ar-condicionado do carro.

— Não sei se isso ajuda — disse Suzie após vinte minutos de silêncio. — Mas acho que consigo ser bastante objetiva nessa situação: cerca de oitenta por cento do que Rosa disse era pra se livrar da culpa delas e colocar em você, e talvez só vinte por cento porque os roteiros eram sem graça.

— Não — rebati, na defensiva. — Duvido que tenha sido isso.

— Sério — disse ela. — Eles eram bons. Talvez não inovadores a ponto de bombar, mas eram bons.

— Não achei que fossem *tão* ruins a ponto de ser melhor não ter vídeo *nenhum* do que ter *aqueles* — confessei.

— Teria sido muito melhor gravar os que você escreveu. Quer dizer, eles eram melhores do que noventa e nove por cento das merdas que são postadas lá. Eles só não eram, tipo, os melhores do mundo. Não eram impressionantes.

Assenti. Doeu, mas agora eu via que eram repetições de piadas que já tínhamos feito, dinâmicas que já tínhamos explorado.

— É difícil — disse Suzie. — Você botou o sarrafo lá em cima.

— Você é tão legal comigo — comentei, e depois suspirei, porque, para ser bem sincera, eu não tinha certeza se merecia que alguém fosse tão legal comigo.

Chegamos a tempo de Jinx e eu levarmos Bodhi para Gymboree juntos. Batemos palmas com as mãozinhas de Bodhi enquanto as moças sopravam bolhas em nós e deixavam cair lenços de seda para que flutuassem lindamente, e Bodhi gritou de alegria.

A tristeza da manhã não foi exatamente embora; ela secou em mim e se desfez aos poucos, me deixando coberta de pequenos flocos, como se eu tivesse comido um donut glaceado usando camisa preta. Isso era ser adulto. Estávamos todos atravessando o mundo assim, como aqueles golfinhos de rio que são cor-de-rosa apenas porque estão cobertos de cicatrizes.

CAPÍTULO DEZOITO

Margô e Jinx tinham feito um passeio especial para comprar uma roupa para ela usar na mediação e, no fim das contas, decidiram por um jeans largo estilo *boyfriend*, uma camisa de seda branca e um blazer preto extremamente elegante que custou cinco vezes mais do que Margô já havia gastado em uma única peça de roupa.

— Meu deus — disse Jinx quando a viu com ele na manhã da mediação, o cabelo preso em um coque, o rosto sem maquiagem, a não ser por um pouco de rímel.

— Está bom? — perguntou ela, dando uma voltinha.

— Perfeito — disse ele, com Bodhi no colo mastigando o bico da mamadeira como um cabrito faminto.

Ela beijou Bodhi e abraçou Jinx para se despedir, sentindo-se carregada de amor materno e pronta para arrasar.

Esse sentimento se dissipou no tribunal, onde demorou uma eternidade para encontrar uma vaga de estacionamento, o que quase a atrasou, e desapareceu completamente no momento em que pôs os olhos na mediadora: uma mulher mais velha com cabelos pretos crespos, usando um suéter marrom amassado, que falava tão devagar e hesitante que Margô presumiu se tratar de alguma condição médica. Ela estava usando brincos feios, pequenas formas prateadas muito manchadas. Margô se inclinou. Eram fadas? Em pequenos cogumelos?

Margô teria feito qualquer coisa para estar usando um cardigã surrado em vez do blazer preto. No que ela estava pensando? Ela deveria ter se vestido para transmitir simpatia, não poder!

— Estamos aqui hoje para tentar chegar a um acordo — disse a mediadora, Nadia era seu nome — sobre o que é melhor para o seu filho, Bodhi. Certo?

— Exatamente — respondeu Mark, assentindo.

Era estranho estar na mesma sala que ele, uma pequena sala de conferências claustrofóbica com uma mesa de madeira falsa arranhada. Ele tinha deixado o cabelo, castanho e ondulado, crescer até a altura do queixo. Combinava com ele e também revelava um tipo de mal-estar emocional. Ele disse um oi tímido para Margô quando ela entrou na sala. Desde então, evitava o olhar dela. Havia um filtro de água no canto atrás dele, do tipo com um reservatório grande. Margô viu que estava completamente seco.

— Vamos começar pedindo que cada um de vocês declare seus objetivos para essa mediação. Mark, gostaria de falar primeiro?

Margô estava feliz por Mark falar primeiro porque ela ainda não tinha ideia do que a mediação significava para ele. Seu palpite era que Elizabeth estava obrigando o filho a fazer isso, mesmo que reconhecer a paternidade significasse pagar pensão alimentícia. Por que Elizabeth iria querer que Mark fizesse isso?

— Meu objetivo — disse Mark, como se estivesse dando uma aula — é ter a guarda legal e física total de Bodhi por preocupação com a aptidão de Margô como mãe.

O calor subiu ao rosto de Margô. Ela suspeitava disso, mas ainda era perturbador ouvi-lo dizer.

— E por que você duvida da aptidão dela? — perguntou a mediadora. — Qual comportamento dela é preocupante para você?

— Três coisas — disse Mark, claramente tendo ensaiado isso. — Um, eu acredito que Margô esteja financeiramente vulnerável. Ela já recorreu a mim para obter fundos. Dois, ela está, no presente momento, morando com o pai, um ex-lutador profissional, um homem muito violento, que ameaçou minha vida e contra quem fui forçado a entrar com uma ordem de restrição. Não é um ambiente saudável para um bebê. E três, por causa de sua dificuldade financeira, é do meu conhecimento que Margô começou a fazer trabalho sexual, o que também não é um ambiente adequado para uma criança. Sinto que Bodhi estará mais seguro comigo.

Nadia piscou três vezes, como se esperasse que Mark continuasse. Quando ele não o fez, ela se virou para Margô.

— Você gostaria de nos contar seus objetivos?

— Minha preocupação... — começou Margô.

Ela estava tonta e tentando assimilar que Mark sabia sobre o OnlyFans. Ward e ela não tinham a intenção de esconder; ela apenas pensou que teria mais controle sobre como isso seria apresentado.

— Para esclarecer — recomeçou —, eu faço conteúdo para a internet que envolve certa nudez, mas...

— Pornô — interrompeu-a Mark. — Ela faz pornografia.

Por que a palavra inteira era tão mais nojenta?

— É erótico por natureza — explicou Margô —, embora, de novo, para esclarecer, eu não esteja fazendo sexo perante a câmera.

— Você está vendendo vídeos de alguma coisa! — argumentou Mark.

— Fico feliz em explicar o conteúdo dos vídeos — disse Margô para Nadia, tentando respirar, se acalmar.

Ward tinha dito a ela: "Fique dizendo que é trabalho, várias vezes. Meu trabalho. Ah, você está falando do meu trabalho? Sim, eu tenho um trabalho. Meu trabalho é muito..."

Nadia mantinha os olhos abertos sem piscar como uma tartaruga, esperando Margô continuar.

— Mark claramente tem um preconceito enorme contra meu trabalho, e a ideia de Bodhi morar com ele e a esposa, que sem dúvida deve ter sentimentos complicados... Não tenho objeção a Mark conhecer Bodhi ou estar em sua vida, mas, para mim, é difícil entender a demanda pela guarda total como nada além de uma tentativa de me punir pelo meu trabalho, sem dúvida estimulada pelo comportamento inapropriado do meu pai.

A mediadora estava de boca aberta, prestes, sem dúvida, a perguntar sobre o comportamento inapropriado, quando Mark falou:

— Na verdade, estou no meio de um divórcio, então, se eu ganhasse a guarda, o Bodhi moraria comigo no meu apartamento, não com minha esposa e filhos. Em relação a ser um "ambiente hostil".

Ela tinha que admitir, o divórcio a surpreendeu. Por mais mulherengo que Mark fosse, ele tinha uma devoção estranhamente firme à esposa, e Margô nunca teria previsto que ele a deixaria.

— Sinto muito, essa é uma informação nova para mim — disse Margô. — Então você também está passando por uma batalha pela guarda dos seus outros filhos?

Mark assentiu.

— Quer dizer, não é uma batalha. Mas, sim, estamos em mediação.

Sério, o que foi isso? Ele tinha conseguido uma promoção para pedir a guarda de todos os filhos com o advogado ou algo do tipo? Margô não conseguia conceber que ele estivesse falando sério. Mark queria um bebê? Sozinho em um apartamento?

— Nós ouvimos — disse Nadia, sua voz baixa e ainda assim estridente como uma dobradiça — os motivos pelos quais você não quer que Mark atinja os objetivos dele. Mas eu gostaria de saber o que você *quer* para Bodhi. Qual situação parental você acha que o beneficiaria mais?

— Ah, desculpa — disse Margô. Ela ficou tão abalada que não conseguiu nem mesmo responder à pergunta. — Acho que, por mais difícil que esteja sendo para Mark e para mim nos darmos bem agora, Bodhi ficaria melhor convivendo com o pai e com a mãe. Como ele está mamando, eu gostaria que ele ficasse sob minha guarda, mas ficaria feliz em dar ao Mark o direito de visita caso ele queira conviver com Bodhi.

Dar essa resposta acabou com ela. Margô conversou com Ward por quase uma hora sobre o que exatamente deveria pedir, e ele, por fim, a convenceu a aceitar essa concessão, prometendo que isso a faria parecer sensata e faria Mark parecer "um viciado em raiva, babaca e filhinho da mamãe".

Ela realmente passou a gostar de Ward.

— Há muitos meios-termos na visão de vocês dois — falou Nadia. — Vocês parecem concordar que Bodhi ficaria melhor com a mãe e com o pai. Isso é um progresso e tanto!

Margô não sentiu que era um progresso; ela sentiu que estava em desvantagem. Por que as posições deles estavam sendo equiparadas? Era para Mark parecer um babaca.

— Vamos entrar um pouco nos detalhes — anunciou Nadia. — Às vezes, vocês podem descobrir que há mais coisas para concordar do que pensavam. Então, Mark, digamos que você recebeu a guarda total. Como é sua agenda de trabalho? Quem cuidaria de Bodhi enquanto você estivesse trabalhando?

— Eu sou professor, então tenho bastante flexibilidade na minha agenda. Não seria um problema — respondeu Mark.

— Mas, quando você estivesse dando aula, quem cuidaria de Bodhi?

— Eu suponho que contrataria alguém... Não sei, uma babá. — Parecia que Mark realmente não tinha pensado nisso. — Ou, quero dizer, se Margô quisesse ficar com ele durante o dia, eu poderia deixá-lo com ela...

— A senhorita Millet não é uma creche, ela é a mãe da criança — apontou Nadia, e o coração de Margô se encheu de esperança.

Essa mediadora estava se revelando muito mais durona do que o esperado.

— Também me parece estranho — interveio Margô — que você esteja disposto a deixar Bodhi sob meus cuidados enquanto você está no trabalho, se acredita que eu sou uma mãe inadequada e que minha casa é um ambiente perigoso.

Nadia olhou com avidez para Mark, esperando que ele respondesse. Estava claro que Mark não sabia o que falar. Ele hesitou e disse:

— Você divide o apartamento, tipo, com quatro pessoas! Sinto muito, mas uma criança não deveria ser criada no que é essencialmente um dormitório de faculdade!

— E qual é exatamente sua situação em relação à moradia? — Nadia perguntou a Margô.

— Eu moro em um apartamento de quatro quartos com Bodhi, meu pai, e temos uma colega de apartamento chamada Suzie, que atualmente é aluna da Fullerton College. Não é um dormitório de faculdade. Fiz uma lista com as informações de contato deles aqui. — Ela abriu a pasta e deu uma folha de papel para Nadia. — Também trouxe meus extratos bancários. Achei que poderia ser útil, já que Mark parece tão preocupado com minha vulnerabilidade financeira.

Ela entregou a Nadia os extratos e uma cópia de duas declarações de imposto de renda. Ela os havia levado porque Ward insistiu, na época em que ainda esperava que o OnlyFans fosse algo que pudesse encobrir. Agora ela estava feliz por tê-los ali.

Nadia leu, suas sobrancelhas se erguendo cada vez mais enquanto absorvia os números.

— Margô — disse Nadia —, talvez seja um bom momento para você nos contar um pouco sobre sua agenda e equilíbrio entre vida pessoal e profissional?

— Há dois componentes no meu trabalho — começou Margô. — A filmagem de conteúdos e a publicação deles. Costumo filmá-los geralmente um ou dois dias por semana. As filmagens não são realizadas no meu apartamento, mas em outro local, e meu pai cuida de Bodhi durante o dia. No restante do tempo, apenas posto e respondo e-mails, um monte de coisas administrativas chatas, edito vídeos, esse tipo de coisa, e faço esse tipo de trabalho enquanto o Bodhi tira uma soneca.

— Então você diria que, na maioria dos dias, você cuida de Bodhi o dia inteiro?

— Sim — respondeu Margô.

Nadia mudou de assunto.

— Você pode nos contar um pouco sobre seu pai e o histórico de violência dele? Você está preocupada em tê-lo em sua casa?

Margô tentou sorrir.

— Ah, de maneira nenhuma. Meu pai é ator. Tenho certeza de que você sabe, talvez o Mark não perceba, mas luta livre profissional é encenação. Meu pai não é um cara durão, ele só interpretou um cara durão na TV. Até onde sei, ele nunca se envolveu em uma briga física de verdade na vida. É extremamente lamentável e inapropriado que ele tenha ligado para o Mark...

— E me ameaçado — completou ele.

Margô assentiu.

— E o ameaçado. Ele estava bravo com a forma como eu tinha sido tratada, com o abuso de poder. Dá para entender por que um pai se sentiria assim.

— Que abuso de poder exatamente? — quis saber Nadia, virando a cabeça e fazendo seus brincos de fada balançarem.

— Mark era meu professor na faculdade — respondeu Margô.

Margô não gostava de usar isso contra ele porque, em algum nível, parecia uma mentira. Ela era muito jovem e tola para entender no que estava se metendo, mas se meteu mesmo assim.

— Por favor, não finja que você é moralmente superior aqui — disse Mark.

— Só estou tentando dar a Nadia o contexto do motivo pelo qual meu pai ligou e gritou com você — explicou Margô. Mark achava que *ele* era moralmente superior? — Desculpe, posso perguntar uma coisa?

Nadia deu de ombros, como quem diz: "Claro."

— Mark, você realmente acredita que eu sou uma mãe inadequada?

Ela o encarou, tentando entendê-lo. Algo sobre isso simplesmente não estava certo. Ela pensou que ele estava fazendo isso para puni-la, que a ideia tinha sido de Elizabeth, que o próprio Mark ficaria envergonhado e desconfortável e talvez, no fim das contas, pudesse ser convencido. Agora ela não tinha tanta certeza.

— Cem por cento — disse Mark, encontrando o olhar dela.

As mãos dela tremiam, e Margô as escondeu debaixo da mesa.

— Por quê?

— Margô, você é uma criança. — Ele disse isso quase sendo gentil, implorando para que ela entendesse. — Você não tem dinheiro. Não tem nenhum plano. Você está fazendo pornô. Quero dizer, é isso que você quer? Sério?

— Sim! — exclamou Margô, a voz saindo um pouco esganiçada.

— Está vendo? — falou Mark, olhando de volta para Nadia. — Eu acho isso ainda mais preocupante. Você tem que entender, estamos falando de uma garota que nem tem idade legal para beber, sem ensino superior, sozinha, sem nenhum apoio financeiro real, tentando criar um bebê enquanto faz pornô.

Eu ter que explicar por que isso é um problema me parece loucura. É algo óbvio!

Nadia estava franzindo a testa.

— Vamos tentar redirecionar nossa conversa para o que é melhor para Bodhi. Parece que Mark está preocupado que esta vida não seja a melhor para *Margô*. Mas nossa preocupação é com Bodhi. Mark, você pode especificar os tipos de danos que teme que possam acontecer ao Bodhi sob os cuidados de Margô?

— Bem — disse ele —, e quando Bodhi crescer? E quando um dos amiguinhos dele encontrar sua conta e todo mundo na escola perceber que a mãe dele é uma estrela pornô? Eu sei que você acha que isso está muito distante, mas, como pai de crianças mais velhas, posso te dizer que passa muito rápido.

Margô nunca tinha pensado nessa questão e hesitou.

Mark continuou falando para Nadia:

— Isso vai afetar todos os aspectos da vida dela: os empregos que ela poderia conseguir se decidisse parar, os relacionamentos que vai conseguir ter. A maioria dos homens decentes simplesmente não consideraria, de maneira séria, ter uma parceira romântica que faça trabalho sexual, então isso significa que ela vai estar com homens desqualificados. Ela sem dúvida terá amigos que também fazem trabalho sexual, e eles frequentarão sua casa. Esse tipo de coisa é insidioso.

— O que é insidioso exatamente? — perguntou Margô, engolindo em seco.

Parte do que ele disse era verdade. Rosa e KC foram, de fato, na casa dela. Bodhi estava crescendo em uma casa cheia de profissionais do sexo. Era estranho que ela não achasse isso tão ruim?

— Vamos tentar focar o aqui e o agora — disse Nadia. — O que é melhor para Bodhi aos nove anos pode ser muito diferente do que é melhor para Bodhi quando bebê. Então, Mark, com o que você está preocupado atualmente em termos de bem-estar de Bodhi?

— Bem, quando você está fazendo trabalho sexual em casa, como você pode ter certeza de que os limites adequados estão em vigor? Ele pode ver conteúdo inapropriado, ele pode ver nudez, por exemplo — disse Mark.

— Este bebê literalmente saiu da minha vagina! — explodiu Margô. — Eu não tenho certeza se é do meu corpo que precisamos protegê-lo! Quer dizer, ele mama, Mark! Ele vê meus seios todos os dias.

— Bem, agora todo mundo também pode ver — retrucou Mark, os olhos focados nas mãos cruzadas na mesa.

A inconsistência lógica do argumento dele a fez querer estrangulá-lo. Ele deveria ser o inteligente; ele era professor universitário, pelo amor de Deus!

— E como isso prejudica Bodhi, outros homens verem fotos dos meus seios? Que mal real isso está fazendo a ele?

Nadia pigarreou. Ela se virou para Margô.

— Você prefere que eu os separe em salas diferentes e ouça seus argumentos assim?

— Ela é uma criança — Mark as interrompeu, como se finalmente tivesse encontrado as palavras que queria. — É só isso que estou dizendo. Não é pessoal, Margô. Eu diria isso sobre qualquer pessoa de vinte anos: você simplesmente não está pronta para criar um bebê. — Ele deu de ombros como se não houvesse nada que pudesse fazer sobre isso.

— Eu certamente tinha idade suficiente pra você me comer — disse Margô, as bochechas queimando.

— Isso é bem vulgar — falou Mark, balançando a cabeça como se estivesse decepcionado com ela. — Eu não imaginava que você chegaria tão baixo.

Margô quase riu, embora sentisse como se tivesse levado um soco no estômago.

— O restante desta reunião será realizada em duas salas separadas — informou Nadia, de pé. — Margô, você poderia vir comigo até o corredor para podermos realocá-la?

Praticamente nada de especial aconteceu depois disso. Nadia se sentou com Margô e fez mais perguntas: sobre o pediatra de Bodhi e se ele ia ao médico com regularidade, se Margô tinha um namorado. Todas foram fáceis de responder.

— Deixe-me perguntar, qual é o seu limite, sua melhor oferta, o maior compromisso que você assinaria hoje?

— Bodhi fica sob minha guarda física e legal. Mark pode ter direito a visitas, mas sem pernoites.

— Certo — disse Nadia, visivelmente desapontada. — Então, sem grandes concessões.

Margô sabia que Ward ficaria bravo com ela. Ela disse mesmo assim:

— Ele não precisa pagar pensão alimentícia.

Nadia ergueu as sobrancelhas.

— Nada?

— Nada.

Nadia parecia refletir.

— Tudo bem — disse ela, levantando-se. — Vale a pena tentar.

Elas concordaram que Nadia falaria com Mark e que Margô a esperaria voltar. Quando Nadia voltou, ela tinha um semblante preocupado, seus ombros frágeis curvados.

— Isso não serve para ele — relatou. — Infelizmente.

Ambas se sentaram à mesa por um momento, cansadas.

— Vamos a julgamento, então? — perguntou Margô.

Essa ideia a deixava enjoada. Mais de quarenta mil, disse Ward, e ela não tinha dinheiro. Ela nem tinha vídeos para postar. Para ser honesta, ela ainda estava tão brava com KC e Rosa que não havia escrito novos conteúdos. Ela via sua contagem de fãs cair lentamente, dia após dia, por falta de vagina. Descansou a testa na mesa da sala de conferências da maneira que mandavam os alunos colocarem a cabeça na mesa depois do recreio.

— Acho que, nesse caso, pode ser uma boa ideia manter a mediação um pouco mais, dar um tempo para os ânimos se acalmarem.

— Certo — disse Margô, sem levantar a cabeça. — Isso vai nos dar tempo para ouvir o depoimento dele, eu acho.

— Ah, ótimo — falou Nadia. — Então vai ser bom para todos.

Quarenta mil, pensou Margô.

— Foi um prazer conhecê-la — disse Nadia. — Vejo você em cerca de quatro semanas. Entrarei em contato para informar a data exata depois de falar com Mark.

— Foi um prazer conhecê-la também — falou Margô, levantando a cabeça da mesa e, de repente, se dando conta de como tinha sido inapropriado tê-la apoiado na mesa para começo de conversa. — Gostei dos seus brincos! — elogiou Margô.

Nadia já estava quase fora da sala. Ela se virou, tocando a orelha como se quisesse lembrar quais eram.

— Se cuide — disse Nadia, e então ela se foi, um mistério.

* * *

Margô chegou em casa e contou a Jinx e Suzie as novidades.

— Ward estava certíssimo, eles estão tratando o OnlyFans como um trabalho, cem por cento, a mediadora nem piscou, apesar de Mark ficar chamando de pornografia.

— Isso é um alívio e tanto — comentou Jinx. — Mas, nossa, me surpreende que isso tudo venha de Mark. Ele, tipo, já conheceu o Bodhi?

— Não! E ele nem pediu!

— Isso não faz sentido nenhum — concluiu Suzie.

— Sei lá... — disse Margô.

Mark poderia afirmar exatamente os mesmos fatos da vida dela, como ela fez — sua idade, o bebê, seu trabalho — e fazer parecer como se ela fosse uma figura trágica. A ideia de que ela poderia postar fotos nuas de si mesma e permanecer psicologicamente saudável parecia não ter ocorrido a ele.

Quando ela finalmente se cansou de reclamar (ela tinha feito uma extensa divagação sobre o cabelo longo de Mark e seu jeito taciturno de espiar por baixo dele), deu um banho em Bodhi e jogou um monte de brinquedos novos para ele, que gritou de alegria quando o arco-íris de borracha com pequenas criaturas do oceano balançou na água.

Mark a fez se sentir tão envergonhada naquela reunião, e ela só agora estava se livrando daquele sentimento. Era um verdadeiro mistério por que as pessoas achavam que sexo era tão sujo. Fomos programados geneticamente para fazer sexo; era necessário para a continuidade da espécie. E Margô gostava de sexo, pelo menos na vida real. Ela tinha pensado muito sobre isso nos últimos meses porque, às vezes, a maneira como os homens queriam sexo parecia patológica, e ela se perguntava se havia algo de errado com eles ou se talvez houvesse algo de errado com ela. O que ela mais gostava no sexo era aquela sensação de todas as posturas normais e regras sociais ruindo, o pânico vertiginoso de perceber que você perdeu o controle e não vai recuperá-lo. Em vez disso, você está apenas se contorcendo, impotente, vítima de uma coceira ancestral.

E então acaba, e um de vocês se levanta para ir ao banheiro e veste a roupa de baixo, e você tem a horrível sensação de estar caindo de volta no mundo, para linguagem e relógios e calendários, para quem você está fingindo ser e quem eles estão fingindo ser, e já era, acabou.

Mas ela achava que nenhum de seus fãs estava tentando obter tal coisa quando pagavam os treze dólares. Ela não sabia exatamente o que eles estavam ganhando com isso. Se tivesse que adivinhar, achava que eles tinham a esperança de possuí-la como uma carta de Pokémon. Essa pequena mulher eletrônica que vivia no celular, a quem podiam obrigar a olhar para o pau deles e que respondia com adoráveis mensagens temáticas. Eles queriam que ela fosse real, mas apenas para que fosse mais divertido mantê-la em uma pequena gaiola.

E era verdade que essa ideia, de ser a pequena mulher no celular deles, a enojava. Não era o caso de que ela estivesse disposta a defender o OnlyFans como uma atividade moralmente incontestável. Mas ela estava cansada de fingir que todos os Kennys do mundo estavam certos. Ela não era podre! Ela não era um lixo — nenhum ser humano era um lixo. Jesus disse isso. Jesus, que se relacionava com leprosos e prostitutas.

Além disso, ela adorava criar conteúdo: o frenesi maníaco de sonhar com um novo conceito, escrever e filmar, ver as reações on-line. E, às vezes, ela não se imaginava pequena, ela se imaginava gigantesca, uma mulher do tamanho do Empire State Building, espalhando leite materno por toda Manhattan.

O importante, pensou Margô, era controlar a narrativa. Maria não se preocupou que ter sido estuprada a tornasse menos digna de se casar com José, e ela não se preocupou com o fato de estar mentindo. O que ela fez foi colocar o dedo em uma balança que percebia ser claramente manipulada contra ela. Se tivesse dito a verdade, teria sido morta. Então Maria contou uma mentira linda, áurea, e se tornou a mulher mais reverenciada da Terra.

Bodhi enfiou um tubarão cor-de-rosa na boca. Margô pensou no que Rosa havia dito, sobre o flop tornar os comediantes de stand-up livres, sem as amarras de apenas dizer coisas que o público gostaria de ouvir. Imaginou um estádio de pessoas ao redor dela, vaiando, odiando ela, cuspindo nela, dizendo que ela iria para o inferno. Mark, Shyanne e Kenneth. Ela imaginou aquela cantora da igreja dele, Annie, de olhos arregalados enquanto atirava uma pedra. Todo mundo adorava colocar uma vagabunda no lugar dela.

Você poderia ser como Shyanne e usar um velho cardigã surrado e tentar conquistar a compreensão dos outros, ou você poderia ficar ali, desafiadora, como Maria, e alegar ter sido tocada por Deus.

Mas o dinheiro — era muito dinheiro, e ela teria que ganhar rápido. Ela não podia contar exatamente com outro vídeo da KikiPilot. Ela observou Bodhi mastigando o pequeno tubarão cor-de-rosa.

De repente, Margô percebeu que sabia exatamente o que fazer.

* * *

Close no rosto de Margô. Ela está usando óculos de nerd e está muito concentrada, com a língua no canto da boca. Corta para uma tomada aérea de sua mesa, cheia de ferramentas e componentes eletrônicos. No centro está Rigoberto. Ela está parafusando o painel da bateria de volta, como se tivesse terminado de alterá-lo de alguma forma.

Close de Rigoberto enquanto a luz de "ligado" começa a piscar e brilhar.

— Finalmente, posso falar com você com mais precisão — diz Rigoberto em uma voz feminina robótica não muito diferente da de Siri.

Margô a fez no AIVoiceOver. Rigoberto ter uma voz feminina a agradou por algum motivo.

— Ah, Rigoberto! — exclama Margô, abraçando o Roomba.

— Não toca em mim, sua puta idiota — diz ele.

Margô o joga de volta na mesa.

— As coisas vão mudar por aqui — avisa Rigoberto.

— O que você quer dizer? — pergunta Margô, usando toda sua ingenuidade de alienígena cuidadosamente aprimorada.

— Fica parada — ordena Rigoberto.

Uma tela preta com as palavras: *Duas horas depois*.

Margô está se examinando no espelho. Ela usou uma das lentes de contato de Suzie para deixar um de seus olhos vermelho-sangue. Ela levanta o cabelo para analisar um pequeno painel de plástico parafusado em sua cabeça. Era a parte traseira do monitor de pressão arterial do pai dela colada com cola quente em um grampo de cabelo, mas estava muito bom.

— Agora você vai fazer tudo que eu disser, e eu te controlo completamente — diz Rigoberto.

Daquele ponto em diante no vídeo, Rigoberto a manda fazer várias coisas, que começam ridículas — "Faz a dança Orange Justice nua", "Chupa esta chave de fenda", "Diz 'Robôs são gostosos'" — e vão ficando cada vez mais sexuais, culminando em Margô se masturbando conforme as instruções precisas e exigentes de Rigoberto.

Quando Margô terminou de editar, o vídeo tinha quatro minutos de duração. Ela achou bom, talvez até sexy de um jeito ridículo. Se ela perdesse um emprego ou fosse expulsa da faculdade por causa deste vídeo algum dia, poderia se sentir muito bem, pensou. Se Becca postasse isso no Facebook, Margô poderia até ficar um pouco orgulhosa. O vídeo tinha o seu estilo. Ela estava sendo ela mesma, e, sim, aquela era sua vagina, e era tudo a parte de um todo.

Ela decidiu que, como havia passado quase três dias criando e editando, deveria cobrar pelo menos vinte e cinco dólares por ele.

Usou algumas das filmagens com Rigoberto para fazer clipes sem restrição de idade para o TikTok, a única solução que conseguiu inventar para lidar com a situação complicada em que havia se metido, parecida com uma enrascada no estilo da Amelia Bedelia. Controlada por Rigoberto, a Fantasma se tornaria uma verdadeira *heel* maligna e faria coisas terríveis e cômicas com Rosa e KC. Mais tarde, KC e Rosa poderiam fazer um plano para incapacitá-la de alguma forma, desparafusar o painel e torná-la normal de novo, embora, é claro, ela seria uma versão completamente nova de Fantasma, nem a velha Fantasma ingênua, nem a Fantasma robô maligno, mas uma Fantasma mais complexa, cheia de nuances e humana.

Uma hora depois de postar o vídeo de Rigoberto, quinhentos fãs o compraram. Margô ficou chocada. Jinx ficou chocado. Suzie ficou chocada. Os comentários em sua página eram raivosos, extasiados; as pessoas adoraram.

— Queria muito poder ver o que é — disse Jinx. — O que você fez?

— Assim, acho melhor não...

— Não! Não estou pedindo permissão para assistir. Eu me recuso terminantemente a assistir.

— É só o Rigoberto dominando o meu corpo.

— É o quê?! — Jinx riu alto. — Ah, Margô. Margô!

— O quê?

— Você me encanta.

— Então, de que jeito o Roomba domina o seu corpo exatamente? — perguntou Suzie.

Margô não respondeu. Ela não conseguia parar de atualizar a página de ganhos para ver o total, de novo e de novo. Ela tinha ganhado mais de doze mil em uma hora. Bem, o OnlyFans pegaria sua parte, e Jinx lembrava-a de separar mentalmente trinta por cento para os impostos, que tinham se tornado uma realidade esmagadora com o pagamento trimestral.

Margô nunca teria imaginado que amava tanto o dinheiro. Na verdade, nos filmes, programas de TV e livros que lia, era possível dizer se um personagem era o vilão pelo quanto ele se importava com dinheiro. E, como ela queria ser boazinha, ela sempre teve o cuidado de não se importar muito com isso. Agora ela se perguntava se todos aqueles filmes da Disney eram apenas propaganda para manter os pobres contentes com sua sina. *Podemos ser pobres, mas somos o sal da terra, sabemos o que realmente importa. Os ricos são pervertidos por sua riqueza hedionda — ora, olhe para aquela Cruella Cruel!* Mas, bom ou mau, cada dólar era poder. Poder de contratar um advogado, poder de controlar como ela gastava seu tempo, poder de mudar sua aparência, poder de impor respeito. Poder de ser quem ela queria ser.

Ela tinha contabilizado tudo em uma planilha do Excel, todo o dinheiro que JB já havia enviado a ela. O total era mais de cinco mil. Ela queria enviar tudo de volta, algum tipo de gesto grandioso, mas estava com muito medo de ter que enfrentar um processo e precisar de cada centavo que tinha acabado de ganhar, então escreveu uma mensagem para ele:

Quando eu te disse que meu nome era Suzie, eu sabia que era um erro. Uma mentira diferente das outras mentiras que eu tinha contado. Se antes estávamos num jogo, de repente eu estava te enganando mesmo. E eu queria. Queria esse limite, estar no controle dele. Parecia impossível deixar isso de lado. Não há muitos estereótipos sobre como ser uma "boa" trabalhadora do sexo, e eu acho que o estereótipo a que me agarrei, o único que eu entendia, foi sempre garantir que eu estava no controle desses limites. Não sei se você consegue entender isso, mas ter um filho aumenta esse sentimento de proteção. Não vou te dizer que eu queria poder voltar no tempo e responder de forma diferente. Não tenho certeza se poderia ter feito isso, ou mesmo se deveria. Foi um erro que talvez eu tivesse que cometer, sempre cometeria, não importa quantas vezes eu tentasse.

    Naquela mesma troca de mensagens em que eu te disse que meu nome era Suzie, eu também te disse para parar de me pagar. E isso não foi um erro. E queria que você soubesse que eu não estava escrevendo só pra ganhar dinheiro. Eu estava escrevendo pra você porque eu queria. E estou feliz por ter tido sensatez suficiente para deixar isso claro. Pra mim, o bom e o ruim, eles sempre parecem estar emaranhados.

    JB, você disse que eu não posso ter tudo, mas por que não? Por que autenticidade e encenação não podem coexistir? Não estamos todos sempre encenando? Não estou tentando me desculpar ou justificar qualquer coisa, acho que não preciso. Você mesmo disse, você estava me pagando para mentir pra você. Mas não suporto a ideia de você pensar que era um idiota por gostar disso. Eu achava lindo o que estávamos fazendo. Escrever pra você era de longe a melhor parte do meu dia. Percebo que talvez não seja possível construir um relacionamento real a partir disso, mas com certeza dá para construir um relacionamento imaginário, e acho que o que construímos foi um castelo na droga do céu.

Atenciosamente,

Margô Jelly Bean Fantasma

(Esse é meu nome completo, meu nome verdadeiro.)

CAPÍTULO DEZENOVE

Ward me ligou às dez da noite.

— Por que você está trabalhando até tão tarde? — perguntei.

— Não consigo tirar você da cabeça — respondeu ele.

Eu ri como uma ovelha balindo.

— Não, sério — disse ele. — Acabei de receber um e-mail do advogado do Mark. Queria te avisar pra você pensar e eu poder ouvir sua opinião de manhã. Não sei se isso foi um resultado direto da sessão de mediação ou de termos solicitado o depoimento, mas eles estão pedindo uma avaliação psicológica.

— Uma o quê?

— Você contrata um psicólogo para fazer uma avaliação completa. Eles entrevistam você, entrevistam pessoas da sua convivência, observam você e o Bodhi juntos.

— Meu deus — falei. — Você acha que ele está fazendo uma retaliação porque não quer dar o depoimento? Tipo, me fazendo provar do próprio veneno?

— Talvez sim, talvez não — respondeu Ward. — Eles também estipularam que, se os resultados da avaliação psicológica forem bons e o avaliador achar que você é uma boa mãe, deixarão você manter a custódia legal e física completa com apenas visitas semanais.

— Ah. Bem, isso pode ser bom!

— Pode ser. Eles estipularam que você teria que pagar pela avaliação; meio a meio é mais comum. É uma atitude babaca.

— Quanto?

— Algo entre cinco e dez mil — disse Ward.

Ouvi o som fraco e efervescente do gelo em um copo. Eu me perguntei se ele ainda estava em seu escritório estéril bem iluminado ou se estava em casa, em uma sala de estar escura, talvez com a TV ligada, mas sem som.

— É mais barato do que um processo — comentei, embora eu me perguntasse como as pessoas que não estavam vendendo nudes na internet pagavam por esse tipo de coisa. Ou talvez não pagassem. Talvez as pessoas simplesmente... perdessem os filhos.

— Com certeza é mais barato. E você pode acabar tendo que fazer uma avaliação durante um processo, de qualquer maneira. É só que... Margô, eles vão entrar na sua vida. Vai ser invasivo. Não sei se você está pronta para isso.

— Invasivo como?

— Eles vão querer que você faça o MMPI-2, que é um teste de personalidade, com mais de quinhentas perguntas. Vão entrevistar você, entrevistar o Jinx, fazer todo tipo de pergunta. Vão querer ir na sua casa, observar você e Bodhi juntos.

— Bem, nada disso parece ser um problema — falei.

— Não tem nenhum segredo que eles possam desenterrar? — perguntou ele. — Não vai ser um problema se um avaliador aparecer aí? Quer dizer, eu nunca vi sua casa. Só estou dizendo que talvez seja bom ter empregadas ou algo assim.

— Ah, não, meu pai é obcecado por limpeza. Nossa casa é limpíssima. Está tudo bem. E não tenho medo do teste psicológico. Posso estar bem iludida, mas acho que sou relativamente normal.

— Tudo bem — falou Ward. — Bem, pensa sobre isso durante a noite.

Eu disse a ele que pensaria, embora estivesse eufórica. A música-tema do desenho animado *Caillou* estava presa na minha cabeça mais cedo, e eu odiava essa música, mas a cantalorei com a voz melosa e suave enquanto lavava o rosto, passava fio dental e escovava os dentes; fui ver Bodhi em seu berço e desabei na cama. *Eu tenho só quatro anos, todo dia crescendo!* Eu ia arrasar nessa porra de avaliação psicológica.

Leitor, eu não sabia dizer, de modo algum, se eu tinha gabaritado aquela avaliação psicológica ou se tinha levado bomba. Foi tão estranho que eu não conseguia acreditar que era um teste real.

A avaliação psicológica foi meu primeiro encontro com a psicóloga que Mark tinha escolhido. O tribunal nos deu uma lista com dez nomes. Ward me fez eliminar cinco — eu risquei a maioria dos homens —, e então Mark e Larry, o advogado, escolheram a pessoa final. O nome dela era Clare Sharp.

A dra. Clare Sharp tinha cabelos castanhos, era um pouco gorda, bonita e confiante. Ela estava usando um blazer num tom vibrante de azul sobre uma camiseta preta e brincos de pérola. Gostei dela de cara. Nós nos encontramos em seu escritório, ela explicou o teste, depois me deixou sozinha para fazê-lo, entrando de vez em quando para ver se eu precisava de alguma coisa. O escritório era pequeno e meio acabado, mas chique como uma foto no Pinterest. Ela tinha uma daquelas coisas estranhas de lã tecida na parede e almofadas kilim.

A primeira pergunta na avaliação psicológica foi: *Eu gosto de revistas de mecânica. V/F.*

Não era o caso de eu não saber responder; eu estava confusa sobre o que essa pergunta poderia estar tentando descobrir. Era algum tipo de armadilha? A próxima: *Eu tenho um bom apetite. V/F.* Novamente, era muito claro que eu responderia verdadeiro, mas, quanto ao propósito da pergunta, eu não tinha ideia.

Algumas das perguntas eram óbvias. A número 24 era: *Espíritos malignos me possuem às vezes. V/F.* Difícil imaginar quem estaria mal o suficiente para marcar V nessa.

Outras perguntas eram mais difíceis de saber como responder. *Alguém tem rancor de mim. V/F.* A minha melhor amiga tinha acabado de fazer *doxxing* comigo; de certo modo, pareceria mais louco colocar *F*, mas coloquei *V*, supondo que essa fosse uma pergunta criada para eliminar paranoia, independentemente de quão justificada ela pudesse ser. O mesmo com: *Prefiro ignorar amigos da escola, ou pessoas que conheço, mas que não vejo há muito tempo, a menos que falem comigo primeiro.* O mesmo com: *Nunca tive problemas por causa do meu comportamento sexual.*

Muitas vezes sinto como se tivesse feito algo errado ou ruim.

Minha família não gosta do trabalho que escolhi.

Acredito que as mulheres devam ter tanta liberdade sexual quanto os homens.

Qualquer um que seja capaz e esteja disposto a trabalhar com afinco tem uma boa chance de ter sucesso.

Eu choro com facilidade.

Já senti que as dificuldades estavam se acumulando tanto que eu não conseguiria superá-las.

Ward me deu apenas um conselho sobre o teste: dizer a verdade.

— Não escolha apenas as respostas não loucas. Todo mundo é um pouco louco, e eles têm coisas lá para ver se você está mentindo.

Mas foi assustador dizer a verdade. Eu chorava com facilidade! Decidi que não sentia que tinha feito algo errado ou ruim *na maior parte do tempo*. Na verdade, eu me senti desse jeito apenas na igreja de Kenny ou quando estava brigando com Shyanne. De resto, praticamente não me sentia má.

Terminei o teste e esmaguei a pequena garrafa de água Poland Spring em temperatura ambiente que a dra. Sharp tinha me dado. Era estranho que eles pudessem dizer quem era louco. Como Kenny responderia às perguntas deste teste? Ele obviamente escolheria *F* para *Eu acredito que as mulheres devem ter tanta liberdade sexual quanto os homens.*

Mas eu respondi falso para muitas perguntas que eu sabia que ele iria responder verdadeiro:

Eu acredito na vida após a morte.
Eu nunca me entreguei a práticas sexuais incomuns.
Eu não sonho acordado com frequência.
Eu gostaria de pertencer a vários clubes.
Eu me inspirei em um programa de vida baseado no dever e que eu tenho, desde então, seguido com afinco.

Era difícil não sentir que o teste tinha sido feito para ele, projetado com Kenneth sendo o modelo de saúde mental. E se o Kenny era o que chamam de normal, talvez eu não fosse. Quer dizer, era ele quem acreditava em seres invisíveis controlando todos os aspectos de nossas vidas. Eu ficava dizendo a mim mesma que não era possível. A dra. Sharp tinha vários diplomas. Ela não usaria um teste em que a resposta "certa" fosse que as mulheres não deveriam ter tanta liberdade sexual quanto os homens, usaria?

Quando voltou, a dra. Sharp parecia tão normal e tranquila quanto antes.

— Então, quando você vem para a entrevista? Na próxima terça-feira?

Fiz que sim com a cabeça.

— E obrigada pela página com os contatos e todo esse pequeno dossiê — disse ela, segurando a pasta que eu tinha entregado.

Isso me fez pensar nos alunos reclamando, na aula de literatura do último ano, sobre o trabalho grande que tivemos que escrever para o projeto final, com uma página de rosto e índice, choramingando sobre como nunca precisaríamos fazer isso na vida real. *Adivinha, Seth! Você tem que escrever um maldito relatório para ficar com o seu filho!*

* * *

No dia seguinte, tentei não pensar na avaliação psicológica. Tínhamos vídeos para gravar. Rosa e KC ficaram obcecadas pelos novos roteiros. Suzie também pegou para ler. Ela veio até o meu quarto, balançando as páginas impressas na minha direção.

— Isso aqui — disse ela —, isso é outro patamar.

Quando transformei a Fantasma em *heel*, tive quase quinze ideias em menos de vinte e quatro horas. A natureza alienígena de Fantasma ainda funcionava de um jeito tipo a personagem Amelia Bedelia, talvez até melhor, agora que ela era má. Em um esquete, a Fantasma borrifa desinfetante na bunda de KC e diz:

— Desculpe, dizia para borrifar em superfícies planas.

Eu estava praticando e desenvolvi um sorriso assustador com olhos focados no nada, fortemente baseado na maneira como minha mãe se olhava no espelho.

Mas foram as pegadinhas com comida que realmente me interessaram. Fantasma faz Rosa e KC comerem picolés que ela fez com pasta de dente azul em moldes. Ela dá às garotas fatias de maçã que esfregou em pimenta jalapeño.

Eu tive essas ideias me lembrando de Tessa, que deu terra e creme de barbear para o menino da salada comer. Ele passou a noite toda vomitando no banheiro, e todos riram. Em retrospectiva, parecia que Tessa o tinha envenenado de verdade. Ele não poderia ter ido à polícia? Havia uma sugestão sutil de maldade real ali, e isso me intrigou. Bruxas más nas florestas que faziam casas com doces para atrair crianças. Maçãs encantadas e envenenadas. Era muito antiga, nossa sensação de que comida, a coisa de que mais precisávamos para permanecer vivos, poderia ser usada contra nós. Eu queria usar isso com Fantasma, para torná-la uma *heel* verdadeiramente inesquecível. Eu até coloquei o maconheiro idiota no roteiro. Fantasma o alimenta com um burrito cheio de Viagra amassado, e ele fica com uma ereção por trinta e seis horas. Eu argumentei que deveríamos fazer isso pra valer, assim ele iria ao pronto-socorro e nós filmaríamos, mas KC vetou.

Eu me perguntei sobre a expressão "Fantasma Faminto" quando Mark escreveu aquele poema. O que ele quis dizer com isso? Como fantasmas podem estar com fome? Mas fazia todo o sentido para mim agora: o desejo pela comida que você não podia mais comer. A lembrança de ter um corpo. As pessoas estavam constantemente dando comida a fantasmas, oferendas de caquis e laranjas, *pan de muerto* no Dia dos Mortos; até o Halloween tinha tudo a ver com os doces. O que os mortos queriam, acima de tudo, era comer, encher a boca, sentir as calorias inundarem a corrente sanguínea, para fazer parte disso mais uma vez: a vida. Vida sangrenta, contorcida, pulsante e faminta.

Filmamos o dia todo e jantamos cedo/almoçamos tarde. Rosa e eu compramos comida no Yoshinoya e comemos na sacada, enquanto Suzie, KC e o maconheiro idiota foram até o outro lado da rua comer no Chipotle. Jinx disse que não se sentia bem o suficiente para vir, então Bodhi estava no meu colo, o que tornava a alimentação um desafio. Ele ficou tentando enfiar as mãozinhas na minha tigela de arroz.

— Posso te perguntar uma coisa? — disse Rosa.

— Claro.

— Por que você não... Tipo, por que você decidiu tê-lo? Quando descobriu que estava grávida.

Refleti sobre a pergunta, mastigando lentamente os pequenos grãos perfeitos do arroz.

— Acho que só fui burra.

Rosa riu.

— Achei que talvez você fosse religiosa ou algo assim.

— Não — falei. — Mas, assim, quer dizer, na época, eu senti um conflito moral real. Mas não há nada como ter um bebê para fazer você ser totalmente a favor da legalização do aborto!

— Mas por quê? É tão óbvio que você ama o Bodhi, e você é uma ótima mãe.

— Não, não — disparei. — Não é isso. Eu faria tudo de novo. Mas, tipo, eu não sabia que poderia morrer ao parir um bebê, ou, sabe, ser dilacerada. Meio que é inevitável. Lá embaixo. Aí, pelo resto da vida, quando você espirra, você faz um pouco de xixi. Algumas mulheres ficam muito mais dilaceradas e acabam não conseguindo controlar o cocô o tempo todo. Gravidez muda seu corpo de maneiras irreversíveis. Um dos meus seios agora é maior que o outro.

— Bem, é — falou Rosa. — Tipo, é claro que vai mudar seu corpo.

— Não vem me dizer que, se fosse com os homens e uma decisão fizesse o pênis deles se abrir e eles não conseguissem segurar o xixi pelo resto da vida, eles não pensariam que isso devia ser uma decisão deles.

Rosa bufou enquanto bebia sua Coca Zero.

— Sim, isso é bem difícil de imaginar.

— Eles iam dizer: "Olha, é do meu pênis que estamos falando aqui!"

Bodhi estava ficando obcecado em tocar na minha comida, então me levantei e fiquei balançando ele.

— E eu não entendia como o mundo não está preparado para as mulheres terem filhos. Todo o sistema de assistência à infância é inviável. Tipo, sua vida fica arruinada. Você não pode escolher isso por outra pessoa. Ninguém deveria poder *obrigar* alguém a fazer isso.

— É — concordou Rosa, um pouco melancólica. — Então, você acha que não estaria fazendo isso se não tivesse tido um filho?

— OnlyFans? Tipo, não era o plano principal! Mas também não parece que era seu plano principal, certo? Quer dizer, você estava estudando física.

— Verdade — confirmou Rosa.

— Já pensou em voltar? — perguntei.

— Na verdade, não.

— Por que você largou a pós-graduação mesmo?

Sempre imaginei que ela tinha ficado sem dinheiro.

Rosa sorriu de um jeito engraçado.

— Bem, eu comecei meu OnlyFans, tipo, no segundo ano. Para ganhar dinheiro. O que foi meio que perfeito, porque eu podia fazer meu próprio horário. Comentei sobre isso com uma garota da faculdade, e ela contou pra todo mundo, e isso virou uma coisa muito, muito grande por algum motivo. E eles me pediram para sair do curso.

— Eles *o quê*? Como eles fizeram isso legalmente?!

— Bem, eles não podiam, eu não fui expulsa. Eu tentei procurar meu orientador para descobrir o que fazer porque a situação estava meio que saindo do controle. Um cara em particular se ofendeu por algum motivo e escreveu um e-mail me denunciando pra todo o departamento, perguntando se aqueles eram os valores que o departamento tinha, "este deveria ser um espaço sagrado para a ciência" e blá-blá-blá. E meu orientador ficou, tipo: "Eu não sei o que você deveria fazer. Talvez sair?" Aí eu saí.

— Ah, Rosa. Isso me deixa com tanta raiva! Todo dia, eu fico, tipo, o mundo é complexo e maravilhoso, tudo é tão cheio de nuances, aí eu ligo o computador e é, tipo: "Olha meu pau, olha meu pau, pau, pau, pau, pau!"

Todos os dias, no meu celular, no meu computador, eles estavam sempre lá. Comecei a pensar nos meus fãs como um jardim de pequenos vermes, como o jardim de almas perdidas da Úrsula, a bruxa do mar, mas com paus. E todos eles diziam a mesma coisa, todos eles abriam suas boquinhas famintas de pênis para pedir mais. Mais vagina, mais sensualidade, "fala comigo", "me mostra", "goza pra mim". A necessidade deles era colossal, parecia impossível que pudesse ser satisfeita, muito menos por fotos da minha pequena vagina estranha. E, ainda assim, era a realidade. Eles amavam aquele vídeo bobo do Rigoberto. Eu tinha planos de fazer outro onde eu me masturbava com um secador de cabelo Dyson, só que, na verdade, isso era só uma desculpa para comprar um. Isso me fazia odiar e amar meus fãs. Eu precisava deles desesperadamente, e ainda assim desejava que todos eles sumissem, mesmo que apenas por um dia, para eu poder respirar, pensar e ser uma pessoa.

— Não, eu sei bem o que você quer dizer — disse Rosa. — A questão sobre homens tarados é que, sim, eles são irritantes. É fácil odiá-los. Mas, no fim das contas, homens tarados são pessoas. E eles estão necessitados, e estão sofrendo, ou estão fixados em alguma coisa, e eles merecem toda a gentileza que pudermos oferecer. Essa é mais ou menos a minha opinião.

— Você é uma santa — falei.

Mas, de certa forma, isso partiu meu coração. Pensar em todos aqueles paus pertencendo a pessoas reais. Pensar na doce Rosa, expulsa da pós-graduação, tentando ser gentil com eles.

Naquele momento, KC e Suzie voltaram, bateram à porta de correr de vidro para chamar nossa atenção, esmagaram as bocas abertas nela e sopraram, inchando as bochechas.

Tínhamos mais um vídeo para gravar, um concurso de quem come mais entre mim e Rigoberto. Mostraríamos Rosa enchendo dois pratos de papel com creme de barbear (trocando o meu por chantili fora da câmera), então Rigoberto e eu faríamos uma competição de quem conseguiria comer mais rápido. Eu não tinha a menor ideia de como essa parte seria. Presumi que Rigoberto acabaria comigo, mas eu daria tudo de mim. Meio a contragosto, Rosa e eu deixamos nosso cantinho na varanda, o anoitecer começando a nos envolver, e entramos.

Coloquei um biquíni vermelho e assumi minha posição na lona.

Na segunda-feira à noite, recebi uma mensagem de JB.

Eu estava pensando. Quando você se apaixona por um livro, é pelo personagem ou pelo autor que está se apaixonando?

FantasmaFaminta: Tipo, acho que pelos dois?

JB: E apenas um deles é real.

Verdade, admiti.

JB: E o falso é o único que você conhece de verdade. Mas você pode meio que sentir o autor ali, abaixo da superfície do mundo falso que você está habitando. A imaginação dele é a água onde você está nadando, o ar que você está respirando. Ele criou cada mesa e cada cadeira e cada pessoa em todo o livro.

Eu não conseguia respirar.

JB: Só estou dizendo, mesmo que tudo o que você me escreveu fosse uma mentira (e eu sei, nem TUDO era mentira, mas mesmo que fosse!), então, em algum sentido, eu ainda te conheceria, pelo menos tão bem quanto sinto que conheço Neal Stephenson ou William Gibson ou qualquer outro autor, e honestamente, sinto que os conheço melhor do que conheço qualquer pessoa no mundo. Entende o que quero dizer?

Eu sabia exatamente o que ele queria dizer, mas talvez por causa da briga com Mark pela guarda, ou por tudo em relação ao meu pai, a realidade não parecia tão trivial quanto antes.

Mas a questão é que um livro não é um relacionamento. Existem barreiras inerentes que impedem o leitor de conhecer o autor. O fim do livro é como um abismo separando você dele. E nós não temos isso. Podemos continuar confundindo o que é falso com o que é real entre nós, como pessoas comendo frutas de cera e se perguntando por que o gosto é ruim. Tipo, existe escrever esses e-mails um para o outro e existe tentar pra valer, sabe, namorar. Se é isso que você está sugerindo.

Seria presunçoso chamar isso de namoro? Ele nunca disse que queria namorar comigo. Mas do que mais poderíamos estar falando aqui? Eu queria que ele fosse meu namorado? Quando fiz essa pergunta a mim mesma, descobri que queria muito, muito mesmo.

JB: Podemos trocar de modalidade? Posso te ligar?

Meu telefone vibrou segundos depois que digitei sim.

— Acho que eu devia pegar um avião até aí — disse ele.

— Uau, o quê? Sério?

— Por que não? Eu poderia pegar um voo pelo mesmo preço que eu costumava pagar pra você responder três perguntas.

— Isso é meio perturbador — pontuei.

Meu coração estava acelerado, e não estava claro se eu estava em pânico ou animada. Eu tinha certeza de que eram as duas coisas.

— Só no fim de semana. E eu posso conhecer seu filho e podemos só... ver no que dá.

Merda, eu ia ter que contar para Jinx. Merda!

— Tudo bem — concordei.

— Tudo bem? Então, para qual aeroporto eu tenho que ir?

Jesus Cristo, eu ia mesmo fazer isso? E então eu disse a ele que fosse para Long Beach ou Ontário, Aeroporto Internacional de Los Angeles como último recurso, eufórica como uma criança no Natal.

CAPÍTULO VINTE

Na manhã seguinte, Margô foi ao consultório da dra. Sharp para sua entrevista. A visita de observação domiciliar seria em algumas semanas e, embora nervosa, Margô estava otimista. Ela se sentou no sofá da dra. Sharp, o kilim áspero das almofadas roçando em suas costas onde a blusa estava subindo.

— Como você está? — começou a dra. Sharp.

— Estou bem — disse Margô.

Ela não poderia contar à dra. Sharp sobre o que tinha acontecido com JB, mas de que outra forma explicar seu bom humor?

— Todo esse processo é assustador, mas estou feliz que Mark esteja disposto a fazer isso em vez de continuar buscando a guarda total.

— Mark é um bom ponto de partida. Por que você não me conta sobre ele, como vocês dois se conheceram, todo o arco narrativo.

E foi o que Margô fez. Ward a avisou para não fazer Mark parecer um cara totalmente mau, então ela tentou ser imparcial e generosa na maneira como contou a história, mesmo que ele fosse um escroto moralmente falido e egoísta. A dra. Sharp fez perguntas, algumas delas pontuais.

— E qual *era* exatamente seu plano financeiro após o nascimento do bebê?

Margô fez uma pausa. Diga a verdade, ela pensou.

— Eu era incrivelmente ingênua sobre isso. Eu não sabia que encontrar uma creche seria tão difícil. Eu não estava pensando nisso quando decidi ter um filho.

— No que você estava pensando? — perguntou a dra. Sharp.

— Quer dizer, pensei que estava sendo uma boa pessoa. Há muitas mensagens culturais sobre qual é a coisa "certa" a fazer quando acontece uma gravidez indesejada. E eu pensei que, se eu fizesse a coisa certa e fosse uma boa pessoa, então tudo ficaria bem.

— Você não acha mais que isso é verdade?

A dra. Sharp estava olhando para o bloco de papel amarelo, sua mão se movendo rapidamente enquanto fazia anotações.

— Eu acho que ser uma boa pessoa é importante, mas o dono do meu apartamento não se importa se eu sou uma boa pessoa, ele só se importa se eu posso pagar o aluguel. Minha antiga chefe, eu acho que ela gostava de mim de verdade, até me amava, mas o que importava no fim das contas era se eu poderia trabalhar quando ela precisasse de mim. É mais ou menos assim que o mundo funciona.

Ela esperava que isso não fosse novidade para a dra. Sharp. Margô pensou novamente sobre a forma como o teste parecia projetado para Kenny, que sem dúvida acreditava que, se você fosse virtuoso, Deus proveria, e esperava que essa não fosse a resposta errada.

— Vamos falar um pouco sobre seu pai — disse a dra. Sharp.

— Tudo bem — falou Margô, aliviada por estarem mudando de assunto. — Eu adoro falar sobre meu pai.

— Por quê?

— Não sei — admitiu Margô. — Sei que ele não é um cara muito convencional. Acho que ele não era muito presente quando eu era mais nova, mas agora morar com ele tem sido muito bom para nós. Jinx deixou de ser alguém que eu meio que fingia ser meu pai para ser meu pai de verdade, se é que isso faz sentido. Tipo, ele cuidou de mim e de Bodhi quando tivemos gastroenterite. Eu cuidei dele quando ele teve um problema na coluna. Conseguimos estreitar nosso laço e construir confiança, como não fizemos quando eu era pequena, e tem sido algo muito positivo para mim.

Margô pensou em Becca dizendo: "Acha que ele te escolheu porque você era especial? Ele te escolheu porque sabia que você tinha problemas com seu pai, porra!" Achou que seria melhor não mencionar isso à dr. Sharp.

— Como você se sentiu quando descobriu que ele ameaçou Mark?

— Eu fiquei chateada por isso ter resultado nessa disputa de guarda, na ordem de restrição e em todas essas coisas assustadoras. Mas eu também me senti... Sabe, algumas pessoas diriam que Mark começar o relacionamento comigo foi um abuso de poder. Eu nunca me senti superconfortável com isso. Eu não queria admitir que eu tinha sido... — Ela teve dificuldade de encontrar a palavra, mas conseguiu. — Enganada. E ainda acho que foi mais complicado do que isso. Quanto mais distante estou, mais consigo ver como eu era jovem e como não sabia das coisas, e como o Mark, enquanto uma pessoa mais velha, um homem com esposa e filhos, *sabia*. E agora vejo que não era um jogo equilibrado. Então, meu pai me defender, em algum nível, foi bom. Eu teria preferido que ele não tivesse ameaçado Mark fisicamente, claro. Mas eu estaria mentindo se dissesse que não foi bom ter alguém do meu lado.

Fui eu quem sugeriu que JB e eu jogássemos *Fortnite* juntos. Ele viria em duas semanas e parecia que os dias não passavam rápido o suficiente. Assim que ele concordou, desejei nunca ter sugerido. Por um lado, eu era uma jogadora terrível. Por outro, enquanto muitas pessoas gastavam toneladas de dinheiro em *skins* diferentes e tinham dezenas de opções, eu havia comprado apenas uma. Era um elfo de Natal loiro. Eu não sabia o que isso dizia sobre mim, mas duvidava que fosse algo bom. Quando ele se teletransportou para o meu esquadrão, JB era uma Chapeuzinho Vermelho incrivelmente gostosa usando botas pretas de cano alto. Nossos microfones estavam ligados para podermos conversar, e eu estava tendo dificuldade para me ajustar à emoção de sua voz baixa e rouca.

— Nem precisamos tentar vencer — disse ele, enquanto entrávamos no saguão e esperávamos pelo Battle Bus —, podemos nos esconder nos arbustos.

— Tudo bem — falei.

Fomos derrubados quase que na hora, e JB teve que carregar meu corpo inconsciente nos ombros enquanto matava o último deles. Sério, ele estava muito pilhado. Ele me curou, aí vasculhamos baús, coletando o máximo de curas possíveis antes de irmos em frente.

— Para onde estamos indo? — perguntei.

— Pra tempestade — disse ele, como se fosse óbvio.

— O que vamos fazer na tempestade?

— Só ficar por lá e usar as curas até morrer — respondeu ele.

Eu já tinha ficado presa na tempestade várias vezes. Nunca tinha entrado nela de propósito, e a sensação era um pouco estranha. Cada segundo que você estava lá diminuía sua saúde, e isso fazia tudo ficar roxo e cheio de neblina. Encontramos uma fogueira e a acendemos, o que nos daria um pouco de saúde, mas não o suficiente para sobreviver. Eu sabia que precisava tentar falar baixo para que Bodhi não acordasse. As luzes do meu quarto estavam apagadas. Havia apenas o brilho roxo da tela do meu laptop.

— Aqui.

JB me jogou um kit médico, e eu o usei, vi minha barra de saúde ficar verde. Havia algo estranhamente atraente em ouvir sua voz masculina rouca saindo dessa personagem de conto de fadas feminina e gostosa como um personagem de desenho animado.

— Por quanto tempo você acha que podemos continuar vivendo assim? — perguntei, usando uma das bandagens do meu inventário, o que fez meu corpo de elfo se ajoelhar enquanto ele enfaixava o braço.

— Não sei — disse JB, cortando um arbusto próximo, mais madeira para alimentar o fogo. — Nunca fiz isso antes, mas só tem dez pessoas. Podemos até vencer.

— De dentro da tempestade?

JB murmurou, e eu percebi que ele estava clicando no inventário porque armas e objetos diferentes continuavam aparecendo nas mãos da Chapeuzinho. O fogo estava criando sombras incríveis em seus chifres épicos.

— Você está gostoso com essa *skin* — falei.

— Você também — respondeu ele.

Na vida real, eu arfei e congelei, mas Bodhi não acordou.

— Ah, é? — perguntei. — Esse corpo estilo Will Ferrell está te deixando animado?

Eu não tinha muitos *emotes*, então escolhi um que me fazia tocar um solo de saxofone altamente sexual e exagerado. A Chapeuzinho ficou parada, observando meu corpo estranho de elfo rebolando no ar.

— Meu cérebro está completamente bugado agora, sério — falou JB.

— Acho que nem tenho mais cérebro — completei. — De tão bugado que está. Acho que agora tenho, tipo, veias no lugar.

Tive que mentir para você sobre certas coisas. Quero que feche os olhos e se lembre de como era ter vinte anos. Quero que se lembre da sua casa, apartamento ou dormitório. Em quem você tinha um crush? Como era estar dentro do seu corpo, deixando suas pernas relaxarem assistindo à TV? Pense em como você era ridiculamente, loucamente, terrivelmente idiota, quantas coisas você simplesmente não sabia. Eu me esforcei para tentar esconder o fato de que eu era jovem e, por ser jovem, uma grande idiota, mas há momentos em que não é possível entender de outra forma: uma idiota bate de frente com a dura realidade do mundo como ele é.

* * *

Na manhã seguinte, Jinx estava demorando uma eternidade no banheiro. Suzie estava desesperada para fazer xixi.

— Cara, seu pai tá aí há nove anos — falou ela.

Bodhi ainda estava dormindo, e Margô esperava tomar café sem ser incomodada. Ela ajudaria Suzie, é claro. Ela bateu à porta do banheiro.

— Pai?

Não houve resposta.

— Pai, você está bem?

Se Jinx estivesse com dor na coluna, ainda assim ele responderia. O fato de ele não ter respondido implicava que estava inconsciente.

— Calma aí — disse Suzie, indo pegar seu cartão de desconto do supermercado Ralphs.

Ela o deslizou na fresta da porta, empurrando-o para a frente e para trás, até que de repente houve um clique e a porta se abriu. Margô entrou e, assim que o viu, bateu a porta do banheiro para que Suzie não pudesse ver. Ele estava de pijama na banheira sem água, inconsciente, uma agulha ainda pendurada no braço. Isso a deixou enjoada, a maneira como a agulha ficou na pele. Ela estendeu a mão para sentir o rosto dele, com medo de que estivesse frio. Quando enfim deixou os dedos roçarem a bochecha dele, ele estava quente, e ela conseguiu respirar novamente. Ela o agarrou pelo queixo e o sacudiu. Seus olhos se abriram. Suas pupilas pareciam pequenas como as de uma cobra.

— Ei — disse ele, distraído, feliz.

Jinx ergueu as sobrancelhas, surpreso em vê-la.

Todo o terror de Margô se transformou em desgosto tão rápido que ela mal conseguiu analisá-lo, e sua mão correu para a torneira do chuveiro e abriu a água fria em cima de Jinx, antes mesmo de planejar. Ele se sentou, cuspindo.

— Para! Margô, para!

Ela fechou a água.

— Tira a agulha do braço — ordenou o mais baixo que pôde, perto do ouvido dele para que Suzie não escutasse.

Ele estendeu a mão e tateou o braço até encontrar a agulha e tirá-la.

— Porra, por quê? — sussurrou ela. — Há quanto tempo...?

— Me desculpa, Margô — sussurrou Jinx de volta. — Me desculpa. Não vai acontecer de novo.

— É sério isso?

Eles se encararam. Jinx estava encharcado, com o rosto inchado. Ele parecia entorpecido, como um animal, os músculos ao redor da boca estavam frouxos. Enquanto ela tentava pensar no que dizer, o que fazer a seguir, ele adormeceu de novo e ela lhe deu um tapa forte no rosto. Ele acordou de repente.

— Você está tendo uma overdose? — sibilou ela. — Tenho que te levar na emergência?

Jinx riu.

— Não, não estou tendo uma overdose. Seria muito divertido se você parasse de me estapear. E está frio. Por que está tão frio?

— Porque você está todo molhado.

Jinx olhou para o pijama completamente encharcado, perplexo.

— Como eu fiz isso? — perguntou ele.

— Tudo bem, vou pegar uma roupa seca, você se troca, depois vou te colocar no seu quarto e você vai ficar lá. Entendeu?

Ele pareceu entender que estava chapado e que isso deveria ser um segredo, mesmo que estivesse confuso quanto à situação exata. Um paradigma conhecido para sua mente drogada, talvez. Ele assentiu.

— Você vai pegar minha roupa, e eu vou encher ela de porrada — falou.

Margô não sabia o que isso significava. Ela foi pegar a roupa.

— Jinx deu um jeito na coluna no banho — disse a Suzie, que estava esperando do lado de fora do banheiro. — Está muito constrangido, então vou ajudá-lo a se vestir e levá-lo pro quarto. Daqui a algumas horas ele vai ficar bem, quando os remédios fizerem efeito.

Suzie assentiu com empatia e permaneceu na porta esperando para fazer xixi.

Margô esperava que Jinx conseguisse se vestir, mas, quando voltou ao banheiro, ele estava apagado de novo. Ela o acordou e virou de costas enquanto ele se trocava, mas ele teve dificuldade com a calça, e ela acabou tendo que guiar o pé dele enquanto ele se agarrava à barra do chuveiro. Jinx continuou rindo.

— Pare de rir — ordenou Margô. — Isso não tem graça.

— É um pouco engraçado — disse ele.

— Cabeça — falou ela, e Jinx abaixou a cabeça para que ela pudesse enfiar a camiseta dele. — Vem — chamou, pegando-o pela mão.

Ocorreu a ela procurar pela agulha, que ele tinha deixado na lateral da banheira. Ela a pegou e enrolou na bola que formou com suas roupas molhadas, e o levou para o quarto.

Jinx imediatamente foi até o saco de dormir e entrou nele.

— Paraíso — falou ele.

Margô desenrolou o embrulho molhado e jogou as roupas no cesto, sem saber o que fazer com a agulha.

— Onde está seu estoque? — sussurrou Margô.

— O quê?

— Onde está seu estoque? O que eu faço com essa agulha?

— Ah — disse Jinx. — Tem uma chave Allen pequenininha na gaveta de baixo do armário do banheiro. Use ela para desparafusar o suporte de toalha. E, sabe, ele é oco. — Por algum motivo, isso o fez morrer de rir. — Aquela coisa do tubo.

— Peraí, dentro do suporte de toalha? — perguntou Margô. Era realmente engenhoso. — Você fica aqui. Beleza? Fica no seu quarto. Entendeu?

— De quem eu estou me escondendo?

— De Suzie.

— Meu deus, eu não queria que a Suzie soubesse.

Isso pareceu assustá-lo.

— Fica — disse Margô, e saiu, a agulha escondida na manga do moletom.

Ela foi ao banheiro, recentemente desocupado por uma grata Suzie, se trancou e desmontou o suporte de toalhas, encontrou no tubo de metal, três agulhas e um pequeno saquinho de pasta marrom. Ela jogou a pasta marrom no vaso sanitário e deu descarga, depois embrulhou as agulhas em papel higiênico até que elas se tornassem um chumaço grande e macio. Montou o suporte de toalha de volta, as mãos tremendo. Ela estava suando.

— Hum, Margô — chamou Suzie através da porta do banheiro. — Bodhi acordou e eu o peguei, mas ele está agitado. Acho que ele precisa mamar.

— Tudo bem — disse Margô.

Ela colocou o pacote de agulhas no bolso da frente do moletom, abriu a porta, pegou Bodhi do colo de Suzie e foi para o quarto. Ela colocou o filho, chorando, na cama, e escondeu as seringas no armário, atrás dos sapatos, sentindo-se como se tivesse desarmado uma bomba com sucesso e que era uma idiota ingênua que não tinha ideia do que estava fazendo.

Margô,

Você tem tempo para nos falarmos e revisarmos o depoimento mais tarde? Eu tenho 2 ou 3 horas livres. Resumo: não recebemos nada de bom. Ele é, ao que parece, um marido horrível, mas um pai muito bom.

Falaremos em breve,

Ward

Mais tarde, Margô leu o e-mail, entorpecida, sentada com Jinx no sofá de veludo cor-de-rosa, Bodhi dormindo em seu peito. O objetivo principal do depoimento, Ward explicou, era provar que Mark não era um ótimo pai para as crianças que ele já tinha. Quem fazia o jantar das crianças, quem comprava suas roupas? Quem elas procuravam quando se machucavam? Que livros ele estava lendo para elas? Qual era o nome do pediatra delas?

— A maioria dos pais não tem ideia de quem é o médico dos filhos — disse Ward.

Margô também tinha dado a ele detalhes suficientes para fazer perguntas contundentes sobre a infidelidade crônica. No entanto, Ward estava hesitante em usar argumentos de caráter moral para que não se voltassem contra Margô. Trabalho sexual era pior do que traição, em termos de pecado, pelo menos na mente da maioria.

Ela tinha permitido que Jinx saísse do quarto quando Suzie foi para a aula. Ele estava mais desperto agora, embora tudo o que ele quisesse fazer era assistir à luta livre, cochilar e coçar o nariz sem parar. Ela já estava cansada de interrogá-lo sobre há quanto tempo isso estava acontecendo, onde ele comprou, por que tinha feito aquilo?

As respostas dele tinham sido frustrantes, embora, pensou Margô, bastante honestas. Ele tinha encontrado o medicamento no armário dela quase imediatamente, no dia seguinte que ela o escondeu, e o tomou em menos de uma semana. Depois disso, ligou para um cara que conhecia em Los Angeles. Claro que ele conhecia um cara em Los Angeles. Margô se sentiu incrivelmente burra. Jinx estava pegando os remédios escondido desde o começo, e ela nem tinha percebido.

— Sim — disse ele, e riu. — Comecei a dizer que não precisava deles porque, se pedisse um, você iria olhar o frasco e ver quantos estavam faltando.

Ela nunca o odiou antes, nem mesmo quando criança, quando ele mais a magoou; não assim, não com essa fúria quente e sombria em seus pulmões. A pior parte, na verdade, era como o rosto dele estava dopado e sem energia enquanto ele contava tudo isso, coçando o nariz com as costas da mão.

— Por que você está chorando? — perguntou ele, arrastando um pouco a voz. — Ei, por que você está chorando?

— Porque eu não sei o que fazer! — disse ela, tentando enxugar as lágrimas sem acordar Bodhi.

Estar com o pai chapado era como ter que lidar com outra pessoa e ainda estar totalmente sozinha. Nesse sentido, era quase como ter um bebê.

— Margô — falou Jinx —, o problema não é tão grande quanto você pensa. Tipo, não estou dizendo que não foi uma grande traição da minha parte. Foi. Mas heroína é uma droga, não é, tipo, o simbionte ou algo assim. Ela não te torna uma pessoa do mal.

Margô não sabia o que era um simbionte, e isso resultou em uma conversa sobre Homem-Aranha e Venom e algumas buscas sobre a gosma preta viva no Google Imagens.

— Só estou dizendo que — começou Jinx, parecendo um pouco mais lúcido agora —, quando você está perdido numa floresta escura e fechada, a coisa a fazer não é ficar com medo das árvores. Você tem que encontrar o caminho de volta. E se você tratar isso como uma coisa grande e terrível, como se toda vez que eu tivesse uma recaída fosse o fim do mundo... Bem, então eu vou esconder a situação de você, e aí sim vou ficar numa posição pior para lutar contra ela.

Ela o encarou, tentando entender se Jinx a estava manipulando.

— Margô, eu tenho lutado essa batalha durante toda a minha vida adulta. É bem normal para mim. — Ele riu e olhou para o teto. — Deus, que coisa triste de se dizer... Que desperdício de vida.

— Não foi um desperdício — falou Margô. — Olha pros seus filhos e sua carreira. Tipo, você está no Hall da Fama da WWE. Nada foi um desperdício.

— Mas todo esse tempo — disse Jinx, ainda sem olhar para ela — eu estava secretamente aqui. E toda a minha energia foi para *isso*. Sinto que nunca experimentei de verdade as outras coisas, elas meio que se refletiam na superfície ao meu redor.

— Ah, pai...

— Mas é isso — continuou Jinx. — A tragédia não é a pasta marrom que você compra de um cara em um Lexus do lado de fora de uma loja de donuts, a tragédia é que eu fui um pai de merda.

Ele estendeu a mão enorme e, com cuidado e suavidade, passou os nós dos dedos pela bochecha de Margô.

— Não foi, não — disse ela.

Mas ambos sabiam que ele tinha sido. E não só para ela.

— E me desculpa por ter ligado para o Mark — ressaltou Jinx.

— Peraí, você estava chapado quando ligou pra ele?

Jinx fez que sim com a cabeça. Margô fechou os olhos. Bodhi estava pesado e suando no peito dela, e ela sentia que não conseguia respirar. Claro que foi isso. Ele só estava chapado. Ela pensou em si mesma dizendo timidamente à dra. Sharp que, no fundo, tinha gostado de seu pai a protegendo daquele jeito, a defendendo.

— Você vai me expulsar? — perguntou ele.

— Não sei — respondeu Margô.

Havia um gosto amargo em sua boca. Sinceramente, não tinha pensado em expulsá-lo, embora pudesse ver que talvez fosse a coisa mais razoável a fazer. De repente, ela se lembrou de que JB estava vindo e se perguntou se deveria dizer a ele que não fizesse isso.

— O que você faria se eu te expulsasse?

— Não sei — respondeu Jinx. — Sendo bem sincero, provavelmente usaria por alguns meses e depois voltaria para a reabilitação.

— Ai, meu Deus — disse Margô.

Ela estava feliz porque ele estava sendo honesto. Também era alarmante. Margô ficaria tão triste se Jinx fosse embora, se fosse assim que tudo terminasse. Mas ele não podia ficar, não podia ficar perto de Bodhi assim. E ele tinha mentido para ela, vinha mentindo para ela esse tempo todo.

— Margô — disse Jinx, de repente —, eu tenho um favor muito, muito grande para te pedir.

— Eu não vou te expulsar nesse segundo — disse ela.

— Não, eu ia perguntar se havia alguma chance de você ir ao posto de gasolina comprar um chocolate pra mim.

Ela o encarou.

— Tudo bem! — Ele levantou as mãos. — Ou não!

Ela foi comprar um chocolate para Jinx no posto de gasolina, em parte para fugir dele, em parte porque ela também queria um chocolate. A caminhada até lá com Bodhi amarrado ao peito a fez se sentir normal novamente, não mais parte de um pesadelo pegajoso, apenas ela mesma, firme e constante. Ela comprou os chocolates e também duas refeições congeladas, uma para ela e uma para Jinx.

O e-mail de Ward era deprimente, mas Margô falaria com ele às duas horas e saberia de tudo. O que ela não conseguia imaginar era passar pelo resto dessa batalha pela guarda sem Jinx. No entanto, ela também se sentia usada por ele, enganada e manipulada. Parecia que a única coisa certa a fazer era expulsá-lo.

Margô nem esperou chegar em casa para abrir o próprio Milky Way chocolate, tirando a embalagem enquanto caminhava de volta para o apartamento. Quando contou a Jinx sobre o OnlyFans pela primeira vez, ele se afastou dela, assim como Shyanne. Mas em menos de uma hora ele voltou. Jinx escolheu estar do lado dela, disse que ela não era um carro, ensinou-a a pagar impostos e a criar burburinho. Cuidou do bebê e o acalmou quando ele chorava, e se virava para olhar para Margô quando Bodhi fazia algo novo ou fofo.

Sim, ela era ingênua e idiota. Muito jovem e muito tola. Absolutamente péssima em lidar com coisas sérias como dependência de drogas e impostos. Mas ela era forte. E determinada. Se havia algo que ela tinha aprendido, era que força e teimosia não eram pouca coisa. Como Jinx havia dito, quando você está perdido numa floresta escura e fechada, a coisa a fazer não é ter medo das árvores — isso fazia sentido. Isso a lembrou da maneira como o OnlyFans pareceu assustar Mark, como se Margô não fosse mais Margô depois que as pessoas tinham visto sua vagina. Talvez Jinx ainda fosse Jinx mesmo se estivesse drogado.

O sol estava forte, e ela apertou os olhos, a boca cheia de chocolate derretido, caramelo e nugá. Foda-se, pensou.

Se Jinx esteve nessa batalha a vida toda, então Margô lutaria com ele.

— Pode vir pra cima de mim, seu puto! — disse ela, e riu com chocolate em todos os dentes.

A clínica de metadona ficava na Avenida Commonwealth, um grande cubo de vidro espelhado dos anos 1980, um prédio notável apenas pela completa falta de sinalização. Jinx e Margô apareceram às oito da manhã do dia seguinte, sem saber como a clínica estaria movimentada. Levaram três horas e meia para preencher toda a papelada, fazer os exames de sangue e de urina e consultar o médico (que foi, sinceramente, superlegal). Mas fizeram tudo e, no final, Jinx tomou a primeira dose.

Quando foram para casa, Jinx se sentou no banco traseiro com Bodhi, para ajudá-lo a superar a tristeza em estar na cadeirinha, e o bebê ficou todo feliz e agarrando o brinquedo que o avô balançava na frente dele.

— Obrigado, Margô — agradeceu Jinx.

Margô não sabia bem o que dizer. Foram necessárias apenas algumas horas de pesquisa no Google para decidir que a metadona seria a melhor opção. Foi necessário muito mais tempo para convencer Jinx a tentar. Os argumentos dela: ele não teria que ir embora, poderia fazer o tratamento enquanto continuava morando com ela; também trataria sua dor crônica, já que era um opiáceo, mantendo-os fora de situações como essa no futuro; eles poderiam ir amanhã e seguir um novo caminho. Ele não teria que passar pela agonia da desintoxicação. Poderia simplesmente parar, parar com tudo.

O argumento de Jinx era que metadona era heroína, não era diferente, uma droga é uma droga, e um viciado é um viciado. Além disso teria que ir lá todo santo dia, que chatice, e ele não pararia, nunca pararia. Estaria, na verdade, adiando ficar limpo porque um dia teria que parar com a metadona. Isso também fazia as pessoas imediatamente te respeitarem menos.

Ela só ganhou quando disse que ele tinha que ir ou ela o expulsaria.

— De nada — falou ela, os olhos na estrada.

— Não, sabe, eu já estou me sentindo melhor.

— Sério?

Jinx ficou furioso quando descobriu que Margô tinha jogado seu estoque na privada. Passou a noite toda suando e com diarreia.

— Sim, quer dizer, me sinto melhor não apenas das cólicas estomacais, mas da dor nas costas. Percebi quando entrei no carro. E só faz, o que, meia hora?

Ela conseguia ouvir a esperança na voz dele. E se funcionasse? E se ele não tivesse que escolher entre estar com dor constante ou ser a escória da humanidade? E se houvesse mais do que apenas essas duas opções?

— Bem, veremos — disse Margô.

Eles tiveram que começar a metadona em uma dose baixa porque o objetivo era que ela ficasse no organismo dele por um tempo incrivelmente longo. Se a dose fosse aumentada muito rápido, ele poderia ter uma overdose acidental. O médico explicou que Jinx provavelmente começaria a ter sintomas de abstinência naquela noite. Mas não seria nem de longe tão ruim quanto na noite anterior. E ele poderia ir às cinco da manhã, quando a clínica abrisse, para receber a próxima dose. Levaria pelo menos algumas semanas antes de aumentarem para uma dose perfeita, o suficiente para manter os desejos sob controle e controlar a dor de Jinx sem torná-lo um zumbi.

Mas era esperança. Eles não tinham dormido o suficiente e estavam exaustos, mas era esperança.

— Sabe o que quero fazer? — perguntou Jinx enquanto saíam do carro.

Ele estava sorrindo, e sua pele parecia normal, e Margô não conseguiu evitar sorrir para ele também.

— O quê?

— Quero muito começar a fazer pão. Tipo, muito mesmo.

— Tudo bem, agora você está apenas tentando se tornar indispensável — disse Margô, estendendo as mãos para pegar Bodhi dele.

— Não, está tudo bem — afirmou Jinx —, minha coluna não está doendo.

Margô olhou para ele, que não parecia chapado e estava com os pés firmes. Naquele momento, ela não conseguia pensar em um único preço que não estaria disposta a pagar para seu pai sorrir daquele jeito na calçada, Bodhi na curva de seu braço, olhando a manhã deslumbrante ao redor como uma pequena coruja sombria. Tentou não pensar sobre as semanas e semanas em que Jinx estivera mentindo para ela, ficando chapado, e ela nem tinha notado. Tentou não pensar sobre o que isso significava, aquelas bolhas de ar escuras ficando no passado.

— Primeiro você, meu docinho — disse ele, gesticulando para ela em direção à porta do prédio deles.

Ela deu um passo à frente e abriu a porta, segurando-a para ele:

— Primeiro você, minha carne!

Em um romance, há um desespero que é perturbador. O mundo tão cuidadosamente recriado em miniatura; este pequeno diorama feito de palavras. Por que se dar a todo esse trabalho, para me criar, para te seduzir, para enumerar tantos cereais diferentes? Para fazer o pequeno apartamento engenhoso, o minúsculo Jinx? É como ir conhecer a família do seu novo namorado e descobrir que todos eles são atores pagos. É quase mais fácil acreditar que sou real do que entender o que, de fato, está acontecendo. O desespero que poderia ter feito qualquer um me inventar. A urgência e a necessidade que exigiriam criar um espaço imaginário deste tamanho e com este nível de detalhes.

E isso realmente faz você se perguntar: que tipo de verdade exigiria esse tanto de mentira para ser contada?

CAPÍTULO VINTE E UM

Quando liguei para Ward naquela tarde e expliquei a situação da metadona e de Jinx, ele não reagiu bem.

— Drogas são más notícias nesta situação, Margô. Isso vai estragar tudo.

Eu queria acreditar que, se eu explicasse o dilema moral, a dra. Sharp, Mark e até mesmo o juiz entenderiam. Não era a coisa certa a fazer, ajudar um membro da família lutando contra o vício? Ele não estava em um programa de tratamento tentando ativamente se recuperar? Por que ajudá-lo me faria parecer uma pessoa pior? O vício não era contagioso.

— Não — disse Ward. — São muitas coisas. Sua idade, você tem o OnlyFans, tem o lance da luta livre profissional. Aí você adiciona drogas a isso? Começa a ficar muito ruim.

Eu entendia o que Ward queria dizer. Ele queria dizer que isso nos fazia parecer ralé. O que éramos mesmo. O que eu sempre soube.

— O que devo fazer? — perguntei.

— Se eu fosse você, mentiria.

— Você mentiria?

— Não de cara, mas não toque no assunto. O que falta? Só a visita domiciliar, certo? Jinx nem precisa estar lá, você pode dizer que ele foi ao cinema. Se eles estiverem tentando encontrar alguma ligação com drogas, talvez descubram que ele está registrado na clínica de metadona, mas eu nem tenho certeza se, por causa da lei de proteção de dados médicos, eles têm acesso a isso. Na verdade, eu duvido. Quantas pessoas sabem sobre a recaída de Jinx?

— Nesse momento, só eu.

— Eu manteria assim. E, na visita domiciliar, minta pra cacete. Finja que a recaída nunca aconteceu. Acha que consegue fazer isso?

— Acho que sim — respondi.

Quer dizer, eu não era filha de Shyanne e Jinx à toa. Em termos de linhagem, eu era praticamente a realeza da falsidade. Quantas vezes fingi que minha própria avó tinha morrido?

* * *

JB chegaria naquela sexta-feira, um fato tão emocionante e assustador que eu quase gritava toda vez que pensava nisso. Na quinta-feira, Jinx parecia relativamente estável, e eu sabia que não podia esperar mais.

— Comecei a sair com uma pessoa — falei.

Estávamos no parque com Bodhi, empurrando-o no pequeno balanço. Eu estava atrás, e Jinx, na frente, e toda hora eu fingia ser um monstro que queria comer as perninhas gordas de Bodhi. Ele gritava de tanto rir.

Jinx ficou desconfiado.

— Quem?

— Sabe aquele cara para quem eu estava escrevendo mensagens longas?

— Ah, Margô, não! — exclamou ele.

Ficamos conversando por mais de uma hora, eu explicando, Jinx contestando, primeiro no parque, depois na loja de waffles, então no apartamento. Tentei ser paciente. Sabia que seria assim. Jinx estava convencido de que JB iria me estuprar e me matar. No fim, pedi a ele que lesse a descrição que JB havia escrito da mãe. Ele suspirou quando terminou e devolveu meu celular.

— Bem, isso é muito convincente.

— Porque, mesmo que não seja verdade, olha a sensatez de inventar uma mentira dessa.

— Não acho que seja mentira — disse Jinx. — Mas você está certa, mesmo se fosse mentira, um assassino e/ou estuprador típico não inventaria *essa* mentira.

Eu assenti, feliz e segura de que ele sabia o que eu queria dizer.

— Estou apreensivo — falou Jinx. — Estou realmente em dúvida sobre isso.

— Qual é a sua dúvida?

— Bem, eu fico preocupado. E se esse cara tentar se aproveitar de você? Ele vê que você faz todas essas coisas on-line, talvez ele tenha ideias.

Eu ri.

— Pai, assim, você sabe que eu já transei?

— Bem, sim, estou ciente!

Eu não sabia o que dizer. Para mim, era óbvio que JB estava vindo para transar comigo, que esse era o objetivo principal. Se as coisas corressem bem, obviamente. E eu queria que tudo corresse bem.

— A outra parte de mim está encantada em ver você tão feliz — disse Jinx. — Você deveria viver isso, deveria ser jovem. Eu consigo me lembrar dessa sensação, quando você está apaixonado e não consegue pensar em mais nada. — Ele sorriu, os olhos distantes.

— Você estava apaixonado pela Viper?

Jinx voltou a si. Estávamos descansando no sofá cor-de-rosa, a barriga cheia de waffles, Bodhi dormindo no meu peito.

— Viper era uma situação muito mais triste.

Eu esperei, embora parecesse que ele não iria explicar.

— Viper era o nome verdadeiro dela? — perguntei.

— Ah, acho que não — respondeu Jinx. — Eu não sei o nome verdadeiro dela. Ela era uma acompanhante. Eu estava... eu tinha começado a usar de novo e estava escondendo isso da Cheri, então eu ia nessas "viagens de trabalho" e basicamente farreava.

— Aonde você ia?

Eu estava com medo do que ele diria, mas também queria saber.

— Ah, eu ia para uma cidade a cerca de trinta minutos de distância, onde tinha um La Quinta. Mas não é muito divertido usar drogas sozinho. Então liguei para um desses serviços de acompanhantes, e a Viper veio, olhou pra mim e disse: "É melhor você dividir!" Acabamos passando muito tempo juntos.

Era tudo tão banal, muito mais comum do que eu estava imaginando. Eu me lembrei do jeito que ele ficou quando estava chapado, imaginei ele e Viper comendo chocolate juntos no La Quinta, provavelmente assistindo a lutas antigas.

— Por que você acha que tem tanta dificuldade em ser fiel? — perguntei.

Porque, de certa forma, era a questão da minha vida inteira. Sua incapacidade de ser fiel era o motivo de eu ter sido concebida.

Jinx tinha partido corações, arruinado casamentos, se afastado dos filhos... tudo por sexo? Era quase mais fácil entender as drogas.

Ele suspirou, pareceu refletir de verdade.

— Não tenho certeza se tinha a ver com o sexo em si.

Eu ri de novo.

— Tinha a ver com o quê, então?

Jinx estava esfregando o queixo repetidamente, como se estivesse dolorido.

— Eu fico solitário. À noite. E as mulheres são, você sabe, tipo, macias e...

— Macias?! — exclamei alto demais. Por sorte, Bodhi não se mexeu.

— Olha só — continuou Jinx. — Se você está se sentindo péssimo, vazio e solitário, você prefere sair e cheirar cocaína com Shawn Michaels e entrar em uma briga de bar quando ele soltar um xingamento racista ou prefere que uma ruiva risonha conte toda a história de vida dela enquanto você toma sorvete em uma cama de hotel e depois te abrace com os peitos macios?

— Meu deus, você acha que *nós* não estávamos solitárias? — perguntei.

— Você e Shyanne? Você e Shyanne tinham uma à outra — disse ele.

Eu queria dizer que falhamos, de uma forma crucial, em nos conectar. No entanto, de muitas maneiras, parecia que Shyanne e eu, embora houvesse tantas coisas que queríamos e não podíamos ter, éramos as sortudas, e Jinx, que sempre fazia exatamente o que queria, não importava a quem machucasse, nunca conseguiu aproveitar a vida.

— Sinto muito — disse ele, olhando para mim, os olhos castanhos tristes como os de um cão nobre.

— Tudo bem — falei. Porque, no contexto geral, tinha ficado tudo bem.

Foi um alívio poder fazer essas perguntas. Sempre imaginei meu pai como tendo esses desejos obscuros e inexplicáveis por sexo, drogas, violência. Era melhor, de certa forma, entender que o que ele realmente queria e precisava era que a dor e a solidão diminuíssem. Seu comportamento ainda era ruim, mas não era mais tão estranho e assustador.

— Então você vai cuidar de Bodhi para eu sair e jantar com o JB?

Jinx assentiu.

— Mas, antes disso, vou conhecer o cara e ter certeza de que ele não é um psicopata.

— Você consegue dizer se alguém é psicopata só vendo a pessoa?

— Praticamente — disse Jinx. — Já conheci vários.

E eu ri. Porque ele tinha mesmo conhecido.

Não havia escassez de hotéis acessíveis em Fullerton, em parte por causa das faculdades, mas principalmente por causa da proximidade com a Disneylândia. Mas JB tinha escolhido um Airbnb. Em suas palavras, ele foi "fisicamente incapaz de não fazer isso". Era uma mansão mal-assombrada. Ele tinha me encaminhado o anúncio, e eu fiquei boquiaberta com o preço: quase 400 dólares por noite. De fora parecia uma casa normal de Fullerton, fofa e modesta. Por dentro, tudo era de veludo roxo e seda vermelha, com pouca luz e um corvo de plástico com olhos roxos brilhantes, retratos assustadores e bolas de cristal. Havia uma "sala de jogos mal-assombrada" e uma banheira de hidromassagem externa com aparência totalmente normal. Essa era, sem dúvida, a parte mais engraçada da casa, o contraste entre o interior assustador e o exterior de um típico subúrbio norte-americano.

No dia em que JB chegou, eu estava tão animada e nervosa que parecia estar fora do meu corpo. Eu tinha pegado emprestado com Suzie um vestido verde de alcinha e estava suando tanto que coloquei chumaços de papel higiênico debaixo dos braços enquanto corria pela casa, verificando se o esterilizador estava ligado com as coisas da mamadeira de Bodhi, vasculhando a roupa que ia ser lavada em busca de uma mantinha limpa. Quando a campainha tocou, corri para atender e tropecei nas minhas sandálias de tiras, caindo de cara no tapete.

— Cruzes! — gritou Jinx, enquanto eu me levantava do chão como uma baleia rompendo a água, desesperada para chegar à porta da frente primeiro.

Abri a porta, os joelhos ardendo com a queimadura causada pelo tapete, meus fios de cabelo grudados no gloss labial, papel higiênico saltando para fora das axilas, e lá estava ele, tão nervoso quanto eu.

JB não era tão alto quanto eu estava esperando. Os ombros eram largos, e ele tinha uma estrutura robusta; se alguém o acertasse no tronco, resultaria em um som satisfatório. Ele estava com uma camisa preta de botões e jeans, e tinha cheiro de chiclete. Mas era ele. Essa foi a principal coisa que senti: que o reconheci, que ele era quem eu esperava que fosse.

— Entra — falei, gesticulando.

Ele estava segurando um buquê de lírios-tigres, os cor-de-rosa com sardas, ainda embrulhados em plástico do supermercado. Ele os estendeu para mim.

— Meu deus — falei, ficando ruborizada.

Senti como se ele estivesse aqui para me buscar e levar para um baile da escola.

— É o JB? — gritou Jinx da sala de estar.

Levei JB para dentro e os apresentei. Jinx conseguiu dar o que parecia ser um aperto de mão forte e paralisante enquanto ainda segurava Bodhi em seu outro braço. JB lidou bem com isso e o chamou de "senhor".

Peguei Bodhi do meu pai, embora eu já estivesse segurando as flores, e o coloquei no meu quadril.

— Este é Bodhi — apresentei a JB, que tocou a mãozinha de Bodhi, mas depois não sabia se deveria fazer isso.

— Olá — disse JB, um pouco sem jeito.

Estava claro que ele não sabia nada sobre bebês.

— Vou colocar isso na água — falei, entrando na cozinha como uma girafa de salto.

Eu já estava reconsiderando os sapatos. Tinha presumido que JB iria atrás de mim. Jinx começou a falar com ele, e eu meio que entrei em pânico e o deixei lá. Eu não conseguia fazer meu coração bater numa velocidade normal. Deixei Bodhi na cadeirinha enquanto arrumava as flores em um vaso. Tirei o papel higiênico das axilas e tentei me acalmar.

Obviamente JB passou no interrogatório de Jinx, e eu estava tão tensa que nem me lembro de ter me despedido, exceto que beijei Bodhi cerca de um milhão de vezes e depois saímos pela porta. Ao descer a escada, tropecei, torci o tornozelo e me estabaquei. Eu sabia que tinha sido sério quando terminei de cair da escada. Nem tentei me levantar.

— Merda! — gritou JB, correndo até mim.

— Estou bem — falei, mesmo sabendo que não estava. Eu nem tinha certeza se conseguiria ficar de pé, meu tornozelo estava gritando.

— Quer que eu chame seu pai? — perguntou ele. — Acha que precisa ir ao médico?

Angustiada, fechei os olhos. Eu sabia que, do jeito que estava, não podia ir ao restaurante chique onde ele tinha feito uma reserva, e eu tinha certeza de que Jinx saberia dizer se meu tornozelo estava quebrado ou apenas torcido; ele era ótimo com ferimentos. Mas eu também sabia que, se voltássemos para a minha casa, nossas chances de ter qualquer encontro cairiam para zero. Eu tentei ficar de pé e arfei quando coloquei peso sobre o tornozelo.

JB fez uma careta.

— E se a gente fosse pra mansão mal-assombrada e pedisse comida? — sugeri.

— Você não acha que deveria ir ao médico? — perguntou JB, gesticulando para o meu tornozelo.

— Se estiver quebrado, ainda vai estar quebrado amanhã — argumentei. — E eu vou chorar se não tivermos esse encontro. Por favor? Podemos, por favor, ir pra lá e pedir comida?

— Claro, óbvio, óbvio — concordou JB. Mas ele parecia preocupado. — Quer ajuda para andar?

Confirmei com a cabeça, e JB abaixou o ombro para que eu pudesse agarrá-lo enquanto me segurava pela cintura. Cambaleamos até o estacionamento, indo até o carro que ele tinha alugado.

Quando chegamos à mansão mal-assombrada, JB me ajudou a ir até a porta, então me disse para esperar e desapareceu lá dentro. Quando voltou, estava empurrando uma cadeira de escritório com rodinhas. Eu me joguei nela toda animada, e ele me levou por um tour rolante. A casa era muito espalhafatosa para os padrões de mansões mal-assombradas. Havia uma luz negra no corredor que fazia os olhos no papel de parede brilharem. Nós nos acomodamos na sala de estar, onde havia telas penduradas em elaboradas molduras douradas exibindo pinturas que pareciam estar se movendo. Eu me transferi para um sofá de veludo, e JB colocou gelo em uma sacola para o meu tornozelo, então se sentou ao meu lado, e nós nos debruçamos em seu telefone tentando decidir o que pedir.

— Ah, eu sei o que temos que pedir — afirmou ele. — É tão óbvio!

— O quê?

— Asinhas de frango!

Eu bati palmas como uma criança animada.

— Sim! Asinhas!

Assim que terminamos de pedir a comida, fiquei profundamente consciente da presença dele ao meu lado no sofá. Eu me senti como uma vampira hipnotizada pela pulsação em seu pescoço ou algo do tipo, mas não podíamos começar a nos agarrar antes do jantar. Então perguntei sobre o voo e o trabalho dele, e se ele já tinha vindo para a Califórnia antes (já, mas não para Fullerton, porque, óbvio, por que alguém visitaria Fullerton?). Parecia que éramos dois estranhos, e eu não sabia como quebrar essa barreira para sentir que nos conhecíamos de verdade.

— Seu pai é bem intimidador — disse JB.

Eu já tinha falado com ele sobre meu pai, mas era outra coisa vivenciar isso pessoalmente.

— Ah, não, ele ameaçou cortar seu pau? — perguntei.

JB riu.

— Agora eu acho que ele estava pegando leve comigo.

— Você já pensou sobre o tipo de qualidade sóbria, quase literária, da minha família inventada, e apenas comparando com a minha família real, você nunca fica, tipo, "Droga, ela é um gênio"?

— É, você não viu minha resenha no Goodreads?

Eu ri.

— O que é Goodreads?

— É um site de resenhas de livros. Era uma piada.

Eu ri, presa em uma fantasia de outras pessoas lendo as resenhas de JB sobre nossa correspondência privada e tentando descobrir do que ele estava falando.

— Nossa, as pessoas adoram resenhar coisas — comentei, imaginando com horror um site dedicado a resenhas de contas do OnlyFans.

— Até paus — disse JB.

Isso era verdade, percebi. Eu classificava paus. Mas não queria que JB pensasse que eu era igual à DestruidoraDePaus. E se ele estivesse nervoso e pensando que eu era uma grande julgadora de paus?

— Eu sou uma avaliadora tranquila — falei. — Dou dez pra todo mundo. A verdadeira arte é a comparação com o Pokémon e os trocadilhos relevantes.

— Ah é? — disse JB, ainda sorrindo, embora eu percebesse que ele estava desconfortável.

E por que não estaria? Eu não deveria estar falando com ele sobre o pau de outros caras.

Quando as asinhas de frango chegaram, JB colocou toda a comida na mesa de centro para eu não ter que me mover e nos deliciamos com o banquete. Durante todo o tempo em que comemos, eu estava distraída tentando descobrir o que aconteceria a seguir. Eu não tinha calculado nada disso porque imaginei que estaríamos em um restaurante. Tinha pensado que minha chance de beijá-lo seria quando fôssemos para o carro depois do jantar, e, se tudo desse certo, iríamos para o Airbnb dele em vez de para minha casa. Agora eu não sabia exatamente como um beijo aconteceria.

— Algum problema? — perguntou JB.

— Não — respondi —, só estou planejando como vou dar em cima de você.

Ele riu, cobrindo a boca com o guardanapo.

— Isso é um alívio — falou, depois de terminar de mastigar. — Não sou bom em fazer planos assim. Pensei em tentar te beijar depois do jantar, quando a gente estivesse indo pro carro.

— Foi quando pensei em te beijar!

— Mas agora não tenho a mínima ideia, sério. — JB riu de novo.

— Deixa comigo — garanti. — Você nem vai perceber. Você vai ser tipo uma gazela bebê abatida por uma leoa.

Ele ergueu as sobrancelhas, e pensei que era agora ou nunca, então me aproximei e o beijei, mesmo tendo certeza de que eu estava com um gosto forte de molho de pimenta na boca. Meus lábios encontraram os dele, e ele se inclinou para o beijo, virando-se para mim no sofá. Suas mãos encontraram minha caixa torácica e a apertaram. Eu podia sentir a força em suas mãos e braços, aquele peitoral grande com suas costelas enormes, o calor dele. Eu me afastei do beijo e pisquei, atordoada. A sala estava girando levemente.

— Uau — falei, e ele me beijou outra vez.

CAPÍTULO VINTE E DOIS

Na manhã seguinte, acordei com o sol brilhando sobre uma enorme cama de dossel, meus seios duros como pedra por causa do leite, tão feliz quanto nunca estive na vida. JB estava me abraçando. Deslizei minha bunda para mais perto dele, me lembrando da noite anterior. Ele tinha me carregado até aqui, eu agarrada à sua frente como um coala.

Fiquei de olhos fechados e experimentei movimentar o tornozelo. Não doeu tanto quanto eu temia. Tirei meu pé de debaixo das cobertas, abri os olhos e olhei para baixo. Estava inchado e havia um hematoma roxo na parte exterior, logo abaixo do tornozelo, mas não parecia tão ruim assim. Percebi um zumbido, meu telefone na mesa de cabeceira. Peguei a tempo de ver que Jinx estava ligando. Foi para a caixa postal antes de eu conseguir atender. Eu tinha dito a ele que dormiria aqui. Imaginei que ele só queria saber quando eu chegaria em casa, para ter certeza de que eu estava bem, mas, ao desbloquear o telefone, havia seis chamadas perdidas e meu estômago embrulhou. Bodhi.

Liguei de volta imediatamente.

— Meu deus, desculpa, eu ainda estava dormindo, ele está bem?

— Ele está bem — disse Jinx, mas sua voz soou estranha.

— O que aconteceu?

— Você precisa vir pra casa.

— Por quê? O que aconteceu? Estou indo. Ele está bem? — Eu me sentei, e JB estava acordado ao meu lado.

— Tem uma pessoa aqui para fazer uma inspeção residencial para o bem-estar de Bodhi.

— Para a avaliação psicológica?! — Eu estava em pânico. — Era pra eles irem só na terça-feira!

— Bom, eles estão aqui agora, e, hum, sua presença é solicitada. Ela disse que se você não conseguir chegar aqui em quinze minutos, ela vai precisar levá-lo para o escritório dela.

— Merda, tudo bem, eu já vou.

* * *

JB me levou de volta ao apartamento em menos de oito minutos. Eu tinha enxaguado a boca com água e limpado o rímel debaixo dos olhos, mas meu cabelo estava uma bagunça total, emaranhado na parte de trás, e eu esperava que não fosse muito óbvio que eu estava com as roupas da noite passada.

JB começou a tirar o cinto de segurança para me levar para dentro. Eu o parei.

— Eu não quero ter que explicar quem você é — falei.

— Mas você não consegue subir a escada — disse ele.

— Eu consigo — afirmei. — Vou ficar bem.

— Acho que eu devia...

— Por favor — insisti —, confia em mim. Vai ser pior se você entrar comigo.

Seria diferente se JB e eu tivéssemos tempo para inventar uma mentira, alguma história alternativa sobre como nos conhecemos. Eu tinha dito à dra. Sharp que não tinha namorado, então não podia aparecer nessa inspeção domiciliar com um cara com quem eu claramente tinha acabado de transar e ser forçada a admitir que, sim, ele era um dos meus fãs!

— Pelo menos me deixa te ajudar até a porta — pediu ele.

— Nem pensar! — disparei, deslizando para fora do carro dele. — Eu te mando uma mensagem assim que isso acabar — prometi, e me esforcei para não demonstrar a dor que estava sentido enquanto mancava escada acima, com as sandálias na mão.

Eu entrei e encontrei meu pai com uma mulher que eu nunca tinha visto, sentados juntos no sofá de veludo cor-de-rosa, na luz do sol. Eles estavam lindos, iluminados por Deus.

— Ah, olá! — A mulher se levantou.

Ela estava grávida de pelo menos sete meses e tão fofa quanto possível, usando um vestido preto estampado com flores brancas, uma camiseta branca por baixo, para ficar recatada. Havia uma tatuagem de estrela na parte interna do pulso, notei enquanto apertávamos as mãos.

— Você é a Margô? Meu nome é Maribel. Eu sou do Serviço de Proteção à Criança.

— Me desculpa por não estar aqui — falei. Meu coração batia tão alto que estava difícil ouvi-la. — Achei que seria a dra. Sharp. Não estava marcado para a semana que vem?

Olhei para Jinx, que agora estava de pé e balançando Bodhi, que começou a se agitar. Ele não olhou nos meus olhos.

— Bem, eu não sei nada sobre a dra. Sharp, e não havia horário marcado, então acho que você deva estar falando sobre outra coisa. Eu sou do Serviço de Proteção à Criança. Recebemos uma denúncia de possível negligência e abuso. Essa visita domiciliar é um procedimento padrão. Espero que possamos analisar tudo e garantir que aqui seja um ambiente seguro para seu garotinho. Eu já andei pelo apartamento com o James.

— Você vai levá-lo? — perguntei, minha voz embargada.

Foi o que Jinx disse, que, se eu não chegasse a tempo, ela o levaria. Eu tinha chegado, mas ela o levaria mesmo assim?

Bodhi estava agitado nos braços de Jinx. Ele o balançava, sem poder fazer nada.

— Acho que ele precisa mamar — falou, entregando-o para mim.

— Ah, claro — disse Maribel, e gesticulou para o sofá.

Eu não queria tomar o lugar dela, mas sabia que se eu me sentasse no chão nunca conseguiria me levantar, por causa do tornozelo, então me sentei e tirei um seio o mais discretamente possível.

— Hoje vamos avaliar a casa — explicou Maribel. — Se não encontrarmos perigo iminente para Bodhi, ele pode ficar aqui.

Eu assenti, ansiosa.

— James disse que você estava hospedada na casa de uma amiga — informou Maribel.

— Isso — respondi, com medo de contradizer qualquer coisa que ele já tivesse dito a ela.

— Você faz muito isso? — questionou ela.

— Essa foi a primeira vez, na verdade. Primeira noite fora.

A vergonha foi rápida e dolorosa. Eu não conseguia acreditar que o tinha deixado aqui, que tinha sido tão egoísta.

— Entendo — disse ela, de uma forma que deixou claro que ela não acreditava nem um pouco em mim. — Bem, acho que todo mundo precisa de uma pausa mais cedo ou mais tarde. Então, eu perguntei a James o que você faz da vida. Ele disse que você tem um site?

— Eu não sou bom em explicar isso — falou ele, os olhos ansiosos dizendo *me desculpa* atrás de Maribel.

— Eu sou tipo uma criadora de conteúdo. Faço vídeos para o TikTok, principalmente. Acho que um dia nós vamos para o YouTube.

Se ela ainda não sabia, eu com certeza não queria contar a ela.

— Mas você também tem uma conta no OnlyFans? — perguntou Maribel.

Ela já sabia.

— Tenho — respondi, quase tonta de medo. — Estou confusa. Isso está relacionado à avaliação psicológica?

— Então você também está passando por uma avaliação psicológica? — perguntou Maribel.

— Quer dizer, sim? — falei.

Provavelmente a situação pareceu ainda pior.

— Por causa de uma disputa de guarda? Divórcio?

— Não, paternidade — esclareci.

— Meu deus, seu tornozelo! — gritou Jinx.

Ele tinha acabado de ver. Eu havia mandado uma mensagem para ele dizendo que passaria a noite com JB, mas não tinha mencionado a queda na escada nem que não tínhamos chegado ao restaurante.

— Está tudo bem — falei, tentando esconder o tornozelo atrás do meu outro pé.

— Você caiu? — perguntou ele.

— Sim — admiti —, esse salto maldito.

— Você andou bebendo? — questionou Maribel.

— Não — disparei. Só ia fazer vinte e um anos em alguns meses. — Só fui desajeitada.

A testa de Maribel estava franzida. Qualquer um, percebi, pensaria que eu tinha bebido. Meu cabelo estava bagunçado, eu estava usando as roupas da noite passada, um tornozelo torcido, e ela sabia sobre o OnlyFans. Meu deus, como isso poderia ficar pior?

— Então me fale sobre o sr. Bodhi — pediu Maribel. Ela estava claramente tentando ser amigável, o que eu não esperava. — Do que ele gosta, do que ele não gosta. Qual é a personalidade dele?

— Ah, nossa — murmurei.

Nunca tinham me perguntado sobre a personalidade de Bodhi. Parecia algo complicado de descrever, considerando que ele ainda não falava e toda a minha intuição materna era baseada em achismos.

— Ele é o meu único filho, então não posso comparar ele com outros bebês, mas ele é muito alegre e... feliz. — Enquanto eu falava, Bodhi cagou um volume incrível, quente e grosso, que consegui sentir através da fralda no meu braço. — Ele é, ah, quer dizer, ele é um bebê bem normal, eu acho?

— Por que você não me mostra o quarto de Bodhi?

— Ah, o berço dele fica no meu quarto.

Eu me levantei e fiquei tonta de dor. Tentei não deixar transparecer.

— Estávamos esperando você chegar para entrar no quarto — falou Jinx, de uma forma que dizia: *É melhor não ter um vibrador robô na sua mesa ou algo assim.*

E ele estava certo em se preocupar, embora eu não achasse que Maribel suspeitaria do secador Dyson em sua caixa nova e brilhante no canto. Eu não tinha ideia de em que estado exatamente eu tinha deixado o quarto enquanto me arrumava para o encontro, e claro, enquanto mancava pela porta, vi uma calcinha que não tinha entrado no cesto. Eu me abaixei para pegá-la, meu tornozelo ameaçando ceder por completo, e eu estava sentindo o cocô da fralda de Bodhi começando a vazar pelo meu braço. Eu estava tão ansiosa que comecei a tremer.

— E esses são os brinquedos dele? — Maribel gesticulou para um triste e solitário polvo de brinquedo na minha cama.

Cada tentáculo dizia o nome de uma cor em francês e inglês.

— Ah, ele tem mais, peraí — falei, e tirei a grande caixa de plástico com seus brinquedos do armário.

Toda vez que me movia, eu cambaleava como um corcunda de desenho animado. Eu não tinha ideia se era uma quantidade normal de brinquedos, se era demais ou insuficiente. Acima de tudo, eu estava tentando avaliar se ela conseguia sentir o cheiro do cocô.

— É só um armário? — perguntou Maribel, dando uma olhada no armário escuro.

E, naquele momento, eu me lembrei das seringas enroladas em papel higiênico que eu tinha escondido lá. Eu não tinha jogado fora. Elas estavam escondidas atrás dos meus sapatos, botas e coisas que eu não usava com frequência. Não dava para ver, e eu tinha esquecido que estavam lá. Meus ouvidos começaram a zumbir.

— É aqui que você o troca? — perguntou ela, apontando para a cômoda.

O trocador estava no chão e o tampo da cômoda era de madeira. O fato de ela ter desviado sua atenção do armário foi um grande alívio, mas eu me vi incapaz de falar direito.

— Eu costumo trocar ele no chão — respondi. — Tenho paranoia de ele rolar e cair. Não que eu fosse deixar ele rolar ou deixar ele ali em cima, ou algo do tipo.

— E você tem namorado? Alguém vem aqui?

— Não — falei, minha voz tremendo. — Namorado nenhum.

Ela olhou para mim com desconfiança.

— Não está saindo com ninguém, nem casualmente?

Eu senti como se ela pudesse ver tudo o que JB e eu tínhamos feito naquela enorme cama de dossel, meu corpo em cima dele, suas mãos fortes apertando meus peitos até o leite escorrer por seus braços, meu repentino lampejo de constrangimento e o jeito como ele rosnou de prazer.

— Talvez casualmente — admiti.

— Ele dorme aqui? — perguntou Maribel.

— Não — respondi depressa.

— Preciso fazer um exame físico de Bodhi para ter certeza de que não há hematomas, lacerações ou outros sinais de abuso — informou ela.

— Ah, me deixa só trocá-lo. Bodhi fez cocô enquanto conversávamos.

— Tudo bem — disse Maribel. — Posso fazer isso. Vou precisar olhar debaixo da fralda mesmo.

Ela estendeu os braços para eu entregar meu filho cheio de merda. Quase não consegui me forçar a fazer isso. Eu a segui enquanto ela se ajoelhava no chão para trocá-lo no trocador, o que era estranho, dada sua barriga de grávida. Havia cocô no meu braço. Peguei um lenço para limpá-lo do modo mais furtivo que pude. Era uma grande explosão, e estava claro que Maribel não tinha muita experiência em troca de fraldas. Ela não estava usando os lenços de forma eficiente e estava lutando muito para não ter ânsia de vômito. Eu não conseguia imaginar que isso fosse bom. Por que ela não me deixou trocá-lo? Foi uma demonstração de poder tão estranha. Já fazia um tempo que eu não estava respirando normalmente e havia pontos roxos na minha visão.

Depois que ela enfim o limpou, apontou para uma pequena assadura causada pela fralda.

— O que é isso?

— É assadura — respondi.

— Você tem feito alguma coisa para tratar?

Eu disse a ela que estava usando a pomada e expliquei que ele tinha começado a comer mais sólidos. Eu achava que seu cocô estava mais ácido.

— Isso é assadura? — perguntou novamente.

— Sim — confirmei.

O que ela pensava? Que eu estava queimando a bundinha dele com um modelador de cachos?

Depois disso, ela quis se sentar comigo à mesa de jantar. Jinx pegou Bodhi. Suzie tinha saído do quarto e estava observando tudo, silenciosa e com os olhos tristes. Jinx e ela foram para a sala de estar com o bebê, e eu ouvia *Vila Sésamo* ao fundo. Tentei relaxar. Pelo menos estávamos mais longe do armário.

— E com o que o Jinx trabalha? — perguntou ela.

— Ele é aposentado — falei.

— O que ele fazia?

Eu não conseguia ver como isso era pertinente à segurança de Bodhi, mas não queria parecer difícil.

— Hum, ele era lutador profissional.

Maribel levantou os olhos, cética.

— Sério? Na WWE?

— Na verdade, ele era meio independente — expliquei.

Sabia que isso fazia parecer pior, como se ele não fosse regularizado. Mas não dava para explicar que ele podia ser independente apenas porque era muito famoso.

— Algum problema de abuso de substâncias? — indagou Maribel.

Eu estava com receio de vomitar.

— Eu? — perguntei, enrolando.

Não sabia o que fazer. Sabia que Ward tinha me dito para mentir para a dra. Sharp na visita domiciliar, mas essa era uma situação diferente.

— Não, seu pai. *Você* teve algum problema de abuso de substâncias?

— Não — respondi.

— Mas seu pai nunca teve problemas de abuso de substâncias, nem no passado? — pressionou Maribel.

Ela devia saber. Não havia outra razão para perguntar, eu percebi. Além disso, havia cerca de duas décadas de sites de fofoca e blogs sobre luta livre relatando que meu pai esteve em reabilitação; tudo o que ela teria que fazer era pesquisá-lo no Google.

— No passado, sim — ressaltei. — Mas ele está em tratamento e está muito bem.

— Então você acha que ele está limpo agora? — questionou Maribel. — Vou pedir amostra de urina de vocês dois.

Eu não tinha ideia se a metadona apareceria em um teste de drogas. Eu imaginava que sim.

— Atualmente, ele está em tratamento com metadona — revelei. — Então, isso pode aparecer no teste de urina.

— Ah, então ele está usando metadona? — O tom de voz de Maribel mudou.
— Há quanto tempo?

Hesitei. Se ela pedisse para ver a prova de que ele estava em tratamento, ela veria as datas, então nem pensei em mentir. Mas a verdade não parecia boa.

— Faz uns dez dias.

Eu queria explicar sobre ele estar limpo, o problema na coluna, os médicos do pronto-socorro, o ciclo vicioso de dor crônica, mas parecia que eu tinha engolido um pedaço de gelo.

— Dez dias? — repetiu Maribel, mesmo que tivesse me ouvido perfeitamente bem.

Assenti, e ela ficou quieta por um tempo, ocupada fazendo anotações. Eu olhei para o teto. Parecia que o mundo inteiro estava acabando.

— Você usa alguma substância ilegal? — indagou ela.

— Não — respondi, com firmeza.

— Então você não usa drogas de nenhum tipo?

— Não.

Eu a encarei. Ela olhou para mim. Maribel estava esperando, certa de que eu iria ceder e confessar que fumava maconha de vez em quando. Mas ela podia ir se foder porque eu com certeza não fumava maconha de vez em quando. Por fim, ela olhou para o caderno.

— Tudo bem, então, vamos fazer os testes de urina? — pediu.

— Com todo prazer — respondi.

Ela pegou na bolsa um frasco de plástico para amostra de urina, o que parecia muito errado e íntimo demais, e me entregou.

Foi um alívio estar sozinha no banheiro. Fiz xixi no frasco. Quando estava grávida, eu tinha feito xixi em muitos frascos, e era muito mais fácil agora que não havia uma barriga enorme no caminho. Quando saí, Jinx estava segurando seu frasco e esperando para entrar, com a aparência paralisada de pavor.

Maribel estava na porta da frente, conversando com Suzie, que estava com Bodhi no colo. Suzie pareceu tão pequena de repente, uma criança segurando seu irmãozinho. Quando Bodhi me viu, ele gritou e estendeu seus bracinhos para mim, balbuciando, "Mamamamamamama", e eu o levantei e beijei sua bochecha gorda.

— O que eu vou fazer agora — explicou Maribel — é verificar alguns outros membros da sua família, sua mãe, seu padrasto, falar com eles, falar com o pediatra de Bodhi. E tenho seus demonstrativos financeiros, James me deu.

— Ela deu um sorriso quase largo demais, mostrando seus lindos dentes minúsculos como pérolas.

— Então a avaliação psicológica... — comecei.

Eu estava esperando que fosse de alguma forma ilegal ela interferir naquele processo, alguma confidencialidade entre advogado e cliente ou coisa da lei de proteção de dados médicos? No mínimo, parecia que o Serviço de Proteção à Criança deveria esperar até que as acusações fossem comprovadas antes de ir até Mark e dizer a ele que Jinx e eu éramos viciados em pornografia e drogas e que comíamos muito cereal cheio de açúcar.

— Posso falar com seu advogado — disse ela. — O caso estará em seu nome, eu posso encontrá-lo.

— Ah — falei, meu coração afundando. — Certo. Quem fez a denúncia contra mim? Desculpa perguntar.

— Infelizmente, é uma informação confidencial — disse Maribel. — Vamos receber o resultado dos testes de urina e podemos prosseguir daí. Uma coisa que posso te dizer é que Jinx precisará parar de tomar metadona para que Bodhi fique em casa, então ele deveria conversar com o médico sobre isso.

— Peraí, como assim? — falei. — Mas ele acabou de começar esse tratamento com metadona.

— É nossa política que os cuidadores estejam limpos e capazes de passar em um teste de drogas para que a criança permaneça na casa.

Era assustador como ela continuava falando "na casa" e não "em casa".

— Mas a metadona é um tratamento para abuso de substâncias. Por que você quer que pessoas com problemas de abuso de substâncias parem de receber tratamento para esses problemas? E se elas tiverem uma recaída?

— É a política — afirmou Maribel. — E não exigimos que elas parem o tratamento. Na verdade, ele terá que mostrar provas de estar em algum tipo de tratamento, geralmente um programa de doze passos.

Eu tinha feito toda essa pesquisa quando inscrevemos Jinx no tratamento com metadona, então falei:

— Mas por que, se a metadona tem uma taxa de sucesso de sessenta a noventa por cento e os programas de doze passos têm uma taxa de sucesso entre cinco e dez por cento? Por que insistir que as pessoas adotem a opção de tratamento menos bem-sucedida e com menor comprovação científica?

Essas foram as frases mais longas que consegui falar durante a visita.

— Aos olhos do sistema judiciário da Califórnia, metadona é apenas outro nome para heroína.

Ela deu de ombros.

— Mas *não é* — afirmei.

— Mas continua sendo — disse ela, sorrindo com confiança.

Bodhi gritou e estendeu a mão, agarrando a manga da camiseta de Maribel.

— Desculpe — falei, tentando soltar o pequeno punho apertado de Bodhi da camiseta dela.

— Ele é fofo — elogiou ela, um pouco triste, como se já soubesse que eu o perderia. — Veja desta forma: quando o teste de urina dele voltar, seu pai vai testar positivo para opiáceos. Eles podem ser metadona ou heroína. Não é possível sabermos a diferença.

— Mas você tem como saber por causa da papelada afirmando que ele está em um programa de tratamento com metadona — afirmei.

Eu sabia que a última coisa que deveria fazer era ficar irritada, mas isso era enervante.

— Ele também pode estar usando drogas. Muitas pessoas que usam metadona continuam usando drogas.

— O médico dele disse que a metadona bloqueia a euforia da onda da droga — argumentei.

— Não impede as pessoas de tentarem — afirmou Maribel.

E então Jinx apareceu atrás de mim, segurando seu frasco de xixi.

— Está tudo bem? — perguntou ele.

— Tudo ótimo! — falou Maribel, enquanto aceitava o xixi dele e o colocava na bolsa.

Tudo bem, não era uma bolsa-bolsa, era tipo uma sacola. Ela nem verificou se a tampa estava bem fechada, apenas colocou em um saco Ziploc e o jogou lá dentro.

— Entraremos em contato — avisou ela, como se fosse uma entrevista de emprego.

E eu ouvi a voz de Mark na minha cabeça: "As palavras podem se tornar vazias e, uma vez vazias, qualquer coisa pode ser feita com elas."

CAPÍTULO VINTE E TRÊS

Jinx e eu passamos a hora seguinte repassando a visita de Maribel em microdetalhes, tentando assegurar um ao outro de que tudo ficaria bem. Debatemos sobre quem tinha feito a denúncia, e imaginei que deveria ter sido Mark. Não havia como saber.

— O que me preocupa é o *seu* teste de drogas — disse Jinx.

— Meu teste de drogas? — perguntei. — Por quê?

— Por causa dos cogumelos — disse ele. — Quer dizer, não sei se eles testam para cogumelos.

— Meu deus — falei. Nem me lembrava dos cogumelos. — Ah, não, meu deus!

— Está tudo bem. Jesus, você não lembrou?

— Não! Eu não pensei nisso! Parece que foi há uma eternidade! Ainda pode aparecer no teste?

— Não entra em pânico — falou Jinx. — A WWE não testava para cogumelos, então o Serviço de Proteção à Criança também pode não testar.

Pesquisamos no Google e os resultados foram confusos. Havia vários tipos de testes de urina para coisas diferentes. Por fim, pensamos em pesquisar quanto tempo os cogumelos ficavam no organismo e, em teste de urina, eles apareciam por apenas um a três dias. Então, mesmo que testassem para cogumelos, eu devia estar livre. Os testes de folículo capilar eram uma história totalmente diferente, e nós dois agradecemos a Deus por não terem me pedido esse. Eu ia ficar bem. De alguma forma, não me sentia nada melhor.

— Não sei o que fazer — falei.

— Me deixa ver esse tornozelo — pediu Jinx, dando um tapinha na perna dele para eu colocar a minha ali. — Desce um pouco para conseguir dobrar o joelho.

Eu deslizei pelo sofá, Bodhi no meu peito. Ele estava com um humor maravilhoso, bêbado de leite. Jinx examinou meu pé, passando os dedos pelos tendões até encontrar o ponto que me fez estremecer, então verificou os ossos na parte superior, mas nenhum deles doeu.

— Acho que é uma torção — disse ele, finalmente levantando os olhos. — Ah, ei, por que você está chorando?

Dei de ombros, meu queixo franzindo. Eu não sabia por quê. De repente meu corpo não tinha outra maneira de processar tanta adrenalina. Eu não conseguia entender como tudo estava tão ruim. Não sabia se perderia Bodhi, se teria que sair do OnlyFans. Eu me senti culpada por ter uma noite só para mim, por dormir com JB, por pensar que estava tudo bem ser jovem de novo apenas por uma noite. As agulhas no meu armário.

— Eu sou uma pessoa ruim — disse, soluçando.

— Não — discordou Jinx. — Não, querida, você não é uma pessoa ruim.

Fechei os olhos.

Eu não conseguia confiar nele.

Ele também era uma pessoa ruim.

Jinx foi à farmácia comprar uma tornozeleira ortopédica para mim, e eu fui até meu armário, juntei o embrulho de agulhas, enfiei bem fundo no lixo de fraldas, então saí mancando, levando o saco de lixo para a lixeira enquanto Suzie cuidava de Bodhi. Sentei no meio-fio e liguei para JB, o sol ajudando a relaxar alguns músculos das minhas costas. Os corvos estavam gritando de um lado para o outro do estacionamento, discutindo nas árvores.

— Ei, como você está? Ficou tudo bem? — perguntou ele, sua voz tão calorosa e reconfortante.

— Na verdade, não — respondi.

— O que está acontecendo?

Eu não queria entrar em detalhes. Tudo parecia terrivelmente vergonhoso.

— Quer que eu vá até aí? — perguntou JB.

— Não.

Eu sabia que ele tinha apenas algumas horas antes de ter que ir para o aeroporto. Tínhamos feito planos provisórios de almoçar com meu pai, mas eu não conseguia imaginá-lo vindo aqui. Fiquei com vontade de vomitar. A ideia de vê-lo e ficar animada e feliz era quase grotesca.

— Não posso almoçar.

— Ah — soltou ele.

Ouvi a decepção em sua voz.

— JB — falei —, eu me diverti muito ontem à noite. Mas eu... eu acho que deveríamos parar de nos ver.

— O quê?

— Pelo menos por enquanto. Estou em uma situação muito ruim. Não falei sobre isso com você. Mark, o pai de Bodhi, está pedindo a guarda, e eu estou passando por toda uma investigação, e o Serviço de Proteção à Criança veio hoje... Alguém me denunciou por negligência. Eu... — Parei, minha voz falhando. Doeu ter que admitir tudo isso para ele.

— Ah, Margô, sinto muito — disse JB.

— Eu realmente preciso me concentrar nos meus problemas agora — expliquei. — Não há espaço na minha vida pra romance, mesmo se eu quisesse.

Houve uma pausa, então eu o ouvi suspirar. Queria poder ver seu rosto.

— O que foi? — perguntei.

— Eu ia dizer... eu não poderia ajudar? Eu não poderia ir aí e oferecer apoio moral ou... sei lá?

— É só que, JB, eu estou fodida. Estou muito fodida. Preciso me concentrar e fazer a coisa certa e ser adulta.

Não falei que achava que ele não poderia me ajudar. JB ficou estranho pra caramba só de conhecer o bebê; ele não teria como segurar Bodhi enquanto eu ligava para Ward ou ia ao banheiro. E eu não o queria lá. Eu sabia que era irracional, mas parecia que passar a noite longe de Bodhi tinha feito Maribel aparecer.

— Se é isso que você quer — concluiu JB.

— É o que eu preciso — falei. — Pelo menos agora.

Eu não tinha certeza se as coisas melhorariam no futuro também. Minha mente se prendeu naquele momento em que falávamos sobre minhas avaliações de pau, a cautela que tinha surgido em seu rosto. Como isso funcionaria entre mim e JB? Que cara seria capaz de tolerar meu telefone vibrando o tempo todo com fotos de paus de outros homens? Podíamos mentir para nós mesmos por um tempo e fingir que poderia funcionar, mas como? Eu não sabia se era melhor dizer tudo isso ou deixar que não fosse dito.

— Me desculpa — falei. — Essa com certeza vai ser uma daquelas coisas das quais me arrependo.

— Então por que você está fazendo isso? — perguntou JB, agora com uma raiva real e verdadeira.

Ótimo, pensei, *fica bravo comigo. Me odeia. Grita e me liberta.*

Quando desligamos, eu me curvei como se tivesse sido esfaqueada e fiquei ali, lembrando como, depois que terminamos de fazer amor, corremos para o quintal nus e entramos na água fumegante. Fiquei preocupada que isso não fosse bom para o meu tornozelo, mas não me importei, não queria pensar nisso. As estrelas brilhavam acima de nós, e nós dois gememos enquanto relaxávamos na banheira de hidromassagem.

— Você está brilhando — comentou ele, gesticulando para a névoa ao nosso redor. — O vapor faz parecer que sua pele está brilhando. Como se você fosse uma deusa.

Eu ri, encantada.

— Acho que talvez você seja — disse ele. — Essa é a única explicação racional.

— Explicação para o quê? — perguntei, e o beijei para que ele não pudesse responder.

Claro que eu não poderia ser tão feliz.

Por que pensei que merecia uma coisa dessas?

Jinx voltou com a tornozeleira e, de modo encantador, refeições congeladas para os dois.

Margô se sentiu melhor com a tornozeleira, mais segura.

— Você acha que eu devia deletar meu OnlyFans? — perguntou ela, abrindo o pacote de salgadinhos.

— Não é ilegal ter um OnlyFans — apontou Jinx. — Acho que eles não podem te obrigar a sair.

— Também não é ilegal tomar metadona! — exclamou Margô. — O que vamos fazer? Você não pode parar o tratamento!

— Ah — murmurou Jinx, de repente hesitante. — Achei que essa parte fosse fácil. Eu acho que nós... Quer dizer, acho que eu deveria me mudar.

Ele disse isso de uma forma tão blasé. Como se não a estivesse empurrando de um barco para a água congelante.

— Se eu não morar aqui — continuou ele —, eles não vão poder ditar qual tipo de tratamento devo seguir. E a metadona, Margô, eu tô com esperança de verdade. Não quero desistir.

Margô assentiu rapidamente, colocando o cabelo atrás das orelhas.

— Claro — concordou ela. — Mas... — Ela não sabia como expressar isso, como dizer. Não tinha uma desculpa para quanto queria que ele ficasse. — Para onde você iria? — perguntou, por fim.

— Algum lugar perto, pelo menos por enquanto — respondeu ele. — Quero ficar perto da clínica. Mas, um dia, você sabe, provavelmente vou ter que voltar a trabalhar de novo.

Margô assentiu, incapaz de falar. Não que achasse que Jinx moraria com ela e Bodhi para sempre. Mas o que faria sem ele? A ideia de continuar no OnlyFans sem Jinx parecia assustadora de alguma forma, só Bodhi e ela e seu jardim de vermes penianos. Ela não conseguia nem imaginar. E, no fundo, tinha certeza de que, se continuasse com o OnlyFans, Maribel encontraria uma maneira de levar Bodhi. Ela conseguia imaginar a mulher sorrindo enquanto tirava Bodhi de seus braços. Mas como Margô se sustentaria? Quem cuidaria de Bodhi? Ela estava de volta à mesma situação em que sempre esteve, e se houvesse um processo, ela poderia nem ter poupança alguma.

— Em qual carreira dá para ganhar um bom dinheiro sem estudar? — perguntou a Jinx.

— Não se precipite — insistiu Jinx. — Sinto que, se fosse tão óbvio, ela teria dito que você tinha que parar. Você deve passar no teste de xixi, os cogumelos não vão aparecer. Eles não podem levá-lo, Margô. Você não fez nada de errado.

Mas Margô sabia que o mundo estava perfeitamente disposto a puni-la, não importa o que tivesse feito.

Ela fez um rascunho do anúncio para seus fãs naquela noite.

Explicou que estava voltando para seu planeta natal e que sentiria muita falta de todos eles, e que havia esculpido réplicas exatas de cada um de seus pênis em papel-alumínio e planejava comer um por dia até que todos acabassem. Ela deixou o cursor sobre o botão "postar". Não faria isso esta noite. Havia muitas incógnitas. Ela precisava bolar um plano. Pensou em Ward dizendo que o estado da Califórnia preferiria que uma criança pudesse comer e tivesse uma mãe que vendesse nudes do que não comer. Ela precisaria inventar alguma outra maneira de ganhar dinheiro e descobrir como cuidar de Bodhi, agora que Jinx iria se mudar.

Ela tirou um velho fichário de três argolas da prateleira, o que tinha usado para a aula de Mark, abriu e tirou todas as folhas. Faria isso do jeito que tinha feito todo o resto.

Quanto mais ela lia, mais o plano se tornava coerente em sua mente. Se saísse do OnlyFans, Mark não teria motivos para levar Bodhi; eles não teriam que ir para a justiça. Ela poderia usar os trinta mil em sua conta para se lançar em outra carreira. Poderia contratar Suzie como babá. Ela estava há uma hora pesquisando sobre como se tornar corretora imobiliária quando o telefone vibrou com uma mensagem de JB. Pensando em você, dizia. Ela o largou sem responder. Esse era exatamente o problema. Ela não podia se dar ao luxo de pensar nele. A avaliação domiciliar da dra. Sharp seria em três dias, e Margô tinha que estar pronta.

No começo, foi muito estranho ter a dra. Sharp em seu apartamento, como ver sua professora da segunda série no mercado, e então, de repente, não foi mais estranho.

— O que é tudo isso? — perguntou a dra. Sharp, gesticulando para as caixas de mudança de Jinx.

Margô sabia que havia prometido a Ward que mentiria para a dra. Sharp sobre o vício de Jinx, mas, se ela ia sair do OnlyFans e ele ia se mudar, Margô não via sentido nisso, e havia algo maravilhosamente libertador em ser direta. Ela explicou a visita do Serviço de Proteção à Criança, e a dra. Sharp confirmou que ela não havia sido desencadeada pela avaliação psicológica.

— Eu imaginei — disse Margô.

Depois, ela explicou a recaída e o tratamento de Jinx, e que o Serviço de Proteção à Criança exigia que ele parasse de tomar metadona.

— E queremos que ele tenha sucesso, queremos medicamentos eficazes e baseados em evidências, e isso significa continuar com a metadona, então ele tem que se mudar. — Margô deu de ombros.

— Entendo — falou a dra. Sharp.

Ela não parecia aprovar, mas também não falou de forma crítica. Elas se acomodaram à mesa de jantar. Bodhi estava na cadeirinha, e Margô estava dando purê de inhame para ele.

— Decidi sair do OnlyFans — contou Margô. — Ainda não contei ao Mark. Mas não vejo outra opção. Não posso colocar meu filho em risco assim.

— Então você acha que o seu trabalho está prejudicando Bodhi? — perguntou a dra. Sharp.

Margô bufou.

— Não! Mas não estou disposta a deixar o Serviço de Proteção à Criança entrar aqui e estragar tudo quando bem entenderem.

Ela estremeceu, imaginando Maribel estendendo os braços para Bodhi, do jeito melancólico que ela disse "ele é fofo".

— Entendo. Então, o que você está pensando em termos de trabalho? — quis saber a dra. Sharp.

Como nunca tinha se sentado tão perto dela, não tinha visto os pelos macios em suas bochechas rechonchudas; eles a faziam parecer mais humana. Ela era, apesar de tudo, apenas mais uma mulher. Provavelmente uma mãe.

— Tenho um bom dinheiro guardado — disse Margô. — Estava pensando em virar corretora imobiliária.

Ela gostou de como isso soou firme e adulto. Quando contou a Jinx, ele ficou exasperado com ela.

— Você vai odiar — soltou ele. — Aquelas pessoas são todas umas falsas! Margô, não, isso não é pra você.

Pelo menos a dra. Sharp não reagiu assim, ela apenas assentiu e anotou alguma coisa.

Margô limpou um pouco de inhame do rosto de Bodhi. Ele estava gritando e balbuciando, tão feliz. Ele amava inhame. Ela começou a usar a linguagem de sinais de bebê com ele, e ele juntou os dedos no sinal de "mais".

— Você quer mais?! — falou ela, rindo. — Não tem mais!

Bodhi sinalizou freneticamente: *Mais, mais!*

— Ok, tudo bem, você quer banana? — perguntou ela.

Margô descascou a banana e amassou em uma pequena tigela azul com um garfo enquanto Bodhi gritava de alegria e impaciência como um chimpanzé. Ela estava dando o inhame com uma colherzinha. Na maioria das vezes, ela o deixava se alimentar com os dedos. Não sabia se isso era bom ou ruim, mas era sua crença secreta que isso não poderia fazer mal e poderia até ajudar suas habilidades motoras finas.

— Isso pode virar uma bagunça — disse ela à dra. Sharp. — Ele adora comer sozinho, e eu acho que é bom pra ele ter que usar as mãos.

Margô deu a tigela para ele, e ambas observaram Bodhi, que parecia comicamente animado, enquanto ele direcionava a mão para dentro da banana e depois a colocava na boca. Era realmente incrível como ele tinha que manipular as mãos com consciência, como se estivesse operando uma máquina de garra de fliperama, cada movimento espasmódico e um pouco torto.

— Isso te deixa mais impressionada com os veados — comentou Margô.

— Como assim? — perguntou a dra. Sharp.

Ela havia tirado o blazer em algum momento.

— Ah, eles andam desde o nascimento e tudo mais. Ou as cobras, que não precisam de nenhum cuidado parental, elas saem do ovo, dizem "fui" e vão tentar ser cobras. Elas são programadas para saber o que fazer. Eu me pergunto como é, agir completamente por instinto assim.

— Essa é uma pergunta interessante — disse a dra. Sharp.

Ela não escreveu nada dessa vez. Não estava dizendo que era interessante Margô ter dito isso, como se a estivesse avaliando. Parecia genuinamente interessada em como seria ser um filhote de cobra. Elas eram duas mulheres imaginando ser um filhote de cobra.

Quando Bodhi ficou todo coberto de gosma, Margô o despiu e o colocou na banheira, espalhando os brinquedos ao redor dele. A dra. Sharp se sentou no vaso sanitário fechado. Margô se ajoelhou perto da banheira. Ela tinha se preocupado em se sentir desconfortável com Bodhi na frente da dra. Sharp, como havia ocorrido com Maribel, todas as palavras desaparecendo, tudo saindo errado. Mas descobriu que não se importava se a mulher estava observando; ela ia dar banho em Bodhi como sempre fazia porque era o que Bodhi esperava dela, e Bodhi era mais importante para ela do que a dra. Sharp de uma forma quase física.

A dra. Sharp ficou enquanto Margô o tirava da banheira e o vestia com uma fralda limpa e pijama.

— Então, em geral, nesse ponto, eu o amamento até ele dormir — informou ela, principalmente para avisar à dra. Sharp que estava prestes a colocar um peito para fora.

— Tudo bem, Margô. Acho que já vi o suficiente. Você foi muito generosa em me receber. Vou largar do seu pé e deixar você cuidar de Bodhi.

— Ah, tudo bem.

Margô a acompanhou até a entrada.

— Muito obrigada — disse a dra. Sharp. — Sei que é estranho ser observada na sua casa com o seu filho. Requer muita confiança. Obrigada por me deixar fazer parte da sua noite.

— Ah, imagina! — falou Margô. Ela quase disse: "Sempre que você quiser!"

E então a dra. Sharp foi embora. Pareceu quase fácil demais. Margô se preocupou que pudesse ter feito algo errado, embora não conseguisse pensar no que poderia ter sido.

Ela foi para a cama pensando sobre cobras mães e seus filhotes, e se cobras sentem amor umas pelas outras, ou se elas tiram esse intenso prazer de algum outro aspecto de sua natureza, talvez de matar. Ela imaginou uma cobra filósofa contando às cobras aprendizes sobre o bem maior e como todos sabiam que era matar.

Ela teria dado qualquer coisa para ter alguém com quem expressar esses pensamentos, mas sabia que não seria justo ligar para JB, mesmo que falar com ele fosse mais maravilhoso do que qualquer coisa. Quem se importava com sexo quando o que você precisava era de alguém para conversar no escuro? Ela pensou sobre o que seu pai tinha dito a respeito das mulheres e por que ele sempre acabava traindo. As pessoas são tão solitárias. Mesmo quando fazem coisas horríveis, muitas vezes se resume a isso, se você apenas tirar um tempo para entendê-las. Parecia que isso devia significar que o mundo poderia ser melhor, que as pessoas poderiam ajudar umas às outras, como Jesus disse. E ainda assim não é o que acontece. Parece que isso quase nunca acontece.

Ela não conseguia deixar de pensar que, se entrasse no mercado imobiliário e as coisas se acalmassem, e se seu telefone não estivesse vibrando com paus, e se ela não passasse os dias com lingerie de cosplay, ela e JB poderiam tentar namorar de verdade. Mas era difícil imaginar. Sempre que Margô pensava em si mesma como corretora imobiliária, ela imaginava seu corpo com o rosto de outra pessoa colado nele, a balança ligeiramente desequilibrada, a cabeça grande demais, tipo uma Barbie. Ela tentou imaginar um boneco JB usando os braços rígidos para agarrar a boneca Margô, beijando-a com seus lábios de plástico dormentes.

CAPÍTULO VINTE E QUATRO

Na manhã seguinte, apareci no prédio de Kenny bem quando Shyanne saía pela porta da frente vestida da cabeça aos pés com peças da Lululemon azul-marinho, arrastando um labrador amarelo que não devia ter mais de oito semanas de idade.

Não achei que ela conseguiria me ver através do reflexo do para-brisa, mas ela ficou paralisada assim que saiu. Acho que havia poucos Civics roxos com grandes amassados no lado direito do para-lama dianteiro. Quando tirei Bodhi do carro e me juntei a ela na sombra, ela parecia tão nervosa que quase não sabia o que dizer.

— Vim me desculpar — expliquei. — Vou acabar com a conta e tirar licença de corretora imobiliária. E tentar ser... alguém de quem você possa se orgulhar.

Eu me esforcei para botar as palavras para fora. Tentei ler seu rosto, mas estava na defensiva. Estava excessivamente quente para fevereiro, e eu via o suor se acumulando no lábio superior de Shyanne.

— Não sei se algum dia conseguirei te perdoar — disse ela.

Minha reação imediata não foi mágoa, mas ceticismo. Uma sobrancelha completamente erguida. Tipo: *É assim que você quer fazer essa cena, senhora?* Eu sabia que não era assim que eu deveria me sentir, então tentei voltar a me sentir arrependida e mal.

— Gostaria de poder voltar atrás — admiti. — Gostaria de ter ido ao seu casamento.

— Bem, você não pode voltar atrás.

— Eu sei disso.

O cachorrinho estava pulando em meus pés.

— Você tem um cachorro — comentei. Eu me abaixei para mostrá-lo a Bodhi. — Está vendo o cachorrinho? É um cachorrinho!

Assim que nos aproximamos, ele pulou e lambeu nossos rostos com um delicioso hálito de cachorrinho. No começo, Bodhi ficou aterrorizado e se agarrou a mim, depois gritou de tanto rir e continuou tentando tocar a cabeça do cachorro, quase atingindo-o no olho com seus dedos minúsculos.

— Qual é o nome dele? — perguntei.

— Tenente — respondeu Shyanne. — Kenny queria um labrador há anos e dar o nome de Tenente, então... — Ela gesticulou meio enojada para o adorável cachorrinho.

— Ele é um amor — falei.

— Eu ia levar ele para passear.

Shyanne fez um gesto que parecia um convite, então eu a segui. Não estávamos exatamente levando Tenente para passear, mas vagando devagar pela grama para que ele pudesse rolar em um raio de novecentos metros ao nosso redor.

— Como você está? — perguntei, determinada a superar sua frieza.

Eu a segui enquanto ela seguia o cachorrinho, e ela respondeu todas as minhas perguntas sucintamente, fingindo mágoa. Ela estava explorando isso quase além da minha capacidade de fingir arrependimento quando, de repente, tocamos no assunto de jogo em Vegas. Ela era como o sol surgindo por trás das nuvens enquanto descrevia seu sistema de acordar no meio da noite, sair furtivamente do quarto de hotel, jogar até às quatro e depois voltar para a cama antes que Kenny acordasse. Ela detalhou uma partida, jogada por jogada, em que ganhou quase dez mil. Eu me lembrei de JB dizendo que sua mãe tinha a energia parecida com a da atriz Lucille Ball e pensei que talvez fosse por isso que nos entrosamos daquela maneira, ambos criados por essas adoráveis psicopatas.

— E você nunca contou a ele? — Eu ri.

— Claro que não! — disse ela. — Você sabe que ele colocaria em algum título ou poupança que não dá para sacar por trinta anos.

Eu ri. Falei um pouco mais sobre a ideia de virar corretora imobiliária, e Shyanne ficou extremamente entusiasmada.

— Margô, isso é genial — falou ela, e me convidou para entrar no prédio e experimentar uma nova bebida que ela gostava muito.

Seu personal trainer havia recomendado e acabou sendo um pó vermelho que você misturava com água, 150 miligramas de cafeína e niacina suficiente para fazer a pele do meu braço formigar. Estávamos sentadas à mesa da cozinha de Kenny ou acho que à mesa da cozinha deles agora. Bodhi estava no meu colo.

— Você vai precisar de roupas novas — dizia Shyanne. — Estou pensando em terninhos com saia, estou pensando em Victoria Beckham. Estou pensando em pernas à mostra e um batom nude. Estou tão animada!

Shyanne estava radiante. Meu coração estava acelerado por causa do pó vermelho, e também de alívio, uma ânsia de que as coisas fossem fáceis entre nós novamente. Ela segurou minha mão.

— Estou tão feliz por você ter caído em si. Eu sabia que isso ia acontecer! Eu sabia que você não ia querer perder seu filho. Mas estou tão, tão feliz.

Eu travei.

— Como assim, perder meu filho?

Eu conseguia ouvir o zumbido das luzes do teto na cozinha de Kenny.

— Bem, eles foram lá, não foram?

Eu não tinha contado a ela sobre a visita do Serviço de Proteção à Criança.

— Quer dizer, que alerta! — falou ela. — Kenny falou que era disso que você precisava, e ele estava certo, eu acho.

Demorou um pouco para tudo isso se encaixar no meu cérebro.

— Peraí, você está dizendo que... vocês ligaram para o Serviço de Proteção à Criança?

— Bem, eu não, mas Kenny, sim — respondeu ela.

— Meu deus, mãe — falei.

De repente, imaginei estender a mão, agarrar suas extensões de cílios e arrancá-las do rosto dela.

— Bem, olha, funcionou! — Ela apontou para Bodhi no meu colo.

Olhei para ela, tremendo de raiva.

— Eu poderia ter perdido o Bodhi. Mãe, a investigação ainda está em andamento. Eu ainda posso perdê-lo!

— Ah, eles não vão levá-lo embora se você parar de fazer o OnlyFans — afirmou Shyanne, acenando com a mão para afastar a ideia.

Meu coração estava batendo cada vez mais rápido. Seria diferente se eu achasse que ela estava com medo pelo Bodhi, mas eu não acreditava nisso nem um segundo.

— Se você estivesse realmente preocupada, você não teria, sei lá, ligado?! Passado na minha casa?

— Nós não estávamos exatamente nos falando! — exclamou ela. — Já que você postou tudo aquilo no Facebook! Quer dizer, honestamente, Margô, o que você estava pensando?

— Mãe, eu não postei aquilo. Por que você acha que fui eu que postei aquilo? Fizeram *doxxing* comigo. Dava pra ver. O nome da conta que postou era DetetivesDeVagabundas!

— Bem, eu não vi isso — falou Shyanne. — Achei que você estivesse fazendo um anúncio.

— Jesus Cristo.

Tinha a sensação de que ia rir ou vomitar. Ela era uma grande idiota.

— Bem, seja lá como for, não importa, porque Kenny viu, e quando ele soube, não deixou isso de lado porque não era certo uma criança crescer em um lar assim, seríamos responsáveis por abuso infantil se ficássemos de braços cruzados, permitindo isso acontecer. E ele me obrigou a denunciar!

— Ele te *obrigou*?

Eu me levantei, sem conseguir ficar sentada por mais tempo. Bodhi percebeu a mudança de clima e começou a choramingar em meus braços.

— Eu não conseguia ter um momento de paz! E quanto mais ele dizia isso, quer dizer, eu também não achava que você devia estar fazendo aquilo! Eu não gostava que você estivesse fazendo... — Ela teve dificuldade em saber como chamar, então sibilou: — Tudo *aquilo*. Achei que isso te ensinaria uma lição. Isso é sobre você e suas decisões. Tentando *me* culpar por isso.

Ela se levantou também e andou pela cozinha, tomando sua bebida vermelha com o canudo. Seu rosto parecia hiper-real na luz fluorescente. Meus olhos estavam cheios de lágrimas, e tudo que eu conseguia pensar era: por que ela não me ama? O que eu fiz para merecer que esse seja todo o amor que recebo?

— Margô, me desculpa — disse minha mãe, diminuindo a distância entre nós. Ela estendeu a mão e apertou meu ombro. Sua mão estava fria. — Me desculpa — ela meio sussurrou, meio sibilou —, mas o que eu deveria fazer? Kenny não é exatamente o cara mais adaptável!

— Então por que você se casou com ele?

Ela apertou meu braço com força e sussurrou:

— Você não acha que todo dia eu me pergunto se cometi um erro? Mas foi a escolha que eu fiz. Foi a única escolha que pensei que poderia fazer na época.

Deve ter sido atordoante, Jinx aparecer com aquelas rosas. Alguma parte dela deve ter considerado abandonar Kenny naquele momento. Mas ele era uma coisa certa. Essa era a parada dele. E aqui estava ela me pedindo que entendesse como o mundo era problemático e como ela estava presa nele. Ela vinha me pedindo para fazer isso a minha vida toda, e eu sempre, sempre entendi. Entendi que ela não poderia magicamente fazer Jinx ficar e nos amar. Entendi que ela precisava de romance, e isso significava namorar homens de quem eu não gostava ou que eu não queria por perto. Entendi que ela precisava trabalhar nos fins de semana, entendi que não tínhamos tanto dinheiro, entendi que ela precisava de uma cerveja depois do trabalho, entendi quando cozinhar o jantar era demais para ela. Eu a amava. Eu entendi tudo.

Mas às vezes entender não era o suficiente.

— Não usa seu julgamento e vergonha sobre como eu estava ganhando a vida e tenta fingir que é amor — falei, praticamente cuspindo —, que você está preocupada, ou que fez isso para o meu próprio bem. Você não se importa com o que é bom para mim, o que é melhor para nós. Você se importa só com não irritar seu novo marido para poder continuar usando roupas da Lululemon e ter um personal trainer.

Shyanne fez um barulho de descrença. Ela parecia não saber responder de outra forma.

— Some da minha vida — falei. — Só some!

E então eu saí, mancando com o tornozelo ruim, meu filho chorando nos braços. Quando saímos para o sol forte, ele se acalmou, olhou ao redor, surpreso por ter mergulhado em um lindo dia. Árvores balançavam ao nosso redor, salpicando as calçadas com sombras flutuantes.

Não, pensei, enquanto caminhava até o carro. Eu não sabia para o que eu estava dizendo não, o que eu queria dizer, só sabia que a palavra estava certa. *Não.*

De jeito nenhum. Não desse jeito.

Quando cheguei em casa, Jinx estava procurando apartamentos e Suzie estava na aula, então não havia ninguém para conversar e compartilhar o que tinha acontecido. Coloquei Bodhi para tirar um cochilo e comecei a dobrar roupa, sem saber o que mais fazer, quando meu telefone tocou com um e-mail de Ward. Tudo o que dizia era: Tá bom pra você? Havia um anexo, um PDF intitulado RelatórioAvalPsicoCaso#288862. Nunca cliquei tão rápido em algo na minha vida.

As cinco primeiras páginas eram um labirinto enervante de caixas de seleção detalhando exatamente quem havia solicitado a avaliação e o que ela deveria incluir, quem havia pagado por ela, quais restrições legais foram impostas. Depois havia uma página com grandes letras em negrito no topo: RECOMENDAÇÕES.

O arranjo de guarda que melhor serviria aos interesses da criança em relação à saúde, segurança e bem-estar da criança e à segurança de todos os membros da família é:
Guarda Física: Mãe ☑
Guarda Legal: Mãe ☑

Eu arfei e continuei rolando o PDF, desesperada para saber mais, para entender o que significava, se era vinculativo. Perto do fim, a estrutura semelhante a um formulário parou e havia um relatório.

Fui nomeada pelo tribunal a pedido do pai da criança "Bodhi Millet", "Mark Gable", para avaliar a aptidão psicológica e a capacidade de "Margô Millet", mãe de "Bodhi", de cuidar da criança. No caso de "Margô" ser considerada psicologicamente apta, o pai "Mark" pede que ela mantenha a guarda legal e física total. "Margô" também quer manter a guarda legal e física total, simplificando significativamente a questão postulada pelo tribunal quando encomendou o relatório: "Margô Millet" é capaz de fornecer um ambiente saudável e seguro para "Bodhi"? E, no caso de não ser, qual seria o melhor ambiente para "Bodhi"?

Para avaliar o perfil psicológico de "Margô", utilizei o teste MMPI-2 administrado em meu escritório, em 28 de janeiro de 2019. "Margô" pontuou dentro da faixa normal em nove de dez escalas, com uma pontuação alta (63) um pouco fora da faixa normal na Escala 5 Masculinidade/Feminilidade. Nas Escalas de Conteúdo, a medição de "Margô" atingiu o item DEP (depressão) alto-normal, indicando alguns pensamentos/tendências depressivas, bem como CIN (cinismo) alto-normal, indicando cinismo subjacente e crenças misantrópicas. A Escala PAS (práticas antissociais) indica um tipo de personalidade associado ao abuso de substâncias, mas "Margô" não tem problemas conhecidos de abuso de substâncias, embora o vício ocorra em sua família. (Resultados completos em anexo.)

"Margô" mora em um apartamento de quatro quartos com o filho "Bodhi", o avô "James" e a colega de quarto "Suzanne". O avô "James" está em processo de mudança para seu próprio apartamento e não vai mais morar com "Margô". No momento, ele está se recuperando do vício em opiáceos e está inscrito em um protocolo de tratamento com metadona. Quando entrevistado, seu médico disse que ele ainda não deixou de tomar nenhuma dose e aborda a recuperação com a seriedade apropriada.

"Margô" foi aluna de "Mark" em um curso universitário intitulado "Literatura inglesa 2 — Vozes não naturais: levando a narração ao limite", no segundo semestre de 2017, na Fullerton College. "Mark" iniciou o caso. Na época, "Margô" tinha dezenove anos, e "Mark", trinta e sete. Ele era então casado com "Sarah Gable", com quem tem dois filhos, "Hailey" e "Max". Seu caso com "Margô" durou aproximadamente seis semanas, durante as quais "Margô" engravidou e decidiu ter o filho. "Mark" não queria se envolver na vida da criança naquela época.

"Mark" e sua esposa, "Sarah", estão atualmente em processo de divórcio e em mediação pela guarda dos dois filhos, "Hailey" e "Max". "Mark" não tem domicílio permanente e, no momento, está morando com a mãe, "Elizabeth". Ele tem a guarda provisória de fim de semana de "Hailey" e "Max", com quem tem bom relacionamento, e "Sarah" não relatou nenhuma preocupação com maus-tratos. Ele manteve o emprego na Fullerton College apesar do caso e é financeiramente estável.

A gravidez de "Margô" foi saudável, e seus registros médicos não indicam nenhuma evidência de abuso de substâncias, apesar de o hospital ter mantido "Margô" por vinte e quatro horas extras para executar um painel de drogas adicional quando o primeiro deu negativo. "Bodhi" nasceu sem complicações de saúde com um peso normal-baixo de 2,721 kg.

Além do MMPI-2, entrevistei "Margô" no meu consultório em 2 de fevereiro de 2019. "Margô" chegou na hora e com trajes apropriados. Ela estava limpa e arrumada, sua fala era clara, seus maneirismos não eram incomuns e seu contato visual estava dentro dos limites normais. Seu funcionamento intelectual-cognitivo é alto, e ela consegue se expressar verbalmente com facilidade. "Margô" parece ser capaz de perceber com precisão o mundo ao seu redor, apresentando os outros, mesmo aqueles com quem ela tem conflito, de uma forma flexível.

"Margô" tem um autoconceito moderadamente prejudicado e consistentemente se estima como superior e inferior aos outros. Ela está em conflito sobre sua identidade e papel no mundo adulto e tenta proteger sua vulnerabilidade com uma atitude afetada de poder e dominância. Atualmente, ela tem níveis administráveis de ansiedade e depressão, embora esses sentimentos se concentrem principalmente na disputa pela guarda e no relacionamento com a mãe. A regulação emocional de "Margô" é apropriada para sua idade jovem, e, embora ela tenha começado a chorar em vários pontos da entrevista, conseguiu se acalmar e permanecer no controle de suas faculdades mentais.

Os históricos educacionais de "Margô" e suas pontuações no exame de admissão para a faculdade indicam capacidade intelectual acima da média. No entanto, ela abandonou a Fullerton College e parece não ter mais ambições educacionais. Deve-se notar que ela deixou a faculdade a pedido do pai "Mark" e da avó "Elizabeth", que solicitaram a ela que assinasse um acordo de confidencialidade mantendo a filiação de "Mark" em segredo. "Margô" assinou esse acordo e cumpriu seus termos; em troca, recebeu 15.000 dólares, bem como um fundo para a criança "Bodhi" no valor de 50.000 dólares.

"Margô" está atualmente trabalhando como uma personalidade de mídia social no OnlyFans e no TikTok. OnlyFans é um site voltado para o público adulto que oferece conteúdo sexual. A preocupação de "Mark" com o bem-estar de "Bodhi" gira quase exclusivamente em torno do trabalho dela no OnlyFans. O referido trabalho não é ilegal e paga extremamente bem, permitindo que ela trabalhe em casa e forneça cuidados em tempo integral a Bodhi. Está bem estabelecido que o trabalho sexual é altamente correlacionado com resultados psicológicos negativos, com maior propensão de as populações em risco sofrerem de depressão, transtornos de humor e ideação suicida. "Margô" não exibe nenhum desses comportamentos, mas é um risco inerente ao trabalho que ela escolheu e que não pode ser ignorado, ainda mais considerando seu potencial para vício, idade jovem e tendência à depressão. Embora ela tenha planos de trabalhar no mercado imobiliário, seu futuro financeiro permanece incerto e certamente continuará a ser uma fonte de estresse.

Como parte da minha avaliação, realizei uma Observação Mãe-Filho no apartamento de "Margô". O imóvel estava limpo e conservado, e a fala de "Margô" não estava prejudicada, nem havia sinais em seu modo de andar ou maneirismos de uso de álcool ou drogas. Observei-a alimentar Bodhi, dar-lhe banho e prepará-lo para dormir.

"Margô" demonstra altos níveis de afetividade positiva, envolvimento e responsividade em suas interações com "Bodhi", usando comportamentos não verbais como sorrir, acenar e rir para expressar cuidado, além de comunicação verbal que incluía espaço para "Bodhi" responder.

"Margô" foi competente em estabelecer uma estrutura adequada para "Bodhi", bem como em administrar a frustração ou animação dele e acalmá-lo quando necessário. Durante o jantar, ela permitiu que "Bodhi" se alimentasse com as mãos, apesar da bagunça que isso causa. Durante o banho, manteve as devidas precauções de segurança e estava alerta para a segurança dele na água, enquanto ainda o deixava explorar e correr riscos físicos. Esse tipo de abordagem de alto cuidado e baixo controle foi considerada ótima em vários estudos.

"Bodhi" parece ter um temperamento flexível com algumas características de criança ativa. Ele fica fisicamente à vontade com Margô e responde a seu toque e seus elogios verbais, mostrando sinais de prazer como sorrir, rir e bater palmas. Seu balbucio e sua coordenação física são normais para a idade. Seu pediatra (carta anexa) não tem preocupações sobre sua saúde ou a capacidade de "Margô" de ser mãe, e de fato a descreveu como "excessivamente cuidadosa".

Atualmente, "Margô" está sob investigação do Serviço de Proteção à Criança. Quando contatado, o Serviço de Proteção à Criança indicou que não concluiria a investigação dentro de um prazo conveniente para este processo de guarda. Como não havia sinais de maus-tratos ou negligência em minha própria investigação, decidi que seria imprudente esperar, mas fico feliz em fornecer um adendo assim que suas descobertas forem disponibilizadas. Este relatório também está sendo fornecido ao referido serviço para a investigação.

De tudo o que vi, "Margô" está psicologicamente apta a manter a guarda legal e física total de "Bodhi" e não há sinais de maus-tratos, negligência ou dano. "Margô" atualmente tem a custódia de "Bodhi". Como a investigação do Serviço de Proteção à Criança está em andamento, é costume que as disputas de guarda sejam suspensas até que a investigação seja resolvida, mas como "Margô", neste momento, tem a guarda de "Bodhi", e tanto "Mark" quanto "Margô" desejam que ela a mantenha até a aceitação deste relatório, nenhuma outra ação precisa ser tomada. No caso de uma descoberta do Serviço de Proteção à Criança contraindicando este relatório, a guarda será reavaliada por meio dos mecanismos padrão.

É minha recomendação que "Mark" tenha direito a visitas semanais, se ele assim desejar, e que pague pensão alimentícia de acordo com sua renda por um ano, momento em que a situação poderá ser reavaliada à medida que a organização da vida doméstica de "Mark" se torne estável e o impacto psicológico, se houver, do emprego de "Margô" se torne mais evidente.

Fiquei muito feliz, embora também fosse assustador ler sobre mim mesma dessa forma, e no fim me senti um pouco enjoada. Eu ainda estava cercada por pequenas pilhas de roupas dobradas de Bodhi. Não tinha certeza do que fazer a seguir, se deveria terminar de enrolar suas meias minúsculas ou ligar para Ward. Naquele momento, Bodhi acordou, e seus gemidos saíram modestos, mas altos, pela babá eletrônica. Fui até ele e o troquei. Ele estava com um humor risonho. Realmente, não havia maior prazer na Terra do que um bebê que dormiu bem. Soprei na barriga dele, fazendo barulhos engraçados, enquanto ele gritava de alegria, e, quando parei, nós dois estávamos ofegantes, nos olhando e sorrindo, e pensei com uma voz robótica: "Esse tipo de abordagem de alto cuidado e baixo controle foi considerada ótima em vários estudos."

Fiquei orgulhosa. Quer dizer, "ótima"? Está bom para mim.

Eu também estava pensando que, se foi Shyanne quem ligou para o Serviço de Proteção à Criança, então não tinha sido Mark, e isso mudava as coisas. E, com o relatório da dra. Sharp, havia uma boa chance de evitar que isso fosse para a justiça. Eu precisava saber exatamente com o que eu estava lidando.

CAPÍTULO VINTE E CINCO

O endereço de Mark estava nos documentos sobre a guarda. Presumi que seria um apartamento, mas, quando cheguei, era uma versão em miniatura da Casa Branca. Uma empregada atendeu a porta e me levou por uma sala de estar toda branca, passando por uma cozinha de mármore carrara e por algumas portas francesas até o quintal. Havia uma piscina e uma cozinha ao ar livre. Ela apontou para um grupo de árvores com folhas prateadas além da piscina.

— O chalé do sr. Mark fica ali atrás, perto daquelas árvores, está vendo?

Se eu estava vendo? Era uma casa de tamanho normal, mais bonita do que qualquer lugar onde eu já tinha vivido. A empregada, como uma guia para o submundo, parecia indicar que não poderia ir mais longe, então contornei a borda da piscina sozinha, cheguei à sombra salpicada das árvores e bati à porta de Mark. Não houve resposta. Bati novamente.

De repente, ele abriu a porta com um puxão, claramente irritado. Estava vestindo um moletom da universidade Duke e calça de corrida roxa; seu cabelo longo estava um pouco oleoso e desgrenhado. Ele estava usando óculos de leitura, que tirou quando me viu olhando para eles.

— Bem, que inesperado — disse ele.

— Precisamos conversar.

Era estranho estar sozinha com ele, familiar, embora eu fosse uma pessoa tão diferente de quem eu era da última vez que tínhamos nos falado assim.

Eu o segui até uma sala de estar escura. Todas as persianas estavam fechadas. Mark acendeu as luzes brilhantes do teto, o que imediatamente deixou claro que este era um covil de tristeza terrível. Havia livros e papéis por todo lugar, xícaras de café pela metade abandonadas em várias mesas de canto, roupas no chão, uma caixa de pizza na mesa de centro. A mobília era em estilo praiano, rattan e almofadas estampadas com aves-do-paraíso, e isso deixava o ambiente ainda mais triste. Mark se sentou no sofá, estendeu a mão para tirar uma toalha da cadeira para que eu pudesse me sentar. O estofado estava levemente úmido.

— Então, o que está acontecendo? — perguntou ele. — Eu vi o relatório da dra. Sharp, que foi muito reconfortante. Pensei que você ficaria satisfeita.

Ele massageou a ponta do nariz.

— Estou satisfeita — afirmei, embora ainda estivesse um pouco entorpecida por causa do meu confronto com Shyanne no dia anterior. — Mas precisamos de linhas de comunicação muito mais claras e menos caras. No começo, pensei que você estava fazendo tudo isso para me machucar ou me punir. Então, na mediação, comecei a entender que você realmente achava que eu não estava bem, que eu estava fora de controle de alguma forma. Então, agora preciso saber, Mark. O que você quer? Do que se trata tudo isso?

— Bem, o que você quer dizer?

— Você quer fazer parte da vida de Bodhi?

— É óbvio que quero — respondeu ele. — Ele é meu filho também, Margô.

Eu o encarei com os olhos semicerrados.

— Porque há menos de um ano você estava me fazendo assinar um acordo de confidencialidade em que eu prometia abandonar a Fullerton College e nunca contar a ninguém que Bodhi era seu filho.

— Os sentimentos mudam. Eu não tenho o direito à minha própria jornada emocional?

Eu suspirei. Era tão cansativo prosseguir com sua postura presunçosa. Ele nem era muito bom nisso.

— Me ajude a entender como ela aconteceu, como essa mudança ocorreu.

Eu precisava saber por que ele tinha feito o que fez para conseguir calcular melhor o que ele provavelmente faria em seguida.

— Bom, quando seu pai ligou, Sarah estava lá! Como eu deveria explicar o que estava acontecendo sem contar tudo a ela? Margô, não sei o que ele estava usando, se era álcool ou drogas, mas ele estava engolindo as palavras, sem fazer sentido, e ficou ligando sem parar. Eu não sabia o que fazer.

— Então você contou pra Sarah — provoquei.

Era uma cadeia de causalidade que eu não tinha previsto. Fazia todo o sentido. Justificar-se para Sarah tinha feito Mark distorcer a realidade como um pretzel.

— Eu contei pra Sarah — confirmou ele. — E então, além de estar literalmente temendo pela minha vida, ela ficou furiosa comigo. Eu parei de dormir, parei de comer, tirei uma licença médica do trabalho.

Aff.

— E Sarah, ela ficou muito chateada. Naturalmente. Com o caso, a traição, e ela ficava dizendo: "Você tem um filho?!" E, na minha cabeça, eu estava, tipo: "Bem, sim, mas não de verdade, a Margô tem um filho, e ele tem um pouco do meu DNA." Quer dizer, eu não disse isso em voz alta, apesar de ter percebido que era o que eu estava pensando e que tinha algo muito errado nisso.

Tinha mesmo? Eu realmente queria que ele continuasse pensando dessa forma.

— Então, foi a Sarah quem quis pedir a guarda total? — perguntei.

Essa era a parte que não fazia sentido. Ela podia querer envergonhar Mark, mas eu duvido que quisesse trocar as fraldas do outro filho dele.

— Ela sentia que eu precisava assumir a responsabilidade — disse Mark.

— E ela já estava se divorciando de você — falei, juntando as peças —, então isso não a afeta.

— Bem, o divórcio não é definitivo — disse Mark, claramente ofendido.

— Ah.

Ele pensou que, de alguma forma, ao assumir a responsabilidade por Bodhi, a convenceria de que era um cara legal, e ela não o deixaria?

— Sarah nunca disse especificamente que eu deveria tentar conseguir a guarda total — elucidou Mark. — Eu estava falando com Larry sobre a ordem de restrição pro seu pai e explicando a situação, e nós dois ficamos, tipo, ei, tem uma criança ali! O que vai acontecer com aquela criança? Entende?

— Meu deus — murmurei.

De repente, fiquei muito cansada. Larry nem era advogado especialista em guarda, o que de certa forma explicava muita coisa. Notei uma embalagem de sanduíches no chão. Não havia como mudar Mark. Ou Jinx, ou Shyanne, ou como o mundo funcionava. Eles eram como peças de xadrez: se moviam sempre da mesma forma. Se quisesse vencer, não podia ficar presa ao modo como gostaria que eles se movessem ou a como seria mais justo se eles se movessem de forma diferente. Era preciso se adaptar. O que eu precisava saber era se Mark realmente se importava com o OnlyFans. Ele poderia continuar tentando a guarda total e me levar à justiça, não importa o que a avaliação psicológica dissesse. Ele poderia perder, mas poderia me levar à falência tentando ganhar.

— Preciso saber o que você acha do OnlyFans.

— Bem — disse Mark —, de acordo com a dra. Sharp, não é problemático de forma alguma!

— Estou perguntando se você vai continuar tentando a guarda total enquanto eu ainda estiver trabalhando com isso.

— Achei que você fosse entrar no ramo imobiliário — disse Mark, um pouco sarcástico.

— Estou tentando decidir o que vou fazer, e é por isso que estou perguntando. Pra mim, parece absurdo que um homem com quem dormi há mais de um ano decida como eu ganho a vida, mas é nessa posição que me encontro.

— Tenho que confessar uma coisa — começou Mark de repente, com uma animação de "sou um menino levado". — Comprei seu vídeo do Rigoberto. E preciso dizer que, do ponto de vista artístico, fiquei realmente muito impressionado.

Tão estranho, tão nojento.

— Obrigada — falei, rezando para que ele não dissesse mais nada.

— É que... Não era o que eu tinha imaginado.

Por mais idiota que Mark fosse, eu sabia o que ele queria dizer. Eu não esperava que a conta de Arabella fosse o que era. Eu não esperava que a luta livre profissional fosse uma forma de arte. Eu não esperava que a infidelidade tivesse a ver com carinho ou que o vício em drogas tivesse a ver com comer chocolate.

— Me faz um favor, Mark? Eu entendo que você esteja preocupado com Bodhi, ou com as decisões que estou tomando na área profissional, mas você pode tentar entrar em contato comigo diretamente? Porque eu acho que as coisas que criamos em nossas cabeças, as suposições que fazemos, acabam sendo muito piores do que o que está acontecendo de verdade. Tipo, é só me ligar! Você nem precisava ir pra esfera jurídica, era só falar comigo.

Ele assentiu e franziu a testa.

— Eu poderia... Você acha que eu poderia conhecê-lo? Bodhi?

— Claro que pode. Quando quiser. Mas preciso saber, se eu continuar no OnlyFans, você vai continuar tentando a guarda total?

— Não — respondeu Mark. — Não acho que a guarda total... Quero dizer, você é a mãe dele. Você é tudo o que ele conhece.

Fiquei envergonhada por meus olhos quase terem enchido de lágrimas. Eu não esperava que Mark dissesse algo tão decente.

— Não sei — continuou Mark. — Na mediação, você pareceu muito mais no controle do que eu esperava, isso realmente mudou as coisas.

Aquele blazer preto, pensei. *Valeu cada centavo.*

* * *

Naquela noite, olhei para o fichário cor-de-rosa que estava montando para o Serviço de Proteção à Criança. Nele, eu tinha feito um plano financeiro de doze meses com a transição para o mercado imobiliário com base em um modelo que encontrei num site chamado ModelosParaTudo.com, que tinha slogans absurdos como "Reduza o tempo do seu negócio pela metade!". Folheei as páginas. Fechei o fichário cor-de-rosa. Coloquei-o na minha mesa. Observei seu exterior liso cor de chiclete.

Eu odiava o plano inteiro. Odiava o fichário. Odiava a ideia de entrar no mercado imobiliário, de passar horas e horas por dia longe de Bodhi para ir atrás de algo que eu não queria fazer e que nem tinha ideia se eu seria boa. Odiava Maribel. Odiava ficar sem jeito e me encolher. Odiava ter que seguir a série de regras que eu sabia que eram estúpidas. Odiava ter medo.

Mas eu *estava* com medo. Eu sentia as mãos cegas e bruscas da burocracia agarrando a minha vida. A coisa mais assustadora sobre Maribel, percebi, era que ela não era uma vilã de verdade; ela era tipo uma intrometida autoritária convencida de que estava do lado certo. Uma pessoa completamente idiota encarregada de decidir se eu ficaria com o meu filho. Eu queria fazer qualquer coisa para ela nos deixar em paz. Se isso significasse seguir as regras, então eu teria que engolir em seco e segui-las. Ou pelo menos era o que eu pensava antes de falar com Mark.

Eis que uma visão veio até mim. E essa visão era do lutador Ric Flair, sua pele bronzeada de velho brilhando com óleo, seu cabelo loiro oxigenado brilhando na altura dos ombros. Ric Flair, o maior *heel* de todos os tempos: um homem que implorava por misericórdia aos seus oponentes e depois enfiava o polegar em seus olhos, um homem que ganhava na base da trapaça, um homem tão famoso por fingir desmaio que o chamaram de "Flair Flop". E, nessa visão, o Nature Boy apareceu diante de mim em suas vestes brilhantes enfeitadas com joias, iluminado por um brilho de neon, e disse:

— Margô. Para ser o cara, UAU, você tem que vencer o cara!

Abri o laptop e fiz algumas buscas rápidas, meu coração disparado. Dei vários cliques, lendo os artigos o mais rápido que pude. É incrível o que não encontramos se não estivermos procurando. Liguei para Ward mesmo sendo dez da noite e já tendo incomodado ele mais cedo, falando sobre Mark conhecer Bodhi. Ele atendeu no primeiro toque.

— Ei, Ward — falei. — Quer ganhar um pouco mais de dinheiro e me ajudar com uma pesquisa de caso? Acho que posso estar fazendo algo errado.

Como qualquer mulher totalmente no comando do seu destino, tentei manipular a situação a meu favor, nesse caso parando no caminho para comprar uns donuts para Ward. Quando cheguei lá, ele disse:

— Não tenho certeza do que você espera conseguir com isso, Margô, e não quero que crie muitas esperanças.

Coloquei a caixa cor-de-rosa na mesa dele, a aura de Ric Flair me envolvendo como um escudo protetor.

— Ward, quem desiste nunca vence, e quem vence nunca desiste.

Ele abriu a caixa e pegou um bolinho frito de maçã.

— Minha nossa, eles ainda estão quentes.

— Então você sabia que não há precedente legal para a forma como o Serviço de Proteção à Criança lida com casos contra mães que têm conta no OnlyFans?

— Sim — respondeu Ward, com a boca cheia de bolinho.

— Bem, você sabe quem é o dono do OnlyFans?

Ward deu de ombros.

— Leonid Radvinsky. E outro grande site que é dele? MyFreeCams — falei. — E comecei a pensar que, na verdade, o OnlyFans é uma versão de mídia social de um site de garotas que se exibem na webcam, e esses sites existem há tanto tempo quanto a internet.

— E como eles decidiam sobre isso? — quis saber Ward.

— Adivinha?

— A julgar por esse bolinho de maçã, eu diria que as decisões eram muito favoráveis.

— E você está certo — falei. — Mas eu não quero imprimir páginas de uma pesquisa do Google; ela não vai acreditar se vier de mim. Eu preciso que você torne tudo oficial e em juridiquês.

— Certo, certo — disse Ward. — Você precisa que eu dê um puta susto nela.

— Exatamente. — Afastei o meu donut glaceado para que Bodhi não conseguisse pegá-lo. — E preciso saber se há algum caso que *não* se encaixa nesse padrão também.

— A questão é, Margô, nós podemos fazer tudo isso, mas a pesquisa vai ser cara. E eu não tenho certeza se isso os fará recuar. Isso tudo seria muito mais fácil se a Maribel tivesse feito algo errado.

— Ela entrou sem mandado — ofereci.

— Sim, mas você deixou. Se alguém perguntar "posso entrar?" e você disser "sim", não há nada de errado nisso.

— Bem, ela não disse exatamente "posso entrar?".

— Então o que ela disse? Exatamente. O que ela disse *exatamente*? — indagou Ward.

Apesar do ceticismo inicial, a reunião com Ward foi longa e louca, e no final tínhamos comido mais da metade dos donuts e bolado um plano. A semana seguinte foi bem tranquila, o que me deixou inquieta. Quando você vai fazer algo estupidamente corajoso, ajuda ter menos tempo para pensar no assunto. Ainda assim, tirei todos os papéis antigos do fichário cor-de-rosa e o enchi com folhas novas, cuidadosamente organizadas com um índice. Não tínhamos ideia de quando Maribel retornaria. Poderia ser a qualquer momento, ou poderia levar semanas. O tom de rosa do fichário se tornava um pouco mais radioativo a cada dia que passava.

Enquanto isso, Jinx encontrou uma casa linda para alugar com uma piscina que alegou ser para Bodhi.

— Pai, ele nem sabe nadar ainda — falei.

Mas eu estava feliz que ele ficaria por perto. Não seria tão ruim, percebi, ter um pouco mais de distância. Eu tinha que confiar que continuaria assim. Antes, com meu pai, ir embora sempre significava que ele estava completamente fora da minha vida. Levaria um tempo até eu aprender como poderíamos fazer isso funcionar.

Eu pensava em JB o tempo todo e, mesmo sabendo que não era saudável, lia suas mensagens antigas. Mas sabia que não podia priorizá-lo.

Também pensava em Shyanne. Eu tinha me acalmado um pouco e sabia que não estava falando sério quando disse a ela que sumisse da minha vida. Ela era a única mãe que eu tinha, e tinha defeitos, e isso era uma droga, mas eu a amava. Me deixava mal, para ser sincera, imaginá-la no apartamento de Kenny, aquele lugar limpo e feio, doidona de energéticos, jogando pôquer escondido no telefone. Eu não podia deixá-la lá. Teria que encontrar uma maneira de fazer as pazes com ela, embora não tivesse ideia de como faria isso. Tudo isso fez meu coração doer.

Mas eu também sabia, enquanto amamentava Bodhi antes de dormir todas as noites, que meu mundo nunca mais ficaria sem amor. O amor não era algo que vinha de fora, eu percebi.

Sempre pensei que o amor deveria vir de outras pessoas e, de alguma forma, eu não conseguia pegar as migalhas dele, não conseguia comê-las, e andava de barriga vazia e desesperada. Eu não sabia que o amor deveria vir de dentro de mim, e que, enquanto eu amasse os outros, a força e o calor desse amor me preencheriam, me tornariam forte.

Enquanto finalmente caía no sono, me imaginei como Arabella, agressiva e seminua, só que, em vez de atirar nas pessoas com armas brilhantes de desenho animado, eu as amava tanto, de maneira tão intensa e real, que o mundo começou a rachar com o poder disso. O rosto da minha mãe voou em fragmentos, atravessado por raios dourados de luz; o corpo esquelético de Jinx foi para o céu.

E Bodhi, Bodhi brilhava como ouro, bebendo e bebendo o amor que fluía do meu corpo, usando-o para se tornar forte e feliz, usando-o para crescer, suas células dobrando e redobrando, seus ossos se montando em velocidade acelerada, como um milagre.

CAPÍTULO VINTE E SEIS

Na manhã da sexta-feira seguinte, Mark veio ao apartamento para conhecer Bodhi. Avisei Jinx.

— Tenho que te contar uma coisa, e é algo que eu meio que estava com medo de te contar esse tempo todo.

Jinx franziu o cenho.

— O quê?

Eu sabia que era hilário, mas ainda estava preocupada.

— Mark é baixinho.

— O pai de Bodhi?

— É, ele é, tipo, do tamanho do Michael J. Fox.

— E daí?

— Quer dizer, eu sei que você esperava que o Bodhi fosse grande e lutasse, e tipo...

— Bodhi vai ser gigantesco, Margô. Estou te dizendo, eu nunca vi um bebê com mãos desse tamanho.

— Só estou tentando te preparar, sabe. Pra não ser estranho quando ele chegar!

— Prometo não ficar boquiaberto e dizer: "Mas você é tão baixinho!"

— Obrigada.

— Talvez eu diga: "Não acredito que você transou com minha filha enquanto ela era sua aluna, seu saco de merda."

— Isso você pode dizer.

Quando Mark chegou, todos nos demos bem o suficiente, embora meu pai tenha arriscado uma piada sobre quebrar os dedos dele de verdade dessa vez quando apertaram as mãos. Mark estava usando uma calça larga de linho marrom. Jinx levantou uma sobrancelha, mas ficou admiravelmente em silêncio, ocupado na cozinha fazendo chá e lanches enquanto Mark conhecia Bodhi na sala de estar.

— Então, este é Bodhi — apresentei, balançando-o no meu quadril.

Ele estava com sete meses, tinha dois dentes inferiores e babava constantemente, cascatas de saliva pelo queixo o tempo todo. Apesar disso, era lindo de um jeito élfico, e eu estava orgulhosa. Eu o vesti com seu macacão mais fofo. Era marrom-avermelhado com raposas brancas, e eu tinha acabado de dar banho nele, então Bodhi cheirava a mel e aveia.

— Ah, meu deus! Ah, Margô!

Mark olhou para mim, e lágrimas escorriam pelo seu rosto. Não era a reação que eu esperava, e fiquei um pouco tocada, sendo sincera.

— Quer segurar ele? — perguntei.

— Ele viria comigo? Ele já tem medo de estranhos?

— Não, ele não estranha ninguém — falei. — Vou colocá-lo no chão e você pode brincar um pouco, e depois pode tentar segurá-lo.

Mark imediatamente foi para o chão, como se eu tivesse dito para ele fazer flexões.

— Margô, ele é tão lindo.

Coloquei Bodhi no cobertor, no chão, e ele logo ficou de quatro, o que vinha fazendo cada vez mais ultimamente. Ele meio que balançou para a frente e para trás e olhou para Mark de uma forma desafiadora. Mark também ficou de quatro e imitou o movimento de vai e vem, e isso fez Bodhi rir. Bodhi agarrou seu polvo e meio que esfregou a boca nele e olhou para Mark.

— É o seu polvo? — perguntou Mark. — Ele deve achar que eu sou muito estranho, chorando assim!

— Ah, ele já me viu chorar bastante — contei. — A essa altura, deve achar que os adultos têm rostos molhados.

Jinx trouxe o chá e o lanche, e nós ficamos sentados, vendo Mark e Bodhi brincarem juntos. Pensei no que Ward disse sobre o depoimento, que Mark era um marido de merda, mas um pai muito bom. Eu podia acreditar. Não havia como fingir o tipo de prazer que ele estava tendo com Bodhi, e isso ganhou minha aprovação relutante.

Então, a campainha tocou.

Eu estava tão inesperadamente feliz que nem me preocupei com isso. Fiquei sentada no sofá assistindo a Mark e Bodhi enquanto Jinx ia até a porta, então ouvi a voz de Maribel. Eu me levantei do sofá, sussurrando para Mark:

— Merda, é o Serviço de Proteção à Criança.

— Você quer que eu faça alguma coisa? — sussurrou ele de volta.

E eu disse, como se estivéssemos negociando drogas ou algo assim:

— Só aja naturalmente.

Ele me provocaria repetindo isso por anos, literalmente. Ele ainda diz isso para mim o tempo todo.

Corri até a mesa e peguei o fichário. Ouvi meu pai explicando a ela que o pai de Bodhi estava aqui.

— Que fofo! — disse Maribel depois de ter avaliado Mark e Bodhi na sala de estar.

No momento em que ela se sentou à mesa conosco, eu abri o fichário e tentei começar meu discurso. Eu havia ensaiado o que queria dizer dezenas de vezes. Toda noite quando eu ia dormir, quando estava no banheiro, quando estava esperando na fila da loja, eu me imaginava me justificando para Maribel.

— Em nosso último encontro... — comecei, mas ela interrompeu.

— Então, Jinx, você testou positivo para opiáceos.

Ela disse isso como se fosse muito condenatório. Como se ele devesse ter vergonha.

— Nós dissemos a você que isso aconteceria. Ele está em um programa de tratamento com metadona — relembrei.

— E Jinx fez algum plano para parar de usar metadona?

— Não — respondi —, mas ele vai se mudar neste fim de semana, então se ele está ou não usando metadona não deve ter mais relevância.

Maribel me lançou um olhar estranho que não consegui interpretar e depois disse:

— Preciso ver uma cópia do contrato dele.

— Está aqui no fichário — expliquei, apontando para a seção três no índice.

— O que é tudo isso? — perguntou ela, enfim.

— Esses são exemplos de jurisprudência sobre casos anteriores do Serviço de Proteção à Criança contra garotas que se exibem na webcam no estado da Califórnia.

Maribel soltou um suspiro dramático e falso.

— Realmente não era necessário fazer tudo isso. A jurisprudência não determina se achamos sua casa segura ou não. Margô, você passou no teste de urina, e é por isso que agora estamos pedindo um teste de folículo capilar.

Essa era praticamente a pior coisa que ela poderia ter dito.

— Por que passar em um teste de drogas exigiria que eu fizesse outro teste de drogas? — perguntei.

Meu coração batia que nem um tambor. Eu não ia passar naquele teste de folículo capilar. Ward e eu tínhamos pensado sobre o que eu deveria dizer, mas eu não sabia o que aconteceria se Maribel dissesse algo inesperado.

— Quando uma pessoa na casa testa positivo para drogas ilegais, a política é fazer um painel mais extenso em todos os cuidadores para pegar qualquer coisa que a análise da urina possa ter deixado passar. É muito simples, pegamos dois centímetros e meio de cabelo, um único fio.

Ela explicou isso como se eu fosse uma criança que precisasse ser convencida a tomar remédio.

— Você tem um mandado para o teste de drogas? — perguntei.

Maribel meio que riu.

— Nós geralmente não temos um mandado para um teste de drogas padrão.

— Bem, tecnicamente você deveria ter um mandado para entrar no apartamento — salientei. — Nós só deixamos você entrar como um gesto de boa vontade da nossa parte.

— Você está se recusando a fazer o teste de drogas? — indagou Maribel.

— Não — respondi. — Eu ficaria feliz em fazer o teste de drogas se você me mostrar um mandado para isso.

Ward tinha certeza de que nenhum juiz assinaria um mandado desse tipo. Não havia razão para suspeitar de uso de drogas, não havia drogas na casa e o resultado positivo de Jinx tinha uma explicação lógica.

— Eles não têm nenhuma causa provável — dissera Ward.

Mas eu estava meio que colocando minha vida inteira nas mãos um pouco pegajosas e estranhamente sem pelos de Ward agora.

Maribel escrevia algo em seu caderno. A caneta tinha um pequeno sapo na ponta. Ela balançou a cabeça, depois olhou para mim e encontrou meus olhos.

— Quando um pai ou uma mãe se recusa a cooperar em uma investigação, é um grande sinal de alerta. Recusar-se a fazer um simples teste de folículo capilar faz você parecer extremamente culpada.

Eu fiquei tentando engolir e parecia que minha garganta estava inchando.

— Eu entendo — falei.

Claro que recusar me faria parecer culpada. Por que Ward e eu nos convencemos de que isso daria certo?

Maribel estendeu a mão e a colocou no meu braço. Suas unhas estavam perfeitamente pintadas de um roxo brilhante.

— Estou dizendo isso porque me importo com você, Margô. Recusar-se a cooperar com a investigação vai ser muito, muito ruim.

E de repente o chão apareceu sob meus pés novamente. Maribel não se importava comigo. Ela tinha levado o blefe longe demais. Estava tentando me manipular e, em um instante, tudo ficou claro de novo.

— Ah, estou ansiosa para cooperar com sua investigação. Organizei alguns documentos para ajudar. Como você pode ver, aqui está o índice e minha avaliação psicológica, que inclui um perfil psicológico completo e conclui que não apenas sou adequada para ser mãe de Bodhi, mas que meu estilo parental é ótimo. — Minha voz estava trêmula. Pigarreei numa tentativa de recuperar o controle. — Aqui está uma carta de Mark, pai de Bodhi, expressando seu total apoio ao meu trabalho no OnlyFans. No final, há uma coleção de exemplos de jurisprudência da Califórnia que estabelecem precedentes legais claros para a legalidade do meu trabalho. Há dezenas de casos em que foi estabelecido que uma mãe trabalhando em um campo legal, adjacente ao trabalho sexual, não poderia ter seu emprego usado contra ela pelo Serviço de Proteção à Criança, fosse esse trabalho como stripper ou na webcam.

— Pode ser, mas o OnlyFans é um fenômeno novo e fornece uma situação única, porque o trabalho sexual está ocorrendo dentro do lar onde a criança está sendo criada. — Ela disse isso com seriedade cuidadosa, enfatizando as palavras *dentro do lar*. Era exatamente a maneira como falavam em *Vila Sésamo*.

— Certo — falei, sorrindo e concordando. — Sim, entendo isso. Mas há pouquíssima diferença material entre se exibir na webcam e ter um perfil no OnlyFans. O último caso aqui foi um processo bem-sucedido contra o Serviço de Proteção à Criança e o estado da Califórnia por parte de Kendra Baker, cujos filhos foram levados por causa de sua carreira de sucesso na webcam. Assim como eu, Kendra Baker trabalhava em casa. Assim como eu, ela mantinha os filhos fora de sua vida profissional e era uma boa mãe, uma mãe adequada.

Abri o fichário na página correta.

— Ela processou por, espera, quanto foi? Dois milhões de dólares?

Deixei a página aberta para que Maribel pudesse ver que o valor real era 2,2 milhões. E que Kendra Baker tinha vencido.

— Isso é muito detalhado — observou Maribel. — Mas, como eu disse, nossa primeira preocupação é que a criança esteja segura *dentro do lar*.

Ela realmente adorava essa frase.

— A essa altura — continuei — acho que sua primeira preocupação deve ser avaliar seu próprio risco legal. Aqui está uma carta do meu advogado, Michael T. Ward, pedindo que você pare de entrar na minha casa sem um mandado. A última vez que esteve aqui, você entrou sob falsos pretextos, alegando que levaria nosso filho a menos que obedecêssemos, o que, como tenho certeza de que você sabe, é uma violação dos nossos direitos e deixa você vulnerável a acusação sob o Código 42 dos Estados Unidos de 1983, a Ação Civil por Privação de Direitos.

Ward tinha trazido esse detalhe quando nos encontramos. Ele ficou chamando isso de uma virada de jogo e me perguntou dez vezes se ela realmente tinha dito isso. Nós até ligamos para Jinx e o fizemos repetir exatamente palavra por palavra. Ela ameaçou levar Bodhi duas vezes, primeiro quando ele não a deixou entrar e de novo quando eu não estava em casa. Ward tinha gargalhado.

— O quê, como se fosse ilegal ter uma babá? Essa mulher adora mesmo fazer ameaças, vamos ver como ela se sente quando receber uma também.

Eu não tinha certeza se era um trunfo tão grande quanto Ward estava achando. Não havia nenhuma gravação da conversa. Não tínhamos provas reais de que ela havia dito isso. Tudo o que ela precisaria fazer era negar. Seria nossa palavra contra a dela. Maribel puxou o fichário pela primeira vez e começou a olhar para ele com atenção. Ela pulou todos os arquivos do caso e leu a carta de Ward.

Jinx estendeu a mão e pegou a minha. Prendemos a respiração enquanto observávamos Maribel ler, ocasionalmente murmurando palavras para si mesma em voz baixa. Quando chegou à última página, ela demorou um momento, depois fechou o fichário devagar.

— Isso é muito interessante — disse ela —, e está claro que você dedicou muito esforço e tempo a isso. E certamente nossa principal preocupação aqui é o bem-estar de Bodhi. Não estamos aqui para tentar levar uma criança que não precisa ser levada. Nosso objetivo é sempre manter a criança com sua família, se possível.

— Certo — falei, ofegante.

Quase parecia que ela estava voltando atrás. E eu precisava que ela sentisse que voltar atrás era possível, que seria fácil.

— Isso faz sentido para mim. Porque nosso advogado estava tão chateado que ele queria prestar queixa imediatamente, mas eu disse a ele: "Ward, acho que o Serviço de Proteção à Criança quer ajudar de verdade. Eles são os mocinhos. Vamos dar a eles uma chance de mostrar isso."

— Com certeza — Maribel se apressou em dizer. — Nossa prioridade é sempre tentar manter uma criança dentro do lar. O que importa, no fim das contas, é se a casa está limpa, se a criança está recebendo cuidados médicos regulares e assim por diante. Seu teste de drogas deu negativo. As outras pessoas que entrevistamos confirmaram tudo o que ouvi de você e de James.

— Sabe — falei —, foi exatamente isso que eu disse para o Ward. Mas ele estava tão apegado a burocracias! Ele dizia "Margô, o que eles fizeram foi ilegal, você poderia processar e ganhar muito dinheiro", falava isso sem parar. — Eu ri como se ele estivesse sendo bobo.

Maribel estava assentindo rapidamente e mordendo o lábio superior.

— Não, nós realmente sempre queremos fazer o certo para nossas famílias, é para isso que estamos aqui: para garantir que todos estejam seguros! E obrigada por ter feito essa pesquisa, toda essa pesquisa jurídica. Acho que você tem alguns argumentos muito convincentes sobre a natureza adjacente do OnlyFans e dos sites de webcam, e com certeza temos precedentes legais em relação a, hum, esses sites.

Jinx estava apertando a minha mão com força. Ela devia estar pensando que teria problemas por mentir para Jinx sobre levar Bodhi. Ela nem estava tentando argumentar.

— Então, a essa altura — continuou ela, apertando a caneta várias vezes —, esta visita conta como sua segunda visita domiciliar, que conclui seu caso, e, assim que eu registrar meu relatório, ele será considerado encerrado. Mas aqui está meu telefone, e se você tiver alguma dúvida ou preocupação, ou precisar de ajuda com serviços sociais ou de atendimento, é só me ligar ou me mandar uma mensagem.

— Então quando teremos notícias suas? — perguntei.

— Não há mais necessidade de eu realizar outra visita domiciliar nesse momento. A única coisa que desencadearia uma visita de retorno é se recebêssemos outra denúncia.

— Ou se seu supervisor tiver um problema com qualquer documentação que fornecemos?

— Eu acho que isso não vai acontecer — disse Maribel.

Ela não iria mostrar ao supervisor uma única página daquele fichário, percebi. Ela iria enterrar isso o mais rápido possível.

— Acho que vou chorar — confessei.

— Não chore — disse Maribel —, fique feliz! Este é o resultado que todos queremos, certo?

Era? Eu a encarei, sorrindo no que eu esperava que fosse um jeito genuíno. Ela nos fez assinar alguns papéis dizendo que a visita domiciliar havia sido realizada e que tínhamos sido informados que o caso estava encerrado, que acabou. Ela estava indo embora.

Quando a levei até a porta, eu quis dizer algo.

— Boa sorte — falei, e gesticulei para sua barriga.

Ela ficou confusa. Percebi que eu parecia doida. Era loucura, mesmo que eu ainda quisesse desejar o melhor para ela. Eu não achava que Maribel fosse uma vilã; eu achava que ela era uma idiota que se divertia com abuso de poder e provavelmente se considerava um dos mocinhos. Eu também sabia que toda a sua vida estava prestes a explodir, e não por minha causa.

— É tipo se apaixonar — continuei, embora talvez isso parecesse ainda mais louco. — É o maior amor que você já experimentou. E isso vai mudar tudo em você. Às vezes, vai pensar que toda a sua vida está arruinada, mas sabe que não mudaria nada. Só... estou animada por você. Que tudo isso esteja prestes a acontecer.

— Obrigada — agradeceu Maribel com seu jeito cauteloso, mas doce.

Eu assenti e fechei a porta do apartamento.

CAPÍTULO VINTE E SETE

—Isso — disse Jinx, quando voltei para a sala de estar — foi magistral.

Eu ri, tonta. Assim que Mark saiu, chamamos Rosa e KC para comemorar, e pedimos comida mediterrânea que nos causou uma diarreia incapacitante instantânea. Os intestinos de Jinx estavam na pior, e ele passou a maior parte da noite no banheiro. KC fez uma piada grosseira sobre como a diarreia a tinha "limpado" e agora ela estava "pronta para a ação", depois ela e Rosa foram se encontrar com o maconheiro idiota, e às oito da noite éramos só eu e Suzie. Bodhi estava dormindo no berço, a babá eletrônica ao meu lado no sofá.

— Então você realmente ia parar? — perguntou Suzie.

— Tipo, eu achei que não tinha escolha — falei.

— Quando você ia me dizer que eu estava demitida? — perguntou ela, dando uma risada nada convincente.

À luz amarela da sala de estar, seu cabelo loiro-escuro brilhava como uma folha de ouro, e a simplicidade de suas feições a fazia parecer antiquada de alguma forma, como um perfil em um camafeu.

— Na verdade, eu estava querendo contratar você como babá em tempo integral.

Suzie ergueu as sobrancelhas e olhou para baixo. Ela estava mexendo no rasgo do jeans, se concentrando nas pontas brancas desfiadas. Suzie, eu percebi, ainda era um mistério para mim.

— Já pensou em abrir sua própria conta? — perguntei.

Era intrigante. Por que ela pediria para trabalhar para mim quando poderia ganhar uma fortuna trabalhando para si mesma?

— Ah, eu não sou bonita o suficiente — respondeu ela.

— Não fala besteira — ralhei.

Ela riu, finalmente levantando os olhos.

— Acho que não conseguiria — falou ela. — Sendo sincera. Toda a atenção e ter que fingir com caras como aquele. Quer dizer, editar um zilhão de imagens minhas, nua, toda semana, parece um inferno existencial.

— Ah, para de pensar nisso como você mesma — falei.

— Ainda assim, eu... A minha família... Eu não conseguiria. Eu simplesmente não conseguiria fazer isso.

Eu entendia.

— Você quer aparecer nos vídeos?

Ela balançou a cabeça e voltou a mexer no jeans.

— O que você quer então? — perguntei. Porque parecia que ela queria algo e estava com muito medo de dizer.

Ela revirou os olhos e sorriu para mim.

— Você sabe o que eu quero!

— Eu não sei! — exclamei.

— Eu quero fazer parte do time — respondeu ela, a voz embargada na última palavra.

— Ah, Suzie, você faz parte do time. De agora em diante, você é explicitamente parte do time.

Eu me aproximei e a abracei, e sua pele estava surpreendentemente quente.

— E você vai me contar — pediu ela. — Eu vou ser uma das pessoas para quem você vai contar quando estiver pensando em desistir!

— Eu vou te contar — prometi. — Vou te contar todos os pensamentos que eu tiver relacionados aos negócios.

Ela puxou um pouco de catarro de volta para o nariz, riu e disse:

— Acho que essa pode ser a coisa mais romântica que alguém já me disse.

Era quase o fim de fevereiro quando recebi uma ligação de JB.

— Estou em Los Angeles — disse ele.

— O quê?

— Eu tenho pensado muito e, de verdade, acho que precisamos conversar. Então eu vim.

Eu não sabia se estava feliz ou triste com isso. Mais que tudo, isso me deixou inquieta. E ainda assim, fisicamente, fiquei emocionada ao ouvir sua voz.

— Tudo bem — falei.

— Tudo bem? — Ele pareceu um pouco surpreso.

— Sim. Onde você quer se encontrar?

— Em qualquer lugar que você quiser.

— Ah, você vai se arrepender disso — brinquei, enquanto dizia a ele as ruas transversais do meu segundo Arby's favorito. (Meu segundo favorito era mais perto do hotel dele. Eu não era um monstro que o faria dirigir até Brea. Eu só estava pedindo a ele que dirigisse do centro de Los Angeles até Buena Park, o que alguém deveria estar disposto a fazer por amor.)

Eu levei Bodhi mesmo que ele dificultasse nossa conversa, porque estava preocupada que JB tivesse alguma grande ideia romântica na cabeça, que nós estávamos destinados a ficar juntos. Era como se ele tivesse que estar pensando isso para atravessar o país para ter uma conversa. O Arby's de Buena Park tinha sido reformado há pouco tempo com painéis de madeira falsa e luzes pendentes, cadeiras de metal vermelho brilhante. Era muito mais cafona do que o Arby's em Brea, que tinha azulejos sujos nas cores cinza e preto, e um estranho papel de parede de confete dos anos 1980. Mas serviria.

Quando Bodhi e eu chegamos, JB já estava lá. Ele se levantou um pouco da mesa e meio que se agachou enquanto nos aproximávamos.

— Já pediu? — perguntei, abalada por sua presença física.

Até o fato de seus óculos estarem engordurados e levemente tortos fazia meu pulso acelerar.

— Não, eu estava esperando você — respondeu ele. — Não sabia o que pedir. Nunca vim nesse restaurante.

— Nunca?! Ah, bem, é uma ocasião especial! Quer que eu peça?

— Claro — concordou ele, assentindo.

— Beleza, você pode pegar uma cadeirinha — falei, e levei Bodhi comigo para esperar na fila.

Eu estava com fome, então caprichei: pedi um Classic Beef 'n Cheddar, um Smokehouse Brisket, um French Dip & Swiss, um Corned Beef Reuben, duas batatas fritas e dois milk-shakes de baunilha.

— É tão bom te ver — admiti, quando voltei para a mesa.

Coloquei Bodhi na cadeira que JB havia encontrado e ele imediatamente gritou, então procurei na bolsa algo para entretê-lo e encontrei um mordedor que eu sabia que não serviria de jeito nenhum. Dei a ele, que gritou e jogou no chão.

— Peraí um segundo — pedi, e corri para pegar um punhado de canudos.

Bodhi nunca tinha tido permissão para investigar um canudo de plástico vermelho brilhante antes. Ele o segurou com espanto, como uma varinha mágica, depois o enfiou fundo na garganta e se engasgou, tirou e olhou com curiosidade e respeito.

— Pronto — falei, colocando meu cabelo atrás das orelhas.

— Não sei se devo falar tudo ou esperar a comida ficar pronta — disse JB.

— Nossa. — Fiquei um pouco nervosa porque parecia que ele tinha preparado uma apresentação: *Oito motivos pelos quais você deveria namorar comigo.* "Neste TED Talk, eu vou..."

— Para acabar logo com isso — continuou JB —, só quero dizer... eu não acho que devíamos ficar juntos. Romanticamente.

Minha expressão deve ter murchado. JB riu.

— Te peguei de surpresa com essa!

— Nossa, sim, pegou mesmo.

Nesse momento, chamaram o número sessenta e oito.

— Peraí — falei, e fui pegar nossa comida.

— Caramba, Margô — disse ele quando voltei. — Aqui tem comida para seis pessoas.

— Estou amamentando — falei. — E assim você pode experimentar tudo!

Ainda estava tentando analisar como me sentia em relação ao que ele disse. JB não achava que devíamos ficar juntos. No entanto, tinha pegado um avião para cá. Ele achava que precisávamos conversar. Não fazia sentido. Eu não tinha certeza se ele estava mentindo para mim ou para si mesmo. Mas haveria tempo para descobrir, e eu estaria comendo batata frita nesse meio-tempo. Abri a tampa do milk-shake para poder mergulhar a comida nele.

— Qual é esse? — perguntou ele.

— Beef 'n Cheddar. Começa com ele.

JB assentiu, desembrulhando o sanduíche com cuidado, e por um momento ele pareceu um garotinho sério.

— Então você não quer namorar comigo? — perguntei.

Ele indicou que responderia quando terminasse de mastigar. Eu esperei.

— Certo, não é uma questão de não querer namorar com você. Você é quem está dizendo que não pode se comprometer com um relacionamento agora, e eu respeito isso. Mas comecei a pensar, sabe: como podemos encontrar uma maneira de não desperdiçar isso? Tipo, devemos jogar fora essa ótima conexão só porque não é o momento certo?

Bodhi deixou cair o canudo no chão, então eu dei um novo a ele. Eu senti como se soubesse para onde isso estava se encaminhando.

— Acontece, JB, que não é só uma questão de momento ou necessidade de foco. Eu meio que superei a crise da guarda. Mas vi a expressão no seu rosto quando falei sobre classificar paus e... não quero fazer você se sentir assim. Também não quero largar meu trabalho. Eu entendo, isso pode ser incompatível, tipo, acho que eu não me sentiria bem se você estivesse flertando com mulheres na internet o dia todo, mesmo que fosse por dinheiro. Quer trocar? — perguntei, segurando o French Dip.

— Claro — concordou ele, me entregando o Beef 'N Cheddar.

Bodhi sentiu o cheiro da comida e ficou desesperado querendo um pouco, mas eu não tinha certeza se ele se engasgaria com a carne. Dei um pedacinho fino de rosbife e ele engoliu, gesticulando agitado, pedindo mais.

— O que foi isso? — quis saber JB. — O que ele acabou de fazer?

— Ah, é linguagem de sinais de bebê. Ele gesticulou pedindo mais porque gosta de rosbife.

— Ah! — exclamou JB. — O French Dip nem é tão bom.

— Experimente o *brisket* — falei, empurrando-o para ele.

— Então, voltando ao assunto — disse JB enquanto desembrulhava o Smokehouse Brisket. — Enquanto tudo estava acontecendo com você, uma merda enorme estava acontecendo no meu trabalho. E Washington mudou desde a eleição, é uma vibe totalmente diferente. E percebi, sabe, que odeio minha vida. Tipo, odeio meu trabalho, odeio onde eu moro, tenho alguns amigos do trabalho, mas todos eles são casados e têm filhos.

— Certo.

Não tinha reparado que JB e eu estávamos em uma situação parecida. Eu estava isolada porque tinha um filho e nenhum dos meus amigos tinha, e ele estava isolado porque não tinha um filho e todos os amigos dele tinham.

— Acho que estou enrolando muito — disse JB. — O ponto é que eu comecei a pensar: como Margô e eu poderíamos continuar com isso? Como poderíamos transformar isso em algo real e substancial? O *brisket* é muito bom. Um pouco doce.

Assenti, ainda ocupada desfiando rosbife e oferecendo pequenos pedaços para Bodhi, que tinha entrado em um frenesi por causa da carne.

— Margô, eu tenho uma proposta de negócio pra você.

Por algum motivo, isso me fez cair na gargalhada.

— O quê? — falou ele, e seu sorriso era tão doce.

— Nada — respondi —, eu só não esperava por isso. Então, qual é a proposta de negócio?

— Certo, você sabe que eu trabalho com treinamento de algoritmo e publicidade, certo?

— Sim, mas admito que não tenho ideia do que seja isso.

— Então, digamos que eu olhe os seus seguidores do Instagram. Aí eu desenvolvo um programa que vai analisar todas as contas deles lá e encontrar características comuns, padrões que eles compartilham, pessoas ou marcas que eles seguem, padrões de uso, palavras nas bios, dados demográficos básicos como gênero, idade, localização. E eu faço, tipo, um perfil perfeito do assinante médio da Fantasma.

— Legal — comentei.

— Aí eu uso esse perfil para comprar anúncios e mostrá-los exclusivamente para pessoas que combinam com os assinantes da Fantasma.

— Caramba!

— Margô, você tem talento para escrever o personagem que você criou para o perfil da Fantasma. E eu pensei: e se abríssemos uma empresa de consultoria? Em que oferecemos essa análise aprofundada, orientada por dados do público-alvo demográfico para criadores de conteúdo do OnlyFans, e fazemos recomendações de anúncios. Muitas empresas poderiam fazer isso. Elas não estão fazendo agora porque nem sabem o que é o OnlyFans, mas elas vão descobrir um dia e fornecer uma competição acirrada. Poderíamos fazer mais do que isso. Você poderia oferecer crítica do personagem, da persona, e dar ideias de como ajustar para ter mais sucesso. Quer dizer, poderíamos até oferecer um serviço premium, em que você escreve roteiros para eles.

— Meu deus — falei.

Eu tinha parado de desfiar a carne, e Bodhi gritou para chamar minha atenção. Eu dei a ele outro pedaço de rosbife.

— A gente podia até, tipo... a gente podia criar histórias.

— Exatamente — falou JB.

Nós nos encaramos. O que JB estava oferecendo ia além até mesmo das minhas maiores ambições. JB estava me oferecendo a chance de me tornar o Vince McMahon.

— Então você gostou da ideia? — perguntou ele.

— JB, eu amei pra cacete essa ideia.

JB assentiu, embora parecesse preocupado ou talvez um pouco enjoado.

— Margô?

— Sim?

— Acho que não consigo comer mais.

— Fracote — falei. — Passa pra mim.

Ele me deu o *brisket*, e eu meti bronca enquanto continuávamos conversando. Havia um milhão de coisas para discutir. Não havia razão para precisarmos estar na mesma localização geográfica para abrir a empresa, mesmo que JB tivesse certeza de que não queria ficar em Washington.

— Então você vai fazer isso além do seu trabalho regular? Acha que vai ter tempo?

— Ah, não, eu já larguei o meu emprego. Larguei quando percebi que odiava, tipo, três semanas atrás.

— Ah!

— Só estou sentindo que preciso de alguma coisa nova. Não sei se eu iria me mudar para Los Angeles necessariamente, eu também estava meio que pensando em Seattle. Mas preciso que você saiba, se eu me mudasse para cá, não estaria tentando começar algo, eu não estaria...

— Não, eu entendo — falei.

Mas não entendia. Se JB e eu vivêssemos na mesma cidade, se trabalhássemos juntos, algo aconteceria. Usei as costas dos meus dedos para acariciar sua mão e senti cada pelo do meu braço se arrepiar.

— Mas você está vendo isso? — perguntei.

Talvez eu estivesse errada, e o efeito fosse apenas em mim. Mas eu não conseguia me imaginar sentada ao lado de JB em um carro sem nos beijarmos freneticamente.

— Sim — disse JB. — Quer dizer, essa parte pode ser um problema. Nós teríamos que concordar em não partir para a parte física. Porque, se formos, já era.

Tirei minha mão.

— Você acha que é realista a ideia de nunca irmos para a parte física?

JB não respondeu de imediato. Bodhi estava ficando cada vez mais agitado, gritando porque queria mais carne, e, quando eu lhe dei um pedaço, ele jogou de volta em mim.

— Eu juro que Bodhi está ficando suado por causa da carne. Ele cansou daqui, podemos ir lá fora?

— Sim, sim. Você leva ele, eu limpo tudo isso aqui.

Tirei Bodhi da cadeirinha e sacudi toda a carne e migalhas de pão de cima dele, então o pendurei no quadril e o levei para fora, na tarde fria e cinzenta. Estava ventando, e os carros passando eram barulhentos e soavam um pouco como o oceano. Quando JB saiu, decidimos andar um pouco, então amarrei Bodhi no canguru, onde ele caiu no sono quase instantaneamente. Conversamos enquanto andávamos, mas apenas sobre como o negócio funcionaria e qual seria o preço. A questão em aberto sobre o que faríamos com o vulcão da nossa atração física foi cuidadosamente ignorada. Ele não disse nada quanto a se opor ao meu trabalho, se conseguiria lidar comigo enquanto eu ainda avaliava os paus de outros homens. E talvez ele não tivesse dito nada porque ainda não sabia como se sentia sobre isso.

Rapidamente percebemos que deveríamos oferecer pacotes diferentes, diferentes níveis de serviço.

— Beleza, então talvez a gente ofereça vários níveis de serviço de assinatura contínua, tipo, uma básica que apenas fornece feedback demográfico atualizado, análise pós-desempenho, suas dicas sobre o que poderiam fazer com a persona ou o conteúdo, mas também ofereça um serviço premium, tipo, personalizado, no qual gerenciamos tudo para eles: site, posicionamento de anúncios, talvez até um número definido de scripts por semana. Quanto você acha que a gente deve cobrar? Tipo, qual é uma taxa mensal que não recusariam?

— Não acho que deveríamos ter uma taxa mensal padrão. Acho que deveríamos fazer uma porcentagem dos ganhos.

Estava frio o suficiente para eu conseguir ver nossa respiração no ar.

— Acho bom — respondeu ele —, mas quanto?

Pensei. Realmente dependia, mas para o serviço premium acho que não deveríamos cobrar nada menos que dez por cento.

— Tanto assim? — perguntou JB.

Eu assenti.

— E, presumivelmente, se estivermos fazendo nosso trabalho direito, os ganhos dos clientes devem aumentar o suficiente para cobrir nossos dez por cento e ainda sobrar. Acho que é assim que devemos vender a ideia pra eles, dizendo que eles não vão ter nenhuma redução nos ganhos porque estaremos ganhando nossa própria parte.

— A única coisa que está começando a me incomodar, e eu não pensei sobre isso até começarmos a falar sobre uma porcentagem, mas, tipo, Margô, estamos... tipo, estamos falando sobre nos tornarmos cafetões?

Eu hesitei, refletindo sobre a pergunta. Então soltei um "uau" no estilo do lutador Ric Flair, naquela fria tarde de fevereiro.

— Caraca, sim, estamos — conclui. — Vamos ser os cafetões mais incríveis, éticos e fodas de todos os tempos! Quer dizer, se o trabalho sexual pode ser uma profissão legítima, por que ser um cafetão não seria? Ei, isso me deu uma ideia: você entende, tipo, de VPN? Tipo, poderíamos oferecer um serviço de segurança que proteja a clientela de *doxxing*?

Continuamos andando, conversando sobre tudo, o número de clientes que poderíamos atender ao mesmo tempo, a melhor maneira de começar. Fizemos uma grande volta, terminando de novo no estacionamento do Arby's.

— Qual nome você quer dar? — perguntou JB.

— Não sei — respondi. — Tipo, Serviços Especiais? — Eu ri; era um nome muito ruim.

— Acho que deveríamos chamar de Fantasma Corp — disse ele. — Sabe, tipo uma corporação fantasma?

Eu não conseguia nem dizer nada, eu estava tão satisfeita com essa ideia. Apenas assenti.

— Não sei, talvez você pense em algo melhor — disse ele. — Temos tempo para pensar nisso.

— Quanto tempo você vai ficar na cidade? — perguntei.

— Meu voo só é daqui a alguns dias.

— Quer ir lá em casa? — convidei, subitamente animada.

— Sim, quando?

— Amanhã?

— Ok, ótimo! — exclamou JB.

— Estou tão animada!

Chegamos ao meu Civic roxo, e fui dar um abraço de lado em JB, já que um gigantesco Bodhi adormecido ainda estava preso na minha frente.

— Ei, peraí — disse ele, se afastando de mim. — Tenho uma coisa pra você no meu carro.

Ele abriu o porta-malas do carro alugado. Então, me presenteou com um saco Ziploc cheio até a boca de balinhas Runts.

— Como? — perguntei. — Onde você conseguiu isso?

— No shopping — disse JB, sorrindo timidamente. — Eu trouxe, tipo, vinte dólares em moedas de 25 centavos.

— Você mesmo colheu essas balas pra mim?! — gritei de felicidade.

— Do solo escuro e fértil do capitalismo norte-americano — afirmou JB.

— JB, obrigada.

— Ah, foi um gesto bobo — disse JB. — Quer dizer, é patético que eu tenha tanto tempo livre. É estranho não ter um emprego. Eu não sabia como preencher o tempo.

— Não, eu quis dizer obrigada por vir aqui. Por pedir pra gente conversar e por ter essa ideia.

— Ah, não precisa me agradecer. Isso vai parecer estranho, mas eu só... eu ficava pensando que nossa história não tinha acabado. Era tudo o que eu conseguia pensar: sei que isso não acabou. Margô e eu, nos conhecemos há muito tempo. Acabamos aparecendo na vida um do outro. Só levei um tempo para descobrir como isso poderia funcionar.

Olhei para seu lindo rosto. Ele estava certo. Eu queria o que quer que nos permitisse continuar um com o outro, qualquer caminho a seguir que nos permitisse estar na vida um do outro. Além disso, haveria muito tempo para seduzi-lo mais tarde. Estendi minha mão.

— Sócios?

JB parecia prestes a chorar, mas estava sorrindo.

— Sócios — concordou ele.

E apertamos as mãos ali sob o chapéu vermelho e brilhante do Arby's, com Ric Flair e a Virgem Maria sorrindo para nós, desejando que a história continuasse, nunca acabasse, começasse de novo, uma aventura levando à próxima, e nunca morreríamos, e seríamos jovens para sempre, e gritaríamos para a multidão: "Olhem pra mim! Olhem pras coisas lindas e loucas que eu posso fazer com o meu corpo! Olhem pra mim! Me amem!"

Porque isso é tudo que a arte é, no fim das contas.

Uma pessoa tentando fazer com que outra pessoa que nunca conheceu se apaixone por ela.

AGRADECIMENTOS

O primeiro agradecimento tem que ir para Michelle Brower, uma sereia brilhante; obrigada por acreditar em Margô e em mim. Sem você, este livro seria apenas uma sombra do que ele é. Obrigada a todos os membros da Trellis, um verdadeiro grupo de estrelas literárias, com agradecimentos especiais a Allison Malecha, Allison Hunter, Nat Edwards, Khalid McCalla e Danya Kukafka. Vocês todos ganharam meu coração.

Obrigada a Jessica Williams por ser minha editora dos sonhos. Você trabalha mais e de forma mais inteligente do que qualquer um. Você é a elegância em pessoa e é engraçada pra caramba. Agradecimentos especiais a Peter Kispert, que escreve ótimos e-mails, e a Nancy Tan pela edição cuidadosa e completa. Obrigada a Nicole Rifkin pela linda ilustração na capa; sua arte me tira o fôlego. E obrigada a Mumtaz Mustafa por idealizar todo o design da capa de forma tão brilhante.

Brooke Ehrlich, meu deus, o que eu não devo a você e a essa sua voz tranquila e macia como pelúcia? Você é tão sã, tão astuta e deslumbrante. Como você faz isso? Eu amo as fotos do Oliver. Sidney Jaet, você é uma verdadeira heroína.

Aos editores estrangeiros que ofereceram um lar para Margô: eu sou extremamente grata. Obrigada às brilhantes Ansa Khan Khattak, da Sceptre, e Monika Buchmeier, da Ecco Verlag, cuja carta me fez chorar! Obrigada também a Edward Benitez, da HarperCollins Español, e Daniela Guglielmino, da Bollati Boringhieri. Daniela, eu me sinto muito grata por sua amizade e crença contínua em mim.

Eu não seria nada sem meus amigos. K-dawg, você é um tesouro, um bebezinho perfeito. Como você sabe, eu devoraria o mundo e depois morreria por isso, mas, quando recebo mensagens suas no telefone, não me sinto tão triste e aterrorizada.

Pony, você equilibra meu passado e meu presente e os toca como um acordeão, e você pode ser a única coisa que me faz ser uma pessoa concreta. Não há ninguém tão bonito quanto você, e eu estou muito orgulhosa de você. Obrigada por acreditar em mim durante tudo isso e me acalmar e me ajudar a planejar e ser melhor.

Obrigada a Emily Adrian, que é feroz e gostosa. Sua leitura antecipada deste livro foi crucial para minha capacidade de manter o sonho vivo durante tantos contratempos, e me sinto muito sortuda por te conhecer.

Mary Lowry, você é um raio de sol, uma filha da luz, e sem dúvida a mais divertida; eu te amo.

Obrigada a Cynthia, que é forte, calorosa e sábia, e sempre sabe o que dizer para me confortar, e a Jade, que é tão excelente em caminhar na direção dos porcos sob uma lua enorme e falar sobre livros. Obrigado a Janelle, que é doce, mas provavelmente não pensa em si mesma dessa forma, e obrigada a Steph, que não é nada doce, mas gloriosamente poderosa e leonina. Obrigada a Edan, que se move de forma descarada com calças apertadas enquanto lava a louça.

Obrigado a Annie, cujas maçãs do rosto deveriam ser ilegais, e a Tessa, que é corajosa e selvagem, e Clare, que talvez seja algum tipo de elfa ou náiade, ou apenas parcialmente semideusa humana. Dawg Pit Forever.

Matt Walker, você sabia que há um dragão sob aquela nova cervejaria que abriu? Eu tenho aquela arma que você queria.

Devo um agradecimento especial a Heather Lazare, que disse as duas palavras mais importantes para mim. Nenhuma caneca de café será suficiente. Você é uma luz na comunidade literária, e eu tenho muita sorte por nossos caminhos terem se cruzado quando se cruzaram.

Obrigada a Mary Adkins, cuja voz desencarnada eu prezo e ouço em segredo. Não acredito que posso trabalhar com você todos os dias. Você é brilhante. Obrigada a todas as pessoas do The Book Incubator; Liz e Harrison, vocês são seres humanos lindos e é uma alegria trabalhar com vocês.

Obrigada a Stephen Cone, que é mágico. Quero ir com você no centro para adolescentes em uma tarde nublada comendo batata frita.

Obrigada às minhas amigas mães: Emily, sua fodona, Avni e Tulika e Reagan e Janet e Kelli e Janice e Jazmin e Chelsea (OBRIGADA PELO MEU CABELO!).

Obrigada à minha família. Obrigada a Jan e Ashley, melhores sogra e cunhada, respectivamente. Vocês me fazem rir e pular de alegria. Seu molho de mariscos, bolo de cenoura e pão *kamut* são inigualáveis. Muitos abraços ferozes para Tom e Grant, e meus sobrinhos, Blake e Calvin, que enchem meu coração até explodir.

Obrigada a Andrew por ser meu irmão, e Jessie por aguentar os triatlos constantes. Obrigada ao bebê Jackson por ser o melhor e mais fofo bebê do mundo inteiro.

Obrigada à minha mãe, que tornou tudo na minha vida possível e que continua sendo uma inspiração para mim todos os dias. Você sempre será melhor em pintura do que eu porque, no fim das contas, se dedica muito mais, e isso deve ser uma lição para todos nós sobre a vida. Obrigada por amar as cores e me ensinar que Deus era apenas gratidão e a busca da beleza. Obrigada por tudo que você sacrificou para que eu pudesse viver esta vida e trilhar esse caminho e escrever estes livros. Eu devo tudo a você.

Obrigada, Sam, por ser minha alface plantada na água. Casar com você foi a melhor coisa que já fiz. Vou morar com você em uma casinha até o fim dos tempos, fazendo e refazendo a nós mesmos a cada dia. Sonho constantemente que continuo encontrando novos cômodos na minha casa, e você é esses cômodos, esses cômodos mágicos que eu não sabia que estavam lá, e a alegria é continuar encontrando-os, conhecendo você e vindo a conhecê-lo de novo, repetidas vezes até morrermos.

Obrigada aos meus meninos. Booker, seu pequeno dragão, todos os dias você me surpreende e encanta. Sei que você fará coisas muito importantes no mundo algum dia. Obrigada por ser sempre tão gentil comigo. E Gus, seu patife charmoso, lançador de mísseis de mijo e contador de piadas, você me traz uma alegria selvagem diariamente. Obrigada pelas horas infinitas de YouTube, obrigada por jogar Duolingo e xadrez e Wordle comigo, obrigada por ser meu mundo.

A todas as garotas do OnlyFans que ajudaram na pesquisa deste livro: OBRIGADA. Sei que pareci esquisita e minhas perguntas foram irritantes, mas vocês me divertiram mesmo assim, e eu não poderia ter escrito este livro sem vocês.

Obrigada às contas do YouTube WrestlingBios e WrestlingWithWregret. Passei inúmeras horas assistindo ao conteúdo e eu espero que isso transpareça no livro.

Eu também gostaria de agradecer especificamente a Bret Hart, apenas por ser o melhor que existe, o melhor que existiu e o melhor que existirá. Mas também a Mick Foley, por me ensinar que não é preciso ser o melhor para ser o mais amado. Obrigada por tudo que você fez com seu corpo ao longo dos anos para nos surpreender e tirar nosso fôlego. Toda essa dor e todo esse risco, duvido que pessoas normais consigam compreender o que você fez, e eu sei que eu mesma consigo só ter uma ideia da magnitude disso, mas quero dizer obrigada de verdade. Você é um artista.

Obviamente, o agradecimento final vai para você, que está lendo, que eu nunca conhecerei e por quem estou apaixonada, seja você quem for. Este estado — esta câmara de sussurros privada escondida no coração do mundo que chamamos de romances — é tudo para mim. Obrigada por me deixar entrar na escuridão da sua mente e me permitir mentir implacável, angustiada e animadamente para você. Eu morreria se você não me deixasse fazer isso. Sem dúvida, eu morreria.

Impressão e Acabamento:
BARTIRA GRÁFICA